MUSÉE ANIMAL

CARLOS FONSECA

MUSÉE ANIMAL

Traduit de l'espagnol (Costa Rica)
par André Gabastou

CHRISTIAN BOURGOIS ÉDITEUR ◊

Titre original :
Museo animal

ISBN : 978-2-267-04523-9

À Ricardo Piglia, pour son inégalable générosité

À Atalya, comme toujours

« Nous continuons d'inventer des récits de la fin. »

Don DeLillo

« L'inconnu est abstraction ; le connu, un désert ; mais le connu à demi, l'entr'aperçu, est le lieu parfait où faire onduler désir et hallucination. »

Juan José Saer

PREMIÈRE PARTIE

Histoire naturelle (1999-2006)

« Si nous devions disparaître, les barbares passeraient-ils leurs après-midi à fouiller nos ruines ? »

J. M. Coetzee, *En attendant les barbares*

1

Pendant des années, je suis resté fidèle à une étrange obsession. À peine quelqu'un me parlait-il de débuts que me venait à l'esprit le souvenir d'un vieux peintre qui, dans mon enfance, s'employait à peindre des dizaines de paysages presque identiques dans une émission de télévision. Me venait l'image de ce vieux barbu à la voix solennelle dont je n'ai jamais su si elle était réelle ou feinte. Quelques secondes plus tard, désuète mais efficace, arrivait la morale : la meilleure manière d'éviter un début était d'en imiter un autre qui lui était antérieur. Moi, sans le vouloir, je finissais par prendre au sérieux cette sagesse de carte postale. Tandis que le vieux se mettait à ébaucher un nouveau tableau, plein d'arbustes et de montagnes, je m'employais à copier quelque début volé aux souvenirs : un dribble avec le ballon, une première ligne qui, tout à coup, remontait à la surface, une tournure par laquelle commencer une conversation. Rien n'était hors de portée de cette répétition inaugurale. Je crus ainsi pendant des années pouvoir me protéger de cette terrible angoisse qui nous envahit quand nous pensons être en train de faire quelque chose de nouveau. Le vieux se mettait à peindre un autre paysage identique et moi, je continuais à vivre ma vie, la répétant vers l'avant.

Peut-être est-ce pourquoi ce soir, en recevant le paquet après dix heures, j'ai eu le sentiment qu'il ne se passait rien de particulier mais que quelque chose se répétait. J'ai entendu une voiture s'arrêter dehors, regardé par la fenêtre et j'ai tout vu : la carlingue vert foncé, la façon dont le chauffeur a sorti quelque chose de l'arrière, les visages troublés des enfants qui ont stoppé leurs bicyclettes pour voir ce qu'il se passait. J'ai aussitôt compris de quoi il retournait mais il m'a tout de même fallu quelques minutes pour ouvrir la porte. À la place, j'ai décidé de me servir un verre, de mettre la musique un peu plus fort et d'attendre jusqu'au dernier moment. Ce n'est que lorsque j'ai senti que le chauffeur était sur le point de repartir que j'ai fini par poser le verre sur la table, descendre les escaliers, ouvrir la porte et tomber sur ce à quoi je m'attendais : ce visage connu, mais déjà presque oublié, de l'homme qui me remet un paquet après dix heures du soir. Je l'ai pris d'une main, ai ébauché un geste de condoléances et me suis contenté de refermer la porte sous les yeux attentifs et un peu perspicaces des enfants et d'un père quelconque. Alors au beau milieu de la rue s'est fait entendre le rugissement du moteur et je me suis remémoré la lointaine image de la voiture traçant le chemin du retour en ville que j'avais si souvent pris en pleine nuit. J'ai tout vécu comme si c'était sept ans auparavant, non pas la nuit mais le matin, non pas un paquet mais un coup de téléphone, et je me suis souvenu du vieux aux paysages. Ce qui est étrange, me suis-je dit, c'est qu'il n'y ait au départ ni rupture brutale ni catastrophe ni choc, mais une légère sensation de réplique, un paquet arrivant à dix heures quand plus personne ne l'attend mais qu'on est encore réveillé. Quelque chose prévu à huit heures arrive à dix et les règles du jeu sont soudain différentes, les regards autres. J'ai toutefois pris le paquet d'une main, l'ai soupesé et, de retour dans la pièce, l'ai laissé tomber sur la table. Ainsi, au beau milieu de la chaleur de l'été, la fenêtre ouverte sur la rue qui semble à présent bel et bien vide, j'ai pensé à ce coup de téléphone d'il y a sept ans, juste après cinq heures du matin, à cette heure où personne ne s'attend à voir son sommeil interrompu. Le paquet est alors devenu lourd, réel, un peu encombrant, et je n'ai eu d'autre solution que de l'ouvrir et de tomber sur ce que je pressentais : un lot de chemises couleur manille qui seraient restées anonymes si sur la dernière ne s'était pas distinguée une courte note rédigée dans une écriture n'ayant rien d'équivoque. Mes soupçons confirmés, je n'ai pas cédé au désespoir. Comme dit Tancredo, chacun aura sa chance.

Tancredo a ses théories. Il dit, par exemple, que tout fut un complot, puis il boit de la bière brune et sourit. Depuis des années, il se contente de critiquer mes décisions l'une après l'autre, de les démolir avec humour en buvant des bières. Tancredo est ma petite machine du désarroi, mon instrument de la réfutation, pour ne pas dire mon ami. Il me dit, par exemple, que je n'aurais jamais dû répondre à ce coup de téléphone. Non pas parce que je savais ce qu'il y avait derrière, mais parce que j'aurais dû être en train de dormir. De plus, dit-il, qui étais-je pour croire que je savais quelque chose de ce monde ? Il me tient des propos de ce genre, puis boit de la bière, sourit et ébauche une nouvelle théorie. « Je crois, me dit-il, qu'ici-bas, les choses suivent une autre pente : un jour, elles seront de retour et tu te rendras compte que tout était une énorme plaisanterie. Une petite plaisanterie qui a grossi, grossi, à tel point qu'ensuite plus personne n'a eu le courage de te dire que c'était une plaisanterie et toi, tu es resté là, sans savoir s'il s'agissait d'une farce ou d'une tragédie. » Il voit que ses théories ne m'intéressent pas et change de stratégie. Il sait que les anecdotes me plaisent plus que les théories et peut-être est-ce la raison pour laquelle il me demande :

« Tu connais l'histoire de William Howard ? »

Je me contente de faire un signe négatif de la tête. Avec Tancredo, on ne sait jamais d'où il sort ses histoires, mais elles sont là, toujours à portée de main, comme un paquet de cigarettes prêt à être partagé. Et c'est ainsi qu'il me raconte l'histoire de ce William Howard, un *gringo* dont il avait fait la connaissance dans les Caraïbes. Il me dit qu'il l'avait rencontré dans la rue, quand le type s'était approché de lui en guenilles, puant et ivre, pour lui demander de l'argent. Tous les jours, me dit Tancredo, c'était la même chanson : il s'approchait de lui sans le reconnaître et, dans un espagnol lamentable, lui quémandait quelque aumône. Ce qui s'est passé, me dit-il, c'est qu'au bout de deux mois, le personnage avait commencé à le fasciner : pourquoi était-il là ? Comment était-il arrivé ? Pourquoi était-il resté ? Aussi, dit Tancredo au rythme avec lequel il écluse sa bière, me suis-je approché de lui et l'ai-je interrogé en personne sur son histoire. Tu sais ce que m'a répondu ce gros malin ? Qu'il était venu ici parce qu'il collectionnait les îles. Au début, je me suis dit que c'était une erreur de langage, mais il s'est avéré que cet homme le croyait sincèrement : il croyait que les îles se collectionnent comme des pièces de monnaie ou des timbres. Je me suis toujours demandé qui lui avait fait croire une telle énormité. Mais l'homme était là, au beau milieu d'une île, comme si quelqu'un avait oublié de lui raconter la chute de la plaisanterie. Tancredo sourit, me donne une tape dans le dos et finit par me dire : ne t'en fais pas, chacun aura sa chance.

C'est pourquoi, lorsque je suis tombé la semaine dernière sur la nécrologie dans le journal, je me suis remémoré les mots de Tancredo et l'histoire de William Howard. Collectionneur d'îles : je ne sais pas pourquoi la phrase du *gringo* sur les îles m'est revenue, et que subitement a grandi en moi la conviction qu'il fallait compiler toutes les nécrologies, imprimées et numériques, absolument toutes. Je les ai compilées, l'une après l'autre, mû par une sorte de collectionnisme addictif jusqu'à ce qu'aujourd'hui, après dix heures, j'entende l'arrivée de la voiture et sache de quoi il s'agissait. Puis, pendant une bonne heure, j'ai repensé à ce premier coup de téléphone matinal, avant qu'une brève intuition se mette à planer sur ma stupeur et m'oblige à affronter le poids de l'évidence : les chemises qui s'entassent comme des îles me font penser que, pendant tout ce temps, ces notes avaient un dessein qu'elle a gardé secret. Farce ou tragédie ? Pour le moment, je refuse d'ouvrir ces archives dont Tancredo jure qu'elles documentent la stratégie d'une vaste plaisanterie.

Ce sont trois chemises couleur manille. Chacune a été ceinte d'un petit cordon rouge qui finit par former un nœud, presque comme s'il s'agissait d'un cadeau. Jointe aux chemises, une nécrologie annonce la mort avec ce style concis mais percutant qui leur réussit si bien : *Giovanna Luxembourg, Designer, Dead at 40.* Plus bas, on distingue une photo d'elle, vêtue de noir, portant un petit chapeau, le regard rivé ailleurs. La nécrologie parle un peu de son œuvre, mentionne quelques expositions particulières, évoque un legs éternel et pas grand-chose de plus. Puis elle se contente de regretter sa mort à un si jeune âge. Une certaine manière d'exhiber le secret, me dis-je, ou peut-être de le travestir en énigme. Sottises de la presse. Les chemises en revanche sont plus réelles : elles gisent là, fermées. Même ainsi, sans les ouvrir, il est possible de percevoir la grosse masse de papiers qu'elles contiennent. Étrange qu'elles ne soient pas numérotées, raison pour laquelle on en viendrait à penser qu'il s'agit d'une compilation récente, faite sans méthode. Quelque chose dans l'étrange ponctualité avec laquelle elles sont arrivées aujourd'hui en voiture suggère le contraire. Outre ce point, le seul détail distinctif qu'on remarque à première vue est la petite inscription qui tient lieu de faux titre : *Notes (1999).* Je m'y arrête. Je réussis à reconnaître son écriture, la façon dont les lettres s'alternent et se consument jusqu'à devenir inconsistantes et indistinctes. Ce n'est qu'alors, quand je pose la chemise pourvue d'un titre sur les autres, que se détache un motif qui semble avoir été ébauché dans les marges d'un dossier dans un moment de distraction :

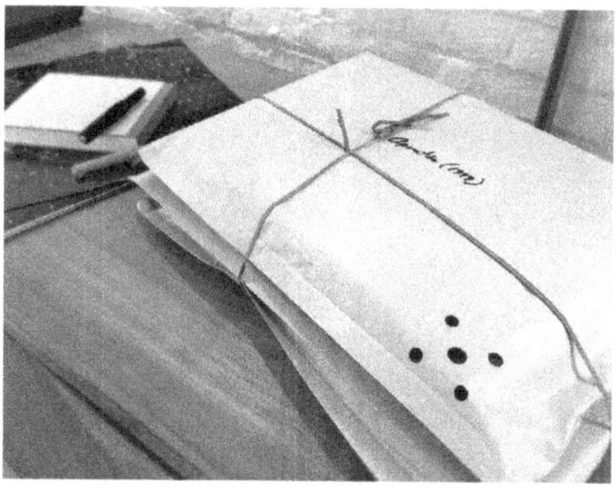

On dirait un domino. Sans aucun doute, un domino numéro cinq, pourtant ce n'est pas le cas. Maintenant que je le remarque, je pense que ce gribouillage est là pour me rappeler comment tout a commencé. Je m'arrête de nouveau sur la nécrologie : *Giovanna Luxembourg, Designer, Dead at 40*. Si Tancredo avait été là, il n'aurait rien laissé passer. Il m'aurait dit : sache que ta chère styliste avait juste trente-trois ans, l'âge du Christ, quand elle t'a fait appeler. Il se serait arrêté un instant pour caresser sa barbe qui le fait ressembler à un dragon ou un don Quichotte rappelant beaucoup Sancho, et aurait approfondi la question de son extravagance. Apôtre sans cause claire, m'aurait-il dit, comme ceux que rencontra Napoléon à son départ de Waterloo. Ils le frappaient et l'adoraient, analphabètes qu'aucun camp n'aimait, ignorants qui ne savaient pas qu'ils combattaient un Moïse vaincu. Voilà ce qu'il aurait dit et il aurait ri, il m'aurait raconté d'autres histoires d'îles et tout serait devenu plus léger. Mais Tancredo n'est pas là, l'horloge indique onze heures et ce symbole qui ressurgit à présent est clairement reconnaissable : il s'agit du *quincunx* qui m'avait un moment tant fasciné. La nécrologie m'a rappelé que, dans à peine quelques mois, j'aurais moi aussi quarante ans.

2

Quand j'étais étudiant et que je projetais encore de devenir mathématicien, un ami barbu aux airs de faux philosophe me signala en passant l'existence d'un texte qui tentait de démontrer que, derrière toute la variété de la nature, derrière les différences, il y avait un singulier modèle. Une sorte d'estampe originelle. Pendant des années, j'ai oublié son commentaire jusqu'à ce que, deux hivers plus tard, un autre ami complètement différent, un type terriblement hygiénique qui ne voyageait jamais sans avoir glissé au préalable un savon dans sa poche, m'expliqua qu'un certain Thomas Browne, un type mélancolique né et mort au baroque XVIIe siècle, avait avancé dans une œuvre posthume que la nature et la culture se retrouvaient dans la répétition d'un motif composé de cinq points appelé *quincunx*. Me revinrent alors la barbe de mon premier ami, ses airs de faux prophète et je me dirigeai vers la bibliothèque. Je mis un certain temps avant de trouver le livre que je cherchais. Quelqu'un ne l'avait pas remis à sa place et il avait échoué pour telle ou telle raison dans la section des bandes dessinées – d'après les dires de la bibliothécaire – entre Mickey Mouse et Tom et Jerry, perdu dans les premiers gribouillages de Walter Disney. Je me dirigeai donc vers la section des bandes dessinées et là, parmi ces petits dessins qui ont fait couler tant d'encre, je tombai sur une vieille édition de l'ouvrage. L'œuvre en question était *The Garden of Cyrus*, publiée à l'origine en 1658, vingt-quatre ans avant la mort de l'auteur. Mon ami s'était trompé : bien qu'il s'agît de la dernière œuvre publiée du vivant de l'auteur, ce n'était pas un travail posthume. Toutefois, tous deux étaient parvenus à cerner le sujet : la prévalence du modèle *quincunx* dans la nature comme démonstration d'un dessein divin. Sur la couverture, je tombai sur le portrait d'un petit homme aux yeux profondément grands, rougeâtres et tristes, à la barbe effilée et aux cheveux longs. Je me souviens d'avoir pensé que Thomas Browne était une sorte de mélange de mes deux amis, peint à partir du souvenir. Je ne m'arrêtai toutefois pas sur cette impression. Je feuilletai rapidement cette vieille édition jusqu'à ce qu'une minute plus tard, je tombe sur la forme en question. Il s'agissait d'une sorte d'étoile de mer, d'un papillon géométrique qui ne tarda pas à retenir mon attention. Je pris le livre, le tendis à la bibliothécaire et l'emportai au dortoir des étudiants. Je me souviens qu'à mon arrivée, mon ami réfuta toute ressemblance avec le mélancolique anglais.

Quinze ans plus tard, après de longues lectures et un changement de carrière inattendu, mon obsession finirait par donner naissance à une série d'articles dont je me sentais plus satisfait que fier. Parmi eux, le plus confidentiel et moins diffusé retraçait la genèse des variations du patron chez les papillons tropicaux, une brève note intitulée « Variations du patron *quincunx* et ses usages en lépidoptérologie tropicale » dont la revue anglaise *The Lepidopterologist* avait publié un bref extrait en traduction sous le titre plus exotique de « *The Quincunx and Its Tropical Repercussions* ». Je me souviens que l'article commençait – pur caprice – par une belle citation de Browne lui-même : « Les jardins existaient avant les jardiniers, et n'étaient que de quelques heures postérieurs à la terre. » Encore aujourd'hui, quand je relis l'article, je m'étonne d'y voir cette citation, telle une traduction inutile perdue dans l'autre, indispensable et pertinente. Pour telle ou telle raison que je n'ai pas encore devinée, ce fut ce petit article qui avait réussi à retenir l'attention d'une styliste dont le nom me disait quelque chose mais dont je savais peu du travail. Même sans les ouvrir, je le sais : les six chemises que j'ai devant les yeux sont une sorte de témoignage de cette collaboration qui a commencé par un simple coup de téléphone.

3

Le téléphone avait sonné à cinq heures du matin. D'ordinaire, je n'aurais pas répondu à des heures aussi matinales mais la veille, j'avais fait la tournée des bars avec mes amis et l'acidité m'avait assailli précisément à quatre heures, me laissant prostré dans une sorte de somnolence qui refusait de choisir entre le sommeil et la lucidité. Maintenant cela me paraît évident : le coup de téléphone fut le parfait prétexte pour que je me lève à ces heures incertaines. Mais cela n'a aucune importance. Le téléphone avait sonné à cinq heures et à la cinquième sonnerie, j'avais répondu avec cette expression distinctive que j'avais adoptée face à l'incertitude de la langue à l'étranger quand le pays parle une langue et vos amis une autre : une sorte de fils amorphe du *Hello* américain et du *Hola* latino-américain, un hésitant *allô allô* qui avait quelque chose d'une tortue désespérée. Dans cette étrange langue qui est toutes parce que précisément elle n'est aucune, je répondis au téléphone à la cinquième sonnerie. Je me souviens qu'une voix masculine confirma en anglais mon nom puis, comme pour exprimer quelque intention, me demanda : « *Are you the autor of "The Quincunx and Its Tropical Repercussions"* ? » Je lui répondis que oui, que c'était l'un des textes que j'avais publiés lorsque j'étais étudiant, et que je ne travaillais plus à l'université mais dans un petit musée d'histoire naturelle du New Jersey. Je crus un instant l'avoir perdu, que la ligne se brouillait, puis je l'entendis de nouveau, comme revenir de quelque part. Le reste de la conversation s'écoula comme si j'étais en plein sommeil : il me fit part d'un projet dont je ne saisis pas tout, mentionna ce nom qui me rappelait vaguement un jeu de société auquel j'avais l'habitude de jouer dans mon enfance, insista sur ma discrétion dans la mesure où il s'agissait d'un motif d'une certaine notoriété publique. En plein petit matin, je me contentai de dire oui, sans savoir exactement où je mettais les pieds ni de quoi il en retournait, en proie comme je l'étais à une étrange sensation de perte semblable à celle dont certaines personnes font l'expérience en haute mer quand elles prennent tout à coup conscience d'avoir perdu la stabilité de la terre ferme. Je ne me souviens pas comment tout cela termina mais je me rappelle que le type raccrocha, et que je me retrouvai sans pouvoir dormir ni non plus rester éveillé, un peu insomniaque alors que la matinée commençait déjà, accablé par l'acidité de la veille. Je me fis cuire des œufs aux oignons et me mis à chercher dans les archives de l'ordinateur jusqu'à ce que je tombe sur une copie du vieil article dont je ne me souvenais pratiquement de rien. Je le lus une, deux, trois fois tandis que, dans mon esprit, passait le film des dix dernières années de ma vie, ce trajet que beaucoup qualifieraient de chute libre vers l'échec, mais que j'étais venu à accepter avec une certaine joie noble. Je vis mille fois les variations du *quincunx* sur des papillons cubains, costaricains, dominicains, portoricains, jusqu'à ce qu'il ne reste plus ni *quincunx* ni le moindre papillon mais le visage d'un enfant de quinze ans devant un tableau de salle de classe bourré de symboles. Le jour se levait et, par la fenêtre, on apercevait le paysage blanc. C'était l'hiver.

À cette époque, j'avais récemment arrêté de prendre des anxiolytiques et parfois la réalité vacillait un peu. Rien d'étrange, aucune hallucination, rien de ce genre, juste de petits glissements de perception, comme des appels de lucidité. Il s'était passé quelque chose de semblable au téléphone. Non pas que j'oubliais le coup de fil ni non plus le récusais, mais il resta tout simplement là, latent, comme tombé entre les fissures de la vie. Pendant ces semaines, je mangeai dans les mêmes restaurants de New Brunswick, bus des bières avec Tancredo et mes amis, allai au musée et en revins, tout cela sans mentionner une seule fois l'incident. Sans que je le sache, les influences agissaient de façon souterraine. Ce que je ne manquais pas de remarquer fut le regain d'un certain intérêt pour les formes, une certaine perception des patrons. Le renouvellement, si longtemps différé, de mon intérêt pour le *quincunx*. Peut-être parce que j'avais si souvent lu l'article les yeux rivés ailleurs, je voyais tout à coup la forme partout : dans un cendrier, dans les fossiles marins du musée, dans la mousse de la bière, dans la configuration des passagers au beau milieu de la gare ferroviaire. La forme apparaissait obstinément partout, affleurait puis se cachait uniquement pour réapparaître des heures plus tard dans un autre lieu inattendu. Juste au moment où je pensais être enfin libéré des obsessions, un petit appel régurgitait une passion oubliée. Dans la semaine, je commençai à le ressentir comme une malédiction, un poids menaçant de faire sombrer le flotteur sur lequel évoluait ma vie quotidienne. Je n'attendis plus et, un soir où, du musée, je rentrais à la maison, je me mis à chercher parmi les papiers près du téléphone jusqu'à ce que je tombe sur une sorte de gribouillage dessiné pour me distraire et un numéro correspondant à la ville de New York. Je le composai, une sonnerie retentit à trois reprises mais personne ne décrocha. Je ne sais pour quelle raison mais je me dis m'être trompé de numéro. Quelque chose en moi l'associait à une certaine autorité absolue : un tout ou rien. Aussi ne réessayais-je pas avant deux jours, après avoir relu l'article pour la cinquième fois. La sonnerie retentit trois fois et, à la quatrième, une voix masculine semblable à celle du premier matin, toutefois légèrement différente, répondit. Je m'identifiai et mentionnai l'appel précédent mais, après un silence, on m'expliqua que personne ne savait de quoi il s'agissait. Aussi, comme si de rien n'était, je m'installai devant la télévision. Comme d'habitude : tremblements de terre sur la côte chilienne, polémiques de politiciens corrompus, émissions absurdes pour tromper l'ennui. Quand on rappela, on me trouva à moitié endormi et, pour une raison ou une autre, je laissai l'appel filer vers le répondeur et y écoutai pour la première fois sa voix un peu âpre et je crus qu'elle s'éteignait.

4

Ainsi pourrait-on en arriver à dire qu'au départ, il y a une voix qui se répète sur un répondeur : une voix âpre qui, par moments, semblait s'éteindre mais qui, maintenant, recommence à résonner. Puis je me vois dans une voiture, une voiture verte comme celle qui s'est arrêtée aujourd'hui au beau milieu de la rue, longeant les rues enneigées de ce terrible hiver, tournant tantôt à droite tantôt à gauche, sortant de New Brunswick sans savoir exactement où elle allait, laissant le musée derrière dans l'espoir qu'était enfin arrivée l'heure de renouer avec mes ambitions. Je me souviens d'être passé devant les usines abandonnées que reconnaissent tous ceux qui sont allés dans le New Jersey, ces ruines recouvertes de neige, une petite chapelle se découpant sur le blanc. Je vois deux trains nous prendre de vitesse. Puis la tombée du jour, puis l'obscurité. Alors, je ne vois pas beaucoup plus que les phares des voitures, le visage du chauffeur qui, par moments, jette un œil dans le rétroviseur jusqu'à ce que, tout à coup, émerge cette belle catastrophe de lumières qu'est la ville de New York vue du New Jersey.

Il me plaît parfois de penser que derrière l'insomnie se cache quelque chose de ce genre : une vision lucide et gigantesque que les insomniaques ne peuvent oublier. Ils ferment les yeux et la voient, une sorte de magnifique tableau rempli de points minuscules palpitant comme des étoiles. Je me souviens d'avoir traversé le pont et d'être arrivé dans cette ville où j'étais très souvent allé mais qui, à présent, enflait comme enflait l'éponge de mon ambition, comme enflent les hérissons ou les coraux, avec une patience mesurée, poursuivant une voix indistincte qui, désormais, appartenait à toute la ville. Je me revois dans cette voiture que j'ai vue aujourd'hui arriver à dix heures passées, longeant une rue pleine de neige jusqu'à ce que, tout à coup, je la sente tourner à droite, voie apparaître un énorme bâtiment sans fenêtres et qu'elle s'arrête en remarquant les premiers pavés.

Cette première fois, la réunion fut longue en dépit des apparences. Il faisait nuit, il était plus ou moins dix heures, quand la voiture s'arrêta dans cette rue pavée que j'arriverais ensuite à si bien connaître, entre cet affreux bâtiment sans fenêtres et un immeuble de luxe qui avait jadis été une usine. J'imagine qu'il devait être dix heures dans la mesure où je compris plus tard qu'avec elle tout avait son étrange ponctualité, une certaine précision qui s'éloignait des horaires fixes, du sens commun déterminé par les calendriers. Oui, il devait être dix heures, parce que ce fut toujours dix heures, onze tout au plus, ce genre d'heures ambiguës auxquelles tout le monde rentre chez soi. Toujours est-il que je fus reçu par une gamine que je pris un instant pour elle, la styliste, mais que je reconnus rapidement comme une assistante, l'une de celles qui, par la suite, se multiplieraient presque incognito, toujours un peu en marge, agaçantes dans leur étrange travail d'employées de bureau glorifiées. Je donnai mon nom, et nous nous retrouvâmes à marcher dans les corridors de ce bâtiment que j'arpenterais tant de fois mais, si j'y retournais aujourd'hui, que je considérerais encore comme étrange, marqué comme il l'était par une certaine atmosphère d'hôtel vide, une certaine aura d'usine oubliée dans laquelle apparaissaient tout à coup des portes numérotées. Je me souviens d'avoir toujours eu la sensation que les portiers se servaient de leurs frères pour interchanger leurs horaires : ceux qui me saluaient se ressemblaient étrangement mais étaient toujours un peu différents. Puis je revois l'assistante s'arrêtant devant l'une des portes et frappant avec une délicatesse frisant presque la peur. C'est alors, quand elle ouvre la porte, que je la vois pour la première fois : une femme dans la fleur de l'âge, belle précisément parce que quelque chose en elle refusait de se livrer aux regards. Je me souviens qu'elle se présenta, mais ce qui, pour ma part, retint mon attention, fut un certain tic nerveux, une façon d'interrompre ses phrases à mi-chemin, comme si elle avait oublié de mentionner quelque détail et, qu'au beau milieu de sa phrase, elle cherchait à faire machine arrière, uniquement pour se rendre compte qu'elle n'avait d'autre choix que d'aller au bout de son propos. Je crois qu'elle avait une écharpe bleue qu'il me sembla avoir peut-être déjà vue ailleurs. Pour le reste, elle était entièrement vêtue de noir, comme, je le sus vite, c'était son habitude.

Je me souviens qu'il faisait encore froid dans le corridor et qu'elle m'invita à entrer. Nous nous assîmes au centre de la pièce, elle très éloignée de moi, moi affalé sur un meuble qui me parut très inconfortable et elle, assise un peu loin sur une chaise en bois. Moi, par timidité ou distraction, je me mis à regarder le tableau qui s'étendait derrière elle, croissait dans son dos, une sorte de tableau composé de chiffons imbibés d'huile jusqu'à ce que je l'entende entamer cet étrange monologue halluciné que j'ai encore la sensation d'avoir déjà entendu ailleurs : elle commença par mentionner les yeux du *Caligo brasiliensis*, la façon dont les deux points dessinés sur les ailes du papillon le font ressembler à un hibou. Puis, sans s'arrêter, elle se mit à examiner le célèbre cas de la mante religieuse, la manière dont l'insecte jouait les anonymes en pleine forêt. Je me souviens qu'elle dit quelque chose à propos de la pluie dans les forêts tropicales, puis s'arrêta. Elle regarda alors le tableau d'un air distrait, sortit un petit carnet et commença à dessiner des croquis : papillons, insectes, silhouettes marines, petits gribouillages qui ne représentaient pas grand-chose mais qu'elle ne tarda pas à me montrer. Ici, il y a les *calappae* qui ressemblent à des pierres, ici les *chlamydes* comme des graines, ici les *moenas* comme du gravier : elle énonça tout cela avec un sérieux absolu, puis elle se mit à rire. Je pensai que peut-être tout cela n'était qu'une plaisanterie de mauvais goût ou pire encore, le monologue d'une femme dérangée mais, dans le timbre de son rire, quelque chose me fit penser qu'il était question d'autre chose. Pointant alors un nouveau dessin sur lequel on distinguait une série de fleurs clochettes que j'identifiai rapidement comme les *cholas* brésiliennes, elle m'expliqua finalement la raison de son coup de téléphone.

J'en ai assez, me dit-elle, de faire des collections de mode. Je veux, tant qu'il en est encore temps, faire une collection sur la mode elle-même. Pas la simple mode, mais autre chose. Son doigt, long et pâle, pointait de nouveau le carnet. Quelque chose dans sa voix resta en suspens dans l'atmosphère et moi, je pensai à la voix que, des semaines auparavant, j'avais entendue sur le répondeur, à cette première intuition que quelque chose en elle s'éteignait. Puis nous parlâmes de choses plus triviales, de la ville et de l'hiver, de mon travail au musée et du *quincunx*, de toute cette sorte de brouillard quotidien qui à présent semblait sens dessus dessous. Il devait être presque deux heures quand je repartis. En quelque sorte, presque quatre heures étaient passées. Je me souviens qu'au moment où je sortais, le chauffeur m'avait proposé de me ramener mais j'avais refusé parce que je voulais marcher. La neige, lui dis-je, avait fini par réchauffer les rues.

Je marchai pendant des heures, un peu au hasard, tandis que dans mon esprit, sautillaient des images de la conversation. Des éclats, des moments équivoques, la résonance de ce rire qui me semblait de plus en plus ambigu. Je longeai les rues enneigées sans me presser, étrangement persuadé que, sans le savoir, je me dirigeais vers l'est, que le soleil ne tarderait pas à apparaître et que je pourrais rentrer chez moi. Je pensai à l'intuition qui me suggérait que quelque chose dans cette voix s'éteignait, cette voix âpre que j'avais ce jour-là écoutée avec une patience animale. Je contournai le quartier chinois, puis longeai une étrange rue bourrée de chats, je me rappelai la curieuse manière qu'elle avait eue d'entrée de jeu de s'aventurer dans le projet avec ses croquis et en arrivai presque à me convaincre que tout cela, ce monologue halluciné, elle le tirait d'ailleurs. Un film mal traduit ou une émission de télévision. Ce qui était bizarre, c'est que, lorsque Giovanna parlait, quelque chose en elle se rétractait, comme le font les mots quand ils sont prononcés doublés dans une autre langue que celle dans laquelle ils ont été pensés. Je fus distrait par un néon annonçant un bar. Quelques garçons s'étaient rassemblés devant. Je remarquai que la nuit avait gardé un peu de vie et que cela valait peut-être la peine d'entrer dans un bar et d'y boire un verre. Le mot « Bowery » du néon avait retenu mon attention. Je connaissais le nom comme je connaissais la ville entière, comme on connaît les choses de l'extérieur : par le biais de romans et d'histoires étrangères. Mais dans ce cas précis, l'histoire était la transposition d'un mensonge.

Découvrir si l'un de mes ancêtres était venu là, avait marché dans ces mêmes rues, eut l'air d'acquérir un moment une certaine pulsion vitale, comme si ce n'était qu'à cette seule condition que j'aurais le droit de marcher à de telles heures dans des quartiers dont j'ignorais réellement tout. Je me remémorai une expression que la styliste avait utilisée ce même soir – « animal tropical » – et me dis que dans mes tropiques, il n'y avait pas beaucoup d'animaux, qu'elle se trompait, que je n'étais pas la personne indiquée pour ce projet. Oui, des milliers de Portoricains étaient arrivés avec la grande vague migratoire des années 1950 et 1960, mais les rapports que j'entretenais avec cette génération étaient ambigus et problématiques. Peut-être était-ce la raison pour laquelle j'avais décidé de me situer en marge de la ville, dans cet étrange New Brunswick avec ses bars de vétérans nord-américains qui me regardaient toujours de biais, d'un air suspicieux. Mon rapport à la ville exigeait autre chose, cela n'avait rien à voir avec une question de deuxième ou troisième génération, car ceux-là me toisaient toujours avec une profonde méfiance. Quelque chose en moi me disait que je ne serais sauvé qu'à la condition qu'un de mes ancêtres ait foulé ces mêmes rues au beau milieu du XIXe siècle. Mes racines seraient alors bien définies et je pourrais accepter tout cela avec un certain sentiment de droit et d'héritage. J'avais vu quelque part une photo du Bowery vers la fin du siècle : une foule marchant à l'ombre des premières lignes du train, de rues pavées avec leurs établissements invitant à traîner un moment – des rues invitant au vice. J'imaginai mon précurseur dans la foule, un homme portant veste et chapeau, peut-être les seuls qu'il avait, se débattant avec cette sensation d'inquiétude et de confusion qui, à présent, m'assaillait moi en voyant l'ancien secteur du vice de Manhattan se transformer au bout d'un siècle en une timide ombre de lui-même. Peut-être décidai-je d'entrer dans le bar afin d'oublier ce sentiment de déracinement qui accompagne tout souvenir photographique. Non plus le bar des garçons et du néon, mais un établissement plus silencieux sur lequel je tombai quelques pas plus loin en descendant l'escalier, un sous-sol caché duquel sortit un couple ivre jouant à s'embrasser.

Il est des lieux qui nous donnent l'impression d'être dans l'erreur: par exemple, ce bar. Une sorte de restaurant libanais bourré de narguilés et marqué par une lumière de pierre rougeâtre qui lui conférait une aura de fausse tombée du jour. Il devait être trois heures du matin quand, me frayant un passage entre un couple d'ivrognes qui sortait, je descendis les marches sur lesquelles commençait à fondre la neige et entrai dans le local. Je me souviens d'une étrange architecture formant des recoins inattendus dans lesquels de jeunes gens ivres fumaient et buvaient du vin sur des longues tables en bois qui auraient été plus à leur place dans un restaurant italien rustique qu'à cet endroit, dans l'haleine d'alcool las exhalée par le bar. J'aurais adoré avoir un livre, de quoi occuper mes mains et mon oisiveté, n'importe quoi, un téléphone portable ou une feuille de papier blanc. J'aurais aimé avoir apporté ce roman dont j'avais déjà oublié le titre. Peut-être ainsi aurais-je pu davantage penser aux généalogies. Du moins j'aurais pu assumer l'anonymat que nous confèrent les choses lorsqu'elles nous emplissent les mains, cette aura de laboriosité qui aurait éloigné de moi cette sensation d'être là, seul, parfaitement seul, parmi les groupes qui terminaient la nuit en riant. Je commandai un verre de vin rouge et me mis à observer cette étrange écologie. Je me souviens d'avoir été étonné par la manière si subtile qu'avaient les serveurs de serpenter entre les tables, frais et soignés. Il y avait là un terrible silence, s'agissant d'un bar qui fermait à la dernière heure. Comme si une sorte de trou noir s'était glissé entre les tables, prêt à dévorer tout excès de bruit.

C'est alors que je la vis.

Elle devait avoir soixante ans, elle avait les cheveux teints en rouge et le regard des obsessionnels. Elle occupait une table entière sur laquelle elle avait posé une quantité infinie de journaux. Quelque chose dans la scène me rappela les vieux films de guerre, quand le général retrouve ses colonels pour planifier la dernière embuscade. Quelque chose en elle semblait démesuré, ou conçu à une autre échelle, quelque chose semblait amener un peu de légèreté parmi tant de papier éparpillé en un désordre fortuit. Je me souviens d'avoir commandé un autre verre et recommencé à l'observer. Autour d'elle, les serveurs circulaient avec un calme particulier, comme s'ils avaient compris que le secret était de ne pas la déranger. J'en vins à penser qu'il s'agissait de la patronne de l'établissement, mais me dire qu'aucun patron de bar ne serait réveillé à de telles heures me détrompa. Sur son visage, elle gardait les traces d'une certaine beauté comme si, dans quelque passé, elle avait été belle et n'eut plus à présent qu'à assumer cette beauté primitive. Ses mouvements étaient lents mais je réussis à percevoir, dans le calme initial, une certaine avidité à tout dévorer en une seule fois. Alors, comme s'il s'agissait d'un souvenir ou d'une intuition, comme pour chasser ce spectre de moi, je repensai à Giovanna. Elle aussi avait quelque chose d'un oracle moqueur, d'un sphinx égyptien, d'une actrice recherchant désespérément l'anonymat. En y repensant, combien était étrange ce naturel avec lequel elle semblait nier tout ce qui lui appartenait. Peut-être avait-ce été le choc de la première impression ou la vitesse avec laquelle elle s'était précipitée sur le projet, mais je ne remarquais qu'à présent les singularités de la styliste. Elle avait les cheveux terriblement blonds, comme ceux des actrices de Hollywood des années 1950 et, dans son regard vert vibrant, on pouvait deviner un mensonge. J'essayai de l'imaginer autrement, avec les cheveux noirs et les yeux marron, mais sans succès. Dans l'appartement, tout m'avait d'abord paru normal mais les idiosyncrasies me sautaient au visage : son refus de bavarder en anglais, préférant un espagnol sans origine claire, l'absence subtile de toute photo de famille dans la maison, la façon dont la conversation s'était limitée au strict nécessaire. J'essayai d'imaginer Giovanna âgée mais pour ne réussir qu'à renouer avec l'image de cette lectrice de journaux qui paraissait désormais aux prises avec des questions étrangères à son travail. Deux filles saoules, intriguées comme moi par ce personnage, s'étaient rapprochées pour lui parler et la dame, un peu névrosée, avait réagi par des gestes presque violents qui seraient montés d'un cran si les serveurs n'avaient demandé aux gamines de se montrer plus discrètes, puis elle se replongea dans sa lecture. L'hypothèse de la folie me parut irrespectueuse et superficielle. Comme dit Tancredo, il faut comprendre les fous dans leur propre logique. Peut-être était-ce pourquoi je commandai un autre verre, et entre-temps je me dis que c'était sans doute elle qui avait raison, que les journaux étaient faits pour être lus au petit matin du jour suivant, au moment où les dépêches de ce jour suivant étaient sur le point d'arriver. Quand je jetai un coup d'œil à ma montre, il était déjà presque cinq heures. Dehors le soleil ne tarderait pas à se lever et moi, j'étais loin de la maison, loin de New Brunswick et du musée, dans un bar où une femme lisait compulsivement des journaux en plein lever du jour. Je me souviens qu'à la sortie, deux gamins se battaient dans un coin. Je pensai que mon faux ancêtre avait dû vivre un peu tout cela.

Lors de ces semaines, mes commentaires à Tancredo se contentèrent d'ébaucher l'étrange scène à laquelle j'avais assisté dans le bar. Quelque chose en moi, encore aujourd'hui, me fait penser que j'avais accepté le projet simplement pour pouvoir retourner là-bas, dans le bar de pierre rougeâtre bizarrement calme. Peut-être, me dis-je, tout ce cinéma se résumait-il à une fascination puérile pour une femme qui, au petit matin, lisait des journaux. Toujours est-il que chaque fois qu'entre deux bières, j'essayais d'expliquer à Tancredo ma fascination, je me sentais échouer : la description me trahissait, le ton n'était pas le bon, les mots se précipitaient et s'évanouissaient avant d'arriver à leur objet de prédilection. Tancredo, las de tant d'ambiguïté, agitait sa cigarette sur le cendrier, restait silencieux une seconde, plissait les lèvres et finissait par ébaucher une théorie. D'après lui, ce bar en plein Bowery ressemblait un peu à ce que les physiciens appellent l'« horizon des événements », cette frontière proche d'un trou noir, où la vitesse d'échappement est identique à celle de la lumière. Ainsi, tout phénomène ayant lieu au-delà de l'horizon était-il imperceptible pour un observateur extérieur et vice versa. Comme un nid de fourmis, me disait Tancredo, et moi, pour la première fois, je commençais à prendre goût à ces métaphores extravagantes. Je me rappelais les marches et le néon du bar voisin, la bagarre à laquelle j'avais assisté à la sortie. Plus tard, quand le projet se mit à me consumer, je me dis que cette frontière de fourmis pourrait fort bien décrire aussi l'étrange affaire sans issue dans laquelle je m'étais fourré. Mais cela, ce fut plus tard. Au départ, il n'y avait que cette image de lecture compulsive en pleine nuit et, autour d'elle, une routine d'insomniaque se répétant jusqu'à la fatigue, jusqu'à me laisser épuisé avec une bière face à Tancredo qui ébauchait des théories.

5

Les appels arrivaient d'ordinaire à trois heures, et les voix étaient toujours différentes. Le téléphone sonnait, les collègues du musée me regardaient d'un air complice, j'abandonnais mes catalogues et m'acheminais toujours à la rencontre de la même chose : une douce voix m'informant de l'heure et du lieu de la rencontre. Il y avait dans tout cela quelque chose d'équivoque, d'un faux secret, d'une aura d'illégalité. Moi, je me contentais d'accepter la routine avec un automatisme joyeux. Puis, plus tard, vers neuf heures, la même voiture verdâtre passait près de mon appartement et je descendais l'escalier avec une certaine anxiété, disposé à tout quoi qu'il en soit. Durant ce premier hiver, je me souviens d'avoir vu toutes les variations que la neige peut créer sur un même paysage : les mille formes qu'en fondant la neige peint sur ce paysage – déjà décrépit – avec des allégories de guerre. Au bout de quelques mois, le voyage devint un rite si naturel que je dormais pendant tout le trajet pour ne me réveiller qu'au moment où les premiers pavés se faisaient sentir. Puis il fallait affronter ce bâtiment aux mille visages, ensuite de longues discussions avec Giovanna qui abordaient mille sujets : une théorie sur les silhouettes que forment les oiseaux en volant, des discussions sur la nature de la couleur, un débat sur la mimésis et son origine animale, de longues conversations sur l'anthropologie latino-américaine. Conversations qui finissaient toujours par se transformer en longs monologues de Giovanna dans lesquels je tombais sur des phrases que je croyais avoir déjà entendues ailleurs.

Nous parlions de mille choses, tandis qu'autour de nous s'agitaient, furtivement, ses assistants dans une sorte de labeur continu qui, sur certains points, en arrivait à ressembler à l'atmosphère hallucinée de ce bar dans lequel les serveurs évoluaient avec tact et grâce, veillant à ne pas déranger la lectrice de journaux. Giovanna ébauchait des choses sur un petit carnet de cuir rougeâtre, et moi, de loin, je me demandais de quoi il s'agissait. Puis, des heures plus tard, l'un des assistants prenait congé sous prétexte que la styliste était fatiguée. Alors je sortais vaquer dans les rues. J'errais pendant un moment avant de m'arrêter, comme toujours, devant le néon du Bowery, devant les marches qui menaient à ce bar libanais où une dame de soixante ans lisait compulsivement des journaux. Je m'asseyais, commandais un verre et m'imprégnais de l'atmosphère : les jeunes gens ivres en quête de baisers, les serveurs qui, chaque fois, me paraissaient de plus en plus ressembler aux assistants de Giovanna et, en ce centre équivoque qui pour Tancredo délimitait la frontière, la lectrice avec sa cartographie martiale de l'information.

Je craignis ces premières semaines que ma fascination fût découverte. Je craignis qu'un jour, la dame me vît en train de la fixer. Son sens de l'espace, cependant, semblait autre : comme si, en dehors des journaux, sa réalité se limitait à ce qui lui était immédiatement proche. J'observai comment, soir après soir, les jeunes gens ivres s'approchaient d'elle jusqu'à la déranger. Ce n'est qu'alors, comme sentant la présence importune d'un insecte, qu'elle se secouait violemment et les réprimandait. L'un des serveurs éloignait les saoulards et elle se replongeait dans ce nuage d'information. Je pouvais passer des heures ainsi, jusqu'à ce qu'à cinq heures, je quitte les lieux et entreprenne en train le chemin du retour.

6

Aujourd'hui j'ai à peine regardé ma montre et il est déjà presque une heure. Je me suis alors dit que, pendant ces années, l'image de la lecture en plein bar en était arrivée par devenir pour moi le reflet de ma propre insomnie. J'ai un peu pensé aux miroirs et à la sensation si étrange qui assaille l'enfant quand, dans un moment de distraction, il ouvre la main et voit son ballon à l'hélium s'envoler dans les airs avec une incomparable légèreté. Je ressens quelque chose de ce vertige inversé en me rappelant maintenant cette année que j'ai passée immergé dans un projet dont la logique m'échappait mais face auquel se développait un sentiment d'appartenance. Je sentais d'une certaine façon que mon ancêtre fictif était au diapason de mes pas, les légitimant, leur donnant un sens.

Il est déjà presque une heure et les chemises restent fermées. Dehors, la rue est vide, quelque nouveau cri aviné de temps à autre, mais en général une tranquillité absolue. J'ai fait les cent pas dans la pièce en m'ennuyant un peu, je me suis préparé un café, puis j'ai décidé d'allumer le ventilateur. Ainsi, avec un certain bruit uniforme en musique de fond, un café pour revitaliser la matinée, tout va mieux. J'ai de nouveau jeté un œil aux chemises et me suis dit : « À chacun sa chance. » J'ai alors rallumé l'ordinateur à la recherche de n'importe quoi. Au bout d'un moment, je me suis surpris à lire une nécrologie. Une autre photo de Giovanna, cette fois au beau milieu d'une passerelle lors de l'un de ses derniers spectacles, puis un résumé de son œuvre. Moi, cependant, ce qui retient mon attention est une donnée que j'avais presque oubliée : dans une courte phrase, la nécrologie mentionne cette peur terrible qu'avait Giovanna de la foule. Juste une ligne, mais qui m'a sauté aux yeux sans crier gare à côté de la fragile image de la styliste en pleine salle : la façon qu'elle avait de s'éloigner de tout, de créer son propre espace comme s'il y allait de sa vie. Quelque chose dans ce geste l'apparentait à la dame aux journaux, la rendait complice de ces gens étranges qui, au beau milieu de la nuit, cherchent à se protéger des rêves. Elle ne fit jamais allusion à sa peur en ma présence, mais quelque chose en elle se rétractait jusqu'au point de devoir se cacher. Je pensais alors que tout n'était pas dénué de sens. Son obsession des procédés mimétiques de la mante religieuse, cette obsession de voir la mode comme un art du camouflage et de la cachette. Ses cheveux qui ne pouvaient être plus blonds et ces fausses lentilles de contact avec lesquelles elle souriait timidement comme quelqu'un qui fait machine arrière. Nul besoin de la voir au milieu de la foule pour savoir que son lieu était ailleurs. Comme si, quand tous avaient décidé que la mode était un art de l'éclat, elle s'était proposé le contraire, penser la mode comme un art de l'anonymat en pleine forêt. Je remarque maintenant que même si nous nous étions vus en divers endroits, dont l'appartement dans ce bâtiment industriel était tout juste le premier, nous nous étions toujours rencontrés dans des lieux fermés, comme si la ville la terrifiait. Dans les multiples habitations où nous nous sommes vus, les meubles étaient disposés de telle façon qu'elle pouvait se perdre parmi eux sans avoir recours à une quelconque proximité. Je bois mon café et l'image d'elle cherchant à se réfugier devient si vive et réelle que, pour la première fois de la nuit, j'éprouve un peu de tristesse.

Les chemises commencent à me tenter.

Tout démarra par les plaisanteries habituelles pour ensuite dégénérer en possibilités plus réelles : et si tu couches avec elle ? Ne serait-ce pas parce que le *quincunx* est amoureux ? Ne serait-ce pas parce que tu l'aimes au tréfonds de toi-même? Les questions de Tancredo étaient étalées sur la table comme des possibilités inexplorées. Giovanna était attirante, sans aucun doute. Quelque chose dans ses faux yeux clairs obligeait tout un chacun à l'aimer. Mais juste au moment où l'heure de l'intimité arrivait, elle coupait court et, soudain, tout semblait si loin que l'éventualité même de la revoir n'allait plus de soi. Elle disparaissait pendant des mois sans laisser le moindre message. Puis quelqu'un lisait dans les journaux qu'elle était à Londres, à Milan, à Munich. Quelque chose en moi s'estimait trahi et acceptait de nouveau sa place au musée, avec les catalogues et les bières, les collégiens bruyants arrivant en troupeaux. Les semaines passaient et je l'oubliais presque, elle comme le projet, s'il n'y avait eu quelque chose en moi qui refusait d'abandonner un projet aussi facilement, de surcroît quand sa nature n'était pas claire. « Farce ou tragédie ? » disait Tancredo, et moi, je savais que je devrais poursuivre le plan jusqu'à ses dernières extrémités si je voulais savoir où la plaisanterie allait en venir. Dans la semaine arrivait un appel et, des heures plus tard, j'étais de retour dans la voiture verdâtre en direction de la ville, en une nouvelle saison, un nouveau climat, mais disposé à participer à la même énigme. Pendant des mois me sauva l'idée que peu importait combien de temps passait, je pourrais toujours arguer que dans un petit bar de la ville, cachée de tous, une dame lisait des journaux. La constance, cependant, tend ses pièges et le jour où elle fait défaut, on dirait qu'un monde s'écroule.

7

Je découvris vite que chez Giovanna, la terreur de la foule était liée à une autre, pire encore : celle de tomber malade. Ce devait être déjà le printemps quand elle m'en parla. L'hiver avait été intense, avec beaucoup de neige et de vent, moyennant quoi le printemps était arrivé avec un certain air prophétique. L'appel avait retenti la veille à l'heure habituelle mais avec des instructions différentes : nous nous retrouverions à midi dans sa maison au bord de la plage. Je me souviens le lendemain avoir préparé un petit sac à dos et avoir attendu une bière à la main, en regardant par la fenêtre les chiens et leurs maîtres passer. Peut-être était-ce en raison des discussions que j'avais avec elle, mais j'en suis venu à penser ce matin-là qu'il était très étrange que, dans ces villes nord-américaines, il n'y eût pas de chiens errants. Quand j'étais petit, ces chiens qui se promenaient dans les rues sans maître ni loi, signes d'une violence latente qui, à tout moment, pouvait assaillir et mordre, m'avaient toujours fait peur. Je restais à la maison et les voyais passer, heureux qu'une grille nous sépare. Les villes modernes, pensai-je, sublimaient leurs violences avec des gratte-ciel. Les villes modernes, me dis-je, effacent leurs frontières avec des grues de construction. C'était à cela que je pensais quand je vis arriver la voiture. Je finis ma bière et, en descendant, tombai sur le chauffeur au même visage. J'hésitai à lui faire part de mes pensées, mais décidai finalement de me taire. Les deux heures suivantes, nous les passâmes, muets, au beau milieu de l'autoroute, moi pensant à des chiens errants et à des villes, à des chiens et des îles, jusqu'à ce que la nature commence à s'emparer du paysage de ruines et je sentis alors quelque chose approcher. Un écriteau vert indiquait les Hamptons à dix miles. Giovanna avait fait allusion à la maison pendant l'hiver. Elle en avait hérité toute petite et, depuis, y séjournait un long moment à chaque printemps. J'avais voulu l'interroger sur ses parents, mais quelque chose en moi sentait qu'il valait mieux me taire. Peut-être est-ce pourquoi en arrivant, je me contentai d'un salut cordial et d'un commentaire discret. Deux heures plus tard, nous étions étendus au beau milieu de la terrasse, en maillots de bain, coupes de champagne à la main, à regarder les vagues, à parler de petits insectes qui, en pleine forêt, jouent les cannibales. C'est à ce moment-là qu'elle parla de ses peurs. Petite, me dit-elle, elle était allée jusque dans les Tropiques. Elle avait parcouru des îles, s'était rendue le long de côtes d'eau claire et avait essuyé d'énormes averses, gravi des montagnes et des cascades. Je voulus l'arrêter et lui demander des détails, mais je savais que chez elle, l'imprécision était un choix personnel. Elle était allée là-bas, sur une île, où elle était tombée malade. Elle avait été piquée par un insecte et avait passé des mois clouée au lit, hospitalisée dans un pays lointain. Je me souviens que, tout en me donnant des détails sur son long séjour dans cet hôpital tropical, elle fronçait son visage et quelque chose dans sa façon de parler se rétractait craintivement. Je me souvenais de la voix que j'avais entendue des mois auparavant sur le répondeur et quelque chose en moi me renvoyait à l'image des chiens de mon enfance.

La convalescence avait duré deux mois, pendant lesquels son unique soutien avait été une série d'albums de bandes dessinées qu'une vieille infirmière lui lisait jour et nuit. Une coupe de champagne à la main, j'écoutais tout et imaginai la scène : cette fillette d'à peine dix ans, aux cheveux châtains et aux yeux noirs, cette enfant si différente de la femme qui, à présent, fronçait de nouveau craintivement les sourcils, perdue sur une île lointaine, immergée dans une langue qui lui était inconnue. J'écoutais l'histoire qu'elle me racontait et en arrivais presque à percevoir les silhouettes absentes : la mère et le père dont elle aurait dû mentionner la présence mais qu'elle passait sous silence. Je pensai l'arrêter et l'interroger sur ses parents, mais sa voix s'interposa et je sentis que ce serait un manque de respect. Le pire, me disait-elle, avait été l'immobilité. Être là, sans bouger, comme l'un de ces insectes dont nous pouvions parler pendant des heures.

Tout commençait à faire sens. Juste à ce moment-là, Giovanna changea brusquement de sujet et remit sur le tapis le débat sur le cannibalisme mimétique. « Se dévorer soi-même. » Je me souviens précisément des mots parce qu'ils ne coïncidaient pas du tout avec cet après-midi ensoleillé en pleins Hamptons, la mer résonnant dans notre dos. Je me souviens d'avoir continué à songer à l'histoire de l'hospitalisation pendant qu'elle poursuivit avec ses théories. Elle ébaucha alors le synopsis de ce qui, pendant très longtemps, fut pour moi l'expression la plus ambitieuse de cette plaisanterie devenue farce : l'idéal, me dit-elle, serait de proposer la passerelle dans le noir total, de faire marcher les *top models* complètement nues dans l'obscurité. Pas juste l'obscurité, mais elles défilant sur la passerelle comme elles le feraient normalement, vêtues de la collection entière. Elle disait tout cela et quelque chose en moi voulait la haïr, démasquer la farce, mais ce même quelque chose se refusait de haïr la fillette de dix ans. Quelque chose en moi voulait fouiller les zones d'ombre dans lesquelles évoluaient ces mois de convalescence. J'en restais là jusqu'à ce que le soleil commence à décliner et qu'elle m'invite à passer la nuit avec elle, mais moi – peut-être par peur ou pudeur, ou encore craignant de l'aimer –, je m'excusai en disant que j'avais beaucoup de travail au musée et que le mieux était que je rentre à New Brunswick. Je pensais à l'histoire que je venais d'entendre quand je décidai de me diriger vers le Bowery.

Cette nuit-là, ce fut différent. J'arrivai tôt au bar libanais et m'assis pour boire un verre. La dame aux journaux n'était pas là, aussi me suis-je convaincu d'attendre. Presque par réflexe, comme pour combler un vide, j'appelai un serveur et lui demandai un journal. Au bout d'un moment, il m'en apporta un et je me surpris à lire les pages consacrées à l'art. Un court article sur certaines interventions anonymes d'un artiste anglais dans diverses villes : graffitis à New York, installations à Berlin, art conceptuel à grande échelle à Londres. L'identité de l'artiste n'apparaissait pas mais sa signature était indiscutable. Je pensai à Giovanna, aux signatures de Duchamp et à l'histoire de convalescence entendue l'après-midi même. Quelque chose en moi me mena à une autre histoire d'enfance : je me souvins du vague plaisir que m'avaient toujours procuré les longs après-midi de pêche que je partageais avec mon père. Il nous guidait jusqu'à des pierres le long de la côte et là, commençait cette routine si précise qu'elle avait quelque chose d'un temps suspendu : mettre l'appât, les plombs, lancer la canne à pêche en arrière et la laisser dériver. Puis voir les flotteurs s'immobiliser, dans ce temps en suspens appartenant à un autre monde, un monde de la patience pas très éloigné de celui de l'insomnie. Sentir les flexions de la marée sur le fil, jouer à différencier la force du poisson de celle de cette même marée. Entre deux verres, je me dis que la convalescence, la lecture des journaux en plein petit matin et les après-midi de pêche avaient quelque chose en commun. Une certaine gravité inversée. Je commandai encore un verre, puis un autre. J'essayais, sans m'en rendre compte, de me sortir de la tête l'image de la jeune Giovanna étendue sur un lit, écoutant de petites histoires en langue étrangère, terriblement seule sur cette île anonyme. Je pensai à Tancredo et à l'histoire de William Howard, le collectionneur d'îles. Je repensai à cette maison des Hamptons, à l'héritage que la styliste avait mentionné, et j'en vins à me demander si tout cela n'était pas qu'une simple farce familière. Une subtile manière de justifier tant d'opulence. Mais il y avait là le visage de Giovanna, la présence lointaine, le malaise et les peurs. Quelque chose de vrai derrière cette solitude apparente. C'est à ce moment-là qu'entra la dame aux journaux aux côtés d'un petit homme vêtu de noir, portant une chemise à manches longues mais sans col, qui lui conférait un certain air monacal. Ce fut la première et dernière fois que je la vis accompagnée. Ils s'assirent à leur table habituelle et, pour ma part, je me demandai si l'homme savait qu'à cet endroit-là, des heures plus tard, se déroulerait une scène mémorable. Elle était un peu différente, ses boucles rouges tombant parfaitement, elle portait une longue robe rouge décorée de fleurs bleues. Son visage n'affichait plus la même lassitude, il semblait acquérir une certaine autorité avec l'âge. Le printemps lui réussissait si bien que je crus un instant pouvoir l'aimer. C'est alors que je crus qu'elle m'avait remarqué. Après de longs mois de guet, je finissais par commettre l'erreur majeure : arriver trop tôt. Comme si dans ce bar était respecté un horaire secret régulant les visibilités et les invisibilités. Je me sentis terriblement présent et essayai de me cacher dans la lecture du journal. Autour de nous, les gens dînaient et bavardaient tandis que j'éclusais les verres, l'un après l'autre. J'avais commis le péché d'arriver trop tôt et l'unique issue que je croyais entrevoir était de me saouler jusqu'à en devenir invisible. Je me souviens que derrière le journal, je pouvais l'observer discuter avec cet homme qui semblait venu d'une secte *hare krishna*. Quelque chose en moi se sentait trahi, comme si derrière tout cela, les multiples soirées que j'y avais passé, il y avait un contrat de solitude partagée mais non acceptée. Sans doute, me dis-je, le fait d'être arrivé tôt avait brisé ce contrat imaginaire entre insomniaques. J'étais arrivé tôt comme avant j'étais arrivé tard à l'histoire de Giovanna. L'impossibilité d'arriver à temps, me dis-je, est un autre nom de l'insomnie. De l'autre côté du comptoir, une fille blonde me souriait d'un air malicieux.

Pour la première fois depuis très longtemps, je pensai aux dates. À l'angle droit du journal, on lisait : *23 avril 1999*. Le millénaire arrivait juste et tout le monde parlait d'un effondrement général, d'une erreur dans l'information due à la façon dont les programmateurs avaient enregistré les dates. Je pensai à l'étrange nom que les habitants des États-Unis donnaient à cette erreur de *software* : ils l'appelaient *bug*, comme s'il s'agissait d'un insecte. Je repensai à celui qui avait piqué Giovanna, à la manière dont nos conversations terminaient toujours par se focaliser sur quelque insecte. Et je me revis un instant petit, essayant d'empêcher les moustiques de me piquer, m'empêtrant dans mes propres pas jusqu'à céder frustré aux piqûres. Insectes, rien de plus insupportable. Avec les insectes, le problème, c'était qu'on arrivait toujours trop tard ou trop tôt. Je commandai un autre verre puis, quand l'homme partit et qu'elle sortit les journaux, encore un autre. Je craignis que mon ivresse me trahît. Je ris un peu en pensant que quelque chose nous avait tous piqués.

8

Quand il était jeune, Tancredo avait eu une idée singulière. Pendant ses années d'activisme, il avait inventé une façon de critiquer le système en ayant recours à ce qu'il appelait la raison pratique. Il vivait à New Brunswick mais travaillait à New York, moyennant quoi il prenait le train tous les jours. Il eut alors l'idée de consigner chaque arrivée de train, les décalages dans leurs horaires, leurs retards. Pour lui, chaque retard démontrait que quelque chose dans ce système supposé parfait ne fonctionnait pas. Tout était répertorié dans un petit carnet en cuir rougeâtre qui en arriverait à ressembler à celui dans lequel Giovanna ébaucherait ensuite des théories. Moi, j'observais Tancredo, sa moustache aux pointes effilées et son chapeau à aile rouge, me moquais un peu et l'accusais d'essayer de masquer son caractère obsessionnel. Il faut apprendre l'art de la patience, lui disais-je, citant mon grand-père. Sept ans avaient dû passer, mais, tandis que l'insomnie grandit, qu'il est déjà plus de deux heures et que la tentation d'ouvrir les chemises se fait de plus en plus forte, je pressens que quelque chose dans cette histoire d'horaires commence à devenir pertinent. À force de boire du café, on fait toujours coïncider les temps.

Dehors je peux voir qu'une voiture arrive et se gare. Deux personnes en sortent, une femme et un homme, elle avec un bouquet de fleurs à la main, et lui vêtu d'un costume impeccable. Je remarque que la femme tout à coup se retourne et reproche quelque chose à l'homme. Impatient, l'homme se met à lui crier dessus. Je ne sais pas quelle est la cause de la dispute mais la scène commence à m'intéresser. La fenêtre crée un cadre et le bruit du ventilateur invente de nouveaux rythmes. Je me mets à penser que ce genre de scène advient toujours quand les hommes dorment, qu'à coup sûr le voisin qui vit en face du domicile où ils se bagarrent dort paisiblement tandis que devant son jardin un couple se dispute avec des fleurs à la main. Je n'arrive pas à deviner ce qu'ils disent, uniquement la force de leurs gestes et la violence de leurs voix : les contours d'une scène vide. Je me souviens alors que, ces derniers mois, j'ai commencé un carnet d'éventuels scénarii dans lesquels j'ébauchais différentes explications de la scène à laquelle j'avais assisté au bar : c'était un carnet de cuir rougeâtre, comme ceux de Tancredo et de Giovanna, dans lequel je donnais libre cours à mon imagination et situais la lectrice de journaux dans des histoires plus vastes. J'avais baptisé le carnet à la première page avec un titre ludique : *Hypothèses de lecture*. Quelque chose dans ce titre me renvoya à l'école secondaire, à un concours de sciences, à des bêtises de collège. C'est peut-être pourquoi il me plaisait. J'ébauchais des possibilités : de la plus simple, celle de la folie, à la plus complexe, que tout fût terriblement normal et qu'en revanche, c'était moi qui imaginais son étrangeté. C'était un peu un carnet d'histoires contre l'insomnie, de narrations patinant au-dessus du vide, comme ces histoires que dut entendre Giovanna pendant ses mois de convalescence. Parfois je racontais à la première personne, mais d'autres fois apparaissait cet ancêtre new-yorkais que je m'étais inventé à partir d'un lointain souvenir. J'arrivais au terme de l'une des longues conversations avec la styliste, ouvrais le carnet prudemment et, entre deux verres, ébauchais une hypothèse : tout à coup apparaissait mon ancêtre, chapeau à la main, visage hostile, il s'asseyait à côté de la femme et se mettait à parler. Tout était dans les dialogues : c'est là que se jouait la véritable hypothèse, de la folie jusqu'à la recherche d'une fille disparue.

Je regarde de nouveau par la fenêtre : le couple est encore là, mais à présent plus silencieux, se serrant dans les bras en pleine rue sans la moindre crainte. Nous ignorons toujours que quelqu'un est peut-être en train de nous regarder par une fenêtre. Derrière cette possibilité se cache l'origine de la fiction. L'opportun, me dis-je, serait alors de créer des images vides : des images comme de petits trous noirs, dirait Tancredo. Me revient à l'esprit celle d'une très jeune et pâle Giovanna au lit, une voix à côté d'elle racontant des fables en espagnol et, autour d'elle, le nœud d'une absence : celle de ses parents. À partir de ce jour-là, je le sus dès le départ, rien ne serait pareil. Rien n'est pareil quand l'un des participants du jeu croit détenir le fin mot de l'histoire, la clé qui comblera le vide. Aussi, après ce jour de plage, tout changea un peu, suffisamment pour que j'imagine tomber dans un autre piège, plus dangereux car il me laissait penser qu'en définitive, je comprenais quelque chose. Le truc du plaisantin, me dit un jour Tancredo, c'est de faire croire au spectateur qu'il maîtrise la situation. Seule manière de rendre la chute plus forte et inattendue. Peut-être parce que je le pressentais, je me saoulais jusqu'à plus soif ce soir-là, jusqu'à être sur le point de m'approcher de la lectrice de journaux et lui avouer le secret de mon espionnage. J'eus la chance que, juste au moment où quelque chose en moi voulut s'avancer vers elle, le stylo-bille se mît à rouler sur le carnet, ébauchant une hypothétique nouvelle histoire. Comme maintenant où, regardant par la fenêtre, je peux voir que le couple a disparu et j'imagine d'éventuels dénouements.

9

Cette nuit-là, je rêvai. Craignant que la cuite ne brisât mon désir de me taire, je sortis du bar plus tôt que d'habitude et réussis à prendre le dernier train de nuit. Entre les derniers et les premiers s'ouvre un désert de deux heures. À cette époque, j'étais déjà devenu un expert de ces horaires flous. Je savais parfaitement que c'est à ce moment-là que la gare centrale revêt sa véritable dimension : les ivrognes et les vagabonds communient avec des hommes terriblement fatigués. À ces groupes s'ajoutent ceux dont la présence est accidentelle : les touristes de passage qui préfèrent dormir quelques heures dans la gare plutôt que payer une nuit dans un hôtel de Manhattan. Toutefois, cette nuit-là, j'arrivai tôt, juste à temps pour attraper le dernier train. Je réussis à me faufiler parmi les jeunes gens ivres et finis par trouver une place en face d'une dame âgée qui me lorgnait du coin de l'œil. Je m'étais rarement senti aussi fatigué. Peu m'importèrent les cris d'ivrognes des jeunes gens et les tumultueux cahots du train. Au bout de quelques minutes, je dormais. C'est là que je me rêvai petit, pas simplement jeune sinon réellement nain, minuscule. Je me rêvai tout petit parmi une multitude de voix au timbre doux, presque toutes identiques mais légèrement différentes, chacune me réclamant quelque chose. Je mettais mes mains dans mes poches, comme cherchant désespérément un objet, mais rien n'apparaissait. En fond, j'entendais enfler le rire de Tancredo jusqu'à ce que, tout à coup, il n'y eût plus ni rire ni voix, mais une sorte de musique caribéenne, une salsa ou un *son*, au-dessus de laquelle apparaissait tout à coup un homme qui se présentait comme William Howard. Il avait une longue barbe et sentait insupportablement la bière, mais j'essayais quand même de le serrer dans mes bras. Impossible toutefois d'étreindre un ivrogne dans un rêve. Le barbu me repoussait et me montrait un journal à la date très bizarre : quelque chose comme le 17 juillet 1978. Il me le montrait en riant, puis y mettait le feu. Alors il ne restait plus rien, ni ivrogne ni île ni musique, mais un tas de fourmis circulant impatiemment, en nombre, sur un asphalte couvert de chewing-gums.

Un sursaut du train me réveilla juste au moment où il s'approchait de New Brunswick. Je regardai autour de moi, vis quelques jeunes gens continuer à faire la fête et soudain le contrôleur tamponner des billets. Il y avait dans la scène quelque chose d'anachronique : la tenue des contrôleurs, le son mécanique avec lequel ils oblitéraient les billets, le va-et-vient des wagons. Un vieux haut-parleur annonçait les noms des gares approchantes d'une voix si confuse que cela ne servait presque à rien. Quelque chose en moi adorait ces espaces ferroviaires avec la force avec laquelle on adore les choses ultimes. Je remarquai que le train s'arrêtait et réussis à voir ma gare au loin. De tant de voyages faits au petit matin mon corps avait toutefois appris, même ivre comme il l'était à présent, à évaluer les distances. La gare à ces heures était presque vide, à l'exception de la présence des ivrognes habituels et de quelques dealers qui rôdaient, attentifs à ce qui se passait à l'intérieur. L'un d'eux m'approcha et j'essayai en vain de lui échapper. Il me dit un tas de choses que je ne compris pas, puis m'insulta d'une voix grave. À vrai dire, j'étais encore un peu éméché et, en le voyant, ma seule réaction fut le retour inattendu du rêve que j'avais fait. Je me souvenais rarement de mes rêves, et quand c'était le cas, le tout prenait l'apparence d'une brume étrange au-dessus de laquelle émergeaient soudain des images isolées. Mais cette fois, ce fut différent. Peut-être à cause de l'ivresse, j'éprouvai tout le rêve à fleur de peau. Je me revis là-bas, dans cette même gare, minuscule comme un insecte amazonien, écoutant un vagabond qui n'était autre que le William

Howard de Tancredo. Je m'étonnais de remarquer que cet homme dont j'avais entendu tant d'histoires n'était pas blanc, comme je l'avais toujours imaginé, mais un Noir à la musculature imposante. Je me revis là-bas, au beau milieu de la gare, écoutant des histoires d'îles, tandis qu'autour de nous se déplaçaient, invisibles mais réelles, les fourmis. Ce n'est qu'alors, lorsque la peur croissait jusqu'à des limites intolérables, comme un ballon à l'hélium prêt à éclater, que le contrôleur me réveilla pour me demander mon billet et je pus souffler en remarquant que New Brunswick était encore loin, à plus de quatre gares de là. Je n'ai le souvenir d'aucune autre occasion où les rêves m'eussent absorbé ainsi. Quelque chose en moi pensa que l'insomnie commençait à me nuire et que je devais m'efforcer de dormir un peu. Dehors, encadrée par la fenêtre du wagon, la nuit défilait, rapide et noire, au rythme de ce train qui se pressait en tremblant vers le sud. Ivre, je sentis que je la perdais.

Giovanna me recontacta dans la semaine, me demandant toutefois l'impossible : elle voulait me voir dans mon aire de jeu, le musée. Je ne sus comment lui dire non, moyennant quoi deux jours plus tard, en plein après-midi, tous assistèrent à un étrange défilé d'assistants, suivis d'une femme vêtue de noir. Il y avait dans tout cela quelque chose d'un cirque, d'une parade juvénile égarée. Quelque chose en moi souffla en pensant que cela légitimait au moins dans une certaine mesure la curieuse attitude que j'avais eue au travail l'année précédente, cette froide distance avec laquelle j'avais laissé de côté les catalogues pour me consacrer à une insomnie perpétuelle. J'avais changé physiquement. J'avais des cernes terribles et donnais parfois l'impression de dormir en pleine salle d'exposition entre les panneaux d'information. Aussi, quand cet après-midi-là je vis entrer le premier assistant, je sentis une pointe de soulagement et d'orgueil. Cette parade de cirque confirmait les rares histoires que j'avais racontées à mes collègues. Juste au moment où tous commençaient à me scruter d'un air inquiet, elle interrompait, avec ce défilé d'assistants, une journée de travail. Moi, je les regardais passer, l'un après l'autre, le visage jeune, ambitieux, et quelque chose en moi avait l'impression d'appartenir à cette race d'êtres impatients. Un jour, avions-nous tous l'air de nous dire, notre tour arriverait. Elle traversa la salle principale du musée, m'embrassa et demanda à voir la salle des papillons tropicaux. Notre musée était modeste mais vaste dans le sens le plus retors du mot. Je guidai Giovanna dans cet étrange labyrinthe aux mille facettes, jusqu'à ce que nous finissions par voir apparaître la salle des papillons. Sous la coupole de verre filtrait un jour ensoleillé qui laissait passer les rayons du soleil. En pleine lumière, son visage, posé sur la foule de papillons exposés, semblait doux et délicat. Ses faux yeux clairs reflétaient les teintes des papillons en un jeu de doubles dans lequel j'ai eu la sensation que quelque chose s'illuminait brièvement. Heureuse, elle me regarda et me signala qu'elle se rendait rarement dans les musées, que la foule l'en empêchait mais qu'elle m'était reconnaissante d'être là car mon musée était un endroit très hygiénique. Je n'oublierai jamais ce mot, « hygiénique », mis à cette place, entre autres comme un appât. Puis, comme à son corps défendant, elle me raconta une histoire que je ne compris pas très bien. C'était l'histoire d'un poète français qui avait dirigé une revue de mode au XIXe siècle. Même si je ne me souviens plus de son nom, je me rappelle une citation, Giovanna assurait que le poète l'avait adressée au plus grand couturier de l'époque : « Il sait comment créer des robes fugitives comme nos pensées. » Même si je ne la comprenais toujours pas, elle me fit l'effet d'une belle citation, appropriée à cette salle qui, après tant d'années, se présentait finalement à mes yeux dans toute sa splendeur. Giovanna continua à raconter son anecdote. Là, dans cette revue, dont le nom, *La Dernière Mode*, cachait le secret de la profession, ce poète ébauchait, sous les pseudonymes aristocratiques les plus fous, une théorie du fugace : il tentait de mettre à jour la relation entre la pensée et l'analogie, l'image et la métamorphose, les vapeurs, les saisons et le reflet des parfums de la pensée. Tout cela me parut un peu ringard, intéressant, mais raté. Je me souviens, toutefois, que Giovanna clôtura le tout par une phrase fulgurante : « La mode est enfin l'art de la prophétie et, par conséquent, de la météorologie. » Elle avait cette façon un peu allégorique et épigrammatique de parler, laissant des traces auxquelles on pensait après la tombée du jour, dans un bar du Bowery, en face d'une femme en pleine lecture. Quelque chose en moi sentait tout cela venir d'ailleurs, de cette partie qui commençait à peine à émerger derrière une série d'histoires qui auraient très bien pu être fausses. C'était ce qu'il y avait d'intéressant avec elle, cette sensation que tout pourrait très bien être faux, une sorte de monde entre guillemets, une immense plaisanterie qui finirait par s'effondrer sur ma tête précisément le jour où je m'y attendrais le moins. Ce fut pendant ces jours-là qu'elle commença à utiliser une phrase qui, aujourd'hui, prend tout son sens. Elle prononçait l'une de ses phrases ou histoires épigrammatiques, me regardait tendrement, puis disait : « Un jour, je te montrerai les papiers. » Elle prononçait ces mots puis se taisait, avec la force qu'ont les grands séducteurs quand ils proposent quelque chose, puis montrent leur poing vide. Moi, je restais là, un peu fatigué, les yeux cernés, pensant à ces mystérieux papiers où, derrière le nuage, se dissimulaient toutes les pensées de cette femme. Ainsi, phrase après phrase, elle gagnait la partie. C'est peut-être pourquoi aujourd'hui, quand le chauffeur est arrivé avec un paquet à la main, quelque chose en moi a pensé à cette façon si étrange qu'elle avait de parler comme si tout ferait sens rétrospectivement.

10

« Un jour, je te montrerai les papiers » : sept ans plus tard, le code commence finalement à être déchiffré et à montrer ses secrets. Avec les chemises devant moi, éparpillées dans leur désordre infantile, je me dis qu'il serait facile de tout brûler dans un geste radical. Se débarrasser du problème. De ce legs qui ne m'appartient pas. Me viennent à l'esprit une série d'images d'épopées de la destruction : la plus célèbre, triviale et confuse, est celle de la bibliothèque d'Alexandrie. Puis j'ai pensé à l'incendie, en 1501, des manuscrits arabes sur ordre du cardinal Cisneros, pour en arriver à des feux moins historiques mais tout aussi désastreux comme les livres brûlés pendant le coup d'État chilien de 1973, parmi lesquels on dit que furent détruits plus de quinze mille exemplaires d'un roman de García Márquez. Plus tard, m'est venu à l'esprit le livre de Ray Bradbury, *Fahrenheit 451*, dans lequel un groupe de pompiers s'emploie à repérer et brûler des livres. Une autre image a toutefois mis un terme au listing épique. L'idée que, malgré l'incendie, tout resterait pareil. Anticipant un tel geste, elle a sûrement demandé à quelqu'un de photocopier tous les documents avant de me les donner. Je me suis vu recevant une multitude de mails avec des copies de ces documents que je croyais avoir détruits, et la scène, d'une certaine façon comique, m'a paru atroce.

Un jour, Tancredo et moi avons tenté d'imaginer l'éventualité d'un geste radical et irréversible. Je suggérai le feu. J'aimais ces dernières scènes de romans ou de films dans lesquelles l'un des protagonistes, craignant la découverte du secret, met le feu à la maison avec la clé de l'énigme à l'intérieur. La réponse de Tancredo fut courte mais radicale: le feu ne sert qu'à brûler les poumons des hommes fatigués. Maintenant que j'y pense, il avait raison: les copies des copies battent à plate couture le plus ardent des feux. Je me suis alors souvenu d'une autre histoire de feux et de manuscrits. Un ami *gringo* me l'avait racontée les premiers jours de ma vie d'étudiant: l'histoire d'un critique littéraire qui, pendant la guerre, avait littéralement fumé un manuscrit tout entier. Étant à court de papier à cigarettes, il s'était vu contraint de les rouler avec le papier du manuscrit. On dit que c'était un gros livre, de près de cinq cents pages, sur le *bildungsroman*. Pauvre homme! me suis-je dit quelques années plus tard, il aurait pu photocopier luxueusement ce livre, fumer jusqu'au double. C'est alors que je l'ai vue, elle, Giovanna, telle que je l'avais vue fumer pendant nos réunions. Elle avait une façon très étrange de le faire, sans style ou alors très maladroitement, presque comme si elle fumait pour la première fois. Elle était loin de fumer avec l'élégance des stars du cinéma français. En elle, tout était plus maladroit, comme si elle cherchait à fumer en secret. Elle stoppait la conversation à mi-chemin, sortait son paquet et se précipitait soudain comme une flèche vers la porte. On la suivait sans très bien savoir où elle allait et, tout à coup, la trouvait sur les premières marches du bâtiment, la cigarette à la main, tremblant un peu de froid ou transpirant à cause de la chaleur, fuyante dans ses gestes comme s'il y allait de sa vie. Elle ne finissait jamais une cigarette. Elle l'interrompait toujours à mi-chemin, au moment où l'on s'y attendait le moins. Elle stoppait alors la conversation, comme si l'absence de cigarette réclamait une discussion nouvelle, et remontait les marches en vitesse, comme si ses poumons n'avaient pas souffert. En haut, ignorant l'interruption, nous reprenions la conversation.

Toujours est-il que je l'ai imaginée ainsi, fumant, et je me suis demandé si elle savait déjà à ce moment-là que ses jours étaient comptés et qu'il fallait qu'elle organise son héritage. « Un jour, je te montrerai les papiers » : elle disait des choses de ce genre puis, sur ces entrefaites, laissait son interlocuteur sur sa faim. Oui, me suis-je dit, le feu ne sera pas suffisant. Je regarde les chemises. Même dans le pire des feux, un papillon en réchappe toujours.

Trente-trois, l'âge du Christ, disait Tancredo entre deux rires. Alors moi, j'ajoutais d'un ton las : le Christ meurt pour laisser un testament, douze apôtres et une Église. « Farce ou tragédie ? » Tout dépend de la personne à qui l'on pose la question. C'est une question de croyance. Celui qui croit y voit une tragédie et celui qui ne croit pas une farce, mais la chronique, bien que racontée par une voix différente, est la même. Le protagoniste fait tout pour deviner si son histoire provoquera des rires ou des larmes. Je me souviens alors que pendant qu'elle fumait, elle aimait spéculer sur le climat : il paraît que demain, il pleuvra, disait-elle, tandis que nous regardions un ciel parfaitement dégagé. Moi, j'en restais là, assis à deux pas d'elle, me demandant si c'était ou non une plaisanterie de sa part, si je devais ou non rire. Peu de choses sont aussi difficiles que l'humour.

11

Peu à peu l'image de la petite Giovanna malade dans quelque hôpital tropical se mit à me hanter jusqu'à devenir obsédante. La sensation était un peu bizarre, une petite irritation comme celle qu'avait provoquée chez moi pendant mes années d'études le *quincunx*, sauf que, cette fois, l'histoire me touchait. Je pouvais passer des après-midi entiers à recréer cette scène dont j'avais à peine écouté une poignée de faits circonstanciels. Dans mon esprit, je déplaçais les pièces d'un jeu d'échecs invisible – le père à gauche et la mère en léger retrait, sur un meuble en bois. Devant moi, l'infirmière avec l'album de bandes dessinées. Quelque chose, cependant, clochait. Si les parents étaient là, pourquoi était-ce l'infirmière qui tenait le livre à la main ? Pourquoi raconter dans cette langue étrangère si les parents étaient là pour faire tout le récit en anglais ? Alors je déplaçais les pièces de mon jeu et soudain la scène se vidait pour se réduire au minimum : l'infirmière et Giovanna partageant une même solitude. Mais si les parents étaient morts, comment expliquer que Giovanna fût-ce arrivée dans cet hôpital toute seule ? Quelque chose ne collait pas. Plongé comme je l'étais dans un monde de papillons et de fossiles, je me rappelais mon enfance, quand je pouvais passer des heures devant un puzzle, faisant pivoter les pièces jusqu'à voir tout à coup quelque chose auparavant caché, une séquence interne du jeu. Des heures plus tard, je commençais à reconnaître l'image : une carte historique, une aquarelle représentant un paysage fleuri, un petit canot sous un jour ensoleillé. Quelque collègue de travail m'arrachait à ces rêveries. Il me rappelait qu'une nouvelle collection de fossiles était arrivée au musée, qu'un groupe d'écoliers de l'école élémentaire venait d'entrer, que quelqu'un me demandait au téléphone. J'arrêtais alors le puzzle un court instant, sachant que j'y retournerais des heures plus tard.

Ce fut au cours de ces quelques mois que j'ai persisté à chercher des informations sur Internet à propos de la biographie de Giovanna. Les dates avançant, on ne parlait dans les journaux que de la fin du millénaire et de l'éventuelle catastrophe cybernétique. On s'attelait à des rétrospectives du siècle : Einstein apparaissait partout, puis Hitler, pour en arriver à Michael Jordan et à la chute du mur de Berlin. Quand moi, je songeais aux *bugs* cybernétiques et riais un peu de tout cela. Puis je cherchais désespérément quelque chose justifiant mon *bug* privé : quelque allusion à un héritage qui expliquerait l'absence des parents, quelque allusion à leur trajectoire qui éclairerait le succès singulier qu'elle avait eu à un si jeune âge, quelque chose qui éclaircirait le mystère de cette scène qui commençait à se répandre en moi avec la force avec laquelle, dans d'autres géographies, se répandait la forêt. Giovanna avait surgi, me disait Tancredo, pour remplacer d'autres obsessions. Elle avait remarqué que j'étais un obsessionnel et s'était proposé de me trouver une nouvelle obsession. De me mettre sur une piste afin que je me crée un faux monde tout seul. Je crois que Tancredo en était même arrivé à s'inquiéter pour moi. Au début, il avait dû sans doute croire que j'hallucinais, qu'il n'y avait ni styliste ni projet mais après la visite de Giovanna au musée, il avait été un peu rassuré. Puis la crainte fut différente. Me croyant amoureux, il pensa que le mieux serait peut-être de tout stopper net. Je me souviens qu'il en arriva même à suggérer que j'engage un détective qui se charge d'éclaircir toute l'affaire. Moi, je riais et continuais mes recherches. D'une certaine manière, c'était moi qui étais devenu une sorte de détective privé, avec mes visites au Bowery où j'avais l'impression d'emboîter le pas d'un ancêtre imaginaire, avec mon petit carnet où j'imaginais les éventuelles vies de cette femme aux cheveux rougeâtres qui, dans un bar libanais, passait son temps à lire des journaux. Je faisais de multiples recherches sur Internet sans à vrai dire beaucoup de succès : détails sur les dernières collections de Giovanna, quelques renseignements sur ses premières années, mais rien de réellement significatif. Rien n'était dit sur sa famille, pas même d'où elle venait.

Parfois on m'appelait, d'autres fois non. Je préparais mon carnet de notes quoi qu'il en soit – ce cahier d'*Hypothèses de lecture* dans lequel j'ébauchais des scénarii possibles –, je prenais le train jusqu'à New York et de là, j'errais un peu avant d'arriver au Bowery. Je rencontrais quelque petit béguin au passage, un ami d'école qui, à présent, vivait en ville, puis l'heure précise arrivée, je me dirigeais vers le bar libanais. Je m'asseyais, commandais un verre et me sentais terriblement soulagé quand j'apercevais que là, aussi constante que d'habitude, la même femme lisait ses journaux. La scène, cependant, se mettait à se modifier et, au bout de quelques heures, il ne restait plus ni lectrice ni journaux, mais la voix de cette infirmière qui faisait tendrement parler les animaux, tandis qu'à côté d'elle, une jeune Giovanna commençait à comprendre ces mots avec lesquels son esprit jonglait avec l'agilité des meilleurs joueurs d'échecs. Apprendre une langue avait quelque chose d'une devinette. Je revoyais l'image de Giovanna aux Hamptons, son espagnol neutre qui ne trahissait aucun accent, et quelque chose en moi se disait qu'approchait déjà le moment de l'illumination. Tout était affaire de patience.

Deux semaines après sa visite au musée, sa voix au téléphone m'avait surpris. Une collègue blonde qui avait été embauchée trois semaines plus tôt m'avait interrompu au milieu du circuit et je m'étais échappé de cette troupe d'enfants bruyants en pensant qu'il s'agirait de la même chose que d'habitude : la voix au timbre doux de l'un de ces assistants que je commençais à peine à reconnaître. Mais j'avais été assailli par la voix de Giovanna, cette fois en anglais. Elle me parlait rarement dans cette langue, et quand elle le faisait, c'était d'ordinaire à la recherche de quelque mot dont elle avait oublié l'équivalent hispanique. Voilà pourquoi je sus, dès le départ, qu'il s'agissait d'une affaire urgente. J'avais raison. Elle voulait me voir un peu plus tôt et pas à l'endroit habituel. Sans y réfléchir à deux fois, j'acceptai et notai une adresse dans le Bronx qu'elle me donna. Il y avait très longtemps que je n'y étais pas allé, peut-être des années, depuis que j'avais rompu avec cette femme qui s'employait à rédiger des nécrologies. Malgré tout, l'image du retour m'enthousiasma, et je finis par lui dire que, bien sûr, je la retrouverai là-bas dès que j'aurais terminé mon travail. Aussi, quand je me fus libéré de cette foule en guerre, je mis mes lunettes de soleil et sortis à la recherche du chauffeur. Nous avions créé une sorte de complicité basée sur de courtes conversations, moyennant quoi je ne crus pas incongru de l'interroger sur la vie privée de Giovanna. Quelque chose en lui eut l'air de se froisser, comme si ma question avait transgressé quelque frontière implicite. Il fronça les sourcils et se tut. Ms. Luxembourg, comme il l'appelait désormais avec une certaine fausse solennité, tenait beaucoup à sa vie privée, elle ne lui avait jamais confié d'informations sur son histoire personnelle. Je me sentis mal en pensant avoir commis une invisible transgression, aussi préférai-je me taire le reste du voyage. Je travaillai un peu sur la classification d'une série de fossiles d'animaux de Patagonie que le musée avait acquise peu de temps auparavant, partie d'une grande donation anonyme qui nous permettrait d'ajouter trois couloirs et même un dinosaure à notre salle principale. J'avais la sensation que derrière toute cette affaire se cachait Giovanna, mais j'ai préféré ne pas y faire allusion.

Deux heures plus tard, je sentis la voiture s'arrêter et pus voir apparaître par la fenêtre une sorte de vieil entrepôt caché dans une série d'anciens garages qui avaient l'air d'abattoirs de voitures usagées. Qu'y faisait Giovanna ? Ne craignait-elle pas les endroits sales justement ? En sortant, je tombais sur une scène particulière : un ensemble de mannequins disloqués se présentait au milieu de la rue, comme s'il s'agissait d'objets au rebut. Juste au moment où je m'apprêtais à penser à l'aura apocalyptique de l'image, un promeneur me heurta et, me retournant, je vis un monsieur à chemise noire sans col, en qui je crus brièvement reconnaître l'homme que, quelques semaines plus tôt, j'avais vu dîner avec la dame aux journaux au bar du Bowery. Ce n'est qu'en apercevant le visage radieux de Giovanna que je fus capable de surmonter le choc de la reconnaissance. Elle m'interpellait depuis une porte de verre qui donnait accès au magasin, de nouveau avec la chaude texture de sa voix quand elle parlait en castillan. Je quittai les mannequins et pénétrai dans ce vieux garage derrière la porte duquel s'ouvrait un paysage qu'aujourd'hui encore je trouve beau : un immense espace dans lequel des dizaines de silhouettes courbées coupaient, tissaient et mesuraient des toiles qui, ensuite, orneraient la peau d'une autre dizaine de mannequins. Giovanna me prit par la main et m'introduisit dans ce monde délicieusement artificiel. Nous traversâmes cet espace, émerveillé pour ma part qu'elle me prît par la main ainsi, comme si nous étions des enfants en train de jouer, elle, mentionnant des choses que je n'arrivais pas très bien à comprendre, jusqu'à ce qu'à la fin nous nous heurtions à un mur de liège sur lequel je crus voir ses croquis. Je remarquai vite que je me trompais. Il ne s'agissait pas d'ébauches de robes, mais de quelque chose de plus étrange : des coupures de journaux sur lesquelles on pouvait distinguer, en plusieurs exemplaires, un visage cagoulé. Avec une joie qui n'avait pas grand-chose à voir avec tout cela, une anxiété presque ennuyeuse, Giovanna me demanda si je le connaissais. Furieux, sentant que la plaisanterie devenait sérieuse, je lâchai sa main.

Bien sûr que je le connaissais. La nouvelle s'était répandue cinq ans auparavant, en plein Nouvel An comme s'il s'était agi de feux d'artifice. Un groupe de guérilleros indigènes avait surgi de la forêt, prêt à faire la guerre au gouvernement mexicain. Aux premières heures du Nouvel An, ils avaient pris le pouvoir dans les principaux sièges municipaux. De là, ils avaient prononcé un manifeste dans lequel ils réclamaient l'égalité, déclaraient la guerre à l'État et juraient de marcher jusqu'à la ville de Mexico. Je me souviens que, en lisant le manifeste pour la première fois ces semaines-là, j'avais dit à Tancredo que toute l'affaire semblait orchestrée par un poète délirant. Cependant, ce qui les avait tous fascinés, c'était les masques : semblables à ceux que portait l'aristocratie mexicaine lors de ses escapades dans le Colorado pour aller skier. Avec ces masques, la forêt était de nouveau plongée dans son anonymat. Toutefois, derrière tout cela, derrière les masques et les manifestes, derrière les démissions et les unes de journaux, le public avait commencé à reconnaître les yeux de cet homme qui, à présent, se trouvait en face de moi dans une sorte de photo collage sur laquelle la styliste avait tracé des ébauches, des lignes au feutre rouge reliant des traits et traçant d'éventuels recoupements.

Je reconnaissais, bien sûr, la figure du sous-commandant Marcos, cette sorte de bandit de la fin du XXe siècle, cette sorte de cow-boy latino-américain, de John Wayne ayant renoué avec le marxisme. Je reconnaissais en fait la photo centrale : une photo où le sous-commandant apparaît à cheval, avec la forêt en toile de fond et l'impressionnant cheval devant lui, les yeux un peu las tandis qu'il fume sa célèbre pipe. Cette photo avait toujours éveillé ma curiosité car au cou du sous-commandant semblaient pendre des chiffons ornés, une sorte d'amulette dont je n'avais jamais réussi à déchiffrer l'origine. Je jetai un œil en vitesse à ces amulettes énigmatiques avant de me perdre dans ce collage halluciné jusqu'à ce que, le regard las et sentant dans mon dos l'incessant travail des tailleurs, je me tourne vers Giovanna, et lui admette que je connaissais son histoire. Elle me regarda d'un air inquiet, comme si nous étions en train de parvenir à quelque chose et m'expliqua qu'à peine une semaine plus tôt, au cours d'un séjour à Milan, elle avait fait la connaissance d'une femme très intéressante. Une femme qui, désirant entamer une carrière de danseuse, était arrivée très jeune à New York et qui, au bout de quelques années, y étant parvenue, s'était produite avec les troupes de danse les plus prestigieuses jusqu'à ce que, dix ans plus tard, son corps la trahisse et qu'une lésion l'oblige à reconsidérer sa carrière. Ce n'est qu'alors qu'elle s'était lancée dans l'écriture et le journalisme. C'était cette femme qui lui avait rapporté l'histoire des masques. Giovanna pointa alors deux photos, l'une d'un homme masqué qui aurait très bien pu être le sous-commandant et à côté, dans une proximité qui obligeait à faire la comparaison, celle d'un homme au teint clair et à la barbe bien taillée. Selon elle, la journaliste en question s'était rendue à la conférence de presse au cours de laquelle l'État mexicain avait essayé de démasquer le sous-commandant. Un homme très sérieux s'était arrêté devant le groupe de journalistes muni de deux reproductions de photos agrandies, l'une d'un passe-montagne et l'autre qui était un agrandissement de cette photo que j'avais devant les yeux. Dans un mouvement mécanique, elle avait superposé la coupure de l'immense masque sur l'image, jusqu'à ce que tous eussent vu apparaître comme par magie l'image initiale de cet homme masqué qui aurait très bien pu être le sous-commandant. S'il y avait une chose que j'avais retenue de tout cela, disait la femme, c'est l'étrange pouvoir des masques. Le gouvernement croyait qu'en le démasquant, il l'affaiblirait. C'est le contraire qui se passa. Dans la semaine, des milliers de citoyens masqués manifestèrent dans le District Fédéral regroupés sous la devise « Nous sommes tous Marcos ». Les yeux de Giovanna s'écarquillaient alors qu'elle me racontait tout cela, comme si elle finissait par comprendre quelque chose. Puis elle continua son histoire : son amie la journaliste avait convaincu le journal de la laisser aller à Mexico pour rencontrer le sous-commandant. Ainsi, persuadée que ses années de danseuse la protégeraient dans la croisade, elle s'était frayé un chemin dans la forêt jusqu'à arriver au campement où l'on disait que se trouvait Marcos. L'attente avait duré presque douze heures, jusqu'à ce qu'en plein petit matin était apparu un homme masqué dont les yeux ne révélaient pas une hérédité indigène. Non, avait dit la journaliste, ses yeux étaient marqués de l'éternelle énergie des insomniaques. Cette allusion à l'insomnie me fit penser à la femme du bar et je ne pus regarder Giovanna sans une certaine contrariété. Elle, cependant, plongée comme elle l'était dans ce qui semblait être sa grande découverte, ne paraissait pas remarquer mon irritation. Elle avait décidé, en vint-elle à me dire, que la nouvelle exposition serait une réélaboration du thème du masque. Fatigué, un peu gêné par cette fausse mise en scène, je hochai la tête en un vague signe d'approbation, tout en sentant croître en moi une certaine indignation confuse. Dans notre dos palpitait la rumeur de l'atelier de couture.

Je dois admettre que si je ne renonçai pas au projet à ce moment-là, si je ne suis pas sorti à toute vitesse pour rentrer à la maison, ce fut à cause de cette étrange fixette qui m'interdisait d'abandonner l'origine de cette histoire qui, vingt ans plus tard, finirait par me laisser prostré devant ce panneau bourré de photographies. Portraits d'un homme masqué que je connaissais et peut-être admirais, comme on admire toujours ce qui est enveloppé de mystère, mais que, peut-être en raison de ma propre lâcheté, je voyais comme un peu étranger. Je regardai Giovanna avec le mépris des lâches, mais pour ne rencontrer en elle que le visage de la fillette de dix ans, les traces d'une passion venant de loin qui, à présent, avait pour bande-son une sonate minimale de machines à coudre. Je la regardai d'un air rancunier, comme un soldat regarderait le général qui l'a mené dans une fausse guerre, mais je compris tout à coup qu'en elle tout était réel, jusqu'à l'innocence même, et que quelque chose en moi la suivrait même quand elle pénétrerait à l'intérieur des terres. J'imaginai alors l'histoire qu'elle venait de me raconter : la danseuse devenue journaliste se frayant un chemin en pleine forêt, craignant cette mort qu'elle sentait la cerner de partout, se frayant un chemin parmi les arbres qui sentaient sûrement la peur, pour ensuite rencontrer, au terme d'une longue attente, les yeux d'un insomniaque. Pensant à Tancredo, je me dis que la plaisanterie prenait de l'envergure, à l'image de la forêt, et que ce qui était triste était que je n'apprendrais jamais à danser. À la fin de tout, je tomberais sur les yeux insomniaques d'un William Howard qui me raconterait l'histoire d'une île dans laquelle un groupe d'insomniaques joue son va-tout pour devenir quelqu'un d'autre.

Je pensai dire tout cela à Giovanna. Je pensai lui raconter la frayeur que recelaient les plaisanteries de Tancredo, mes hypothèses sur son passé, l'étrange façon dont quelque chose en moi commençait à l'aimer peu à peu, sans passion, comme aiment les timides.

Cependant, quelque chose en moi se rétracta à mi-chemin. Peut-être, maintenant que j'y pense, est-ce la monotonie des machines qui modéra ma réaction. Terriblement fatigué, finalement disposé à dormir, j'embrassai Giovanna, la félicitai pour son indéniable réussite et m'excusai en lui disant qu'on me réclamait au musée. Presque en trébuchant entre les machines j'atteignis la porte. À la sortie, je crus voir de nouveau cet homme étrange, mais je me contentai de penser que c'était une simple coïncidence, comme peut-être était-ce une triste coïncidence d'avoir répondu à un coup de téléphone après cinq heures.

Je ne dormis jamais mieux que cette nuit-là. Pour la première fois depuis très longtemps, je laissai le chauffeur me mener directement à mon appartement de New Brunswick et, en arrivant, j'éprouvai quelque chose que j'avais pressenti depuis des années mais que je n'avais pas eu la force de me dire : que le temps passe obstinément, même quand, dans un bar de Manhattan, une vieille insomniaque lit des journaux comme si l'éternité en dépendait. La prise de conscience ne dura toutefois pas très longtemps. Quelques minutes plus tard, je dormais profondément. On dit que c'est dans ces sommeils profonds que le cerveau joue son va-tout. Peut-être est-ce la raison pour laquelle je fis cette sorte de rêve multiple. Il y avait un miroir et dans le reflet apparaissait un journal. J'essayais de le lire mais tout à coup le journal s'emplissait de fourmis, me forçant à le lâcher. Puis surgissait l'homme à la chemise sans col qui l'attrapait. Il lisait un peu, quelques lignes qui avaient l'air d'une notice de montage de meubles ou un texte officiel, et moi, je restais là, sans rien comprendre, attendant que l'homme révèle son identité. Il ne se passait rien. Puis, juste au moment où il arrêtait de lire, commençait à se répéter en fond un son bref, ponctuel mais répétitif, quelque chose de lent et de très bas, qui finissait toutefois par croître jusqu'à tout embrasser. Moi, je restais sur place, espérant finalement capter le sens de cette image qui devenait interminable et fuyante comme un poisson en plein océan. Quelque chose en moi voulait penser que c'était le but et que le songe devait être quelque chose de tel, une interminable plaisanterie sur laquelle se coucher pour rêver, en acceptant que nous ne comprendrons quelque chose que tout à la fin. Quelque chose me dit qu'encore aujourd'hui, déjà sept ans plus tard, quelque chose en moi dort et quelque chose en moi, en définitive, s'éveille.

12

Une semaine plus tôt, quand je découvris dans le journal la nécrologie de Giovanna, je fus tenté d'en écrire une. Anonyme, au nom du musée, puis de l'envoyer au journal national d'un pays où personne ne la connaîtrait : un journal portoricain ou dominicain, voire cubain, un journal insulaire qui m'aurait rappelé ces îles dont elle parlait toujours. La laisser là, un peu perdue parmi tant d'autres morts, égarée comme elle disait s'être égarée en pleins tropiques. La laisser là, comme on laisse des messages dont on sait que personne ne les lira. Je me souvins alors d'une ancienne petite amie, une fille aux fausses boucles rouges et au regard espiègle qui vivait dans le Bronx, héritière d'une intime bataille tropicale, à moitié dominicaine et à moitié portoricaine, dont le travail consistait précisément à rédiger des nécrologies d'autrui. Parfois les familles, ébranlées par le choc émotionnel, ne réussissaient pas à rassembler les forces nécessaires pour rédiger les nécrologies des membres de leur famille. Elles laissaient donc à d'autres la lourde tâche d'annoncer au monde qu'ils n'étaient plus des leurs, mais qu'ils les aimaient quand même beaucoup. Il leur suffisait d'appeler un numéro qui apparaissait dans le journal, ou laisser quelqu'un appeler à leur place. Donner le nom du défunt. Une voix sereine leur présentait ses condoléances et leur assurait que tout se passerait bien. Je me souviens que j'avais toujours été surpris de l'imaginer, elle, si espiègle et joueuse, moduler la cadence inévitable de sa voix jusqu'à en arriver à une sérénité absolue, affirmant à cet étranger qui se mettait à sangloter à l'autre bout du fil, que tout irait bien et que le monde serait au courant de ses malheurs. Souvent, après le long trajet qui sépare New Brunswick du Bronx, trajet qui impliquait en revanche une série infinie de trains, je la retrouvai assise à son bureau en train de rédiger des nécrologies, tandis que s'amplifiait dans son dos la rumeur d'une salsa dont elle s'appliquait à suivre le rythme en hochant la tête et en faisant tendrement danser ces boucles que j'adorais tant. Quant à moi, je l'enveloppais d'une étreinte arrivant à l'improviste et nous formions soudain un monstre à deux têtes, énorme, courbé sur une feuille de papier où l'on pouvait lire une nécrologie qui me paraissait terriblement sincère. Rédigée par elle, dans ce style intime qu'elle avait appris à copier en à peine une semaine. Moi, je lui demandais si elle n'était pas parfois prise au dépourvu par l'émotion propre à sa tâche, le pathétisme de son travail, mais elle me répondait, du plus bref des sourires, qu'il n'y avait pas au monde de meilleur travail que celui-là. Et dans son rire, il y avait une pointe de morbidité qui prenait soudain de l'ampleur, jusqu'à se confondre avec la salsa et se transformer en joie. Ce fut peut-être alors que, contaminé par cette joie morbide qui était en soi une étrange modalité du deuil, je renonçai à rédiger la nécrologie et me résignai à une tâche plus humble : recueillir toutes celles qu'on trouvait d'elle, celles qui avaient été imprimées et les versions numériques, dans une sorte de goût posthume pour les collections qui aurait eu quelque chose d'un mimétisme désespéré et fatal.

Giovanna aurait aimé ajouter : comme ces animaux qui, voyant le prédateur arriver, décident de s'enterrer sous les feuilles tombées dans une dernière tentative de fuite. Je compilai toutes les nécrologies, l'une après l'autre, jusqu'à ce que je finisse par être recouvert d'un désordre de papiers qui ne faisait que pointer son absence imminente. Parmi les douzaines de nécrologies que je trouvai, aucune ne mentionnait ses parents. Apparaissaient des noms de musées et des institutions, des collectionneurs privés et des célébrités, même une nécrologie écrite par Tancredo, mais rien de plus. Je me souvins alors des panneaux sur lesquels Giovanna avait l'habitude d'exposer la stratégie de sa folie, ces panneaux sur lesquels s'accumulaient des photos, des esquisses et des coupures de presse dans une sorte de mégalomanie qui, en certains points, ressemblait à la fureur muette avec laquelle dans une pièce complètement différente, dépourvue de tout luxe, mon ancienne petite amie poursuivait son travail de copiste. Je pris les nécrologies et les fixai, l'une après l'autre, sur le panneau de liège que je venais d'acheter ce même été. Ce n'est qu'alors que, brièvement, je crus l'aimer un peu.

Je regarde l'heure : trois heures. Quelque chose en moi me dit que tout serait si facile, plus facile encore que le feu. Si facile de finalement mettre ma lâcheté de côté et ouvrir les chemises, trouver ce que je crois savoir déjà là, les ébauches et les notes, les papiers qui restèrent derrière ces longues conversations que deux obsessionnels tenaient au beau milieu de la nuit. Plus facile encore que de rédiger une nécrologie. Ouvrir les chemises et y trouver tout ce qu'elle, dans un langage très crypté, m'avait expliqué qu'elle laisserait pour moi. Arriver un peu tard, trouver déjà tout en place, comme la fois où j'étais arrivé chez elle et qu'elle n'était pas là, qu'il y avait seulement un livre ouvert au milieu de la salle, avec des images et des esquisses de masques, et un mot – « nagual » – souligné en rouge, suivi d'une citation très bizarre d'un certain Díaz de Arce dans laquelle il appelait à écouter les voix des enfants et des femmes, car en elles se trouvaient les véritables prophéties. Il me suffirait de m'asseoir comme je l'avais fait ce soir-là, de lire les notes et de m'endormir. Avaler les rêves qui viennent et me réveiller de nouveau, prêt pour une nouvelle vie.

Mais comme dit Tancredo, la distraction, c'est l'art moderne. Quelque chose nous résiste toujours et autre chose nous détourne de notre chemin. En y réfléchissant, un peu fatigué mais emmagasinant les forces que le dernier café m'avait données, je regardai par la fenêtre et remarquai une jeune femme, peut-être dans les trente ans, qui en plein petit matin promène son chien dans le voisinage. Il est trois heures, me dis-je. Dire « en plein petit matin » est peut-être ne pas comprendre que dans deux heures et demie, exactement à cinq heures et demie, le soleil se lèvera et que les ouvriers seront déjà en plein travail, tandis que tous les autres, nous nous accorderons deux heures de sommeil de plus. C'est déjà vendredi, me dis-je. Aujourd'hui, je devrais être au musée au plus tard à neuf heures. Mais la femme est là, cheveux châtains, maigre et grande, promenant un chien qui, parfois, semble plus léger qu'elle. Je me répète alors la phrase qui me venait toujours à l'esprit pendant le trajet entre New Brunswick et New York: dans cette ville, il n'y a pas de chiens. Je me la répète et rien ne change. Tout reste identique, dur comme une pierre en pleine nuit. Et je me dis: il est sans doute trois heures, mais quelqu'un doit être réveillé pour enregistrer la scène qui, dans le cas contraire, se perdrait à jamais.

Je pense que le petit matin fait trembler les images. Tout acquiert une certaine ambivalence et une certaine touche onirique: comme si la fausse lumière des lampadaires suspendait le temps réel et offrait à la réalité une certaine aura de possibilité. Je pense à Giovanna, et me remémore la façon si enthousiaste qu'elle avait de parler des lucioles et de son rapport ludique à la lumière. Je m'étais toujours demandé en quelles couleurs devait voir le monde la fillette de dix ans qui, sur une île lointaine, gisait convalescente tandis que, près d'elle, une voix étrangère lui racontait dans une langue bizarre des fables sur les confins du monde. Je me demandais ce que pouvait bien faire la fillette de dix ans quand, à la tombée de la nuit, s'éteignaient les lumières et qu'il ne restait que l'absence de ses parents, le silence sans fables et sans lucioles marquant le rythme. Je n'ai jamais trouvé de réponse en dehors de l'enthousiasme insolent avec lequel Giovanna se précipitait sur une réalité politique qui lui était terriblement étrangère.

Le petit matin, me dis-je, est le temps des fenêtres. Dehors, la jeune fille poursuit son lent parcours, comme si c'était une chose naturelle, et me vient à l'esprit un tableau dans lequel le monde solitaire des autres nous volait nos yeux pour se regarder lui-même.

13

Après notre rendez-vous dans cet immense atelier de couture du Bronx, la dynamique de notre collaboration parut changer. Quelque chose en moi résistait à participer à ce que je prenais pour une simple bouffonnerie, le simple jeu d'une petite fille gâtée. Giovanna, cependant, ne fut jamais aussi enthousiaste. À partir de là, c'était toujours elle qui appelait, se montrait à l'entrée du bâtiment, m'ouvrait la porte et, inévitablement, entamait la conversation. Le sujet était toujours le même : le masque. Nous pouvions passer des heures à parler de camouflage, du mimétisme de certains animaux en pleine forêt, mais tout finissait toujours par se transformer en un monologue de Giovanna au beau milieu de la nuit. Moi, je la laissais parler, allant jusqu'à admirer un peu la fureur de cet enthousiasme avec lequel elle semblait appréhender le monde comme si dans chaque geste une guerre était en jeu. Je la laissais parler, la laissais jouer à ébaucher des arabesques avec ses doigts longs et pâles en plein petit matin, mais au tréfonds de moi-même, je savais que, quoiqu'elle dît, la guerre était perdue d'avance et que je n'étais que le témoin des divagations d'une obsession étrangère : celle qui la forçait à remplir des panneaux immenses, celle qui la forçait à tracer des constellations dans lesquelles je croyais deviner un ordre, mais dont les modèles cosmiques finissaient toujours par me sembler un peu vulgaires. Je restais là jusqu'à ce que, soudain, je cesse d'y être, et il n'y avait plus qu'elle, dans une solitude accompagnée pas si différente de celle qu'avait tracée la fillette de dix ans dans un hôpital caribéen. Je restais là jusqu'à devenir léger et invisible comme les animaux dont elle parlait. Alors je la laissais à sa tâche et allais parcourir les chemins que je connaissais déjà, les rues dans lesquelles je circulais déjà presque comme un zombi, avant d'arriver au bar de toujours et constater, un verre à la main, que la même dame était là, ses journaux en place et le regard attentif. Quelque chose dans le monde ne changeait pas, me répétais-je à moi-même avec complaisance, et c'est ainsi que je repartais avec le train de deux heures vers un New Brunswick qu'étrangement j'avais appris à aimer de nouveau. Là m'attendaient quelque fille, le musée et les bières quotidiennes entre lesquelles Tancredo glissait la question la plus élémentaire : pourquoi alors restes-tu ? Pourquoi ne lui dis-tu pas que ça suffit, que le projet est très bien mais que la fatigue te gagne ? Il me posait ce genre de questions et je me retrouvais à court de réponse, sauf pour lui dire que quelque chose en moi voulait l'accompagner, l'aider à mieux se cacher dans ce labyrinthe personnel qu'elle s'obstinait par tous les moyens à construire. Je lui disais ces mots et Tancredo souriait d'un air complice, croyant qu'au tréfonds de moi-même, je l'aimais. Mais non, ce n'était pas cela sinon quelque chose de plus, quelque chose que seuls connaissent ceux qui participent à la grande marche des insomniaques : pour un obsessionnel, il n'y a rien de plus rassurant qu'une obsession partagée. Tancredo ne pouvait le comprendre et c'est pourquoi je me taisais. Pour lui, il s'agissait d'autre chose : de conjectures insensées, de monde devenu métaphore, de réalité distordue apparaissant dans des miroirs. Ainsi, avec la ponctualité de toujours, elle rappelait et je faisais le trajet jusqu'à New York, sans autre raison que de l'accompagner durant ce long voyage vers la nuit.

Ce dut être durant ces mois-là qu'un accident vint infléchir de nouveau légèrement ma routine. Ce fut peut-être durant ces mois-là que je trouvai enfin sans le chercher ce que je crus être un court répit. Un soir, Giovanna m'appela pour me lire quelques lignes du sous-commandant, des lignes poétiques qui racontaient l'histoire d'un vice-roi des Indes ayant rêvé de la destruction de son royaume. Dans l'histoire, le vice-roi terrorisé par les vents cycloniques qu'il croit avoir vus s'obstine à démentir son rêve. Il parcourt alors tout son royaume, interrogeant ses proches sur ce qu'il vient d'imaginer : il va voir ses gardes qui lui assurent avoir rêvé de la même chose, puis les seigneurs féodaux, qui confirment aussi le rêve, et pour finir ses médecins qui tentent quant à eux de le convaincre que ses rêves sont le fruit d'une sorcellerie indienne. Craintif, schizophrène, le vice-roi exige la torture et l'incarcération de tout son peuple. Je me souviens que Giovanna lisait les phrases du sous-commandant comme s'il s'agissait de coups de poing, des prophéties d'une histoire à venir qui, toutefois, se déroule dans un passé très lointain. Je me souviens que la dernière phrase disait : « Rêve et ne dors pas. Et le rêve continue à être dévoilé. » Sans le vouloir, sans que je m'y attende, ses mots me touchèrent et m'évoquèrent cet immense *mural* de Diego Rivera que, petit, j'avais vu au Palais national : cette sorte d'histoire abrégée de Mexico dans laquelle les formes semblent se confondre comme si elles avaient été tracées par le même cyclone insomniaque. Quand, deux heures plus tard, je sortis du bâtiment, l'image du *mural* me hantait encore et sans doute est-ce pour cela, à moins que ce fût à cause du ciel couvert qui déjà annonçait l'orage, que je décidai, ce jour-là, avant d'aller au bar du Bowery, que j'en profiterais pour visiter un musée. C'est ainsi que j'arrivai au Metropolitan Museum chargé des peurs d'un vice-roi qui, dans un empire passé, se rêvait insomniaque.

L'accident fut alors un tableau, ou la conjonction d'un tableau et d'une phrase, ou bien une simple averse qui se précipita sur la ville alors que je frôlais à peine les premières marches du musée. Une météorologie complexe m'obligea à déambuler, plus longtemps que je ne l'imaginais, à travers les salles mouillées de ce monstre aux mille visages à l'intérieur duquel je me perdis jusqu'à arriver, de façon absurde, dans une petite salle aux tableaux un peu insipides. C'est alors que je le vis : un tableau insipide parmi d'autres tableaux fades, un tableau géométrique et simple comme il n'est pas permis, qui devenait toutefois complexe si on le regardait avec une certaine attention. L'œuvre n'était pas un jeu optique. Tant s'en faut. Au contraire, tout dans ce tableau semblait être exactement ce qu'il était : un homme pâle assis à sa table de travail regardant par une fenêtre. Cependant, si on l'examinait attentivement, le tableau se mettait à acquérir une certaine profondeur : apparaissait la terrible solitude de l'homme dans cette ville fictive, qui s'insinuait à peine dans le petit fragment d'immeuble citadin qui tachait le coin inférieur de l'image. Autrement dit, le tableau représentait un homme pâle assis entre deux fenêtres, regardant le ciel dégagé d'une ville quelconque. Quelque chose alors se mettait à se transformer : apparaissait cette seconde fenêtre qui était en soi la nôtre, la fenêtre depuis laquelle l'observateur regardait l'homme en train de regarder. Je me souviens d'avoir cherché le titre et d'y avoir trouvé la même littéralité plate que celle de l'image : *Office in a Small City*, 1953. Le nom du peintre, Edward Hopper, me disait quelque chose mais je n'arrivais pas à me faire une image précise de son œuvre. Il m'évoquait plutôt un animal bondissant, un de ces animaux quasi scientifiques que Tancredo aimait mentionner quand la conversation commençait à l'ennuyer. Je pensai continuer à marcher mais pour une raison quelconque je préférai rester sur place, sortir mon petit carnet, regarder le tableau et prendre des notes succinctes. La phrase que je venais d'entendre de la bouche de Giovanna me vint à l'esprit : « Rêve et ne dors pas. Et le rêve continue à être dévoilé. » Tout à coup, il m'apparut clairement que cette image incarnait parfaitement l'insomnie. Peu importait que dans cette ville fictive, si fragile et légère, le ciel fût dégagé et que l'homme apparût éclairé par la lumière. C'était l'image d'un homme qui, en plein jour, se rêvait insomniaque, doublé par des fenêtres, étranger au temps réel. Je pensai au vice-roi, à ses peurs et à son éternelle fureur et subitement je me sentis terriblement puissant, capable de déplacer des montagnes depuis un simple bureau dans une ville marginale. Pour la première fois depuis des années, je sentis de nouveau la fureur dans mes veines, cette impétuosité qui caractérisait l'adolescent que j'avais été, l'impression enivrante de tout vouloir et tout pouvoir aimer. Le tout au beau milieu de la salle, avec les visiteurs en train de circuler et moi, immergé dans ma mégalomanie muette, heureux d'avoir trouvé le chemin du retour, même si ce n'était rien d'autre qu'une salle dans un musée mouillé. Une salle terriblement géométrique, à l'intérieur de laquelle les pièces du monde commençaient soudain à se recouper avec la précision d'un jeu d'échecs. Je me souviens m'être assis là, et m'être mis à penser à la façon qu'avaient certains animaux de rester muets, de se recroqueviller un peu jusqu'à devenir légers et anonymes, jusqu'à s'approcher dangereusement du néant. Je me sentis proche d'eux et devinai leur pouvoir silencieux. Puis je me dis qu'étaient plus complexes encore la vitalité des plantes, la force secrète des bonsaïs et des algues, cette façon qu'ils avaient de se recroqueviller sur eux-mêmes comme s'il s'agissait d'une subtile exhibition de leur toute-puissance. Et je nous vis tous – Giovanna, la dame aux journaux, moi, Tancredo, les assistants et l'homme à la chemise sans col –, je nous vis tous derrière nos bureaux regardant ce même ciel dégagé qui à présent semblait sortir du tableau, inonder la salle et retourner à son lieu fictif comme si de rien n'était. Je notai le nom de ce peintre dont le patronyme me faisait penser au mot « grenouille » et sortis du musée prêt à changer de vie. Dehors une poignée de nuages semblait décidée à me contredire.

Je n'en parlai à personne. Ni à Tancredo ni à la fille espagnole avec qui je m'étais embringué ces jours-là et qui, comme toujours, avait fini par se transformer en une sorte de psychanalyste privée. Je poursuivis simplement ma routine sachant qu'en moi croissait une volonté qui avait quelque chose d'une plante ou d'une algue. Je me souviens que Tancredo me regardait entre deux bières et croyait pressentir un changement. Quelque chose en toi s'est déplacé, me disait-il. Mais ensuite il se contentait d'affirmer ce qu'il croyait déjà savoir : que Giovanna tombait petit à petit amoureuse de moi, m'embobinait avec son mystère et qu'un jour je saurais combien de temps pourrait durer la plaisanterie. Moi, je me taisais, sentant en moi le retour, si longtemps repoussé, de cette même volonté puérile avec laquelle, dans un passé lointain, j'avais poursuivi les motifs du *quincunx* sur une vaste cartographie de papillons tropicaux. Je me taisais et esquissais un sourire comme si, désormais, c'était moi qui proposais au monde une dernière plaisanterie.

La première chose qui m'avait frappé dans les tableaux de Edward Hopper, c'était leur simplicité troublante, cette littéralité absolue derrière laquelle, peu à peu, quelque chose semblait toutefois se rétracter. Quelque chose se hérissait dans ce qui, autrement, aurait paru un simple panorama de carte postale. Peut-être est-ce pour cette raison que je mis deux jours à chercher le papier sur lequel j'avais écrit son nom à côté du titre du tableau. Je finis par le retrouver, caché dans les poches d'un pantalon que j'avais envoyé à la blanchisserie. Malgré l'écriture floue, je réussis à distinguer le nom, le titre et la date : Edward Hopper, *Office in a Small City*, 1953. Je me dirigeai alors vers la librairie de l'université et achetai un petit livre illustré sur son œuvre. Deux heures plus tard, quand Giovanna appela et que le chauffeur passa me prendre, je n'hésitai pas à joindre à mon petit carnet de notes mon nouveau livre. Pendant le trajet, je feuilletai ses tableaux : femmes nues qui, en plein jour, contemplent un extérieur, employées de bureau portraiturées depuis des fenêtres, hommes et femmes qui, paresseusement, prennent le café et fument. Hopper est le grand paysagiste de l'insomnie américaine, me dis-je, mais le jeu linguistique accidentel me parut vulgaire. Je préférai une citation qui apparaissait en quatrième de couverture du livre : « *Hopper is simply a bad painter, but if he were a better one, he would probably not be such a great artist.* » L'idée que, dans le fond, il s'agissait d'un mauvais peintre, d'un peintre anachronique qui, en pleine modernité, tandis que ses compatriotes s'employaient à étaler de la peinture sur la toile, se fût consacré à peindre des paysages, me plut. La grande idée de Hopper était la suivante : peindre l'intimité du paysage qui est à peine insinuée. En tournant les pages, j'en arrivai à un autre tableau intitulé *Morning Sun*, daté de 1952. Une femme en chemise de nuit gît assise sur le lit, de profil, les jambes serrées. Le tableau est marqué par la lumière qui traverse la pièce et éclaire le visage de la femme qui, à son tour, semble observer avec une patience infinie ce monde qui s'insinue à peine derrière la fenêtre. Derrière l'encadrement de celle-ci, il n'y a pas grand-chose : les dernières saillies d'un immeuble citadin de brique rouge. Devant ce tableau, je me dis que c'était cela, ce qui faisait de Hopper le grand paysagiste américain : la façon dont il inversait la logique du genre. Nous montrer l'insomniaque qui regarde et non le paysage. J'observai de nouveau le tableau et crus voir Giovanna et la femme du bar, songeai au sous-commandant et au vice-roi insomniaque. Les secousses de la voiture arrivant sur les premiers pavés me firent remarquer que nous approchions. Elle pourrait très bien se cacher derrière n'importe quelle fenêtre, dans une chambre sans luxe, à la Hopper.

Ce soir-là, je ne lui parlai de rien au sujet de mon nouveau projet. Je la trouvai tendue, plus anxieuse que d'habitude, se déplaçant avec l'énergie à fleur de peau des gens qui ont la gueule de bois. Indécise et impatiente. Giovanna avait l'air de concentrer son inquiétude sur les muscles de sa main droite dont les doigts inquiets tenaient une statuette en laquelle, au bout d'un certain temps, je reconnus un petit éléphant de jade. Moi, je me contentais d'observer ses mouvements, de tracer mentalement les péripéties du petit animal, jusqu'à ce que le souvenir du tableau que j'avais vu à peine quelques heures plus tôt me fît tout voir avec d'autres yeux. Pour la première fois, je l'imaginai nue au beau milieu de la salle, ses mains sur ses genoux et son regard un peu perdu, comme dans un tableau de Hopper. Je l'imaginai nue en pleine insomnie, terriblement pâle et anxieuse, à l'image de ses propres doigts qui semblaient tenir la statuette de jade comme s'il y en allait de sa vie. Je regardai ses faux cheveux blonds, les racines noires qui, désormais, semblaient cacher beaucoup plus, et quelque chose en moi se dit que le moment d'agir était arrivé : faire un pas en avant et conclure cette plaisanterie qui menaçait alors de tous nous enterrer par un peu de sexe. Peut-être la clé était-elle là : dans la passion d'une nuit derrière laquelle se cachait un jour ensoleillé. Pendant une courte seconde, j'ai eu la sensation que Giovanna pensait la même chose, qu'elle stoppait la curieuse investigation de ses doigts et me regardait profondément.

La sonnerie du téléphone mit un terme à la scène.

Je la vis poser le petit éléphant sur la table, traverser le labyrinthe de meubles que, à présent, je trouvais insupportable, décrocher le téléphone et répondre avec une voix qui me rappela quelque peu celle que, presque deux ans auparavant, j'avais entendue sur le répondeur. Anxieux, encore paralysé par la scène que je venais d'imaginer, je me penchai sur la table, cherchant quelque chose que je pourrais prendre dans ma main. C'est alors que je la vis : une enveloppe entrouverte avec l'adresse d'un laboratoire d'analyses médicales au dos. Je restai là, me remémorant l'appel matinal, les échos de cette voix enregistrée qui, à présent, semblait sangloter au téléphone tout en se contentant d'affirmer et de réfuter avec cette force fragile qui n'appartient qu'aux malades. Je pris d'une main la statuette de jade et, comme s'il s'agissait d'un talisman, la glissai dans ma sacoche. À son retour, je reconnus sur le visage de Giovanna la conviction obstinée de celui qui prétend mentir jusqu'au bout.

Je lus quelque part que ce qui s'oublie n'est pas un mensonge. Dans les mois qui suivirent cet étrange rendez-vous, je restai fidèle à cette intuition perverse. J'essayai d'oublier, grâce à la laborieuse élaboration d'un projet fou, la douloureuse vérité de ce que je croyais avoir vu cette nuit-là. Je me souviens que ce soir-là j'arrivai au bar du Bowery avec le sentiment que le pouvoir que je venais d'acquérir était en péril. Si je ne prenais pas une décision tout de suite je courrais le risque de rester dans cette étrange pénombre qu'était la vie des autres. La vie des autres : comme cette femme qui, dans ce même bar, passait compulsivement son temps à lire des journaux. Je sortis alors mon petit carnet de notes et, à l'endroit où jusqu'alors était écrit *Hypothèses de lecture*, j'écrivis un titre qui me parut plus approprié : *La Frontière invisible*. Je regardai autour de moi, plus par pudeur que pour autre chose, et sous le titre, j'ébauchai les contours de ces faux yeux clairs avec lesquels, à peine quelques heures plus tôt, Giovanna m'avait regardé depuis la patrie des malades. Ce ne fut qu'à cet instant que je sentis la silhouette imaginaire de mon ancêtre se dissoudre et, pour finir, c'était moi qui apparaissais au beau milieu de l'histoire. Et c'était moi qui, à présent, décidais de franchir les frontières invisibles, c'était moi qui, au beau milieu de ce bar, décidais de me lever de la table à laquelle j'étais resté jusque-là muet et qui, transgressant toutes les lois tacites, m'approchais de cette table sur laquelle gisaient les journaux exposés et, sans la moindre pudeur, prenais une chaise et m'y asseyais. C'était moi qui ignorais les serveurs essayant de m'en dissuader et moi qui, finalement, en face de cette femme que j'avais la sensation d'avoir observée pendant des siècles, prononçais la question évidente :

« Pourquoi les journaux ? »

Je me souviens de ce qui suit presque comme s'il s'agissait d'un souvenir artificiel, comme on se souvient dans les films, par le biais de l'image en tant que telle. La façon mesurée et posée avec laquelle, niant la violence attendue, son visage parut se lever très lentement du papier. Ses yeux avaient la teinte vitreuse qu'acquièrent certains visages après avoir été photographiés numériquement. Un regard vide mais pas profond pour autant, des yeux qui refusaient juste d'être quelque chose de plus, une simple surface sans profondeur, et encore moins un abîme. De ce vide sans abîme j'entendis la réponse qui, encore aujourd'hui, avec les cahiers de Giovanna éparpillés sur la table, me paraît terriblement pertinente :

« Et toi, qu'est-ce que cela peut te faire ? »

Encore aujourd'hui, à quatre heures passées, la question semble être celle-ci : et toi, qu'est-ce que cela peut te faire ? La question est toujours la même : pourquoi décidons-nous de nous mêler de certaines vies et pas d'autres ? Pourquoi, au beau milieu de la nuit quelqu'un décide-t-il de se remémorer une histoire et pas d'une autre ? Ce soir-là, au bar du Bowery, j'appris que la patience ne mérite pas toujours une histoire ou, plus terrible encore, que parfois la curiosité reste ce qu'elle est, une simple curiosité, sans accéder au bout du compte à l'anecdote. Que parfois tout ce qu'il y a n'est que surface, regard sans profondeur, deux yeux vitreux qui passent leur temps à remplir les heures avec des lettres. Je crus comprendre enfin quelque chose : cette femme ne lisait rien, elle ne cherchait pas d'histoires au-delà de ce que lui offrait la surface du papier. Comme les anciens copistes, comme les ordinateurs actuels, sa tâche se limitait à un simple relevé du vocabulaire antérieur à l'anecdote. Ou peut-être pas, peut-être lisait-elle depuis le cœur secret de sa singulière obsession mais, dans ce cas aussi, tout se terminait là : devant la cuirasse de la passion privée que je pressentais dans son regard. Je n'arrivai pas, ou ne crus pas nécessaire de le faire, à prononcer une réponse. Je demandai simplement pardon comme s'il s'était agi d'une imprudence, rangeai le carnet de notes et, en sortant, crus revivre une scène : dans les alentours d'un bar voisin, deux garçons se battaient à coups de poing. Sauf que désormais, j'avais la sensation de vivre la scène dans ma propre chair, au présent et non au passé, enveloppée dans tous ses détails : la sueur des deux garçons, l'odeur empestée de la vieille bière, le sang qui semblait redessiner le sourcil de l'un des belligérants, un garçon immense qui à présent était étreint par ses amis avec la même fureur que celle avec laquelle il essayait de s'enfuir. Au début du XXIe siècle, deux garçons rejouaient une scène qu'avaient sûrement vécue deux gangsters du XIXe à cette différence près que j'étais pour ma part contraint de la vivre en direct et en couleur, dans son présent absolu, avec la résolution de la télévision moderne ? Je traversai la rue, convaincu que, peu à peu, je commençais à me défaire de mes vieux habits. Quelques pâtés de maisons plus loin, je m'arrêtai dans un autre bar, sortis le carnet et lus ce titre que j'avais écrit dans le bar : *La Frontière invisible*. Un projet se profilait derrière. Au-dessous, l'ébauche des yeux de Giovanna semblait me rappeler que ce ne serait pas un projet facile, comme ne fut jamais facile l'oubli.

Le regard des chats trahit leur veille éternelle, dit toujours Tancredo. Il le dit comme s'il les connaissait, comme s'il se rendait en secret à leurs réunions, comme s'il appartenait au monde animal. Il le dit, puis se corrige. Les chats, répète-t-il, habitent un entre-monde. Les scientifiques l'ont prouvé, répète-t-il, puis il explique ce qu'il appelle la science : le fait qu'on ait démontré que les ondes cérébrales des félins imitent la structure de celles des humains quand ils dorment.

Peut-être est-ce la raison pour laquelle, l'après-midi où je décidai de me raser, je pensai à Tancredo. Me raser, maintenant que j'y pense, était ma façon de marquer la frontière d'un changement : un avant et un après avec lesquels je simulais un changement de vie. Je me vis dans le miroir : fatigué et vieux, plus gros qu'avant, mais encore prêt à livrer la dernière bataille. La barbe était là, cette barbe que je portais depuis l'âge de vingt ans, tantôt plus fournie tantôt plus discrète, mais toujours là, couvrant une grande partie de mon visage. Je pensai que, même si cela paraît étrange, Giovanna et moi n'avions jamais abordé le sujet de la barbe, des cheveux en tant que masque. Tout compte fait, la barbe avait été pour moi, au départ, une façon de dissimuler ma jeunesse, puis de me cacher derrière l'anonymat conféré par l'ordinaire, jusqu'à devenir le masque qui dissimulait un âge mûr précoce. Quelque chose en moi, à présent, commençait toutefois à résister : quelque chose en moi voulait redevenir un enfant. Je tâtai ma barbe avec mes doigts et, au rythme d'une *bachata* dominicaine, je regardai le duvet tomber jusqu'à ce qu'il ne reste sur mon visage pas d'autres poils que ceux d'une moustache primesautière. Je ris en pensant que je m'étais tout compte fait transformé en l'un de ces chats que mentionnait Tancredo, une sorte d'éternel vigile du monde de ceux qui dorment. Je ris en pensant qu'un homme pouvait en arriver à ressembler à un chat. C'est à ce moment-là que je compris le sens de l'expression que je venais d'écrire : *La Frontière invisible* était un autre nom pour désigner le regard. Je pensai à Hopper et aux personnages de ses tableaux, ces hommes et ces femmes qui, en plein jour, semblaient regarder un extérieur qui nous était toutefois interdit. Je me regardai dans le miroir, avec cette moustache mexicaine peinte à mi-visage, et je jouai pendant quelques secondes à devenir méconnaissable. Je jouai à me perdre dans mes grimaces, avec la joie plastique de celui qui s'amuse à répéter des mots jusqu'à les déformer. Tout changeait, sauf le regard. J'éprouvai une joie puérile en me disant que *La Frontière invisible* était ceci : une énorme exposition sur le regard animal, un immense défilé d'yeux. Ce fut ce que je me dis et pendant un instant, tandis que le rasoir assaillait ma moustache, j'oubliai le regard de Giovanna, l'enveloppe médicale, les doigts anxieux. J'oubliai que je l'avais imaginée nue au milieu de la salle, que je l'avais désirée même si ce n'était qu'un bref instant. Après le dernier coup de rasoir, je regardai de nouveau le miroir, je me vis jeune et bizarre, transformé en chat sans moustache, anxieusement prêt à se réveiller.

14

Petit, j'avais toujours été fasciné dans les dessins animés par cet instant où le personnage qui, jusqu'alors, courait à toute vitesse au-dessus du vide, décide de regarder en bas et prend subitement conscience de son absurdité. Peu importait combien de fois je revoyais la scène, chaque fois, j'étais assailli par la même consternation en me trouvant obligé de témoigner de la niaiserie du personnage, de sa décision toujours inopportune de s'en remettre au monde de la gravité et, par conséquent, de la logique. L'astuce, me dis-je maintenant, consistait à suspendre le temps de la raison, à devenir aérien : voir combien de temps on pouvait courir au-dessus du vide sans regarder en bas, comme s'il s'agissait d'une course d'insensés. Comme maintenant, où je remarque que c'est moi qui refuse de regarder en bas, de rompre le charme de cette plaisanterie qui prend de l'ampleur à quatre heures du matin passées. Dehors, la nuit se poursuit comme si de rien n'était, tandis qu'à l'intérieur je regarde de nouveau les chemises, les cinq points du *quincunx* qui, maintenant, semblent vouloir prendre leur envol tel un papillon. « Farce ou tragédie ? » Cela me fait penser à la question que Tancredo a l'habitude de poser : combien de temps peut durer une plaisanterie ? Comme dans les dessins animés, l'astuce du plaisantin consiste à ne pas regarder en bas ; regarder en bas revient finalement à se livrer à l'inévitable tragédie quand continuer à courir au-dessus du vide revient en revanche à parier sur le caractère absurde du rire et de la farce. Le truc du plaisantin, dit Tancredo, consiste à tenir le public en haleine, ébranler ses certitudes, le laisser en suspens dans un nuage d'expectatives, jusqu'à le voir subitement émerger derrière un rire général. Le plaisantin qui doute tombe dans l'abîme silencieux. À quatre heures passées, je commence à sentir mon heure arriver, le plaisantin chanceler et l'espace s'ouvrir pour laisser fuser le rire.

Dehors, dans la maison d'en face, une lumière s'est allumée et je réussis à distinguer par la fenêtre la silhouette d'une femme qui prépare un café. Le jour se lève, me dis-je. L'heure où les gens se permettent d'allumer les lumières, de faire du café, de se montrer est arrivée. De sortir de l'anonymat de l'insomnie. Je pense à Hopper, à l'étrange lumière qui inonde ses tableaux, une lumière sombre, une lumière silhouette et tout à coup jaillit dans mon esprit l'image d'un immense aquarium. Je me demande si dans ces fables que l'on racontait à Giovanna dans cet hôpital tropical il y avait des poissons et, si tel était le cas, dans quelle langue ils parlaient. Derrière la fenêtre maintenant éclairée, la femme se met à lire quelque chose qui pourrait fort bien être un journal, mais je me dis ensuite qu'il est encore trop tôt pour le journal, que le livreur passe à cinq heures. Je regarde de nouveau l'anguleuse silhouette féminine derrière la fenêtre. Je me demande si j'arriverais à l'aimer. Nous, les hommes privés, sommes ainsi : nous aimons ce qui se joue derrière les fenêtres. La proximité nous est insupportable.

Giovanna avait un aquarium chez elle, un aquarium avec une quantité de poissons qu'elle nourrissait en continu. Des poissons de toutes les couleurs. Orangés aux raies noires et blanches, bleues et jaunes, pour en arriver à mes préférés : les poissons-chats. Ces êtres des profondeurs à têtes de petits hommes râleurs, charognards qui, en pleine nuit, nettoient les fonds marins des miasmes de la vie diurne de leurs compatriotes colorés. Giovanna stoppait la conversation, ouvrait un tiroir, sortait une minuscule boîte et, avec cette démarche qui lui était propre, tenant à la fois du poisson et de la raie manta, allait jusqu'à l'aquarium et leur donnait à manger. Je me sentais étrangement lié à ces poissons charognards. Ils étaient aussi pour moi les dernières miettes apportées par la nuit, alors que le jour était toujours consacré aux autres. Je n'ai jamais su si Giovanna avait des amants, mais si c'était le cas, en vins-je à me dire, ils devaient être diurnes. Peut-être au cours de l'un de ses voyages impromptus qui la menaient à Milan, Prague, Barcelone, lisait-elle des vers à un homme qui avait appris à mieux la désirer que moi.

J'observe de nouveau la scène qui se déroule de l'autre côté de la rue : la femme s'est arrêtée et lentement, comme si elle dormait encore, s'est dirigée vers la cafetière. Elle s'est servie un peu plus de café et, faisant demi-tour, s'est replongée dans le journal. Sur le coin d'une chemise, j'ai écrit une tournure, presque un titre : *Scènes de la vie privée*. Et je me suis dit que les Nord-Américains sont merveilleux dans ces genres mineurs de la vie privée. Drames suburbains, films d'hommes et de femmes hystériques, tragicomédies des mal-être de la petite bourgeoisie. « Et toi, qu'est-ce que tu en as à faire ? » La phrase de la femme du Bowery m'a pris au dépourvu et quelque chose en moi s'est dit que nous sommes tous précisément ceci : des poissons dans de petits aquariums contigus qui, au beau milieu de la nuit, s'obstinent à se regarder les uns les autres en sachant pertinemment qu'entre eux s'impose une barrière invisible. Giovanna voulait désespérément échapper à tout cela, me dis-je. Elle voulait devenir invisible et anonyme pour ensuite sauter et tout recouvrir. Par la fenêtre, je vois à deux maisons de là quelqu'un allumer la lumière.

Catastrophes privées, les appelle parfois Tancredo tout en engloutissant un hamburger. Catastrophes privées, dit-il, et je remarque dans sa voix cette ironie acide qui parfois me gêne tant et d'autres fois m'amuse : une façon de mettre la vérité en suspens, d'offrir des mots comme on offre les pièces d'un puzzle, avec la grâce d'un équilibriste qui joue son va-tout dans une simple métaphore. Parfois, lorsque je regarde Tancredo, son chapeau à aile rouge et sa moustache solitaire teignant son visage pâle, je me dis qu'il fait le pari suivant : la construction d'un monde métaphore, d'un monde théorie. Un pari pour un monde à venir. Parfois, cependant, son cynisme m'exaspère et je sens son profil le trahir : un homme à la fin des temps, un homme décadent et sans avenir qui, dans un *diner* de New Brunswick, prétend dissoudre le réel dans un immense tissu d'allusions sans queue ni tête. Catastrophes privées, dit Tancredo, et avec cette expression, il prétend se moquer de ma théorie du début. Selon lui, il n'y a ni répétition ni copie à l'origine, mais une simple et minuscule explosion qui fait que, tout à coup, quelque chose se réveille dans l'homme privé. Tout cela pour dire qu'il n'y a réellement au départ rien de plus que l'hystérie d'un homme ordinaire.

Et c'est précisément avec la bravoure d'un homme ordinaire, la patience d'une algue ou d'un poisson, que je me suis approché des chemises pour toutes les mettre sur la table. Trois chemises couleur manille ornées d'un ruban rouge. J'ai posé les chemises sur la table en ordre ascendant, en commençant par la première sur laquelle je reconnais la fragile écriture de Giovanna : *Notes (1999)*. Je me remémore les festivités de cette fin de siècle, du coup de téléphone de Giovanna après dix heures : elle était à Rome et appartenait déjà au siècle suivant. Ivre, elle m'avait dit des choses que je ne voulais pas entendre, et qu'après j'avais oubliées ou cru oublier comme j'avais oublié ou prétendu avoir oublié cette enveloppe médicale. *Notes (1999)* : les peurs restées dans le sillage réduites à des extravagances du siècle dernier et celles qui commençaient à peine à croître. Dehors la lumière d'une autre maison ponctue le panorama encore sombre et je vois un homme en pyjama tenir dans ses bras un petit enfant. Je pense à Giovanna, à l'enveloppe médicale et à la fillette de dix ans. Franchissant le fragile seuil qui maintenant sépare la nuit du jour, j'essaie de dénouer le premier ruban.

15

Après, ce fut après : des jours, des semaines, des années qui commencèrent à s'entasser au rythme duquel Giovanna s'appliquait à disparaître, s'efforçait de disparaître. Ou peut-être était-ce moi qui, porté par un désir d'oubli, finissait par émerger d'une négligence plus profonde encore. Alors que j'avais maigri et rasé ma barbe, quelque chose en moi semblait décidé à lutter contre cette grande farce de l'anonymat de la façon la plus manifeste possible. Le musée avait accepté ma proposition et l'exposition *La Frontière invisible* était programmée pour l'année suivante. Giovanna téléphonait de la même façon mais rien n'était plus pareil : plus qu'à des collaborateurs, nous ressemblions à de vieux amants condamnés à nous remémorer nos anciennes et désormais inaccessibles nuits de passion. Elle s'en allait pendant des mois sans dire un seul mot et quelque chose en moi se sentait soulagé. Des mois pendant lesquels je passais mon temps à jouer avec le petit éléphant de jade que je lui avais volé. Je jouais avec lui entre mes doigts, comme elle l'avait fait, avec une anxiété inconsciente, tout en organisant cette exposition qui commençait petit à petit à prendre la forme de mon ambition : je jouais avec l'ordre des photographies, changeais les textes de place, m'amusais à déplacer pêle-mêle des regards humains dans cette grande marche d'yeux. Elle disparaissait pendant des mois et je jurais qu'elle pénétrait dans la forêt, traversait la broussaille en pleine nuit jusqu'à son arrivée au campement où la recevaient les yeux d'un sous-commandant insomniaque. Moi, je me contentais de suivre son trajet de loin, d'emboîter le pas des *pronunciamientos* poétiques du sous-commandant, dans l'espoir qu'un jour les journaux annoncent la rencontre inattendue d'une styliste et d'un leader de gauche. Je riais en pensant aux horreurs que suggérerait la presse de droite : l'idylle qu'ils imagineraient, les perverses histoires de corruption qu'ils tisseraient autour de cette simple image d'innocence. Mais les mois passaient sans que rien n'advînt. Elle revenait de ses longs voyages, plus mince et plus évasive, comme si le projet désormais prenait de l'ampleur dans mon dos, le secret devenant profond et indicible. L'idée, toujours latente mais ignorée, qu'elle pût être allée dans un autre hôpital vers lequel elle se dirigeait pendant ces mois de silence me rongeait intérieurement. Nous poursuivions la discussion comme si de rien n'était, mais une partie de moi se disait que tout s'était terminé des mois plus tôt, Giovanna acquiesçant. J'avais la sensation que nous n'étions là qu'en simples participants à une histoire de fantômes qui avait du mal à survivre dans sa gueule de bois. Dans tout cela, ce qui me plaisait le plus était de marcher jusqu'au bar du Bowery. J'aimais m'y installer et, libéré comme je l'étais à présent de la curiosité mais également accompagné de la dame aux journaux, je me mettais à travailler sur l'exposition avec une voracité absolue, la même voracité avec laquelle, à quelques tables voisines, la femme dévorait les journaux avec un regard que à présent je savais vide. Je me déchaînais sur le petit carnet de cuir rougeâtre et ébauchais des idées folles : amener au musée un animal vivant, élaborer une anatomie du regard, remplir la salle de portraits d'yeux jusqu'à ce que les regards se confondent et que plus personne ne sache lesquels étaient ceux des animaux et lesquels ceux des humains. Je travaillais ardemment avant que la fatigue me gagne ou que l'image de Giovanna malade m'arrête à mi-parcours et que l'idée de continuer devienne insupportable. Je prenais alors le train et, arrivé à la maison, je tombais de sommeil comme j'en avais perdu l'habitude, paisiblement entouré de milliers d'yeux qui, à peine ébauchés, semblaient veiller sur mes rêves.

Nous attendions la fin des temps et nous n'eûmes droit qu'à la gueule de bois d'une bacchanale superflue, disait Tancredo. Moi, j'acquiesçais pour ne pas le contrarier, mais dans mon for intérieur, je me disais que l'heure approchait enfin. Quelque chose avait irrévocablement changé, même s'il ne s'agissait pas de la fin des temps. Quelque chose avait muté et la carapace s'était brisée. Le printemps s'entrevoyait déjà et tandis que dans les bars les gens buvaient, je me disais que le temps de la sobriété était arrivé, le temps de prendre les rênes en mains et finalement des risques. Je me sentais bien, en paix avec cet habitat si étrange que j'avais réussi à me construire. J'étais devenu une bête bizarre, un insecte qui battait des ailes sans arrêt pour ne pas sombrer mais qui, malgré tout, avait peu à peu appris qu'il est inutile de battre si rapidement sans jamais s'arrêter, qu'il suffit de le faire à un rythme modéré mais avec adresse. Patience, disais-je à Tancredo en songeant que la métaphore était erronée et que non je n'avais pas passé des années à battre des ailes sans arrêt, mais tout le contraire. J'étais resté sage, jusqu'à me fondre dans le paysage. Ce n'est que désormais, lentement, avec la discrétion des reptiles, que je commençais à émerger de cette tanière qu'avec tant de soin je m'étais construite. Chaque fois qu'apparaît une chose, c'est parce que disparaît une autre, fond et forme, soulignait Tancredo, tandis que quelque chose en moi pressentait avec crainte les conséquences de mon réveil subit.

Chaque fois qu'apparaît une chose, c'est parce que disparaît une autre, fond et forme, répétait Tancredo, tandis que dans mon esprit l'image de Giovanna m'évoquait un souvenir d'enfance. Je me rappelais les après-midi où mon père m'emmenait au jardin zoologique. Les animaux centraux ne m'intéressaient pas. Les éléphants, les lions, les zèbres et les singes m'ennuyaient. Leur suprême ennui dans lequel, maintenant que j'y pense, j'avais la sensation de voir briller une sorte de portrait vulgaire du monde adulte, m'attristait. J'adorais en revanche visiter le vivarium : ces sortes de boîtes de Pandore pour le regard qui renfermaient des énigmes vivantes. M'arrêter devant les vivariums et, sans regarder le nom de l'animal, essayer de deviner duquel il s'agissait me fascinait. Là, derrière le verre, se trouvait la vie comme énigme à déchiffrer. La vie comme un puzzle ou un stéréogramme. Dans certains cas, la réponse était évidente : on remarquait la forme sinueuse et humide du serpent sur le tronc sec, la présence turbulente du papillon, la sinistre lassitude de l'iguane solitaire sur la pierre. Dans d'autres cas cependant, derrière le verre on pressentait simplement un vide absolu. Comme si l'animal d'origine était mort et que les employés du zoo avaient oublié de le remplacer par un nouveau. Je me tenais devant ces cages apparemment vides où je me prosternais dans l'attente que surgisse la forme jusqu'alors cachée : le singulier papillon qui se confondait avec le ramage, les laborieuses fourmis dans leur invisible labeur, le même iguane dans la quiétude duquel je n'entrevoyais plus de l'ennui mais de la malice. Ces petits tropiques en captivité où le néant se faisait enfin visible m'enchantaient. Peut-être est-ce pour cette raison que j'en venais à détester l'enfant impatient qui, en remarquant que derrière le verre il paraissait ne rien y avoir, avait l'audace de donner un coup d'un doigt dans une tentative désespérée de voir surgir quelque chose. Je me revoyais debout devant l'un de ces théâtres tropicaux dans lesquels il semblait ne rien se passer en dépit des coups impatients des autres enfants. Certains qu'à cet endroit il n'y avait rien, ils ne tardaient pas à aller ailleurs. Mais moi je restais planté là au même endroit, malgré l'insistance de mon père qui, comme les autres, ne croyait pas non plus qu'il y eût là quelque chose. C'est là que je l'avais vu émerger lentement : non plus simplement l'animal dans le paysage, mais l'animal-paysage, l'animal qui était en soi le paysage lui-même dans lequel nous l'avions tous cherché. Je m'étais retourné pour regarder le nom sous lequel la petite plaque le présentait : « Mule du Diable, Costa Rica ». Au-dessous, dans un petit à part qui resta très longtemps gravé dans mon esprit, on lisait : « Phasme ». J'avais vu émerger ce petit phasme en ayant la sensation que je n'avais pas à faire là à un camouflage classique mais à quelque chose de plus sinistre : un animal qui peu à peu dévorait le paysage avec la secrète ambition de se transformer en paysage lui-même. Des années plus tard, je rencontrerais dans le livre d'un philosophe français les concepts nécessaires pour penser ce qui tout simplement se jouait là : la copie dévorait le modèle. Mais ce serait plus tard. L'enfant d'à peine douze ans qui s'était arrêté cet après-midi-là devant la cage vide eut une tout autre impression : celle d'être face à un animal hors du commun, face à un animal plus terrible encore que tous les autres, précisément parce que son ambition n'était pas impérativement de survivre mais de transcender la vie. J'avais fait une seconde découverte en m'approchant du verre : il ne s'agissait pas d'un simple animal mais de douzaines d'insectes qui semblaient se confondre pour créer cette sorte de corps collectif apparemment décidé à rivaliser avec un paysage absent. Une horrible confusion me maintint en éveil toute la nuit, tandis que j'essayais de comprendre exactement ce que j'avais vu cet après-midi-là. Qu'est-ce qui était devenu visible et qu'est-ce qui était resté invisible ? Pendant ce printemps déjà lointain, l'image de cet essaim d'insectes m'accompagna comme une sorte de précaution : ce qui apparaît tout à coup est toujours très proche du néant. De ce terrible néant qui, cependant, a l'ambition d'être tout. Je me rappelais cet après-midi-là avec la conviction que Giovanna et moi formions quelque chose de ce genre, un double du motif fond et forme dont la secrète ambition était de se fondre dans un néant absolu. Et ainsi avançait le printemps, jouant sur le fil du rasoir entre le tout et le néant, tandis que j'essayais de me convaincre que la seule façon de vraiment accompagner Giovanna était d'apprendre à la perdre. Je la voyais revenir de ses voyages énigmatiques, plus mince et plus pâle, mais je me rassurais en me disant que tout n'était que pure illusion. Nous ne tarderions pas à changer de perspective et alors la véritable image apparaîtrait, magistrale et précise : nous remarquerions que sa minceur n'était que la facette d'une autre réalité plus atroce, celle qui la poussait à se fondre dans le paysage avec la force de ce phasme élusif de mon enfance. Chaque fois qu'apparaît quelque chose, c'est parce qu'une autre disparaît, fond et forme, répétait Tancredo, tandis que dans mon esprit celle qui disparaissait n'était pas la vraie Giovanna mais la fillette de dix ans.

On pourrait donc dire que le projet s'effrita aussi spontanément qu'il avait été conçu. On pourrait dire également que, même aujourd'hui, je ne sais pas réellement en quoi il consistait. Ma vie avait été interrompue par un coup de téléphone matinal et, au bout de deux ans de travail, je ne voyais toujours pas clairement où les choses voulaient en venir. Il me plaisait de penser qu'un jour nous verrions le sous-commandant avec un passe-montagne davantage à la mode, un peu coloré et ludique. Et à côté de lui, Giovanna riant devant l'appareil photo comme si elle me regardait. Je riais en pensant que cette scène interromprait irrévocablement la guerre, comme un simple coup de téléphone à cinq heures du matin avait interrompu ma vie. Toutefois, mes comédies hallucinées n'avaient jamais de suite. La guerre continuait d'être la guerre dans un pays lointain et en un nouveau siècle. Ainsi, le projet s'estompait comme s'il n'avait pas été autre chose qu'un rêve bref.

La dernière fois que je la vis, elle n'avait pas de maquillage. Ou à moitié, comme si elle avait brusquement essayé de l'effacer mais s'était arrêtée à mi-chemin, peut-être en m'entendant frapper à la porte. Elle était comme toujours vêtue de noir, mais d'un noir fatigué qui semblait s'étendre jusqu'aux racines de ses cheveux où, négligée, sa chevelure s'efforçait de retrouver sa couleur réelle. J'eus la sensation que peu à peu ses déguisements se dissipaient et que peut-être très bientôt se tiendrait devant moi la vraie Giovanna. Elle était visiblement décidée à rester la même. Elle m'expliqua quelque chose à propos de ses voyages et alla s'asseoir sur une chaise. Sur la table de la salle à manger, il y avait une énorme quantité de pièces d'un puzzle dont le modèle gisait à côté de l'aquarium. À ses côtés, les poissons semblaient flotter comme s'ils appartenaient à ce même monde. Il s'agissait de l'un des lumineux jardins de Monet : un jardin de petites fleurs dans les pétales desquelles le pourpre semblait jouer à devenir blanc. La répartition du puzzle en mille pièces montrait l'évidence : la plupart des pièces se contentaient de suggérer une touche de pourpre. Ce fut alors qu'elle risqua son mouvement : elle me suggéra d'une voix très légère que le projet touchait à sa fin et qu'elle n'aurait plus besoin de mon aide les mois suivants, car elle comptait faire un séjour à l'étranger. Elle me le dit ainsi, « à l'étranger », ce qui me parut être une expression très bizarre, quelque chose que je n'entendais plus depuis des années. Puis, elle prit en souriant une pièce un peu verdâtre – une feuille, pensais-je, distrait – et la plaça dans un petit fragment qui commençait déjà à prendre forme. Je me contentai de l'imiter, sans croire qu'il était nécessaire de même répondre, comprenant que ce n'était pas vraiment une question mais une simple information, une phrase qu'elle avait lancée en l'air afin que cette dernière reste précisément à cet endroit. C'est ainsi que nous passâmes la nuit entière à reconstruire ce tableau de fleurs légères, enveloppés dans un silence tendu derrière lequel on pouvait deviner une petite dispute. Il aurait été plus approprié, pensai-je alors, de faire une partie d'échecs ou, mieux encore, de jouer à l'un de ces jeux de société qui me plaisaient tant quand j'étais enfant : un jeu de guerre, avec la carte du monde dessinée en couleur et les petits soldats sautant des frontières. Quelque chose, me répétais-je, qui aurait laissé clairement entendre que ce que nous jouions alors était une dernière partie. Mais ce n'était pas le genre de Giovanna. Son style était beaucoup subtil et léger, à l'image de ce tableau de Monet que nous étions en train de reconstituer, un tableau qui semblait avoir été dessiné avec la délicatesse d'un dieu qui s'ennuie terriblement : ici, une touche de pourpre, là de blanc. L'un de ces insupportables exercices de patience qui à elle lui plaisaient tant. Nous restâmes ainsi jusqu'à ce que le jour fût levé, quand Giovanna s'endormit. Je restai une demi-heure de plus, tentant de terminer le puzzle mais je me dis qu'il aurait été bon de le laisser tel quel, à moitié fini. Je la regardai dormir comme une petite fille tout en essayant de me convaincre que les fins ne se passent jamais ainsi. Il reste toujours quelque chose. En sortant, je remarquai que le jour se levait.

16

Six ans plus tard, des feuilles gisent en désordre sur mon lit comme s'il s'agissait des pièces d'un puzzle. Dehors, un homme ferme une porte et allume le moteur de sa voiture. Je prends conscience qu'il est passé déjà sept heures depuis que l'homme m'a remis ce paquet qui, maintenant, gît ici, éparpillé en pièces. Je regarde ma montre comme cherchant la confirmation. Il est déjà cinq heures, me dis-je, et je pense de nouveau au coup de téléphone originel que j'avais reçu justement à cette heure-là. Je me réjouis de penser que ma théorie reste intacte : tout début n'est qu'une simple réplique. Je me mets alors à organiser les documents pour comprendre quelle histoire essaie de me raconter Giovanna.

La première chemise est entièrement composée de photos. Peut-être cinquante, non datées, qu'au bout d'un certain temps, je réussis à organiser en trois catégories de base. Dans le premier groupe, peut-être le plus conséquent, je repère les photos de mode : des femmes portant des maillots de bain des années 1950, de voluptueuses jeunes filles maquillées à la Marilyn Monroe, Jayne Mansfield, Grace Kelly. Des jeunes filles dont on peut deviner sur les photos la fausse teinture presque blanche de leur chevelure, les boucles parfaites et le décolleté plongeant. Des photographies de *top models* qui peu à peu deviennent moins impressionnantes et plus délicates, évoquant moins Marilyn Monroe que la tendre Audrey Hepburn. Pour en arriver à une série de photos non pas prises en studio, mais au beau milieu de ce qui semble être la fureur nocturne des Caraïbes, avec ses palmiers et ses costumes baroques tropicaux au style Tropicana. Puis dans un deuxième groupe de photos apparemment postérieures, commencent à éclore, dans toutes les couleurs, des paysages naturels : photographies de montagnes rocheuses au style d'Ansel Adams, photographies d'une forêt plus touffue et tropicale au beau milieu de laquelle, quand je regarde de nouveau, apparaît le visage de l'une des *top models* des photos précédentes. Une blonde, très jeune, qui joue à se recouvrir le visage avec une grande feuille verte. Ses yeux cependant la trahissent : on la reconnaît dans son rire caché, dans le geste joueur avec lequel elle rejette l'appareil photo. Puis il y a davantage de paysages : la forêt photographiée d'en haut comme l'eût fait un homme depuis un ballon à l'hélium, quelques photos d'un fleuve en cru et, pour terminer, une série de photos d'oiseaux qui volent. Le troisième groupe de photos est plus déconcertant. Composé d'une série d'images de ce qui ressemble à un village minier : des hommes souillés de noir, des chariots, des tunnels. Ces photos sont, elles aussi, en noir et blanc, mais ne cherchent pas à émouvoir. Elles cherchent un autre effet : une sorte d'objectivité absolue. Ici, il n'y a pas de visages. Les photos se contentent d'ébaucher les gestes d'ouvriers accomplissant leur travail. Parmi elles, un peu décalée par rapport au reste, j'en trouve une d'un petit canari souillé de noir. Un canari de mine, me dis-je, tout en me remémorant une histoire que racontait mon père sur un canari de mine qui avait changé le cours de l'histoire universelle : le silence étouffé de cet humble canari avait sauvé le grand-père de Churchill et, par conséquent, Churchill lui-même. Mon père riait, puis faisait le saut inévitable : ce canari nous avait donc tous sauvés. Je chasse l'image du canari et me mets à examiner de nouveau les photos. Je cherche une lettre de Giovanna expliquant tout cela mais je ne la trouve pas.

Je me dis une seconde que tout est une erreur. Giovanna avait dû se tromper et demander qu'après sa mort on m'envoie ces cahiers. Elle avait dû confondre le motif du *quincunx* et le destinataire. Je retourne aux photographies jusqu'à ce que je m'arrête sur celle de la fille blonde qui se cache le visage de façon ludique derrière une feuille tropicale. Quelque chose dans ses yeux me rappelle le geste avec lequel Giovanna se détournait en riant, un certain mouvement pendulaire dans lequel je croyais pressentir un jeu d'absences. Toutefois la similitude ne tarde pas à se dissiper. J'examine les autres photographies de la *top model*, celles dans lesquelles elle apparaît un peu plus jeune et voluptueuse, un peu plus Marilyn et moins Audrey, pendant ce qui a dû être la décennie des années 1950. J'y retrouve une ressemblance, les mêmes grands yeux ronds jouant à cache-cache. Je me dis alors : le piège est là, Tancredo, tel que nous l'attendions. Les pièces vaguement disposées afin que l'obsessionnel se mette à tracer des modèles. Comme si je rejetais mon intuition, je tente de distraire mon regard. Je mets les photos de la femme de côté et me concentre sur celles du village minier. La véritable découverte, me dis-je, est là, parmi ces photographies qui refusent de s'emboîter dans le patron général. Je regarde le canari et je me dis que s'il y a ici une histoire, elle devrait débuter par le chant de cet oiseau dans un village lointain. Dehors, le jour commence à se montrer.

La deuxième chemise comprend, à première vue, cinq essais. Tous tournent autour de la photographie. Le premier, datant de 1967, est une sorte de réconciliation avec le caractère artistique de la photographie de mode. Le deuxième, datant de sept ans plus tard, 1974, est une recherche sur le lien entre la photographie et l'histoire. Jusqu'ici, tout est normal. Les essais sont écrits dans une prose élégante mais sévère comme s'ils croyaient réellement aux normes imposées par le monde universitaire auquel ils semblent s'adresser. C'est dans le troisième article que les choses changent. « La silhouette des nuages », publié en 1975, composé de onze épigraphes et d'une prose hallucinée derrière laquelle je crois deviner une certaine vocation poétique. Son thème : la photographie comme météorologie, la photographie et l'avenir. Le quatrième article intitulé « À vue d'oiseau » est constitué de sept photographies aériennes d'un village minier autour desquelles serpente une petite épopée sur la distance. Le texte est daté à la fin et la localité précisée : « San José, Costa Rica, 1978 ». Pour terminer, un article de 1983 sur la photographie et la reproduction, la photographie et les enfants. Je pense à Giovanna, à la fillette de dix ans malade dans un hôpital caribéen. Je pense à l'absence de ses parents et me découvre touché par un sentimentalisme inattendu. Je m'arrête. Je feuillette les textes et remarque qu'ils sont tous signés du même nom : Yoav Toledano. Je répète le nom trois fois, mais il ne se passe rien. Puis je m'arrête sur un petit poème qui se trouve dans le dernier article, une sorte de spirale cosmique qui finit par provoquer en moi une certaine sensation de vertige. Je me dis que le motif ressemble moins à une galaxie qu'à un petit ouragan tropical. Je pense aux trous noirs qui fascinent tant Tancredo et à ce bar du Bowery dans lequel je me retrancherai pendant presque deux ans. Je pense qu'il y a des secrets qui se laissent à peine entrevoir et derrière lesquels il n'y a rien d'autre qu'un grand vide. Je me mets à lire les vers en quête de quelque modèle mais au bout d'un certain temps, je m'ennuie. Quelque chose en moi se dit que l'histoire va peut-être dans ce sens : une grande épopée de l'ennui tissée par Giovanna pour remplir les heures vides, une sorte de voyage vain derrière une baleine blanche inventée qui s'éclipsera dès qu'on aura commencé à la poursuivre. Je reprends cet article intitulé « La silhouette des nuages ». Je souligne avec un feutre rouge quelques lignes : « *A photograph, like a cloud, is never a thing in itself, but rather the sign that something will happen.* » J'essaie de traduire : « Une photographie, comme un nuage, n'est pas quelque chose en soi, mais un simple indice de ce qui adviendra. » Je pense que la phrase se trompe : la photographie ne vise pas l'avenir mais le passé. J'aime cependant l'idée : prendre l'avenir en photo. Je regarde de nouveau les textes et me dis que c'est trop de lecture. Soucieux de préserver l'ordre initial, je range les articles dans la même chemise.

La troisième est composée d'une série de coupures de journaux. Elles rapportent l'éclosion d'un feu souterrain dans un petit village minier. La première, datant de 1962, raconte l'événement initial sans encore en pressentir les répercussions : selon l'information officielle, racontée dans les actes, le feu fut initialement provoqué par une erreur dans la combustion de déchets de la décharge municipale. Une partie du feu initial ne se consuma pas et, grandissant, il réussit à pénétrer dans le labyrinthe de mines de charbon qui gisaient abandonnées dans les alentours. Jusqu'ici, l'information. On mentionne que le village est sous surveillance et on attend que, très vite, les autorités soient capables de le juguler complètement. Je lis avec intérêt le document et pense aux photographies du village minier de la première chemise. La deuxième coupure, datée de dix-sept ans plus tard, 1979, retrace le parcours de cet événement initial. D'après ce que raconte l'article, en essayant de mesurer les niveaux d'essence, Will Farris, le patron d'une station-service locale, remarqua que sa jauge était étonnamment chaude. Il décida donc de prendre la température de l'essence et découvrit que celle-ci atteignait les soixante-dix-huit degrés Celsius. Ce n'est qu'alors qu'il comprit qu'il était entouré de feux. La troisième coupure, datant de 1981, relate un triste événement : la chute d'un enfant de douze ans dans un puisard de cent cinquante pieds qui s'était subitement ouvert dans sa cour. L'article raconte l'acte héroïque de son cousin de quatorze ans, qui fut capable de lui sauver la vie en le sortant du trou. La colonne de fumée exhalée par ce puisard fut analysée et on y découvrit des quantités mortelles de monoxyde de carbone. Silencieusement, le feu s'agitait aux pieds d'un village qui jouait encore. Je m'arrête devant la coupure et pense que Giovanna ne devait à ce moment-là pas être loin de cet âge-là, quatorze ans. Je pense à l'histoire de Giovanna dans l'hôpital tropical, et quelque chose me renvoie à sa manière si particulière de fumer. Je pense aux photographies de la *top model* et à ses yeux dans lesquels j'ai cru reconnaître le regard fuyant de Giovanna. Le quatrième article, datant de 1987, raconte le voyage d'un reporter dans le village alors qu'il commençait déjà à se vider. Ce qui commence déjà à apparaître ici est la fascination du reporter pour ceux qui décident de ne pas s'en aller, bien que l'article consacre sa plus grande partie à décrire les mesures d'incitations gouvernementales proposées aux citoyens pour quitter la ville. Dix ans plus tard, en 1997, le même journaliste signe un article où sa curiosité devient évidente : il retourne au village pour interviewer les rares personnes qui ont décidé de rester. Il parvient à les interviewer presque toutes. Seulement trois refusent de participer. L'article mentionne toutefois leurs noms : le ménage formé par Richard Cena et Roselyn Cena, absents dans le village au moment de l'interview à cause de la maladie d'une de leurs filles, et Yoav Toledano, un photographe étranger connu pour ses manies particulières. Je reconnais le nom avec une joie lasse, comme celui qui reconnaît une église après avoir conduit, perdu pendant des heures. Je referme la chemise sachant qu'il me reste encore beaucoup de chemin à parcourir. Dehors deux hommes crient tandis que le jour commence à se lever.

Aussi, à la fin de cette histoire, ne reste-t-il qu'un nom : Yoav Toledano. Je me le répète jusqu'à ce qu'il perde son sens et seulement à ce moment-là, quand déjà les syllabes se séparent jusqu'à le plonger dans l'anonymat, j'allume l'ordinateur et entre le nom dans le moteur de recherche. Apparaissent alors une série de photographies d'un bel homme, sur certaines impeccablement soigné, sans barbe et avec de la gomina dans les cheveux, dans le style des années 1950, pour en arriver à d'autres où il est barbu et plus enclin à jouer, photographié aux côtés de quelques personnages de la bohème des années 1960 et 1970. Plus bas, je tombe sur d'autres photographies dont je reconnais immédiatement le style : photos de mode comme celles que j'ai rencontrées aujourd'hui dans la première chemise. Je m'arrête devant une photo fascinante où le photographe lui-même apparaît, barbu, une jambe plâtrée, à côté d'une *top model* aux airs de danseuse qui prend appui sur son dos courbé. Toledano porte un bermuda, comme s'il revenait de la plage, et tient malicieusement dans ses mains un fusil de chasse qui semble avoir été transformé en canne à pêche. Dans son dos une carte du monde se déploie. Je réussis à reconnaître dans les yeux de la femme le même regard, qu'une demi-heure plus tôt, j'ai cru déceler chez Giovanna. C'est la même *top model* mais cette fois plus bronzée et tropicale. Je referme la page et cherche davantage d'informations sur le personnage répondant au nom de Yoav Toledano dont le profil grandit maintenant à pas de géant. Quelques minutes plus tard, je trouve un renseignement qui recoupe les informations jusqu'à présent découvertes. « Depuis 1978, le photographe israélien Yoav Toledano, célèbre pour avoir capturé un bon nombre de visages insignes de la bohème new-yorkaise, a disparu sans laisser de trace. » Toute histoire, me dis-je, commence loin de chez soi.

17

Après cette dernière réunion, je continuai à prendre le train à Manhattan comme si Giovanna me téléphonait encore. J'arrivais à la ville et, de là, me dirigeais vers le sud, heureux de pouvoir marcher, le carnet à la main, dans ces mêmes rues où j'avais déambulé pendant deux ans. Je marchais comme le font les oiseaux fatigués, avec un certain chagrin joyeux, jusqu'au bar du Bowery. Je reconnaissais la femme aux journaux et les serveurs. J'ouvrais alors le petit carnet de cuir rougeâtre et me mettais à travailler sur l'exposition. Je travaillais ainsi, sous la protection des lampes routinières. Nuit après nuit, je retournai à ce lieu que je croyais, pour ma part, à l'origine de la fiction, du délire, jusqu'à ce qu'un soir, elle ne vienne pas. Je passai des heures à regarder la table vide où, jusqu'à ce soir-là, il y avait toujours eu les journaux et, deux verres plus tard, je me dis qu'il était temps de partir. Je me souviens qu'en sortant, je sentis que la nuit s'offrait à moi. Je marchai sans m'arrêter, au hasard, vers n'importe où mais en cherchant quelque chose qui n'était toutefois pas un lieu précis ni même une surprise. Je marchai en quête d'une sensation, uniquement pour m'apercevoir que je l'éprouvais déjà et qu'il suffisait de continuer à marcher jusqu'à tout consumer, jusqu'à arriver au bout de la nuit et se rendre compte qu'il n'y avait plus qu'à épuiser la joie.

TROIS QUESTIONS POSÉES À GIOVANNA LUXEMBOURG
(Interview inédite, décembre 2005)

Comment et quand avez-vous décidé de vous consacrer au design et à la mode ?

J'avais seize ans et un immense désir d'échapper à moi-même. À ma voix, à mon corps, à la fixité de ces miroirs qui semblaient me poursuivre partout. C'est à ce moment-là que j'ai commencé à m'enfuir la nuit. De la maison dans laquelle je vivais alors aux côtés d'un couple de vieux retraités qui m'avaient adoptée. C'est aussi pendant ces jours-là que j'ai décidé pour la première fois de teindre mes cheveux en noir. Mais il n'y avait pas que les cheveux. Quelque chose en moi voulait se changer en couleur noire : un vide qui échapperait à tous les miroirs. Je m'habillais en noir, me vernissais les ongles et maquillais mes lèvres en noir, cherchais un vide dans l'absence de couleur. Ma famille adoptive s'inquiéta et décida de m'envoyer auprès d'une lointaine tante en Europe. Je ne sais pas encore dire aujourd'hui pourquoi j'avais accepté de partir, mais toujours est-il que je l'ai fait et, dans le mois, nous étions en Europe. C'est là, dans l'un de ces petits villages blancs qui bordent la Méditerranée et semblent toujours vouloir se vider d'eux-mêmes, que je décidai de m'enfuir de nouveau. Je profitai de ce que ma tante était allée aux toilettes et courus, ignorant que le village était si petit qu'on me retrouverait sans me chercher. Je courus comme je ne l'avais encore jamais fait, avant de voir apparaître une minuscule chapelle au bout d'une rue étroite. J'entrai et me cachai. Mon idée était d'y rester jusqu'à la tombée de la nuit, puis de disparaître par le bas du village. M'enfuir dans un autre village à pied, et franchir même des frontières plus risquées. Mais j'eus peur et criai. Je criai comme je ne l'avais encore jamais fait, avec une fureur qui se cachait dans la crainte. Je criai très fort et, à ma surprise, ma voix s'éteignit dans les recoins de cette petite chapelle au point que je crus l'avoir perdue. Je faillis me dire que je rêvais quand j'entendis finalement le cri revenir vers moi, transformé en quelque chose de plus : c'était ma voix, mais d'une autre nature, une voix, un écho dans lequel elle jouait à se camoufler parmi d'autres, passées et à venir. Quelque chose en moi me dit que c'était ce que j'avais cherché : une cachette à l'intérieur de ma propre voix. Me revint alors un souvenir d'enfance jusqu'alors oublié : je me remémorai l'image d'une forêt touffue et la silhouette d'un insecte qui jouait à se déguiser entre les branches. Je me remémorai cet animal joueur s'habillant et se travestissant en pleine forêt, et quelque chose en moi comprit alors que la seule échappatoire à la peur et à la rage que je ressentais était là : dans les ruses de ce petit animal et dans les échos de cette voix qui, à présent, revenait vers moi à la fois identique et transformée. Dissimulée à elle-même. Le lendemain matin, au lever du jour, je finis par sortir de ma cachette et dis à ma tante que je ne le referais plus qu'à deux conditions : je voulais changer de nom et étudier le dessin de mode. Une semaine plus tard, je dis à toutes mes amies que mon nouveau nom était Giovanna Luxembourg. Toutes rirent mais j'entendis de nouveau l'écho de cette chapelle fantastique.

Quel est votre vrai nom ?

Carolyn Toledano. Mais à vrai dire, c'est ne rien comprendre à ce que j'ai dit.

Et quelles relations avez-vous avec vos parents ?

Aucune. Disons qu'ils sont morts. Pour mieux dire, j'ai la sensation de parler parfois avec ma mère : à minuit, sa voix me dicte le chemin à suivre. Disons que mon père est un homme qui, dans un petit village minier, essaie d'oublier la fin du monde. Changer de nom, c'est un peu changer de famille.

DEUXIÈME PARTIE

Le collectionneur de ruines (2007)

« Toutes les routes sont longues qui mènent vers ce que le cœur désire. »

Joseph Conrad

1

Tous les soirs, nimbé de l'aura d'un rituel vide, l'ordre se répète : à cinq heures, le vieux abandonne le remue-ménage du garage, se sert une bière blonde, s'assied à la table de la cour et pose, l'une après l'autre, les pièces sur l'échiquier. Avec la parcimonie toujours attentive d'un chat, il enlève ses bottes, retrousse ses manches, se touche le menton et ce n'est qu'alors, assis devant l'après-midi qui commence à décliner, qu'il lance le cri profond qui me fait savoir qu'il est prêt. Moi, je jette le roman sur le matelas, traverse la salle où se fait entendre le frénétique volettement des canaris dans leur cage, ouvre la porte et, en sortant, constate que le rituel a été accompli. Je le vois, assis en direction du vieux collège devenu terrain vague, le visage tanné par le soleil et les années, le regard posé sur l'échiquier comme s'il réfléchissait à des coups, la calvitie au premier plan autour de laquelle tombent élégamment des boucles blanches. À ses côtés, trois chiens, paresseusement fatigués, errent comme s'ils essayaient d'échapper à la chaleur de l'après-midi. Il fait un geste de la main droite tandis que de la gauche, il donne une petite tape sur l'autre chaise. M'invitant à prendre place. Ainsi, sans de grandes paroles, se termine le jour et commence la partie.

Depuis mon arrivée, tous les soirs ont été identiques. Parfois nous jouons plusieurs parties, d'autres une seule, éternelle et multiple, qui me fait croire que le vieux invente des jeux à l'intérieur de la grande partie, des règles privées dans cet univers en miniature construit par lui-même. Nous jouons dans la chaleur du soir en buvant des bières, les chiens vaquant autour de nous et la rumeur constante des canaris en bruit de fond. Lui est toujours tourné vers l'ouest, moi, je regarde toujours vers l'est, vers la maison abandonnée du vieux Marlowe au-dessus de laquelle virevoltent au hasard des douzaines de poules affolées. « Il les entraînait pour la compétition, m'a-t-il dit à la fin du deuxième jour. Il lâchait les poules à une distance d'un mille et, avec ses amis, il pariait sur le volatile qui rentrerait le premier à la maison. » Puis il a craché devant lui comme s'il le faisait par terre ou essayait d'oublier la conversation.

Ainsi, regardant l'agitation des poules qui finalement sont rentrées dans une maison dont c'est le seul usage, nous jouons pendant des heures dans un silence partagé avant que je sente tout à coup l'ennui l'accabler. Je le vois se redresser sur sa chaise jusqu'à paraître beaucoup plus grand et jeune, les yeux bien ouverts et le visage plus expressif. Ce n'est qu'alors que je le reconnais tel que je l'ai vu sur les photos des archives de Giovanna : le regard malicieux, un demi-sourire, les sourcils désormais blancs, bien dessinés. Je reconnais l'homme qui, avec quarante ou cinquante ans de moins, apparaît sur les photos en compagnie de danseuses tropicales, mais j'essaie quand même de dissimuler ma trouvaille. S'il apprend ce que je sais, me dis-je, il refusera de m'aider. Sans arrêter le jeu, entre deux gorgées, le vieux photographe commence à me raconter cette histoire qui se déploie en serpentant, une histoire longue et sans grands détours ni voyages, qui finit par le déposer dans ce village s'étalant dans son dos, un village qui se vide avec la même volonté lasse qu'avec laquelle lui a décidé de l'adopter le faisant sien. Il me raconte l'histoire par bribes, comme si nous regardions des photographies jusqu'à ce que, tout à coup, las, il chante l'inévitable échec et mat. Dedans, le silence de la maison signale que les canaris ont accepté la fin de la journée.

Moi, cependant, je sais que sa journée n'est pas terminée. Je sais qu'après neuf heures, le vieux retourne au garage observer les progrès de ces énigmatiques maquettes à l'élaboration desquelles il a consacré les heures de la journée. Je sais, parce que je l'ai vu, que le dîner fini, il ouvre de nouveau la porte de la maison, traverse la petite cour, pénètre dans le garage et s'assied pour observer, avec les yeux d'un immémorial éléphant, ces maquettes sur lesquelles apparaissent à l'état d'esquisses des cartes à demi effacées. Des cartes à différentes échelles, bourrées de taches, qui semblent se dissoudre comme s'estompe un souvenir ou une odeur. Elles représentent apparemment la même ville, mais se différencient par leurs échelles et la singulière manière dont elles ont été défigurées. Dans le désordre de vieux magazines, journaux et bières composant le garage, il y a un fauteuil à bascule en osier. Il s'y assied et de là, avec des yeux de lion blessé, il observe ces monuments éphémères avec ce même tact tout en retenue qu'avec lequel des heures auparavant, il manipulait les pièces du jeu d'échecs. Moi, je l'épie en catimini dans ce rituel si étrange jusqu'à ce que la question devienne obsédante : pourquoi n'êtes-vous pas parti quand tout le monde avait décidé de le faire ? Pourquoi êtes-vous resté dans ce village qui n'était même pas le vôtre ? L'un des chiens s'approche et lèche ma main comme un geste d'amitié en plein désert.

2

Yoav Toledano a vingt-trois ans la première fois qu'il pense à l'Amérique latine comme une possibilité réelle au-delà des tristes cartes. Une allergie croissante à la guerre, résultat de sa participation à celle du Sinaï en 1957, a fini par inculquer en lui une vocation secrète de globe-trotter. Il pense, au départ, visiter quelque pays asiatique aux palmiers verts et aux côtes claires, mais la résonance poétique de la Terre de Feu est capable de l'en dissuader. L'idée, terriblement romantique, de la solitude au bout du monde lui donne la sensation de fuir une histoire le cernant de tous les côtés. Une photographie qu'il trouve dans un vieux magazine de mode, où est représentée la province de Bariloche avec ses montagnes enneigées et son beau lac, confirme ses intuitions. Il s'imagine aux confins du monde en compagnie de pingouins et d'ours polaires, entouré de la taciturne solidarité de la couleur blanche. Il se dit qu'en arrivant en Amérique, il aura besoin de trois choses : un appareil photo, une carte et l'avidité qui a guidé ses ancêtres pendant un interminable pèlerinage de quatre siècles. Sans avoir encore vu la neige, il se voit photographiant d'énormes icebergs, à bord de chaloupes s'obstinant à toujours s'enfoncer vers le sud. C'est alors qu'il conçoit sa mission sous le signe de l'épopée : il se déplacera vers l'ouest comme le soleil et vers le sud comme les astres. Il explique cependant le voyage à ses proches comme un périple juvénile. Il sera de retour quelques mois plus tard, dès qu'il aura appris à réciter dans un espagnol parfait les poèmes du poète préféré de son père : le Nicaraguayen Rubén Darío.

Ses parents convaincus, il se propose de choisir un appareil photo. Dans un petit livre sur l'histoire de la photographie, il trouve l'inspiration nécessaire : il y lit des choses sur la chambre noire de Niépce et l'appareil de Daguerre, les expérimentations de Talbot, l'apparition du premier appareil photo Kodak et l'invention de la photographie instantanée. Ce dernier événement le fascine : il ne peut imaginer la photographie sans cette légèreté instantanée. Il est donc naturel qu'au moment d'acheter un appareil, il se décide pour un Polaroid Pathfinder qu'il déniche dans une petite boutique d'électronique de Tel-Aviv. Le choix de la carte est plus simple, mais pas moins suggestif. Il repère dans un livre d'histoire une carte avec les trajectoires des voyages américains d'Alexander von Humboldt. Il l'arrache et trace sur sa surface rugueuse le voyage qu'il a imaginé lui. Il a quatre pics. Le premier, une étoile tracée avec un feutre rouge, est logique : le port de Haïfa. Le deuxième, marqué par un timbre-poste, se trouve au sud de l'Espagne, comme si tout voyage transatlantique exigeait une répétition de celui de Colomb. Le troisième, moderne et trompeur, se situe à New York. De là, il trace une ligne en zigzag qui traverse de nouveau l'Atlantique, cette fois sous la forme d'un arc immense qui finit par s'établir sur la pointe sud du continent. Sur ce dernier pic, Toledano décide de dessiner un petit pingouin, en marge duquel on peut reconnaître en lettres hébraïques le nom qui le fascine tant : « Terre de Feu ». Ainsi, inévitablement romantique, avec une impérieuse volonté juvénile, il se prépare pendant l'hiver pour ce voyage qu'il ne peut imaginer que sous l'auspice d'autres traversées classiques : celle qui finit par déposer un jeune Charles Darwin à la pointe sud de ce continent vers lequel il dit se diriger, cette fameuse circumnavigation du globe grâce à laquelle Magellan découvre la beauté des sphères, ce triste vol dans lequel finissent par disparaître Amelia Earhart et, avec elle, son rêve aérien. Il trace des trajectoires, imagine des haltes, ébauche des projets. Mais, surtout, il prend des photos.

En l'absence de fusil, l'appareil photo transportable qu'il s'est acheté devient rapidement son meilleur allié, pour ne pas dire son obsession. Il parcourt tout le pays en prenant des photos, du nord au sud, de la mer de Galilée au désert du Néguev, des ruines romaines de Césarée aux ruelles à moitié obscures de Jaffa. Au bout de quelques semaines, il devient un expert. Ses amis lui réclament des portraits, sa famille des cartes postales. Une connaissance de la famille, un collectionneur d'art, en arrive à lui demander, en échange d'une commission, de prendre en photo les cinq nouvelles pièces qu'il vient d'acheter à New York. Toledano n'hésite pas. Il photographie de façon obsessionnelle ces tableaux d'un jeune peintre dont il ignore le nom et dont le style le laisse sans voix : il ne peut pas savoir que derrière les coups de pinceau d'un certain Willem de Kooning se cache un peintre qu'il côtoiera bientôt dans les salons de la Grosse Pomme. Il ne peut pas et ne veut pas le savoir. Plus que l'art, plus que la peinture, l'intéresse le naturel de la couleur. Il sait fort bien qu'il y a deux couleurs absentes dans sa collection : le blanc de la neige du sud et le vert de la forêt amazonienne. Aussi, l'après-midi ensoleillé et printanier où on lui annonce que ses documents de voyage sont prêts, Toledano ne peut que se figurer immergé dans ce monde qu'il imagine comme un monstre terriblement naturel. Anxieux, il finit par se rendre compte qu'il est arrivé à l'âge de vingt-trois ans sans être sorti du petit coin de terre qui l'a vu naître. Il se rassure en répétant une ringardise qui, à son jeune âge, lui paraît encore téméraire et poétique : « Bientôt, je photographierai le bout du monde. » Il ignore sans en prendre nullement ombrage que le début de tout voyage est un détour.

L'après-midi de son départ, son père lui offre deux livres. Plus que des livres, ce sont des amulettes, des objets qui l'accompagneront dans son périple en souvenir d'une promesse de retour. C'est du moins ce que s'imagine le père qui, sous les yeux de la famille, ouvre le premier et lit, dans un espagnol mâtiné de beaucoup de ladino, des vers que personne à part lui ne comprend :

> J'arrivai et vis dans les nuages la prestigieuse cime
> de ce cône de siècles, de ce volcan de geste,
> qui était devant moi comme une révélation.

Seigneur des hauteurs, empereur de l'eau,
à ses pieds le divin lac de Managua
et ses îles toutes de lumière et de chansons.

Dans la voix du père, les syllabes sont rugueuses, les r râpeux, les pauses désagréables. Personne ne sait pourquoi il a adopté comme poète de chevet cet écrivain nicaraguayen aux phrases un peu grandiloquentes, mais cet après-midi-là, rassemblés devant le fils qui part, tous prennent la chose comme une sorte de plaisanterie de mauvais goût. Tous sauf Yoav pour qui cette langue secrète signifie un monde. La curiosité cependant gagne la partie. Il pose le recueil de poèmes de Rubén Darío à côté de lui et ouvre le second livre. Une biographie de Nadar, ce photographe dont il a lu quelque chose dans sa petite histoire de la photographie, mais dont il connaît juste ce qui est fondamental : il est né et a fait des portraits. Très vite, il en saura plus : il saura, par exemple, que cet homme qui photographia l'insigne Baudelaire fut aussi celui qui prit en photo les catacombes parisiennes. Des années plus tard, il se demandera ce qui se serait passé si au lieu d'un livre de Rubén Darío, son père lui en avait donné un de Baudelaire. Mais ce sera plus tard. L'après-midi de son départ, le livre de Nadar n'est que ce qu'il est : un livre. Yoav, mû par une curiosité anxieuse, lit quelques pages et le glisse dans son sac à dos, entre le recueil de poèmes et cette petite histoire de la photographie qui lui a tenu compagnie ces derniers mois. Il embrasse son père, sa mère, son petit frère et s'en va.

Premier arrêt : l'Espagne. Ses parents lui ont demandé de visiter ce lieu d'origine qui est resté tatoué dans son nom : Tolède. Aussi, descendant à Madrid, la première chose dont s'assure Yoav, c'est de situer les points cardinaux. Il ira vers le sud comme s'il s'agissait d'un exercice pratique en vue de ce voyage final qui, selon lui, finira par le déposer à la pointe sud du continent américain. Ses parents lui ont demandé de prendre, si possible, des photos de la fameuse synagogue de Tolède où commence l'histoire de sa famille. Yoav, cependant, semble plus intéressé par le beau nom utilisé par les chrétiens : Santa María la Blanca. Il poursuit, plus qu'une histoire, les détours d'un nom. Deux jours plus tard, à la fin d'un pèlerinage incluant un train et deux cars, Tolède le reçoit avec la mélancolie indécise de qui ouvre ses bras à un fils prodigue. En pleine tombée de la nuit, Yoav reconnaît la vieille synagogue et se répète que toute l'histoire commence là. Il est six heures du soir du vendredi. Ce sabbat l'appréhendera loin de la maison, solitaire dans un décor de carte postale.

Son grand-père, au long de nombreuses veillées, à travers des bribes dispersées d'un nombre infini de sabbats, lui a raconté l'histoire. D'après ce qu'il avait entendu, elle commence précisément à cet endroit, à Tolède, au cours d'un après-midi quelconque où Yusef Aben Xuxen, fils du plus habile ministre des Finances d'Alphonse VIII de Castille, insiste pour que ce soit lui qui réussisse à convaincre le roi que la prière des siens mérite aussi une maison. Ce sera lui qui convaincra le roi que Tolède a besoin d'une synagogue. Le XIIe siècle approche et une nouvelle vague d'antisémitisme a provoqué l'inquiétude des juifs tolédans. Utilisant ses influences, contrariant son père, Aben Xuxen parvient à obtenir un rendez-vous avec le conseiller du roi. Par un après-midi de pluie, assis en face d'un homme qui n'a pas l'air de l'écouter, il essaie d'expliquer la nécessité de ce temple qu'il imagine, selon les concepts des Écritures Sacrées, comme un espace de silence, de prière et de droit. Au bout d'une heure, las de se battre avec la rhétorique de ce jeune homme enthousiaste, le conseiller le congédie en lui assurant qu'il fera part de ses protestations au roi, bien qu'il doute que la réaction fût positive. Aussi, quand, deux jours plus tard, la réponse parvient à Aben Xuxen en plein dîner, la surprise n'est pas mince : le roi a accepté. Le problème est ailleurs : il n'y a pas pléthore d'architectes juifs. Le bâtiment, souligne le messager, devra être dessiné par des architectes maures. Yusef ne désespère pas. Jeune, pragmatique, il sait que l'important est de dresser la forteresse. Le problème est ailleurs : convaincre les vieux rabbins. Il ne tarde pas à entrevoir une nouvelle issue. Il pense à l'un de ses amis qu'il voit toujours dessiner, concentré sur des dessins d'architecture que, cependant, il n'exécute jamais. Il se dit que s'il convainc cet architecte passionné, s'il parvient à l'inclure dans le groupe d'architectes maures, les rabbins accepteront. Cet architecte originel, lui a raconté son grand-père, est le premier du lignage familial.

Il s'appelait Yosef Ben Shotan mais, deux semaines plus tard, les architectes maures avec qui il partageait la joie d'une profession, finirent par lui donner un nom de baptême plus neutre : Toledano. Une timidité géniale le dotait d'un caractère de caméléon. Il pouvait passer l'après-midi sans dire un mot, mais quand il en prononçait un, c'était comme s'il était là, en train de parler, depuis le début. Il avait cette capacité de se fondre n'importe où, de ne pas détoner même dans le plus expérimental des concerts. « C'est le premier marrane », disait son grand-père, tandis qu'en face de lui un petit Yoav acquiesçait sans savoir ce que voulait dire ce mot. Alors qu'il avait à peine douze ans, l'histoire commençait déjà à l'intriguer même si tout lui semblait incompréhensible, lointain. « Il était en avance de plusieurs siècles, ajoutait le vieux, mais dans son geste se cachait déjà la bravoure du marrane. » Des heures plus tard, tapi dans l'immense bibliothèque de son père, entre de vieux volumes de Shakespeare, prisonnier du désarroi provoqué par ces anecdotes familiales, Yoav découvrirait dans une vieille encyclopédie une courte note sur les pratiques secrètes des juifs convertis, la pratique clandestine de coutumes religieuses. Il trouverait, dispersés dans l'article, des mots qui le troubleraient encore plus : des mots resplendissants et serpentins comme cryptojudaïsme. Plus bas, comme un dernier indice, il trouverait une représentation picturale qui montrait un groupe de juifs rassemblés dans le noir, priant parmi des cierges, dans une atmosphère qui n'appartenait de toute évidence pas à ce siècle, mais à une époque révolue. Yoav oublia le reste et garda cette image. Chaque fois que son grand-père répétait que Yosef Toledano était le premier marrane, il imaginait de nouveau une scène dans le noir avec des gens très âgés parlant parmi des cierges. Le secret de ce mot avait pour lui quelque chose ayant beaucoup à voir avec la tombée de la nuit. Aussi, quinze ans plus tard, arrivant après six heures du soir, à l'ancienne synagogue de Santa María la Blanca, Yoav se dit que son arrivée se devait d'être ainsi : tardive, marrane.

Sur la photo de Tolède de la carte postale qu'il enverrait à sa famille, il apparaît entre deux des célèbres arcs blancs de la synagogue, souriant au milieu de la tombée de la nuit. Il est grand, bien mis, il a les cheveux courts et bien peignés, tel que le jour où il avait quitté ses parents. On distingue tout de même en lui une certaine volonté nomade. Au dos de la photo, on trouve, écrite en hébreu, une petite indication : « Ici, du premier temple. Tombée du jour marrane. Je vous embrasse. » Plus bas, clin d'œil au père qui lui a offert les livres, il y a une citation de Nadar qui dit qu'il y a beaucoup de choses dans la tombée de la nuit d'une photographie. À peine vient-il de quitter la maison qu'il semble déjà avoir trouvé un second foyer. Il a imaginé le voyage comme une odyssée au bout du monde mais ce premier arrêt, il le pressent final et casanier.

Il reste deux semaines en Espagne. Il veut terminer de parcourir l'histoire familiale qui se cache derrière ce premier nom : Yosef Toledano. Il ne dispose que des données transmises par son grand-père : les dates, quelques noms, des ébauches générales de l'histoire des marranes dans l'ancienne Espagne. Toutefois, il ne se rétracte pas. Peu lui importe de ne pas parler la langue. Il a capté plusieurs mots-clés qui, combinés avec quelques gestes et un dictionnaire, lui suffisent pour survivre. Le matin, il arpente les rues des vieux quartiers juifs, ces anciens faubourgs qui s'étendent à travers la ville avec la force d'un secret. Il parcourt les rues de la vieille ville fortifiée, du pont de San Martín à la Puerta del Cambrón, de l'ancien quartier de la Assuica à Santo Tomé. Il s'assied pour boire une bière à Montichel, profite d'un après-midi de soleil dans les alentours du quartier de Bab Alfarach. Dans une ruelle de Hamanzeite, un couple de gitans essaie de lui voler son appareil photo. Il ne se laisse pas faire. Il sait qu'il est sa véritable langue. Dans chaque endroit, il prend beaucoup de photos, d'images qu'ensuite, après le déjeuner, il classe dans un album de voyage sur lequel en fin d'après-midi, il s'appuie pour écrire un journal qui se déploie en serpentant parmi les photos. Une intuition lumineuse lui dit que, désormais, les romans seront un peu ainsi : almanachs illustrés, catalogues énormes, cabinets de curiosités sur lesquels les auteurs, de simples copistes, écriront des commentaires.

Un après-midi, cherchant une carte, il entre dans une petite boutique du vieux quartier de Arriaza. Un homme volumineux, gros et pestilentiel, le reçoit. L'endroit sent mauvais, le vieil alcool et la nourriture fermentée. La scène est complétée par une demi-douzaine de chats qui déambulent dans un établissement vraiment petit, aux murs duquel pendent quantité d'objets inutilisables : tourne-disques cassés, fusils rouillés, un ancien phonographe. Yoav songe à sortir mais une certaine courtoisie le fait rester. Se frayant un passage entre les chats, il prend d'une main une carte et essaie de situer la synagogue Samuel ha-Levi. Le voyant, l'homme lui demande ce qu'il cherche. Yoav, timide, incapable de s'exprimer dans cette langue qui lui est encore étrangère, lui montre une photographie de la synagogue et se contente de prononcer le mot-clé : marrane. L'homme ne le comprend pas. Il change alors de langue. C'est la première et dernière fois pendant tout son voyage en Espagne qu'on lui parlera en anglais. Ainsi, dans un anglais parfait malgré son haleine alcoolisée, le gros lui raconte que, il y a des années, il a fait des études d'archéologie en Angleterre – à Cambridge, pour être plus précis –, parmi des aristocrates britanniques et des demoiselles amidonnées, jusqu'à ce qu'un jour, lassé des bibliothèques, il opte pour l'alcool et les chats. Il lui raconte ses après-midi à Londres où se concentraient les quatre saisons, les bières anglaises toujours tièdes, le Musée d'histoire naturelle, les gamines qu'il embrassait sous la pluie. Puis, entre deux gorgées d'alcool, prisonnier de la nostalgie que la langue anglaise éveille en lui, il lui montre une vieille chemise. Et là, parmi des papiers pleins de taches de café, Yoav distingue ce qui lui semble être une carte de la ville entière. Une carte dont, très vite, entre des rires grotesques, le gros lui jure qu'elle représente les souterrains tolédans. Plus qu'une carte, on dirait qu'il y en a deux, superposées, comme s'il s'agissait d'une bataille. Selon lui, cette carte avait fait partie, un jour, de sa thèse de doctorat qui promettait de découvrir à travers une étude archéologique les souterrains tolédans, les ruines des anciens cimetières. Selon lui subsistait à cet endroit même, sous la ville vivante, une histoire souterraine qui englobait des restes romains, wisigoths, juifs, musulmans, arabes.

« Un Hadès privé », répète-t-il.

Yoav trouve l'histoire fascinante, il est ravi d'imaginer qu'il marche sur un monde secret, une histoire souterraine qui, selon cet archéologue alcoolisé, émerge parfois à la surface de la cité. Le gros lui raconte qu'il y a quelques recoins de la ville où survivent des restes intacts des cimetières : une stèle à moitié effacée se trouve peut-être dans la rue de La Plata, une autre, intacte près du pont de Santo Tomé.

Les jours suivants, Toledano les passe plongé dans son journal, y inscrivant des diagrammes, des dessins, des commentaires, des aphorismes. Au collège, il a précocement excellé en mathématiques, ce qui se remarque dans ses cahiers qui semblent obéir à un ordre précaire, comme s'il s'agissait davantage de gymnastique que d'écriture. Un chaos ordonné, c'est ce que l'on trouve dans les pages qu'il consacre aux événements les plus insignifiants : des notes sur la tombée du jour dans le Sud, des commentaires sur la texture photographique, des ébauches de chats et même un billet de train. Plus qu'un journal, il s'agit d'un almanach, d'un collage conceptuel un peu semblable à ces revues du début du siècle dans lesquelles coexistaient dans une terrible sérénité des contes et nouvelles de Poe et les plus frivoles réclames pour jeunes filles. L'après-midi, quand la chaleur devient insupportable, il se réfugie dans quelque café aéré et lit, avec une joie non dépourvue d'anxiété, ce petit livre sur l'histoire de la photographie qui l'a accompagné depuis qu'il a eu l'idée de ce voyage. Il revient à maintes reprises sur les mêmes histoires : la *camera obscura* de Giovanni Battista della Porta, la lanterne magique de William Hyde Wollaston, l'histoire compliquée et traîtresse de Daguerre et de Talbot. Il aime la manière dont les personnages de cette histoire jouent leur va-tout pour des idées qui, au départ, paraîtraient insensées. Il est fasciné par la façon dont, au nom de la science, et seulement d'elle, ils inventent des projets dont beaucoup relèvent de l'hallucination. Dans ce même livre, il lit entre ces litres de bière que peu à peu il a appris à boire sans déplaisir, le projet héliographique de Niépce. « Héliographie » : il aime ce mot, lointain et léger, mais il aime encore plus ce qu'il signifie. « Écriture du soleil » : il répète la définition au beau milieu de la taverne et l'idée éclaire son après-midi. En plein illuminisme, deux frères lassés d'entendre le vieux Kant parler de la lumière de la raison, se disent qu'il vaudrait mieux inventer un appareil qui écrive avec la lumière solaire elle-même. Baignant comme il l'est dans une fureur romantique, le projet lui paraît terriblement poétique : en plein illuminisme, défier la raison en imaginant un engin impossible qui, toutefois, éclaire tout ce dont les vieux philosophes parlent. Ajouter un brin d'obscurité lumineuse à tant de mots et de concepts. Yoav ne tarde pas à découvrir que c'est exactement ce dont il s'agit : il y a beaucoup d'obscurité dans les premières photographies. Feuilletant les illustrations du livre, il tombe sur une photographie floue, une image ressemblant davantage à une tache d'encre qu'à autre chose. La légende de l'image donne une explication qui déclare qu'il s'agit de la première photographie, une reproduction du paysage tel qu'on le voyait de la fenêtre de l'atelier de Niépce par un matin de 1826. Étonné, il se dit que l'art photographique est quelque chose de ce genre, un art de la pause et de la suspension, de la lumière statique avec beaucoup d'obscurité à l'intérieur. Entouré comme il l'est par des hommes ivres, il répète : « Quelque chose comme ça, de posé et de léger, comme l'alcool. »

De toutes les données de cette histoire photographique, il y en a une qui devient vite sa favorite. Il s'agit de l'invention par l'Anglais William Henry Fox Talbot du négatif photographique. L'anecdote l'intéresse tant que, pour ne pas l'oublier, comme un enfant à l'école primaire, il la recopie exactement comme il l'a lue, mot pour mot. Il s'agit de l'histoire d'une invention qui, comme toutes, est d'abord un coup de chance. Un après-midi, où il passe ses vacances dans les environs du lac de Côme, Talbot décide d'exposer au soleil quelques feuilles qui ont trempé dans du nitrate d'argent. Quelques heures plus tard, il découvre que le soleil s'est chargé de tracer une image inversée de la forme des feuilles. Il suffisait d'un peu de sel et ces ombres inversées restaient fixées sur le papier. Des années plus tard, l'Anglais serait capable de transférer sa technique dans le royaume de la *camera obscura*. C'est la véritable naissance de la photographie moderne, de la reproduction mécanique, de l'univers visuel auquel lui-même, plus tard, tentera d'échapper. Toutefois le jeune Yoav n'est pas tant intéressé par l'invention en soi, que par ses implications conceptuelles, le vol métaphorique de l'anecdote. Il aime l'idée de la photographie comme art de l'inversion, comme miroir dans lequel la réalité trouve son opposé souterrain. L'anecdote le renvoie immédiatement à l'histoire du gros, à l'image de cette cité sépulcrale coexistant sous le sol tolédan. Sur le cahier, sous l'anecdote qu'il vient de copier, en marge de la première photographie prise par Talbot, il écrit une réflexion qu'il intitule, non sans une certaine ironie, « Soir tolédan ». Il s'agit d'une petite réflexion sur les inversions, les ombres et les invisibilités. Il note que jusqu'à présent, il a lu très peu, vraiment très peu. Il a passé ses années scolaires entre des équations et des matchs de football. Aussi, au moment d'écrire pour la première fois quelque chose qu'il considère comme légitimement littéraire, les mots surgissent libres, pour ne pas dire orphelins. Ils n'ont ni tradition, ni fondements, ni terre. Lui, cependant, aime cet état de contingence absolue, cette puissance innocente suggérée par la première écriture, cette *tabula rasa* qui cache une réflexion errante sur son propre lignage. « Soir tolédan » est un texte de péripéties conceptuelles qui cache quelque chose de plus : pour la première fois, le jeune photographe imagine la photographie comme une éventuelle échappatoire. Plus que la visibilité, se dit-il, la photographie cherche l'invisible. Plus que la lumière, l'obscurité. Plus que le sol, le sous-sol. Il écrit tout ainsi, absorbé par des réflexions un peu pathétiques. Ignorant la tradition, libéré de l'ironie, le pathétisme ne lui paraît pas un problème. Il se répète ce qu'il a écrit et sa prose le convainc. Il éprouve pour la première fois le plaisir de sa propre voix même quand c'est précisément à elle qu'il paraît vouloir échapper : *Toledano* est, tout compte fait, non seulement un adjectif mais aussi son nom. La considération est, de manière voilée, une réflexion sur les secrets que dissimulent les noms propres. Parmi les termes qu'il ébauche, il y en a un qui lui semble particulièrement suggestif, un concept qu'il utilisera désormais souvent : l'« histoire négative ». Derrière tout événement, toute histoire, se dit Yoav, il y a quelque chose de plus : une sorte de négatif photographique du sens, une ombre historique de ce qui fut.

Cette nuit-là, il rêve. Il se rêve dans la boutique de l'archéologue, cherchant des papiers dans des archives qui, peu à peu, se multiplient avec la même force que son désarroi. Il ne sait pas ce qu'il cherche mais continue, comme si le sens de la tâche était là, dans sa répétition absurde plus qu'ailleurs. Dans son demi-sommeil, il entend un bruit. L'écho d'un rire qu'il reconnaît vite, celui du gros. Il remarque alors qu'au fond de la boutique, il y a un petit escalier qui semble mener à une cave. Descendant les marches, il tombe sur un sous-sol beaucoup plus vaste. Apparemment l'atelier. En effet : là, parmi des dizaines de tableaux identiques, le gros se promène, donnant les derniers coups de pinceau à un paysage de montagne. En marge, un vieil homme fait des mots croisés tandis que la pièce commence à se remplir de chats. Ce n'est qu'alors qu'il se lève, atterré, jurant qu'il est temps de partir.

3

Il me raconte tout – son histoire, le voyage, les aventures de cette jeunesse mutine – avec une neutralité endiablée, comme s'il ne parlait pas de lui-même mais de quelqu'un d'autre. Moi, je le laisse parler, tandis qu'autour de nous les chiens vaquent, oisifs, comme des témoins. De temps à autre, l'un d'eux s'approche en quête de câlins, mais le vieux le chasse d'une tape. Il poursuit alors cette histoire qu'il semble ponctuer de mouvements d'échecs : il raconte une anecdote puis déplace une tour, en raconte une autre et déplace une dame, se souvient d'un après-midi à Montichel et déplace un pion. Ici, me dis-je, se joue quelque chose de plus qu'une simple partie. Je le laisse parler, poursuivre son histoire longue et sans grands détours, tandis que dans mon esprit les images de ce passé lointain commencent à s'associer à celles de ce village plein de fumées. Je pense à ses réflexions sur les couchers de soleil marranes, à l'histoire que je viens d'entendre sur le sépulcral sous-sol tolédan, je pense à sa théorie sur l'histoire négative et me dis que tout mène à ce village. Je pense à ses désirs d'arriver au bout du monde et me dis que peut-être, des décennies plus tard, Yoav Toledano a compris que le véritable bout du monde se trouve non pas à la pointe sud, mais dans un petit village minier à deux heures de chez lui. Je regarde de nouveau la maison vide du vieux Marlowe au-dessus de laquelle les poules virevoltent sans arrêt et me dis : à chacun sa chance.

John, le plus jeune des neuf qui restent, celui qui avait à peine quatre ans quand la présence des feux était devenue inéluctable, m'a tout montré avec l'élégance douloureuse de celui qui retrace une histoire invisible. Il a pointé un terrain vague et m'a dit : l'église était là. Puis quelques arbres et il a ajouté : l'école était là. Nous avons marché sur une terre fangeuse et, à mi-chemin, il a murmuré : ici, il y avait la maison de mon oncle. Il m'a tout montré le matin, profitant de ces heures précoces où le vieux se plonge dans ces maquettes dont il ignore aussi la finalité mais à propos desquelles il a entendu des théories. « Mon oncle disait que les maquettes décrivent le village tel qu'il apparaîtrait vu du ciel », m'a-t-il dit. Puis il a ajouté : « Ce vieux est fou, je ne sais pas pourquoi il t'intéresse. » Et j'ai pensé que c'était précisément pour cette raison qu'il m'intéressait, parce qu'il était celui qui était resté sans la moindre raison. Il était arrivé un an avant que les feux s'emparent de tout, selon lui pour photographier les mines et, deux ans plus tard, il était encore là, même quand la nouvelle se répandait vers le bas du village et que la route principale s'emplissait d'une file de voitures en fuite. Il n'avait ni femme ni famille, du moins n'y faisait jamais allusion. Il passait ses journées, l'appareil en bandoulière, notant des choses sur un petit carnet de cuir rougeâtre. On remarquait qu'il avait été quelqu'un d'autre, quelque citadin élégant et sophistiqué, mais il semblait avoir tout laissé dans son sillage pour s'abandonner à un hermétisme dans lequel il paraissait décidé à ne laisser entrer personne. Il n'y avait cependant chez lui ni tragédie ni alcoolisme. Il prenait simplement ses photos, puis rentrait à la maison. Personne ne savait ce qu'il y faisait. Il s'enfermait dans cette maison qu'il avait achetée qui sait avec quel argent et d'où l'on ne le voyait ressortir que le lendemain, de nouveau avec l'appareil en bandoulière et avec la conviction que rien n'avait changé. Il en fut ainsi jour après jour, tandis qu'autour de lui, le village se vidait peu à peu. Jusqu'à ce qu'un jour, il sorte sans son appareil, alors ceux qui restaient pensèrent qu'il finirait par partir, qu'il finirait par comprendre qu'il n'avait pas grand-chose à faire à cet endroit. Ils se trompaient : on ne l'avait jamais vu plus décidé à rester. Comme si se situait là, la véritable raison de son arrivée.

John raconte l'histoire de Yoav Toledano telle qu'il l'a entendue. Puis il se lasse et retourne à ce qui devrait être pour lui la seule histoire, celle de ce village minier qui, un beau jour, se réveille en apprenant la nouvelle terrifiante que son sous-sol est un véritable enfer. Ensemble, nous parcourons à pied ce village qui maintenant, vingt-cinq ans plus tard, ressemble davantage à un bourg dispersé qu'à un village : une maison ici, une autre là, mais partout une imminente sensation de vertige, une intuition qu'il y avait eu là quelque chose de plus. Nous traversons les vides de ce qui fut – l'église, l'école, la bibliothèque, le siège de la vieille compagnie minière – jusqu'à ce qu'au fond de tant de pâturages, je voie surgir une énorme montagne. C'est là, dit mon nouvel ami, que tout a commencé. Il me raconte alors l'anecdote. C'est là, dans la décharge, qu'un feu destiné à brûler des déchets est entré en contact avec le charbon des mines souterraines. Il fait un bruit d'explosion et, de ses mains, imite la force de l'onde expansive. Sur le pourtour de la décharge, je réussis à apercevoir des nuages de fumée qui respirent lentement, comme s'ils répondaient à une voix ancestrale, ancienne, posée. John répète encore l'histoire du village, mais pour ma part, je me laisse distraire. Deux mouettes volent à mi-hauteur tandis qu'au loin on distingue la route principale. Je me contente d'imaginer cette étincelle initiale qui me fait penser à un flash photographique.

L'après-midi, quand John part travailler, je rentre à la maison sans faire beaucoup de bruit. Je vois le vieux s'acquitter de sa tâche hallucinée, absorbé par l'élaboration de ces étranges maquettes, et quelque chose m'évoque la vieille lectrice du Bowery : la même obsession aveugle et têtue, le même regard vide. En face des chiens qui dorment dans la chaleur de l'après-midi, avec les canaris en musique de fond, je m'allonge sur le grabat et finis par observer longuement la maison du vieux. Peu à peu, je commence à remarquer, étonné, la façon dont l'espace semble ponctué, très subtilement, d'éléments latino-américains : dans un coin, sur deux vieux rayonnages, je repère entre des livres quelques romans d'auteurs latino-américains. Les grands noms : García Márquez, Cortázar, Cabrera Infante, un exemplaire déjà très vieux des Œuvres complètes de Rubén Darío. Plus bas, perdu parmi des traités d'anthropologie, je trouve un exemplaire en espagnol de Hautes Terres *d'Euclides da Cunha. Puis deux noms que je ne reconnais pas mais dont les livres portent des titres en espagnol: Salvador Elizondo et José Revueltas. Les choses cependant ne s'arrêtent pas là. Sur le même mur, une affiche aux couleurs primaires remémore les premières années de la lutte sandiniste. Plus caché encore, dans un coin que jusqu'alors je n'avais pas remarqué, je réussis à apercevoir un petit sanctuaire: les bougies colorées à moitié consumées, quelques-unes avec des images de saints, d'autres avec celles de vierges mulâtres. À côté d'une vieille radio, un buste en plastique de Simón Bolívar, le* libertador, *complète la scène inattendue. Jamais, me dis-je, on avait imaginé le vieux Bolívar finir moulé en plastique. Autour de lui, les canaris virevoltent sans montrer le moindre respect pour le héros de l'Indépendance. Alors que je regarde de nouveau les bougies de saints, me revient à l'esprit l'image des longs après-midi d'obscurité et de chaleur qui suivaient les ouragans de mon enfance. Je pense alors à Giovanna, à la façon dont l'Amérique latine avait commencé à surgir peu à peu dans sa propre histoire avec la subtilité de ces reptiles qui la fascinaient tant. Je pense à l'image de Giovanna malade sous les tropiques et me viens à l'esprit cette photo de Yoav Toledano que j'ai trouvée dans les chemises: la photo qui le montre en bermuda, la jambe plâtrée, à côté de cette femme dont le regard me rappelle tant Giovanna, mais qui refuse encore d'apparaître dans cette histoire. Je pense à la mappemonde qui s'étend derrière son dos et me redemande ce qu'a à voir ce vieil Israélien avec un Bolívar en plastique. Au bout d'un certain temps, l'affaire commence à acquérir un petit côté kitsch. Alors, pour combattre le dégoût et l'ennui, je me vautre de nouveau sur le grabat et me mets à lire le roman que j'ai pris avec moi: un roman sur un consul alcoolique qui essaie de renouer avec sa femme. Je lis sporadiquement, par bribes, jusqu'à ce que l'ennui l'emporte. Alors, songeant à l'histoire que je viens d'entendre, je sors mon sac à dos et réexamine les documents des archives de Giovanna. Prudemment, craignant que le vieux ne me découvre, j'extrais les coupures de journaux. Il y a là l'histoire en morceaux, en fragments, depuis la première coupure datée de 1962, qui raconte l'origine d'un désastre qui ne paraît pas encore fatal jusqu'à la dernière datant de 1997, où sont interviewés tous ceux qui ont décidé de rester.*

4

Traverser l'océan Atlantique s'avère plus agréable qu'il ne l'imaginait. Ils sont loin les voyages tortueux et épiques de Magellan et de Colomb, d'Earhart et de Darwin. Le sien, c'est autre chose, un simple voyage d'après-guerre, un modeste périple touristique que lui, cependant, s'est efforcé de voir avec des yeux homériques. Guidé par un romantisme tardif qui alimente sa soif d'action, Yoav Toledano exige des turbulences en période de paix. Des années plus tard, pris dans un tourbillon messianique dont il ne saura pas non plus rendre compte, il comprendra que tout désir non satisfait cache des rancœurs. Mais ce sera plus tard. Le 6 mai 1957, en montant à bord de ce bateau immense qui porte le nom d'*Almanzora*, Toledano rencontre une réalité feutrée. Le voyage n'est pourtant ni court ni confortable. Au contraire, trois semaines et une cabine de troisième classe, dans laquelle chaque respiration paraît être un miracle, le séparent de New York. Le véritable ennemi de son épopée s'avère toutefois plus simple et inattendu : ce visage juvénile et athlétique avec lequel, juste après être monté à bord, il retient l'attention de deux petites filles fortunées. Le voyage n'a même pas commencé que Toledano comprend instinctivement quelque chose qui demanderait à quiconque une vie : il n'y a aucune raison de rester à la place qui nous a été échue, de surcroît quand la génétique nous a dotés d'un corps agile et d'yeux vifs. Tenant par la main les deux cousines italiennes héritières d'un empire textile, le jeune homme découvre les cabines de première classe et les salles de luxe. Il boit du champagne dans des salons interdits à ses camarades de troisième classe et se surprend à goûter des aliments inattendus : langoustines, crevettes, poulpes, caviar. Loin du régime kasher de son enfance. Il découvre, en la compagnie nocturne des deux cousines que, bien que dans l'obscurité toutes les cabines paraissent identiques, certaines se prêtent mieux que d'autres aux jeux à six mains. Désinhibé par l'alcool, il comprend qu'être bien mis est une autre façon d'être riche. Il ne tarde pas à entrevoir le malheureux corollaire d'une si agréable intuition : être riche est très souvent le pire des châtiments. Une semaine n'est pas encore passée qu'en plein luxueux dîner, il se rend compte de sa trahison : il a passé une semaine entière sans prendre de photos, une semaine entière sans lire le recueil de poèmes de son père, une semaine entière perdu au milieu des rires gourmands de deux cousines insatiables. Des années plus tard, absorbé dans une partie d'échecs, il se souviendra de son erreur en disant : « Ainsi s'en va la vie, dans ces égarements qui te volent une décennie. » Son histoire, pourrait-on dire, n'est pas seulement celle de son obsession mais aussi celle de ses détours.

Attristé par cette courte distraction, il retourne à la lecture. Sous la protection de cette carte colorée de l'Amérique latine qu'il a accrochée au mur à côté de la couchette de sa cabine, il relit les poèmes du poète de son père, Rubén Darío, jusqu'à ce qu'une telle grandiloquence le lasse. Il met le recueil de poèmes de côté et désormais passe ses matinées à lire exclusivement des ouvrages sur la photographie. Conjointement à sa passion pour la lecture, il recouvre la volonté pratique. On le voit dans les salons de luxe, l'appareil à l'épaule, l'œil toujours attentif à l'instant précis. Toledano croit avoir résolu son dilemme : photographier l'oisiveté est aussi un acte photographique. Peindre la vie telle qu'elle est une autre façon de la vivre. Il espère ainsi échapper aux distractions sans se refuser ces petits plaisirs qui peu à peu commencent à le tenter. Malheureusement, son appareil ne fait qu'accentuer son attirance. Dans son cas, comme il le comprend très vite, être photographe devient le plus puissant des aphrodisiaques. Sous les regards jaloux des deux aristocrates italiennes, Toledano voit de nouvelles gamines s'approcher de lui, intriguées par le mécanisme de l'appareil. Pour elles, accablées par la tradition conservatrice et aristocratique de leurs parents, ce garçon dégingandé et athlétique, à l'appareil à l'épaule et au sourire diabolique, devient très vite en tout un emblème de la modernité. Et la modernité, pour cette décennie des années 1960 qui arrive à grands pas, est synonyme de sensualité. Sans l'espérer, sans le rechercher, le jeune homme se découvre moderne, sexuel, attirant. Les femmes se battent pour lui, pour ce lent qui tout à coup acquiert tact, pulsion et caresses. Plus important encore, Toledano pressent, par chance ou par malheur, un savoir qui l'accompagnera à travers ce périple qui commence tout juste : où qu'il soit, les gens semblent l'accepter comme s'il appartenait au milieu où il se trouve. Où qu'il soit, sa présence paraît, plus qu'acceptable, nécessaire. Loin de le rendre invisible, cet effet caméléon le dote d'une certaine omniprésence. Ce n'est qu'ainsi qu'on peut rendre compte de la foule de jeunes filles avec lesquelles il partage des nuits pendant ce voyage d'à peine trois semaines.

C'est ainsi qu'on pourrait résumer ce voyage qui finit par le déposer dans un New York terrible : Yoav Toledano entame sa deuxième vie sur un énorme bateau de croisière au moment où il comprend que celui qui tient l'appareil incarne la véritable origine de la fiction. Des années plus tard, accablé par les conséquences de cette affreuse intuition, il cherchera dans un village minier l'invisibilité totale, l'envers obscur de cette histoire de lumières.

Mais une gamine tombe amoureuse de lui. Elle s'appelle Lucía Ferrer, est catalane et vient d'une famille fortunée de banquiers. De toutes les femmes qui s'approcheront de lui pendant ces trois semaines de voyage nautique, ce sera elle, hautaine et revêche, la seule pour laquelle il ressentira quelque chose de différent. Lucía Ferrer est la mauvaise fille, l'aristocrate fanée, l'alcoolique insoumise, l'ironiste. Et c'est précisément cette aura punk *avant-la-lettre* qui attire Yoav. Il est captivé par sa façon de tout envoyer paître par de petites phrases qui sont comme des coups de poing, la grâce avec laquelle elle ignore tout de ce monde de champagne et de caviar. Elle est aussi la seule à refuser de prononcer le moindre mot d'anglais. Toutes les autres filles ont cédé aux pièges de la compréhension, fouillé dans leurs souvenirs d'école jusqu'à trouver les mots anglais avec lesquels communiquer avec ce jeune Israélien qui balbutie à peine quelques syllabes d'un espagnol maladroit. Elle, néanmoins, s'y refuse. Bien que parlant anglais à la perfection, elle n'en prononce pas un seul mot pendant la dernière semaine qu'ils passent ensemble. Mêlant à la fois le défi et la superbe, elle oblige Toledano à se rapprocher de cette langue qu'il ne comprend pas encore complètement, mais dans laquelle il commence à se sentir à l'aise. Dans un espagnol abrupt mais parfait, correspondant à sa personnalité, la jeune femme raconte des mensonges dont Yoav, encore ingénu, croit qu'ils évoquent les exploits d'une aventurière précoce. Elle lui raconte des histoires politiques, intimes, scolaires. De multiples histoires qui la dépeignent dans ses côtés les plus rebelles, histoires qui la font ressembler à une Marie-Antoinette contemporaine. On peut le dire : Lucía Ferrer est une diva moderne. Anachroniquement aristocrate, moderne sans complexes, elle est l'incarnation d'une contradiction. Il n'est donc pas étonnant que le jeune Toledano l'écoute avec l'attention de qui essaie d'élucider un paradoxe. Et c'est ainsi que parmi les dizaines de noms qui parcourent ces histoires transversales, Yoav croit en reconnaître un : Josep Lluís Facerías. Il lui faut un certain temps pour se rappeler où il a entendu ce nom, mais quand il finit par s'en souvenir, l'illumination lui parvient nette, précise, comme l'image qui l'accompagne : il se revoit le jour même de son départ, dans un restaurant tolédan, entendant des vieux crier le nom de ce monsieur qui, selon Lucía, avait été son mentor. C'est que, selon sa disciple, elle aurait participé à des coups de force anarchistes, des conspirations d'extrême gauche, des guérillas urbaines. Indécis, incapable de déterminer si cette étrange aristocrate se paie sa tête, Toledano décide de porter l'affaire devant le seul tribunal possible : le lit. Là, après deux heures de lutte et d'élongations, l'évidence prend corps : seule une anarchiste, pense-t-il, pourrait bouger ainsi, baiser ainsi, mordre ainsi. Seule une guérillera clandestine se risquerait à baiser ainsi, avec une passion démesurée, en criant à tue-tête. Endolori, épuisé, Toledano se résigne à l'évidence d'une fureur sexuelle sans précédent, uniquement pour découvrir que l'acte terminé, Lucía Ferrer éclate de rire. Elle rit de lui, mais pas de ses capacités d'amant contrairement à ce que pense Toledano. Elle rit en revanche de l'ingénuité qui l'a conduit à croire qu'elle pourrait faire partie des guérillas anarchistes de Josep Lluís Facerías et Quico Sabaté. Seul un enfant imberbe, dit-elle, croirait qu'elle pourrait perdre son temps en jeux politiques. De la table principale, couvert de honte, Yoav la regarde rire, nue et joyeuse, jusqu'à ce que, tout à coup, la vengeance idéale se présente nettement. Il cherche son appareil, se lève et, sans se soucier de sa nudité, la prend en photo. Le cri d'accusation qu'il attend n'arrive jamais. Bien au contraire, ce n'est qu'à ce moment-là que, à l'aise dans l'ironie, Lucía Ferrer intensifie son rire sans perdre pour autant sa grâce. Autrement dit : dès qu'elle sent sur elle l'objectif, la jeune fille décide de poser. Sans le savoir, Toledano a fait son premier pas vers la photographie de mode qui lui servira très vite de gagne-pain. Inconsciemment, il a franchi une frontière qui marquera une ère. Des années plus tard, un journaliste britannique lui demandera à quel moment il a opté pour la mode comme genre photographique. Sa réponse sera brève et énigmatique : « L'après-midi où j'ai découvert que l'appareil avait le pouvoir de faire sourire une anarchiste. » Les nus qui dépeignent Lucía Ferrer à la fleur de l'âge sont la première démonstration d'une curiosité qui s'éloigne soudain du naturel et se fonde sur cet animal exalté et instinctif qu'est l'être humain. Dès lors, le pacte est mutuel. On ne les voit plus qu'ensemble, riant et toujours l'appareil tout près. Lui, il a imaginé son voyage comme une longue traversée jusqu'au bout du monde, mais à peine un mois et demi plus tard, il semble avoir trouvé une finalité dans les rires d'une jeune fille joyeuse. Lucía Ferrer marque donc le début compliqué, l'apprentissage comme éclat de rire et détour, la brève intuition d'un horizon différent, plein de morsures et de champagne. Lucía Ferrer marque la prophétie d'une vérité qui ne deviendra manifeste que des années plus tard, dans la chaleur d'un long été tropical : le compromis politique de Yoav Toledano commence par la plaisanterie d'une petite fille mal élevée qui se fait passer pour une anarchiste.

Cependant tout voyage culmine dans un port. Et celui-ci ne fait pas exception : Le 21 mai 1957, l'*Almanzora* voit surgir au loin les contours de la ville de New York. Il est temps de toucher terre.

Que sait-il de New York ? Rien ou très peu. L'image que le cinéma lui a proposée de la métropole est avare et friande, l'image sinueuse d'une ville où la raison trouve ses limites. Au cinéma Armon de Haïfa, il a vu *All About Eve*. New York est donc lié à une histoire de trahison, à l'image décadente de l'éternellement belle Bette Davis, au triomphe de la mauvaise fille. De New York, il connaît, ou croit connaître, l'image stridente d'un nouveau gratte-ciel en pleine construction, les listes des spectacles de Broadway, des informations sur la bourse des valeurs, la tenue des jeunes gens de New York. De la ville, il connaît ceci : sa facette iconique, son visage kitsch, son côté le plus Disney. Il a entendu parler de Babe Ruth, de Mickey Mantle, des bas-quartiers du Bowery, des lumières de Madison Avenue et des fameux hot-dogs. Dès qu'il pénètre dans la ville, il comprend que rien de tout cela ne l'aidera. La ville est autre chose : un bruit de fond constant que renforcent les mouvements des masses, une grande décharge de bruits sans échappatoire possible, un grand remous sans ciel. Solitaire, désorienté, il se laisse porter par cette pulsion vitale qui pousse et déplace, jusqu'à finir par comprendre que cette ville ne ressemble à aucune autre. Elles sont loin les longues marches agréables dans son Haïfa natal, les plaisantes balades à bicyclette dans Tel-Aviv. New York, c'est autre chose : un corps anxieux qui se secoue et se tord sans en demander la permission. En pleine angoisse, en l'absence d'une éventuelle cachette et face à l'évidence de la tombée de la nuit, il comprend qu'il devra chercher de l'aide. Il se souvient d'avoir rangé dans son sac à dos le numéro, le nom et l'adresse de la galerie de cet ami de ses parents pour qui il a photographié quelques mois auparavant des peintures. Il pense téléphoner, mais la honte l'arrête. Il ne peut pas céder à la lâcheté. Il doit savourer New York, se dit-il, au moins une nuit, avec la patience courageuse et soudaine avec laquelle on goûte une liqueur inconnue. Il est déjà loin le sourire anarchiste de Lucía Ferrer.

Cet après-midi-là, il ne s'éloigne pas beaucoup du port. Il aura, il le sait bien, le temps d'explorer le nord. Il aura le temps d'aller dans les grands théâtres de Broadway et de visiter le New York glorieux et décadent de Bette Davis. Aujourd'hui, en revanche, il s'intéresse à un autre genre de décadence, celle qui se trouve dans les ruelles obscures du Bowery, ce quartier de prostitution et de fête qu'il a vu représenté sur les photographies sociales d'Arthur Fellig, plus connu sous le nom de Weegee. Nadar, se dit-il, a photographié les catacombes parisiennes. Lui photographiera les bas-fonds new-yorkais. L'idée de la photographie comme art des envers, des opposés et des négatifs, lui plaît. Penser que photographier les vagabonds du Bowery est une autre façon d'évoquer la paradoxale mégalomanie de la grandiose métropole le séduit dès le premier jour. Mais ce jour-là, il ne prend pas de photos. Il se contente de marcher dans les rues de Lower Manhattan : du Greenwich Village d'Allen Ginsberg, poète qu'il a lu en anglais, en passant par un Soho désert, jusqu'à arriver à l'infâme Bowery sur lequel il a tant lu. Il s'assied partout, boit une bière et continue, jusqu'à ce que la nuit le trouve assis dans une petite taverne du Lower East Side, sans hôtel ni logement. Ce n'est qu'à ce moment-là, en entendant résonner des congas en face de la taverne, qu'il comprend que, sans le savoir, il est arrivé où il voulait. La rumeur de cet espagnol qu'il ne sait pas encore identifier comme caribéen lui met le cœur en fête. Il ne tarde pas avec cette innocence et cette aisance qui finiront par le caractériser, à se joindre au chant d'un groupe de Portoricains qui orne le trottoir. Trois heures plus tard, quand après la dernière gorgée de rhum, il comprend qu'il est temps de trouver un logement, il se contente de demander à l'un de ses nouveaux amis latinos s'il sait où il peut dormir. Quinze minutes plus tard, une femme ouvre la porte de ce qui sera son logement dans le nouveau monde : une minuscule chambre sans cabinet de toilette qu'il partagera pour trois mois avec trois Portoricains qui viennent d'arriver à ce qu'eux se contentent d'appeler avec leur malice habituelle une « fin heureuse ».

Caméléon, jovial, facile, Toledano retombe sur ses pieds partout : au milieu de Portoricains, d'Italiens, d'Irlandais, de juifs. Dans la semaine, après avoir rendu visite à l'ami de ses parents à la petite galerie d'art, il fait la connaissance d'un juif roumain qui finira par lui donner son premier travail dans un journal de Brooklyn. Tous les matins, dès lors, il écrira de courtes histoires sur un nombre infini de photos journalistiques. Chaque matin, il rassemblera tout l'anglais qu'il connaît pour synthétiser, en dix mots, ce que dit une image. Sans se soucier du caractère prétentieux du mot, il se contentera de définir son travail par son élégant nom français : j'écris des *faits divers*, dira-t-il à celui qui l'interroge. Les après-midi, en revanche, il les passera à se promener au sud ou au nord toujours avec l'appareil à l'épaule, convaincu qu'à tout moment, pourrait surgir le cadre photographique parfait, la photo décisive qui pourrait faire pâlir toutes les autres. Les nuits, en revanche, il les passera en groupe. Avec ses amis portoricains qu'il a rencontrés au foyer d'hébergement ou dans les différents bars où ils l'emmènent après la tombée de la nuit. Caméléon, jovial, facile, Toledano fait la connaissance de la grande ville au rythme déchaîné avec lequel il consomme alcool et femmes, avec la joyeuse légèreté de celui qui sait réduire une histoire entière en trois phrases. Il a appris dans le New York de Bette Davis que la seule chose qui compte, c'est de s'accoupler.

Ce sont des jours de lectures et d'obsessions. L'après-midi, quand il va marcher, il a toujours un livre sur lui. Plus que lire, il dévore : des livres de la beat génération qui fait tant parler d'elle à ce moment-là, depuis le célèbre *On the Road* de Kerouac jusqu'au *Howl* de Ginsberg, pour en arriver aux classiques modernistes américains. Le *Manhattan Transfer* de Dos Passos, la poésie de Hart

Crane, les grandes tragédies du Sud de William Faulkner. Des beatniks, il aime le côté expérimental, le désir de tout voir, les hallucinants voyages dans un Mexique qu'il conçoit encore sous le signe de l'épopée. Lui aussi s'est juré de faire très vite un voyage vers le sud. De Faulkner, il aime toutefois la force de l'écriture, le courage de laisser tout de côté pour finalement s'enfoncer à travers les ruines du sud. Cependant un thème devient vite son préféré : l'histoire de la photographie. Une fois terminé le livre avec lequel il a voyagé depuis Israël, il ne tarde pas à s'en acheter d'autres. De multiples histoires de la photographie qui finissent par alimenter les projets qu'avec l'innocence d'un enfant il ébauche patiemment dans un petit carnet de cuir rougeâtre qu'il achète avec son premier salaire et que, dès lors, il ne cesse d'emmener partout avec lui. De toutes les anecdotes de l'histoire de la photographie, deux le poursuivent : chez lui, l'idée de la photographie comme un art du négatif coexiste avec l'image du Gaspard-Félix Tournachon s'enfonçant dans les catacombes parisiennes, disposé à décrire de l'intérieur les souterrains parisiens. La nuit, tandis qu'entre deux verres ses amis portoricains lui parlent de plages et d'îles, Yoav Toledano imagine des projets aussi grandioses que ceux de Nadar : un énorme atlas photographique des souterrains new-yorkais, un catalogue où la misère new-yorkaise coïnciderait avec sa grandeur, s'imagine même trouver un cadre photographique dans lequel la ville elle-même apparaîtrait identique à ce qu'elle est, réduite à l'échelle de l'ambition et du désarroi.

Ce sont des années de coïncidences inattendues et parfois silencieuses. Très souvent sans le savoir, Toledano fréquente les mêmes bars et les mêmes fêtes de la bohème du sud que la plupart des artistes et des écrivains qui traceront les grandes lignes de ce qui reste du siècle. Il boira sans le savoir à deux tables de Jackson Pollock et de Willem de Kooning, qu'il ne reconnaîtra pas bien qu'il ait commencé, quelques mois plus tôt, sa carrière de photographe en prenant en photo l'un de ses tableaux. Il chantera un boléro de Daniel Santos à six coudées d'un Key Kesey ivre mort. Il fera la conquête de femmes dans les mêmes bars de Soho où évolue un Andy Warhol encore inconnu. Il saura cependant peu de choses d'eux. Toujours accompagné de ses amis caribéens, il aura la sensation que sa tradition est différente. Il imaginera que, comme les beatniks, sa tradition est une ligne de fuite vers le sud, une traversée épique qui, selon lui, finira par le situer en Terre de Feu. New York, se dit-il, est juste un détour. Un petit arrêt dans cette odyssée qui, sans qu'il le sache, le déposera dans un village fantôme, entouré de chiens et de canaris, à jouer aux échecs dès que tombe la nuit. Mais il ne peut pas le savoir. Yoav Toledano ne peut pas encore savoir qu'il n'arrivera jamais dans le sud absolu, pas plus qu'il ne peut savoir – tandis qu'il boit du rhum avec ses amis de l'île – que l'attendent mille et un détours dans sa traversée vers le sud. Ignorant son destin, il se contente de boire, conscient que deux choses lui réussissent dans cette vie : les femmes et l'alcool. Il ne comprend pas encore, jeune comme il l'est, que les deux conspirent pour le détourner des lignes droites.

Ainsi, il n'est guère étonnant qu'un deuxième détour interrompe le périple vers le sud du jeune Toledano. Le 6 mai 1959, tandis qu'il boucle ses valises pour enfin partir pour la Terre de Feu, il est invité à une fête chez des amis fortunés de ses parents. Ce même soir, perdu entre le champagne et les petits fours, il fait la connaissance d'une fille aussi jeune que belle, dans le nom de qui il croit déjà reconnaître ses triomphes à venir : elle s'appelle Virginia McCallister, elle a dix-sept ans et, d'après ce qu'on lui raconte, elle est la *top model* la plus prisée de toute la côte Est. Il suffit à Yoav Toledano de la voir pour comprendre qu'il s'agira de son grand détour.

5

Les échecs sont un jeu d'avenirs, dit le vieux, pendant que les chiens recommencent à dodeliner de la tête comme s'ils nageaient au-dessus de l'ennui. Peu importe. Avec l'aura d'un éléphant fatigué, patient et immémorial, il se contente de déplacer une pièce, puis une autre, tandis qu'autour de nous le silence des canaris ponctue la scène. Je me mets alors à penser aux chiffres que j'ai lus : aux quatre mille personnes qu'il y avait dans le village en 1962, aux mille personnes qui restaient en 1975, aux deux cents personnes qui restaient en 1985, aux neuf habitants qu'il y avait encore en 1999. Je pense à ces chiffres et l'image qui me vient à l'esprit est celle d'une ville qui se vide peu à peu de gens pour s'emplir de canaris.

L'histoire, c'est mon ami John qui me l'a racontée. Il m'a raconté qu'après avoir appris l'existence des feux, les habitants décidèrent de recourir à la vieille astuce du canari dans la mine. Plus de la moitié du village se mit en tête d'acheter des canaris. Ils les rapportaient chez eux et les faisaient chanter, expliqua-t-il, craignant qu'un jour, le silence du canari indiquât que la fin était arrivée : méthane, monoxyde de carbone, n'importe lequel de ces gaz dont la présence présage d'une manière ou d'une autre la mort. D'après ce qu'il m'avait raconté au cours de l'une de ces longues marches que nous faisions parmi les ruines du village absent, les canaris durèrent plus que les habitants. Mois après mois, semaine après semaine, jour après jour, on entendait une famille dire qu'elle voulait quitter le village. Ils laissaient dans leur sillage, comme legs de la catastrophe, leur petit canari de mine. À la mère, au frère, à l'ami : à celui dans le caractère de qui ils percevaient une étrange persévérance et fidélité. C'est ainsi que les canaris passèrent de main en main, jusqu'à ce qu'un après-midi, les habitants comprennent tous, non sans étrangeté, que le seul qui resterait jusqu'à la fin, serait paradoxalement le photographe étranger. Ils commencèrent alors à se rendre chez lui, leur canari sous le bras. Des gens qui ne lui avaient même jamais adressé la parole. Des gens qui, parfois, avaient juste entendu deux ou trois fois parler de lui. Des gens qui, un jour, trouvaient du travail dans une ville voisine et, dans les affres du déménagement, décidaient de régler la question du canari en une phrase aussi inattendue que définitive : « Pas de problème, nous le laissons au photographe. » Le village se vidait et sa maison s'emplissait de plumes et de chants. Les canaris seraient pour ainsi dire son héritage, comme le mien serait cette série de chemises bourrées de photos et d'articles, de coupures de journaux et de pistes à moitié ébauchées qui finiraient par me rappeler sans le vouloir l'image d'une jeune Giovanna perdue dans les ruelles vides d'un lointain village minier.

Peut-être est-ce pourquoi l'après-midi, tandis que le vieux travaille sur ses maquettes, quand du garage j'entends le bois grincer, j'ouvre les chemises et cherche dans le legs de papiers orphelins, les écrits de Toledano. Alors je m'assieds, pose le roman à côté de moi et lis. Je prononce quelque phrase à voix haute. Je lis, par exemple, cette phrase de lui qui me plaît tant et dit : « Une photographie, comme un nuage, n'est pas quelque chose en soi, mais un simple indice qu'il va se passer quelque chose. » Je me répète la phrase jusqu'à ce que celle-ci cesse de signifier et alors je regarde passer les nuages, l'ennui s'écouler, la façon si étrange qu'ont les canaris de respecter des silences entre leurs chants. Je me répète la phrase jusqu'à ce que, tout à coup, je comprenne que cet homme a tout misé pour un avenir vide. Il a misé pour ne pas laisser de legs. Plus bas, dans le même article, je trouve une définition encyclopédique du phénomène de combustion. Une définition extrêmement ennuyeuse que, d'après moi, Toledano avait dû recopier en pensant que l'avenir était quelque chose qui pouvait se consumer petit à petit, une substance inflammable comme les terres qui l'entouraient. Un canari se remet à chanter et je me contente de lire :

> *Combustion (du latin* combustio*) d'une réaction chimique d'oxydation, dans laquelle se libère une grande quantité d'énergie sous forme de chaleur et de lumière, se manifestant visuellement entre autres grâce au feu. Dans toute combustion, il existe un élément qui brûle (combustible) et un autre qui produit la combustion (oxydant), généralement l'oxygène sous forme d'*O_2 *gazeux.*

Au-dessous, l'équation chimique de la combustion. Je réfléchis à tout cela, à cette étrange combinaison de langage poétique et scientifique. Je pense que, dans cette histoire, on ne sait pas clairement ce qui fut le combustible et ce qui fut l'oxydant, ce qui brûlait et ce qui flamboyait. Puis je cesse de lire. Je m'approche lentement du garage et observe le vieux élaborer ses maquettes jusqu'à ce qu'il s'en rende compte et arrête sa tâche. Je ne dis rien. Je ne regarde pas non plus. Penser que dans ces maquettes se trouve la clé de l'histoire me fait peur. J'ai peur de voir ce que je sais déjà. Je préfère l'entendre. C'est pourquoi, dès que je comprends que le vieux a remarqué ma présence, je retourne au lit et m'allonge pour continuer à lire le roman que j'ai pris avec moi, sachant que, dans quelques heures, j'entendrai un nouveau sifflement et, en sortant, verrai les pièces du jeu d'échecs posées sur les tons précis de ce coucher de soleil de province. Les échecs sont un jeu d'avenirs, penserai-je alors en me remémorant les mots du vieux.

6

Ils grandissent ensemble. Elle comme *top model*, lui comme photographe. Cette même nuit, après qu'ils se sont échappés, elle le force à répéter trois fois qu'il repoussera son départ. Ce n'est pas tout : elle le convainc qu'il mérite un travail plus digne que le sien. Il en sera terminé des *faits divers*, des histoires en trois lignes, des épigrammes journalistiques au pied des photos. Désormais il ne se consacrera plus qu'à ses deux grandes passions : la photographie et elle. Virginia McCallister le dit ainsi, avec détermination, caractère, et le jeune Yoav Toledano ne peut qu'accepter la puissance dévoratrice de cette jeune fille qui n'est même pas encore majeure. Cette nuit-là, ils s'enfuient. Las du champagne et des toasts, las des conversations insignifiantes des riches, ils décident de prendre un taxi et de se lancer vers le sud. Une demi-heure plus tard, la nuit les découvre dans les alentours d'une petite cave du Lower East Side, écoutant le redoublement des tambours d'une paire de musiciens caribéens. Ils ne peuvent pas le savoir, mais ils jouissent d'un petit spectacle qui, en moins d'une décennie, aura la densité d'un nom propre : « salsa ». Cependant, l'avenir ne peut pas les intéresser vraiment. Ce qui les intéresse ce soir-là, c'est l'intensité du présent, la précision des voix et des baisers. Se compléter les intéresse. Ils seront désormais deux mondes opposés en conversation, ce négatif photographique tant recherché par Toledano. Le nord et le sud, la vie sédentaire et la vie nomade, la riche et la pauvre. Dans les années qui viennent, grandir ensemble signifiera, avant tout, partager une autoroute à double voie : un monde qui les mènera toujours des demeures de l'Upper East Side aux bas-fonds bohèmes du Bowery et du Soho de Warhol à l'Upper West Side des parents de la *top model.* Grandir ensemble signifiera avant tout répéter de temps à autre l'acte de rébellion initial.

Une semaine plus tard, Toledano renonce à son travail au journal et se met à photographier pour la galerie d'art d'un ami des parents de Virginia. Deux mois plus tard, Virginia elle-même, lassée de ne pas l'avoir tout près d'elle, convainc les éditeurs d'un prestigieux magazine de mode d'embaucher le jeune Israélien. Dès lors, on ne les voit plus qu'ensemble : au studio et ailleurs, dans les fêtes de riches et les tavernes du Sud. Ils partagent tout : lectures, draps, obsessions, et même les drogues qui se mettent à circuler à cette époque dans les fêtes de la bohème new-yorkaise. Leur ascension se fait à la vitesse d'un météore : en deux ans, ils cessent d'être deux noms de plus dans les affaires pour devenir les deux enfants gâtés du monde de la mode. Arrivent alors peu à peu de nouveaux contrats : Virginia réalise ses premiers films tandis que Toledano se fait un nom dans le monde de la photographie de mode. Toutefois, ils n'oublient jamais la nuit initiale. Dans le monde glamour où ils vivent, on est au courant de leurs escapades dans celui de la bohème du Sud, on connaît leur attachement aux rythmes caribéens, on murmure même qu'ils partagent une maison dans le Bowery avec des dizaines de Portoricains. La rumeur fait partie de leur aura et de leur charme : un couple en dehors des règles de la société. Un couple magique, capable de combiner luxe et vie privée enflammée, dont la presse est nécessairement exclue des secrets. C'est peut-être pourquoi personne, pas même leurs parents, n'est surpris d'entendre dire par la bouche de tiers que le couple a commencé à voyager – à Atlanta, en Floride, à Tennessee, à Haïti, à Cuba – dans ce sud bourré d'intensité qui les séduit.

Alors démarrent les rumeurs. Qu'ils sont impliqués dans des réseaux rouges : à des groupes communistes. Ce sont les années de la révolution cubaine, les années de McCarthy, et bien que leur voyage dans le sud se déroule juste avant la déclaration de l'embargo contre les Cubains, la coïncidence ne fait qu'accroître la dimension morbide de l'histoire. N'aide pas non plus qu'après avoir fait la connaissance de certains dirigeants cubains lors de la brève visite de ceux-ci à New York, Toledano soit resté en contact avec eux. Moins encore qu'il en ait pris quelques photos, des portraits qui, les années passant, prendront la dimension d'icônes. On commence à les taxer de communistes, à les traiter de *santeros*, à les associer à des croyances ésotériques. Ce qui est étrange, c'est que, peut-être pour la première fois, la presse à scandale ne se trompe pas. Elle disposera sans doute de mauvaises sources, exagérera en disant qu'on les a vus boire du sang de crocodile mais, à vrai dire, ceux qui les connaissent savent que leurs amis ont changé. Ils semblent, autrement dit, agir sous l'appel de quelque curieuse illumination. On commence à moins les voir dans les fêtes du showbiz, à les voir fréquenter des groupes d'amis différents, ceux qui les voient remarquent dans leurs regards une certaine lueur particulière. Et dans ce regard, ce qui transparaît avant tout est une quête : Yoav Toledano et Virginia McCallister cherchent, avec la fureur du pire des feux, la sortie dans ce tourbillon qui grandit autour d'eux. Ils la trouvent d'abord dans la célébrité, puis la religion, et enfin à travers les sentiers de la politique, uniquement pour finir par entremêler tous ces chemins dans ce cocktail d'hallucinogènes qui, à partir de la deuxième moitié de la nouvelle décennie, ponctue leurs jours.

Maintenant qu'il récapitule son histoire – ce pèlerinage qui finit par le déposer dans ce village vide –, il ne s'en souvient pas parfaitement mais suppose que c'est pendant ces jours de drogue qu'une idée folle a germé dans son esprit. Il ne sait pas si ce fut précisément à cause des drogues, mais il se souvient que c'est à cette période que recommença à poindre l'idée qui les déposerait en pleine forêt, à la recherche d'une cité perdue que peu de gens avaient vue. Cette idée, fixe et absurde comme toutes les obsessions, était que, de la même manière qu'à la fin de l'histoire se trouvait le début – le jugement dernier, les anges et Dieu –, à la fin du périple politique de la gauche, il y aurait la droite: le dessein divin où la violence coïnciderait avec elle-même et les opposés politiques se regarderaient en face. Une sorte d'épopée angélique. Il passait ses journées à réfléchir à sa théorie, cherchait des livres qui viendraient la confirmer, il se souvient même d'avoir ébauché ses idées dans un petit carnet de cuir rougeâtre où, sur la page inaugurale, il avait griffonné un titre mémorable *Notes sur la beauté et la destruction.* Un titre qui leur allait à merveille et ce troupeau d'êtres beaux avec lesquels ils passaient leurs matinées, parmi toutes sortes d'appareils photos. Un titre sous lequel Toledano rassemble au bout de deux ans une impressionnante théorie autour de ce qu'il appelle la fin de l'histoire. Un recueil d'exemples dans lesquels il ne tarde pas à inclure des réflexions sur la bombe atomique, l'incendie de la bibliothèque d'Alexandrie, les années de la terreur jacobine et sa propre histoire familiale. Ce sont des notes qu'il ébauche en cachette, convaincu qu'un jour, elles expliqueront le tournant qu'il prendra politiquement à partir de cette époque. Un jour, au milieu de l'année 1966, Toledano se lève et se dit qu'il n'y a rien de plus beau que la destruction. Deux jours plus tard, son épouse le réveille avec une nouvelle inattendue: elle est enceinte. Ce même jour, Toledano relit anxieusement ses carnets à la recherche d'une réponse. La seule qu'il trouve n'est que le visage de l'horreur.

Après une très longue conversation qui se prolonge jusque tard dans la matinée, ils décident de garder l'enfant, à condition que Virginia réduise sa consommation de drogues. Dès lors Toledano semble un autre. Il met les drogues de côté, se plonge dans le monde de la *santería*, essaie de s'éloigner des théories qui l'ont mené aux frontières du nazisme. C'est Virginia McCallister qui, en revanche, paraît reprendre le délire théorique de son mari. Elle trouve un jour, jeté sur le lit, le carnet de notes de son mari et ce qu'elle lit la ravit. Elle se dit que ce n'est qu'à partir de cela qu'elle parviendra à expliquer la fascination qu'une anecdote familiale a exercée sur elle dès son plus jeune âge. Ce n'est qu'à partir de cela, à partir de cette théorie sur la beauté et la destruction, qu'elle peut expliquer la fascinante aura de mystère qui l'enveloppait quand, dès toute petite, elle écoutait la fameuse histoire sur la façon dont en pleine guerre civile son arrière-arrière-grand-père s'était dirigé avec ses hommes vers le sud, brûlant tout sur son passage. Ce n'est qu'à partir de cela, se dit la *top model* en lisant les notes de son mari, qu'elle peut expliquer l'étrange fascination qu'elle a pour son arrière-arrière-grand-père, le général William Sherman, et son infâme Marche vers la mer. À partir de ce jour, à force de notes personnelles, elle décide de reprendre la tradition perdue du vieux Sherman. Peut-être y puise-t-elle l'euphorie nécessaire pour remplacer l'énergie des nuits de drogue. Peut-être. Ce qui est sûr et certain, c'est qu'à partir de ce moment-là le carnet de cuir rougeâtre devient sa propriété. Elle y note ses idées, imagine, pendant les longs et fastidieux neuf mois de sa grossesse, une autre histoire possible. Dans les marges, elle commence à dessiner de petites cartes, des trajectoires ébauchant des histoires alternatives, des pèlerinages vers ce sud que, précisément ces jours-là, son époux essaie d'oublier à force de travail. Elle, en revanche, ne veut pas oublier : au contraire, elle veut se rappeler autrement. Elle écrit frénétiquement, sans pauses, même quand on lui annonce qu'elle porte une petite fille, même quand, des mois plus tard, on lui assure que la petite pourrait naître sourde, même quand elle apprend qu'elle s'apprête à voir le jour. Les premières contractions, d'ailleurs, la surprennent le crayon à la main, alors qu'elle ébauche les routes de la destruction suivies par son ancêtre, essayant d'oublier que, dans quelques heures, elle donnera le jour à sa première fille. Même vingt heures plus tard, quand on lui présente un très tendre amas blanc et rouge appelé Carolyn, Virginia se contente de sourire brièvement, elle la caresse et l'embrasse, mais quelques minutes plus tard, retourne à l'écriture et à la lecture, comme si sa vie dépendait de cette pulsion.

Ce sont des années trompeuses. En surface, rien ne paraît changer le rythme ascendant de la carrière des deux. Les projets, les films, les shootings photos se multiplient. On les voit avec leur petite fille dans les studios d'enregistrement, des galas de cinéma, ils apparaissent même dans les magazines de mode. Une famille exemplaire, penserait celui qui voit les photos de la famille partout. Cependant, c'est précisément à cette époque que les théories ésotériques de McCallister prennent leur dimension la plus hallucinante. C'est à cette époque qu'elle reprend le postulat de Toledano sur la fin de l'histoire et qu'elle le combine avec ses théories de la destruction. Dès lors, derrière l'apparente normalité qu'elle renvoie, une idée l'obsède : trouver la sortie avant qu'il ne soit trop tard. Ce sont des années qui passent à toute vitesse dans un tourbillon d'idées et d'hypothèses qui finissent par la ramener au monde des hallucinogènes dont elle se croyait sortie. Des années rapides qui débouchent sur le soir où elle entend parler, pour la première fois, de la communauté.

Maintenant qu'il raconte l'histoire, Toledano ne se rappelle plus exactement qui fut la première personne à mentionner son existence, mais il se souvient très bien que ce fut pendant une fête du showbiz qu'ils entendirent, pour la première fois, parler de la communauté. C'est là, parmi acides et hallucinogènes, que quelqu'un leur parla pour la première fois de cette commune anarchiste en pleine forêt, dans laquelle un petit voyant disait avoir vu, comme s'il s'agissait d'une révélation divine, l'image d'un grand feu dévorant la forêt. C'était ce même garçon, un gosse indigène d'à peine sept ans, qui avait prédit la fin des temps et le début d'une nouvelle ère. Depuis, il était entouré d'une grande communauté de hippies illuminés, membres du showbiz, qui cherchaient à construire autour de lui une nouvelle société, en attendant cette prophétique fin des temps.

Maintenant qu'il raconte l'histoire, Toledano semble remarquer combien cette affaire est ridicule, combien un quarantenaire comme moi, qui n'avais jamais rien vécu de semblable à cette euphorie historique, doit trouver tout cela ridicule. Cela dit, il ne s'arrête pas. Il raconte l'histoire, comme tout le reste, sur un ton objectif et froid, comme s'il s'agissait d'une partie d'échecs. Il raconte comment, à partir de ce soir-là, Virginia McCallister ne cessait de parler de cette commune et d'enquêter au sujet de ce petit voyant. Pour elle, l'apparition de cette commune et de ce voyant devient, dès lors, un présage divin qui concorde parfaitement avec les théories qu'elle a élaborées et qui la renvoient à la figure mythique de son ancêtre incendiaire, William Sherman. Elle commence à participer à des réunions secrètes, des réunions auxquelles Toledano ne semble jamais convié ou auxquelles il préfère ne pas assister, se consacrant à cette petite fille qui grandit à pas de géants, qui ignore encore les délires de grandeur de sa mère. Cette fillette qui grandit, pâle, fragile, craintive, dans les bras d'une mère qui lui raconte, le soir, des histoires sur une terre lointaine où un petit enfant comme elle a vu la fin du monde.

Maintenant qu'il raconte l'histoire, avec les chants des canaris en bruit de fond, Toledano ne peut que sentir à quel point sa confession est pathétique. Sans savoir pourquoi il la raconte, ni ce qu'il y gagne, il raconte comment un soir sa femme rentre avec des billets à la main, des billets qui les mèneront, finalement, à cette communauté et à cette forêt, pour qu'ils rencontrent enfin le voyant. Ce soir-là, sous le froid de l'hiver new-yorkais au coin de la rue, Yoav Toledano se dit que c'est peut-être la seule manière de l'arracher à son obsession : lui offrir un voyage et mettre sa fantaisie en pièces. Regardant les billets, il se remémore son obsession juvénile d'arriver à l'infâme Terre de Feu. Il sait qu'il n'atteindra pas ce sud qu'il convoite tant, mais il se dit que s'il accepte, c'est précisément pour rester fidèle à l'enfant opiniâtre qu'il était. À côté de lui, la petite Carolyn demande où se trouve cette forêt dont ils parlent tant.

7

J'écoute les anecdotes du vieux et je me dis que raconter des histoires, comme jouer aux échecs, c'est proposer de faux avenirs. Comme le joueur d'échecs, le narrateur est celui qui produit de fausses expectatives. Je repense alors à Giovanna, à sa manière si étrange de ponctuer le temps par des silences, à sa manière si particulière de laisser la conversation toujours à la lisière d'une révélation inachevée. Les révélations sont toujours un peu vulgaires, dit Tancredo, et peut-être a-t-il raison. L'art consiste en l'opposé, à produire des subtilités entrevues : de faux dioramas en plein désert. Tandis que le vieux reprend la parole, je me contente de penser à la suite d'événements qui ont fini par me déposer dans ce village vide : j'ai pensé au coup de téléphone initial de Giovanna, à sa proposition toujours opaque de collaboration, à mes longues marches dans la métropole new-yorkaise, aux heures perdues à imaginer des histoires se terminant par l'image d'une lectrice insomniaque. Je me suis souvenu de la période de joie, de silence et de paix ayant succédé à cet étrange projet, de la disparition partielle de Giovanna, puis de l'arrivée de ces infâmes archives qui ont fini par me mener jusqu'ici. Le truc, me dis-je en réécoutant le vieux, c'est de proposer des images et des avenirs comme qui propose des vies.

Aujourd'hui, assis en face du maire du village, j'ai ressenti un éloignement subit et j'ai compris que j'étais troublé par la même sempiternelle question. Cette question qui m'a amené ici et à la réponse vers laquelle l'histoire du vieux Toledano semble se déplacer, mais dont je n'ai compris qu'aujourd'hui que j'en suis la victime : comment se retrouve-t-on dans un village vide ? La question s'est posée brutalement, tandis que le vieux maire, un ancien mineur de presque quatre-vingt-dix ans, essayait de me raconter, année après année, l'histoire du village. Pour ce vieux, ai-je pensé en voyant le maire se débattre avec ses souvenirs, il ne restait plus que ceci : sa vie était écrite dans cette histoire. Sa vie se terminerait là parce que c'était ainsi que vivaient et mouraient les hommes. Je l'ai alors interrogé sur Toledano et j'ai remarqué qu'il bafouillait. J'ai cru que sa mémoire lui faisait défaut mais, quelques secondes plus tard, John lui-même m'a interrompu en me demandant de qui je parlais. Le photographe, ai-je répondu, et le maire m'a corrigé en insistant : « Ah, ce fou de Roberto Rotelli ! » Ce n'est que là, en pleine confusion, que m'est apparue l'évidence : le vieux n'avait jamais été pour eux Yoav Toledano. Je me suis souvenu que dans l'un de ses derniers articles, Toledano commençait par une citation attribuée à un certain R. R., une citation qui m'avait toujours plu et qui disait : « En 1912, j'ai décidé d'être seul et d'avancer sans but précis. L'artiste doit être seul avec lui-même comme dans un naufrage. » Peut-être, me suis-je dit, est-ce à partir de là que le vieux a décidé de devenir Roberto Rotelli. Je n'ai rien dit. Comme toujours, je me suis contenté d'écouter le maire raconter l'histoire que je connais déjà, mais que lui sait ponctuer comme personne : cette histoire qui, pour lui, se termine le jour où l'autoroute permettant d'entrer dans le village se sépare en deux. Ce jour-là, répète-t-il patiemment, il sut qu'il mourrait dans un village fantôme, incapable de trahir la mémoire de cinq générations. Il me raconte les choses ainsi, sans sentimentalisme, et moi, je me mets à penser aux multiples masques du vieux Toledano. Apprendre à raconter, c'est proposer des naufrages, me dis-je en repensant à l'épigraphe de son article. Nous restons pour le café, puis quand nous voyons qu'à la moitié de la tasse, le maire s'est endormi, nous partons. Ce n'est qu'alors, à l'extérieur, que je pense à exposer à mon ami le jeu des noms, mais je comprends immédiatement que ce serait trahir un homme qui a tout misé pour devenir anonyme.

8

Le reste appartient à la fantaisie. Le 23 novembre 1977, tout juste chargée de deux valises, la famille prend un vol en direction de ce sud qu'elle ne connaît pas mais sur lequel elle fonde tous ses espoirs. Deux jours plus tard, avec la petite Carolyn montrant les premiers symptômes d'une maladie qui l'accompagnera tout au long du voyage, le vieux car qui les transporte s'arrête devant une forêt impressionnante et touffue. Suit une traversée latino-américaine, sorte d'envers négatif de ces grandes traversées classiques de grands voyageurs. Là où Humboldt rencontra l'image d'une Amérique sylvestre et sublime, ils tombent sur celle d'une nature dévastée, pleine d'ordures. Là où William Walker rencontra l'absence totale d'État, eux rencontrent des résidus du pouvoir étatique partout. Là où Franz Boas rencontra la nature de l'inconnu, eux semblent rencontrer un sinistre miroir d'eux-mêmes.

Partout, Toledano sent que son voyage est avant tout une répétition teintée de farce. C'est peut-être pourquoi à la fin de la première nuit, alors que la femme et la fillette dorment, il note dans le carnet de son épouse deux extraits du journal de l'un de ses philosophes préférés. Deux rêves qui, d'après lui, suggèrent qu'à la fin de tout voyage, il n'y a rien de plus qu'un rire de désillusion. Le premier, que Toledano souligne à l'encre rouge, s'intitule « Ambassade du Mexique » et dit :

J'ai rêvé que j'étais au Mexique en tant que membre d'une expédition scientifique. Après avoir traversé une forêt vierge de grands arbres, nous arrivons dans un système de grottes à fleur de terre creusées dans la montagne où depuis le temps des premiers missionnaires continuait le travail de conversion parmi les natifs. Dans une grotte centrale immense, couronnée d'une pointe à la manière gothique, était célébré un service divin selon le plus ancien rite. Nous entrons et assistons à son point culminant : devant un buste en bois de Dieu le Père installé à grande hauteur quelque part sur une paroi de la grotte, un prêtre hissait un fétiche mexicain. La tête divine a alors bougé trois fois de droite à gauche.

Il trouve morbide l'idée qu'au bout de la forêt l'on trouve un reflet de la misère occidentale elle-même. Il trouve morbide de penser que ce périple au bout de la forêt n'est que le voyage jusqu'aux malaises de sa propre culture. Toutefois, il souffre de penser que pour chercher cette farce son épouse ait poussé une petite fille malade à traverser une forêt qui n'a pas grand-chose de naturel. Durant ces premiers jours, quand il se découvre en proie à de tels doutes, il retourne au fragment qu'il a écrit et se dit qu'il faut continuer : il faut arriver jusqu'à la fin du rêve et apprendre à rire au réveil. À côté de lui, la fillette se remet à tousser en plein sommeil.

Ce sont de longues journées pendant lesquelles, guidée par un homme tatoué qui se fait appeler « l'apôtre », la famille traverse une forêt pleine de bruits étranges, d'animaux et de contrebandiers. De longues journées pendant lesquelles Toledano comprend que la folie de son épouse ne connaît pas de limites. Des journées pendant lesquelles Toledano pressent que ce n'est qu'en conservant sa lucidité qu'il réussira à rentrer à la maison avec la petite fille vivante. Une idée lui permet de rester lucide : qu'à la fin du trajet, son épouse comprenne la futilité de son projet. Une idée le rassure : au bout du trajet, son épouse comprendra le caractère inutile de sa passion.

Lui, en raison de sa profession et son prestige, a été chargé de photographier le trajet. De servir de témoin. Toutefois, maintenant qu'il se remémore ce voyage qui finit par les déposer devant une ville utopique, il ne croit pas non plus se souvenir d'avoir pris trop de photos. Il se rappelle en revanche le bourdonnement des insectes, le croassement des grenouilles, le bruit omniprésent des fleuves, la toux de la petite fille qui s'amplifiait au fur et à mesure qu'avançait le voyage, avec une démesure hallucinante. Maintenant qu'il marche à pas lents vers ce moment décisif qui marquera sa vie, il se rappelle l'ennui des nuits qu'ils passaient sous des moustiquaires, ces nuits où la fillette lui demandait quand est-ce qu'ils pourraient rentrer à la maison. Il se souvient des discours de l'apôtre, de la passion de son épouse, de la déconcertante sensation de s'être introduit dans un labyrinthe sans issue. Il se souvient d'un village bourré de contrebandiers, d'un homme gros et grossier, d'un hippie allemand qui jouait des pièces de théâtre du XVIIe siècle pour les Indiens, et d'une jeune Polonaise qui passait ses heures creuses à raconter des histoires sur la pampa. Puis il s'arrête comme si, pressentant finalement son destin, sa mémoire refusait de témoigner.

Plus tard, je comprendrais que dans ces silences se jouait la véritable histoire de cette famille inhabituelle. Mon grand-père le disait toujours : dans les silences se jouent les doutes et les craintes d'une histoire. Ses sens aussi. Plus tard, je comprendrais que si Toledano s'était alors arrêté là, pour continuer ensuite l'histoire, c'était précisément parce que se jouaient là son orientation et son sens. Mais ce serait plus tard. Cet après-midi-là, prédisant que la fin était proche, je me contentai d'écouter cette histoire qui prenait de l'ampleur devant moi, indomptable et étrange, avec l'inquiétante sensation de l'avoir déjà entendue dans les silences que, pendant un an, j'avais partagés avec Giovanna.

Dans l'histoire que j'écoute alors, il y a une famille et un voyage. Une petite fille malade et un homme qui, le soir, récite des prophéties devant un feu de camp. Des pèlerins et des contrebandiers, une petite fille qui, grâce aux animaux, apprend à jouer à cache-cache. Il y a de très longues nuits pendant lesquelles le père console la fillette en dessinant des constellations et en racontant des histoires tandis que la mère ébauche des délires théoriques. C'est une histoire d'expectatives et de désillusions qui culmine le jour où, après avoir gravi une montagne énorme, les pèlerins voient apparaître devant eux une ville imprévue. Et, dans cette ville, il y a un petit garçon qui dit avoir rêvé la fin des temps, l'arrivée des feux et la restauration d'un temps nouveau. Il y a une longue attente prophétique, une sorte de période d'avènement précédant l'événement sacré. Il y a un homme qui comprend la farce mais décide de ne pas abandonner son épouse, croyant qu'après la désillusion viendra la raison. Toutefois dans cette histoire messianique, le jour indiqué arrive et il ne se passe rien. À la déception de Toledano, pas même à ce moment-là, son épouse ne recouvre la raison. En revanche, elle lui demande – en faisant un geste dont il se souviendra toute sa vie – de prendre en photo la petite fille à côté du petit voyant. Dans l'histoire, il y a une photographie finale et c'est cette photo absente qui rend compte de l'absurdité du voyage, de l'innocence de l'époque et de l'intempérie qui viendrait. Après l'avoir prise, Yoav Toledano décide de quitter la ville. Il laisse la fillette dans un petit hôpital de province, l'embrasse et promet de revenir la voir au plus tard dans un mois.

Ce même après-midi, se remémorant l'image de la fillette malade, Yoav Toledano se dit qu'il est temps de partir. Se souvenant du personnage de Nadar qui l'avait tant tenté dans ses premières années, il se dit qu'un seul métier conviendrait à un homme qui a vu ce que lui a vu : photographe de mines. Se souvenant de l'anecdote de Nadar perdu dans les catacombes de Paris, il se dit qu'il n'y a que là, dans le sous-sol, qu'il découvrira le lieu adéquat où enterrer son secret. Il trouve, dans la bibliothèque de l'école primaire d'un village à la lisière de la forêt, un atlas dans lequel, au bout de quelques heures d'exploration, il localise un petit village minier. Trois jours plus tard, l'employée du bureau de poste du village le voit entrer avec deux valises et un sac bourré de ce qui semble être de vieux appareils photo. Il est beau et grand, pense-t-elle, il a l'aura d'un gentleman anglais et le regard perdu de ces étrangers qui, ayant tout vu, se contentent un jour de s'enterrer dans leur petit terroir. Ce même après-midi, après avoir demandé qu'on lui indique un hôtel proche, on le voit parler avec la veuve de Marlowe. Deux jours plus tard, quand le maire va le chercher pour connaître ses intentions, il ne trouve dans la maison qu'une série de vieux appareils sur une table en bois. Yoav Toledano se dirige déjà vers le bas du village, cherchant désespérément cet oubli qu'il trouvera deux ans plus tard, quand il lira pour la première fois dans le journal local un article sur l'apparition des premières fumées.

9

Entre des coups aux échecs, sans changer de rythme ni de ton, avec la monotonie du résigné, il me raconte tout : le car qui finit par les déposer à la lisière de la forêt, la maladie de la fillette, la terrible fascination de la mère. Il me raconte tout comme si je ne savais rien : les nuits d'insomnie interminables, les journées passées à traverser la forêt à pied, les bruits et les rêves, jusqu'à en arriver à cet instant lumineux où on lui demande de prendre une photo et lui, à l'instant précis où il presse sur le bouton de l'obturateur, qui comprend qu'il ne sera plus jamais le même. Il me raconte tout puis crie échec et mat, comme si la partie s'achevait avec l'histoire. Ensuite, sans paraître le moins du monde consterné par sa confession apparente, il se lève, dit qu'il n'y a pas assez de bière et que le supermarché ferme tôt. Il le dit, monte dans sa vieille jeep verdâtre et descend vers le bas du village sans même me demander si je veux l'accompagner.

Ce n'est qu'alors, l'histoire terminée, sachant que mon temps en ces lieux touche à sa fin, que je range le roman dans le sac à dos que j'ai apporté, le pose à côté de moi et me risque pour la première fois à pénétrer dans le monde privé du vieux. À petits pas, avec le poids du regard des chiens sur mes épaules, je m'enfonce dans ce garage sentant la sciure et la bière, conscient que je n'appartiens pas à ce lieu. Vieux journaux, canettes de bière, anciens outils et quelques cages vides. Ce n'est qu'alors, juste au moment où je laisse dans mon sillage le chant des canaris, que je les vois. Plus de vingt maquettes, toutes identiques, toutes différentes. Des maquettes qui semblent représenter une petite ville en forme de quincunx. *Des maquettes identiques que le vieux a tenté d'effacer de façons différentes peut-être, comme s'il s'agissait de comprendre l'oubli. L'un des chiens lèche ma main et moi, je bondis d'effroi. C'est peut-être pourquoi je ne m'arrête pas. Je continue jusqu'au bout du garage, plus par peur que pour autre chose, jusqu'à ce que je me retrouve devant une porte que je ne tarde pas à ouvrir. C'est alors que je les vois. Parfaitement disposés sur un vieux meuble, plus de cent appareils anciens. Une collection de toutes sortes d'appareils : du Polaroid Pathfinder avec lequel il dit être parti de Haïfa au Nikon F avec lequel Larry Burrows a photographié le Vietnam. Un énorme défilé d'appareils sur lequel l'histoire de la photographie s'entasse comme un dépotoir de marques : les Canon alternent avec les Nikon pour ensuite céder la place aux Olympus et reprendre au début, aux Polaroid avec lesquels Toledano a commencé cette carrière de photographe qui semble, aujourd'hui, prendre fin dans un village vide. Entre les appareils, dispersés dans les tiroirs entrouverts, des milliers de photos se montrent à moitié. Toute sorte de photos. Des photos de mode que le vieux a dû prendre pendant ses années new-yorkaises, de natures mortes peut-être prises lors de ses premiers essais, des photos d'une forêt touffue qui est peut-être celle dont il vient de me parler. L'idée m'enthousiasme. Penser que parmi ces milliers de photos se trouve celle qui rend compte de l'histoire telle que vient de me la raconter Toledano m'intrigue. Pour ma part, j'enquête. Je cherche dans les milliers de photos celle qui représente le minuscule visage qu'avait alors Giovanna, sa confusion et son ressentiment. Celle qui montre Giovanna perdue en pleine forêt, prisonnière de l'hallucinante passion de ses parents. Celle qui la représente comme moi je l'ai connue – timide, lointaine et fragile –, mais je ne trouve qu'un défilé de visages impavides, un enchevêtrement de regards lointains et froids qui refusent en retour de me regarder.*

NOTES POSTHUMES
(Lettre de Giovanna Luxembourg jamais envoyée)

Je suis fatiguée. Fatiguée de testaments, de docteurs et de tant de paperasse funèbre qui ne me renvoie que l'image de ma pauvre mort. Peut-être est-ce pour cette raison que dans mes rares moments de liberté, je m'enferme dans mon studio, où personne n'ose me déranger, et prépare les papiers que je pense, un jour, t'envoyer. Je ne le dis à personne et je viens ici donner à manger aux poissons, écouter une musique pâle comme la nuit et ranger les archives. Il y a là notre projet tel que nous l'avions imaginé il y a des années, se reflétant dans un avenir dont je ne ferai plus partie. Ce sera ton petit héritage. Mais dis-moi, qu'est-ce qu'un héritage ? Moi, qui me suis crue orpheline, qui ai changé de nom pour perdre une famille dont je ne comprenais pas l'histoire, aujourd'hui je retourne inévitablement à elle. Je ne te l'ai jamais dit, mais la nuit où tu es venu à la maison et que tu as vu l'enveloppe médicale sur la table, un homme venait juste de me raconter que quelque chose en moi était disposé à me trahir. Ce soir-là, j'ai préféré ne pas te le raconter, même quand j'ai vu la façon avec laquelle tu regardais l'enveloppe et avec laquelle ton visage trahissait ta découverte. J'ai préféré ne pas te raconter ce que j'avais appris ce même soir : l'histoire de la mutation génétique, le mal qui petit à petit commençait à me ronger, la longue stèle qui approchait. Moi, qui m'étais crue orpheline, qui ai changé de nom pour perdre une famille dont je ne comprenais pas l'histoire, je n'ai pas voulu te raconter que l'héritage revenait sous la forme d'un gène qui mutait, se transformait en autre chose, en quelque chose de mortel qui, à présent, semblait décidé à m'annihiler. Ironies de la vie. L'héritage, m'étais-je dit alors, était une maladie incurable qui, un jour, nous laisserait terriblement fatigués, observant un tas de papiers dans lesquels s'ébauchait un projet incomplet. Cette nuit, quand tu es sorti, j'ai repensé à mes parents et commencé à organiser ce projet posthume dont tu fais maintenant partie. Personne ne choisit son héritage. Plus d'une fois, j'ai pensé tout te raconter: laisser les pièces bien à leur place, le puzzle complet, l'intrigue résolue. Puis j'ai compris qu'ainsi, tu n'arriverais jamais à me connaître telle que je suis. Tu perdrais de vue mon histoire si je ne t'obligeais pas à la revivre, tout comme j'avais perdu cet héritage dont la résonance à présent m'envahissait de l'intérieur, transformant mon corps en autre chose, en un énorme théâtre pour la mort. Peut-être est-ce pourquoi, fatiguée comme je le suis, je m'assieds ici pour écrire cette lettre dont je comprends fort bien que je ne te l'enverrai jamais, consciente que le mieux est toujours de laisser l'image à moitié dévoilée. Comme cette dernière nuit où tu es venu à la maison et que je n'ai pas voulu te parler. Nous nous sommes contentés de faire un puzzle d'un ennui mortel et, à mi-chemin, à cause de la peine que cela me faisait de te dire au revoir, j'ai fait semblant de dormir. Et je t'ai vu batailler avec les pièces, conscient que tu n'y trouverais pas l'image que tu cherchais, mais simplement l'ennui d'un lac parsemé de fleurs. Cette nuit, j'ai su que tu saurais comment transmettre ton héritage, exactement comme moi j'avais bataillé pour transmettre le mien. Cet héritage qui, aujourd'hui, me force à signer des documents testamentaires avec un nom qui n'est même pas le vrai, consciente que mon corps mute et me trahit. Consciente que cette lettre ne te parviendra pas non plus et que, d'une certaine manière, ce sera toi qui devras en deviner le contenu. L'héritage, c'est un peu cela: une lettre écrite du passé qui n'accède jamais au présent. Et ta tâche est de reconstruire cette conversation absente.

TROISIÈME PARTIE

L'art en procès (2008)

« Si la rumeur assaille un lieu au moment précis de son histoire, si elle réussit à donner un caractère concret à une peur ou à une expectative, ce n'est qu'alors qu'elle réussit à croître. Elle ne commence à circuler que si elle touche un nerf. »

Francis ALŸS

1

Tancredo me passa la coupure de journal dans un bar de New Brunswick, un soir de l'automne 2008, juste au moment où la crise financière commençait à devenir un sujet de conversation. À la une, apparaissaient deux photos. La première, celle d'une femme déjà âgée, de près de soixante-dix ans, entièrement vêtue de noir. Pull foncé à col roulé, visage solennel et peu de rides. Malgré son âge, son visage affichait une certaine élégance intemporelle, une beauté qui semblait se répéter dans la photo suivante, où apparaissait une *top model* en maillot une pièce, selon la mode nord-américaine des années 1960. Je reconnus immédiatement le visage, mais décidai de ne laisser paraître aucune émotion. Je notai en revanche les similitudes entre les photos, la façon dont un visage changeait au fil des années, traversait un demi-siècle puis ressurgissait, désormais marqué par le passage du temps. Plus haut, comme manchette, une courte phrase complétait l'information : « *Missing Ex-Model Found Alive, Accused of Multiple Crimes.* »

L'article n'occupait qu'une demi-page. Il commençait par évoquer l'étrange disparition en 1977 de la célèbre actrice et *top model* américaine Virginia McCallister, pour ensuite lâcher le scoop : trente ans plus tard, elle venait d'être découverte par les autorités, qui l'accusaient d'être coupable de plus de cinq cents intrusions dans la bourse des valeurs, des crimes que, selon les autorités, l'ex-*top model* avait perpétrés depuis le début des années 1980 jusqu'à son arrestation en début de mois. Pendant ces trente années de supposée disparition, alors que les autorités essayaient de retrouver sa trace et celle de son époux également disparu, le photographe, Yoav Toledano, McCallister s'était employée à produire plus de trois mille faux événements, dont les répercussions dans les médias avaient fait perdre à la bourse des valeurs des millions de dollars. Trois mille événements qui n'eurent jamais lieu, mais que l'actrice, dissimulée sous une série de pseudonymes, avait réussi à faire circuler dans les médias, parvenant dans certains cas à infléchir les tendances du marché.

Le plus intéressant, toutefois, arrivait ensuite.

Quand on lui avait demandé si elle plaidait coupable, l'accusée avait répondu qu'elle ne se sentait coupable de rien, précisément parce qu'elle considérait que tout était partie intégrante de son œuvre artistique et que l'art, comme on le sait depuis les Grecs, est un régime souverain qui se place bien au-delà du bien et du mal, bien au-delà de la morale et des lois. Elle, souligna-t-elle, n'avait tiré aucun bénéfice financier de ces petites incartades. Pour étayer cette défense préliminaire, elle avait décidé de faire référence à une œuvre concrète : *Happening pour un sanglier défunt* produite en 1966 par les artistes argentins Raúl Escari, Roberto Jacoby et Eduardo Costa, qui étaient parvenus à faire en sorte que les médias de masse relayent un événement qui n'avait jamais eu lieu, un faux reportage de ce qu'il aurait pu être, bien que n'ayant jamais existé. Si c'était de l'art, avait argué McCallister, ce qu'elle faisait en était aussi.

Je passai l'après-midi à lire des choses à propos des folies d'Escari, de Jacoby et de Costa. J'essayai d'éviter à tout prix de penser à Giovanna, à Virginia McCallister, à l'histoire que venait de me raconter un vieil homme dans un village minier. Sur Internet, je tombai sur un manifeste dans lequel les trois artistes appelaient à imaginer un art nouveau fondé sur la façon dont la société de masses produisait du sens en faisant circuler de l'information. Un événement, disaient-ils, n'est plus simplement le fait lui-même, mais l'image que les médias en donnent. Il s'agissait de montrer au monde qu'un fait inexistant pouvait parfaitement exister si les médias le souhaitaient. L'idée me plut. Je me remémorai la vieille dame qui, dans un bar de Manhattan, en plein petit matin, se mettait à lire de vieux journaux en me disant que je trouvais tout cela très beau : inonder la réalité de petites fictions, interrompre le monde par de petits mensonges que, quelques jours plus tard, une dame insomniaque lirait dans un bar libanais. Il me vint à l'esprit que l'histoire universelle était peut-être quelque chose de ce genre : un grand mensonge que les historiens avaient tramé contre nous, tissant de petites incartades. Un grand mensonge dont nous nous réveillerions trop tard.

Deux jours après, Tancredo m'appela. L'article initial qu'il m'avait passé, peut-être écrit par le journaliste avec un enthousiasme hâtif, omettait un détail fondamental. Le journaliste avait oublié de mentionner les lieux des faits, une donnée qui, bien qu'insignifiante pour beaucoup, prenait un tour particulier pour moi. Virginia McCallister avait été arrêtée par les autorités dans une grande tour abandonnée des environs de San Juan de Porto Rico. Elle y vivait aux côtés de cinq cents familles pauvres qui, dès l'abandon de la structure par les constructeurs au début de la décennie, avaient décidé de transformer par leurs propres moyens cette tour en lieu de résidence. D'après ce que m'avait raconté Tancredo, l'histoire de la tour était aussi folle que celle des crimes de l'artiste. La construction commandée par un milliardaire russe au début de la décennie avait été arrêtée en raison des pratiques frauduleuses de l'individu, et le bâtiment était tombé aux mains d'une série de banques et d'investisseurs étrangers. À cette époque, la tour avait déjà plus de vingt-cinq étages. Incapables de décider quoi faire de cette immense structure à moitié construite, les investisseurs avaient opté pour abandonner le projet dans l'attente d'une meilleure idée. Dans l'année, quand ils reçurent la première lettre se plaignant des occupations illégales, ils ne pouvaient plus faire grand-chose : cela faisait déjà des mois que plus de cent familles pauvres occupaient l'endroit, y construisant d'impressionnants appartements avec des salles de bains et des cloisons, des cuisines et des salles de séjour. En l'absence d'ascenseurs, ils avaient même mis en place un système de motocyclettes afin de pouvoir monter dans les différents étages. Ils préférèrent alors laisser passer le temps. Deux ans plus tard, quand le gouvernement essaya de régler le problème, ils ne purent même pas entrer. C'était déjà une véritable ville : caves, salons de coiffure, cabinets dentaires, garderies, épiceries de produits de première nécessité, points de vente de drogues et même un bordel. Une petite ville construite sur les ruines de cette immense tour.

Quand ils l'attrapèrent, il y avait déjà presque sept ans que Virginia McCallister habitait dans la tour parmi des centaines de familles qui devaient probablement la regarder d'un œil méfiant. Selon ce qu'expliquait ce deuxième article que me passa Tancredo, publié dans un journal local trois jours après l'arrestation, elle avait été dénoncée par une voisine. Cette dernière était venue un jour frapper à la porte pour discuter d'un problème interne à la communauté et, voyant la maison vide, elle était entrée pour finalement se retrouver devant un panneau de liège bourré de coupures de journaux qui lui évoquèrent les séries de détectives qu'elle avait l'habitude de regarder quand elle était enfant. La première chose qu'elle pensa fut qu'il devait s'agir d'une infiltrée, d'une policière sous couverture envoyée par le gouvernement pour glaner des informations sur les habitants de la tour. Regardant les coupures de plus près, elle comprit qu'il s'agissait d'autre chose : ce n'étaient pas des notes sur les habitants, ni même sur les informations locales, mais quelque chose de complètement différent. Des dizaines d'articles de presse sur des affaires à la dimension globale, dans lesquelles la femme semblait être intervenue minutieusement. Elle se persuada que cette femme étrange, avec ses grands airs arrogants et ses tenues sombres, ne pouvait pas être une espionne. Trop évident, trop clair : les espions n'étaient pas des *gringos* et ne portaient pas de vêtements de luxe. Aussi se présenta-t-elle dans la semaine à la gendarmerie pour la dénoncer. Quand on lui demanda sur quoi ses soupçons étaient fondés, elle se contenta de dire qu'elle ne savait pas, mais qu'elle sentait que cette femme trafiquait quelque chose de louche. Entendant les rires du policier, elle lança un ultimatum : « Vous pouvez rire, monsieur, mais cette *gringa* a des panneaux bourrés d'articles dans sa chambre, des centaines de carnets partout. Vous riez, mais il y a là anguille sous roche... » À ces mots, elle sortit aussitôt. Puis, quand l'ennui le conduisit à se remémorer la scène, le policier pensa que suivre cette piste pourrait au moins lui servir de prétexte afin de pénétrer dans le monde labyrinthique de la tour. Cinq heures plus tard, lorsqu'il entra avec son collègue dans le bâtiment, il fut ébloui par un monde apparemment régi par ses propres lois, conçu à sa propre échelle comme si quelque peintre bohème, drogué et pauvre l'avait rêvé par un après-midi magnifique. Comme dans un rêve futuriste, tout y était, jusqu'à la pauvreté elle-même, dépeinte sur le visage d'un vagabond rencontré près de l'entrée. Un petit gardien les reçut, un homme à la moustache poivre et sel qui, les voyant, éteignit un vieux poste de télévision qui diffusait une course de chevaux et leur demanda les papiers réglementaires justifiant leur visite. Ils le rassurèrent en mentionnant les soupçons de la voisine. « Oui, cette vieille est très bizarre. Elle est arrivée un Nouvel An, s'est installée avec des dizaines d'ordinateurs et, depuis, on ne la voit presque jamais. Je crois qu'elle est plus cramée qu'une chèvre », se contenta-t-il de dire. Dix minutes plus tard, après un voyage en motocyclette à travers les labyrinthes biscornus de cette étrange tour, ils se retrouvèrent devant une porte entièrement peinte en noir. Au troisième coup, Virginia McCallister répondit sans la moindre frayeur.

Ils l'appelaient « *la gringa* ». Elle était arrivée le 15 janvier 2001, quand dans la tour vivaient à peine cent vagabonds, des dizaines d'héroïnomanes et quinze familles dans une pauvreté extrême. Elle s'était présentée, un jour, avec deux hommes et, au bout de deux semaines, ils avaient réussi à se bâtir une habitation privée, un espace que les habitants ne purent apercevoir que le jour où deux policiers frappèrent à sa porte. Puis les hommes s'en allèrent et elle, elle resta, vivant dans la tour mais recluse dans une cuirasse que personne ne réussit à briser avant le jour où ces deux policiers frappèrent trois fois à sa porte et qu'elle ouvrit, disposée à tout raconter. Il suffit que l'un d'eux, une fois à l'intérieur, l'interroge sur les coupures qui décoraient le mur pour qu'elle raconte tout : elle raconta qu'elle était artiste et que ses œuvres tournaient autour des moyens de communication. Quand elle comprit que les deux policiers la prenaient pour une folle, elle s'étendit sur le sujet. Elle raconta, le regard toujours posé sur une petite tasse de thé qu'elle s'était servie mais qu'elle ne buvait pas, que son art était politique, s'inspirant de celui d'Escari, de Jacoby et de Costa, trois artistes argentins, qui avaient orchestré un événement là où il n'y avait rien. Elle, d'après ce qu'elle dit, inventait de fausses informations pour ensuite les glisser parmi les vraies. Elle mentionna trois faits médiatiques que les deux policiers ignoraient et, remarquant le regard perdu de ses deux interlocuteurs qui tournaient encore autour du pot, poursuivit son monologue. Elle répéta les noms d'Escari, de Jacoby et de Costa, puis évoqua le seul détail qui réussit à retenir l'attention des policiers : elle expliqua, comme en passant, comme si ce n'était pas là l'essentiel, que ses interventions avaient coûté plus de cent millions de dollars à la bourse des valeurs. Elle termina par un exemple : elle raconta l'étrange histoire d'une montagne en pleine forêt, comment un petit garçon disait y avoir vu des choses hors du commun, des images sacrées. Elle cita quelques noms, dont celui de l'enfant, et expliqua comment dans cette montagne des centaines d'étrangers venaient lui rendre hommage. Elle raconta comment dans sa fausse dépêche il suffisait de faire le lien entre cette histoire ancienne et un événement contemporain pour perturber les marchés. Il suffisait de dire, par exemple, que parmi les pèlerins présents dans cette montagne, durant le dernier mois de l'année 1977, se trouvait l'actuel vice-président d'une puissante entreprise pour réussir un détournement. Elle raconta tout avec une élégance totale, une grâce venue de loin, et les deux policiers ne purent que penser qu'il s'agissait d'une vieille femme très sophistiquée mais folle, folle à lier. Elle raconta tout très rapidement, sans s'arrêter, comme si chaque mot la soulageait d'un poids très ancien, comme si elle avait très longtemps attendu que quelqu'un vienne lui demander en quoi consistait ce qu'elle faisait. Elle finit par les renvoyer sous le prétexte qu'elle devait reprendre son travail. Il devait être près de deux heures de l'après-midi quand les policiers quittèrent la tour en riant des folies qu'ils venaient d'entendre.

Tancredo se chargea de compléter les détails de son arrestation. Il téléphona à l'auteur de ce deuxième article et apprit ainsi le reste de l'histoire. Il sut comment cette même nuit l'un des policiers, incapable de dormir, avait longuement réfléchi à l'étrange scène à laquelle il avait assisté dans l'après-midi et tout particulièrement à l'image d'un livre qu'il avait aperçu en sortant : un ouvrage volumineux sur la couverture duquel apparaissait une très vieille photographie d'une *top model* qui avait le même visage régulier et pointu que la vieille qui, juste quelques minutes plus tôt, venait de leur raconter un tas de folies. Le titre lui revint : *Virginia McCallister, 1955-1975*. Avec étonnement, il repensa au nom que la vieille leur avait donné en prenant congé : Viviana Luxembourg. Quelque chose ne collait pas. Plus par insomnie et ennui que par intérêt, il se leva et, sur l'ordinateur, chercha le nom : Virginia McCallister. C'est alors qu'il vit des dizaines de photographies de celle qui était indéniablement la même personne que celle avec qui ils avaient discuté quelques heures plus tôt, photos dans toutes les poses, en costumes de bain et robes de soirée, aux côtés de célébrités et de personnages politiques. Une belle femme, aux longues jambes et au visage allongé, ce même visage que, de toute évidence, il venait de voir ce même jour tenir un discours hallucinant.

Il chercha alors des renseignements sur Viviana Luxembourg. Il en trouva très peu. À vrai dire, presque rien. Juste quelques allusions à des personnes qui n'étaient manifestement pas la dame avec qui ils avaient discuté quelques heures plus tôt. Il retourna à sa recherche antérieure, aux images de Virginia McCallister. Puis il passa aux dépêches. Il tomba sur le détail qui le maintiendrait éveillé jusque tard dans la matinée : une série d'articles commentant la disparition en 1977 de Virginia McCallister et de son époux, le photographe israélien Yoav Toledano.

De deux à cinq heures du matin, pris d'une curiosité qui ne fit qu'aggraver son insomnie, le sergent Alexis Burgos lut toutes les nouvelles qu'il put trouver sur la disparition, survenue pendant l'hiver 1977, de Virginia McCallister. Le 23 novembre 1977, la famille – composée de son époux, le photographe israélien Yoav Toledano, et de Carolyn, leur fille à tous les deux – prit un vol à l'aéroport John F. Kennedy à New York à destination de San José de Costa Rica. Le billet fixait leur retour au 2 décembre. Quand dix jours plus tard, l'agent de Virginia téléphona à son domicile, il fut étonné de ne pas avoir de réponse. Il essaya de nouveau sans succès le lendemain, et décida de leur rendre visite. Il trouva la porte ouverte, la maison vide, le chien hostile et affamé. Il pensa alors que la famille avait prolongé son séjour mais qu'elle reviendrait sûrement vite. Il revint tous les jours de la semaine. Tous les jours la même chose : frapper à la porte, attendre la réponse qui n'arrivait jamais, puis entrer. Chaque jour de cette semaine, il se contenta de constater que personne n'était revenu. Le dixième jour, comme il en avait déjà pris l'habitude, il donna à manger au chien. Puis, lassé d'attendre, il décrocha le combiné du téléphone et appela la police. Deux jours plus tard, n'ayant de réponse ni de la police ni des proches, la presse publia le premier article : « *Virginia McCallister and Family, Missing* ». Illustré d'une photo de la famille où ils apparaissaient tous les trois – la mère, le père et la fillette – dans quelque gala new-yorkais. Enveloppé par la touffeur de la matinée, en voyant la photo, le sergent pensa qu'il s'agissait très certainement d'une famille modèle : belle, chaleureuse, réussie. Lui, en revanche, n'avait personne. Il chercha d'autres renseignements pour se distraire. Ceux qu'il trouva l'aidèrent à compléter l'histoire. Après cet article initial publié dans un journal new-yorkais, la presse se précipita sur l'affaire. Les mois suivants furent publiés des dizaines d'articles dans tous les principaux médias. On parla de la proximité du couple avec les groupes de la gauche latino-américaine, des inclinations de la *top model* pour l'ésotérisme au cours des dernières années, et des photos du couple aux côtés de personnalités politiques furent révélées. On parla même de choses horribles, d'un éventuel suicide, de l'addiction aux drogues de Toledano, de la possibilité que le couple eût été, pendant tout ce temps, des espions pour le gouvernement de Castro. La presse trouvait cette éventualité particulièrement séduisante car Virginia McCallister, bien que descendante par la branche paternelle des McCallister écossais, avait de l'illustre sang yankee dans les veines. Sa mère, Catherine Sherman, disait être l'arrière-arrière-petite-fille de l'infâme général William Tecumseh Sherman, le fameux général de l'Union dont la célèbre et guère miséricordieuse Marche vers la mer avait offert la victoire à Abraham Lincoln. Qu'une descendante de Sherman fût une espionne cubaine leur paraissait si exotique qu'un vieux sénateur républicain, encore humilié par la débâcle de la Baie des Cochons, en vint à tenir le gouvernement cubain pour responsable de leur disparition. Face à la querelle, un vice-ministre cubain vêtu d'une impeccable *guayabera* se contenta de dire qu'ils déploraient la disparition, mais que l'accusation était complètement fausse. Puis, au fil du temps, l'affaire se tassa, comme tout se tasse dans le monde des médias. Juste quelques sporadiques mentions de fausses découvertes, des gens qui disaient les avoir vus au Brésil, au Pérou, n'importe où. Alexis Burgos parcourut tout cela et l'image qui resta gravée dans son esprit ne fut pas celle qu'il avait vue l'après-midi même, mais celle, brisée, de la petite fille qu'il avait vue sur la première photo : une fillette fragile, pâle et timide, qui semblait se cacher derrière les longues jambes de sa mère. Une petite fille comme une autre qui, par un matin d'hiver, était partie en voyage sans savoir ce qui l'attendait. Il passa des heures à penser à cette enfant, jusqu'à ce que l'image de la mère soudain surgisse telle qu'il l'avait vue l'après-midi même : hautaine, décidée, belle malgré les années. Il éprouva une étrange sensation d'orgueil en pensant que, parmi tous les lieux possibles, Virginia McCallister avait décidé de se cacher dans sa petite île à lui. À six heures du matin, il s'écroula de sommeil.

Le lendemain, baignant dans le confus tourbillon d'émotions que tant d'informations produisaient en lui, il sentit une étrange immobilité l'envahir. Il ne savait pas comment procéder. Pour la première fois depuis des années, il sentit que le cas qu'il avait devant lui était un peu différent, moins une affaire policière que quelque chose de plus. Il pensa retourner à la tour et affronter la vieille, mais cela lui paraissait impossible. Elle s'échapperait sans rien dire. Abattu, incapable d'identifier ce qui le troublait tant, il se contenta de décrocher son téléphone et d'appeler le seul nom qui lui semblait pertinent : Danny Limes, un *gringo* qui travaillait pour le FBI, dont il avait fait la connaissance en jouant au billard dans un petit bar mal famé de Santurce. Cinq jours plus tard, cinq agents pénétraient dans la tour, disposés à arrêter la femme qui disait être Viviana Luxembourg. Ils la trouvèrent assise devant le panneau de liège, le visage paisible et accueillant, comme si elle les attendait depuis des années.

La première chose qui les surprit fut l'ordre total qui régnait dans la pièce. Tout en elle semblait destiné à être répertorié et archivé, tout semblait avoir été prédisposé pour le regard précis de la police. Le panneau de liège sur lequel étaient fixés dans un parfait désordre des dizaines d'articles de presse, le lit fait au carré, puis sur une douzaine de rayonnages impeccablement rangés, les cahiers. Plus de deux cents cahiers, deux cent quarante-sept pour être exact – tous identiques, tous numérotés –, remplis de notations que les agents examinèrent sans y comprendre grand-chose, mais qu'au bout de deux jours, une spécialiste identifierait comme deux projets distincts.

Le premier, composé de cent soixante-quatorze cahiers, s'intitulait *L'Art en procès* et explorait une série d'affaires dans lesquelles l'art avait été porté devant les tribunaux. L'écriture était fragile mais hautaine, on y détaillait plus de cinq cents cas de différents artistes qui avaient été traduits en justice. On passait du procès datant de la Renaissance contre Paolo Véronèse à celui contre Constantin Brancusi, du procès contre Benjamin Vandergucht au fameux procès Whistler vs. Ruskin. Il ne s'agissait cependant pas d'un livre proprement dit. Plutôt d'un grand recueil de cas dans lesquels l'auteur, une femme, s'était contenté d'ébaucher dans les marges quelques notations théoriques. Le second projet, esquissé à l'encre rouge sur les soixante-treize cahiers restants, s'intitulait *Le Grand Sud* et traçait une théorie eschatologique de l'histoire de l'anarchisme millénariste. Il s'agissait de nouveau, selon la spécialiste, d'une série de cas isolés auxquels l'autrice apportait une conclusion féroce et arbitraire : l'apocalypse viendrait du sud et son signe serait une grande vague de feux. Outre les cahiers, les policiers saisirent des centaines de coupures de presse, deux journaux vides et une demi-douzaine d'ordinateurs. Ils ne trouvèrent pas grand-chose. Quelques heures auparavant, quelqu'un semblait avoir irrémédiablement effacé les disques durs. Ils ne trouvèrent pas non plus le catalogue de mode mentionné par le sergent Burgos ni aucune autre allusion à Virginia McCallister. Chacun des deux cent quarante-sept cahiers, de la marque Profile, était signé à la première page du nom de Viviana Luxembourg.

2

Ce même après-midi, vêtue d'un impeccable tailleur noir, l'accusée fut emmenée dans un centre correctionnel des environs de San Juan. Là, une policière lui tendit une combinaison couleur crème et lui demanda de se changer. En sortant du vestiaire, elle n'était plus habillée en noir. Pour la première fois depuis des années, les tons sombres avaient cédé la place à une tenue plus simple, plus proche encore de cet anonymat qu'elle semblait avoir recherché pendant des années. Au milieu de la rumeur des standardistes et de certaines recluses, on nota les renseignements exigés, prit les empreintes digitales, les photos réglementaires, les premières déclarations. Elle se contenta de répondre par les mots justes, sur le ton monotone d'une indifférence calculée, clamant son innocence comme elle l'avait fait en première instance, prétendant que tout faisait partie d'un grand projet artistique dont elle exposerait au besoin la logique.

Puis elle demanda à s'entretenir en tête à tête avec son avocat. On ne sait pas grand-chose de cet étrange entretien. Ce que l'on sait, en revanche, c'est qu'ils parlèrent pendant des heures à la fin desquelles l'avocat, un garçon extrêmement jeune et nerveux, portant des lunettes à monture en écaille, demanda l'accès aux deux cent quarante-sept cahiers que la police avait trouvés dans l'appartement de l'accusée. Il passa l'après-midi plongé dans les cahiers, cherchant la clé secrète qu'elle disait y avoir laissée, essayant de comprendre pourquoi il avait la malchance de tomber pour sa troisième affaire seulement sur une *gringa* folle. Dans les cahiers, il trouva une note marginale qui le convainquit de sa folie. Le fragment, écrit à l'encre rouge et daté de deux semaines auparavant, disait :

> Tout art mène au procès. Il n'y a pas d'art sans procès pas plus que de sport sans public. L'artiste se présente devant le jury et tente de démontrer que les catégories logiques selon lesquelles celui-ci fonctionne ne sont pas suffisantes. Tout art mène au procès, tout art véritable tente de démontrer que la loi est vieillotte, insuffisante, limitée.

Sans aucun doute, pensa le garçon, cette femme semblait certaine que, pour elle, la seule issue était d'affronter la justice. Immergé dans les folies théoriques des cahiers, entre de petits dessins de villes circulaires et des équations mathématiques, il se convainquit que cette femme avait mis en scène le motif de son arrestation, comme elle le faisait désormais pour sa défense. Il sortit à cinq heures, persuadé qu'il était logique de plaider la folie.

Quand trois jours plus tard, le sergent Alexis Burgos reconnut le visage de l'accusée dans le journal, il songea qu'il était étrange de la voir ainsi, habillée en recluse. Il se souvint de la façon si particulière, farfelue mais élégante, qu'avait eu l'accusée d'expliquer son art à peine une semaine plus tôt, et eut la sensation de s'être peut-être trompé. Cette dame n'appartenait pas à ce monde. Elle ne pourrait pas survivre à la prison. Il ne pensa pas non plus, étonné, que sa place était dans un asile de vieillards. Cet après-midi-là, accablé par un étrange sentiment de culpabilité, convaincu que cette femme ne méritait pas la prison, il retourna à la tour. Habillé en civil, il retourna à la structure et y marcha, tentant de comprendre ce qui avait conduit cette femme à choisir cette étrange résidence. Il marcha dans les étages de la tour dans un anonymat qui éveilla en lui une joie inattendue. Il croisa des familles entières qui y vivaient, des garçons jouant au basket, des téléviseurs, des restaurants et des salons de coiffure puis, à la lisière de tout cela, deux dames âgées qui se balançaient. Il décida qu'elles devaient être les meilleurs témoins de ce qui s'y passait. Il s'approcha d'elles et, profitant d'un commentaire fortuit, il engagea la conversation. Quelques minutes plus tard, la confiance établie, il posa la question qui le taraudait :

« Dites, et cette *gringa* qu'ils ont attrapée ? »

Les vieilles le regardèrent d'un air méfiant et lui demandèrent s'il était journaliste. Selon elles, depuis l'incident, les journalistes menaçaient de prendre le contrôle de la tour. Quand il répondit qu'il n'en était pas un, ils reprirent la conversation. Elles racontèrent que tous laissaient agir la *gringa* à sa guise, presque comme si elle n'existait pas ou qu'il s'agissait d'un fantôme. Accord tacite : elle ne leur adressait pas la parole et réciproquement. Personne, à l'exception d'une seule personne, Miguel Rivera, un garçon renfermé et à demi-autiste qui, d'après elles, l'aidait à faire ses courses et passait parfois des heures dans son appartement. Puis elles rirent, de l'un de ces rires capricieux qui laissent entendre que derrière l'anecdote, se cache un potin. Le sergent se contenta d'en prendre note.

Miguel Rivera vivait seul dans un appartement du vingt-septième étage, le dernier de la tour. On l'appelait Le Bègue, parce qu'il bégayait. On disait qu'il s'était installé dans la tour après la mort de ses parents et que, en guerre contre le monde entier, désireux de se couper de tout, il avait décidé de s'établir dans un endroit où personne ne pourrait le rencontrer. Il avait presque réussi. Les motocyclettes qui servaient aux gens d'ascenseur ne montaient qu'au quinzième étage. Après il fallait marcher. Peu se donnaient la peine de le faire jusqu'au vingt-septième étage. Comme le vérifia fort bien le sergent Burgos cet après-midi-là, ce n'était pas une tâche facile. Quand, au bout de vingt-cinq minutes, il arriva à l'étage du garçon, il suait comme un porc et avait l'impression d'avoir vu l'enfer : des dizaines d'héroïnomanes occupaient les étages supérieurs et, entre eux, couraillait une foule d'enfants. Il fut étonné de trouver dans ces étages des affiches politiques inaccessibles et des pancartes, mais il se dit que la politique de l'île était un peu ainsi : une affiche perdue entre des décombres et des seringues. Il frappa cinq fois et, comme personne ne répondait, il se sentit bête. Il avait grimpé douze étages à pied pour rien. Il s'apprêtait à repartir quand il entendit la porte s'ouvrir dans son dos et, se retournant, il tomba sur la silhouette rachitique d'un garçon qui l'interpellait d'une voix faible et saccadée. Un garçon maigre et pâle, sur le visage de qui il n'y avait toutefois ni traces d'addiction ni de démence, sinon les marques d'une insomnie prolongée. Il avait la peau tatouée à un point inouï de petits signes dont il ne sut déchiffrer les formes sinueuses, mais qui semblaient s'étendre sur son corps comme un énorme liseron calligraphique jusqu'à envahir son visage. Le voyant de face, Burgos se dit que le garçon ne devait pas avoir plus de vingt ans mais paraissait en avoir déjà vécu soixante.

Très souvent, dans son travail de policier, le sergent Burgos avait été témoin de la façon dont la drogue et l'alcool dévorent les jeunes corps. Très souvent, sur la scène d'un homicide atroce, il avait fait face à la voix faible, cassée et décousue avec laquelle un accro avouait son crime. Cela n'était pas le cas ici. La voix du garçon jaillissait par moments, sporadique et tremblante, plus violente que les voix tonitruantes des alcooliques. Interrogé par cette même voix, le sergent se contenta de répondre : « Je cherche Virginia McCallister », mais la seule chose qu'il parvint à obtenir fut que le garçon, nerveux, tente de lui fermer la porte au nez. Il l'arrêta à mi-chemin avec une phrase spontanée mais foudroyante : « J'ai des nouvelles de sa fille. » Il le dit tel quel, sans rien ajouter, avec une détermination surgissant d'un lieu inconnu. « J'ai des nouvelles de sa fille », répéta-t-il quand il vit que la phrase donnait un résultat et que le garçon laissait la porte entrouverte. Quand il fit un pas en avant et la referma derrière son dos, il comprit qu'il avait appuyé sur le bon bouton et qu'il était trop tard pour faire machine arrière. La mémoire concentrée sur l'image de la petite fille fragile et pâle qu'il avait vue en photos quelques soirs plus tôt, il imagina des avenirs possibles dans lesquels elle aurait pu avoir sa place et les raconta ainsi, un mensonge succédant à un autre, un avenir à un autre, jusqu'à ce qu'il eût l'impression que le garçon se rendait compte de ses mensonges. Quand ce dernier lui ouvrit la porte, il ressentit le frisson implacable de celui qui croit accidentellement commettre un crime. En entrant, il sentit que, sans le vouloir, il accédait enfin au monde de la tour. Il pensa reculer, mais il était déjà trop tard.

Ce qu'il vit alors l'enveloppa dans un drap de peur et de froid. Il entra dans une pièce qui ressemblait à une caverne noire, sur les parois de laquelle s'étendait un énorme *mural* dont il ne réussit pas à déchiffrer immédiatement les motifs mais dont quelque chose lui évoqua une longue nuit dans un bois obscur. Un immense *mural* qui protégeait l'endroit comme enveloppent les étreintes des mères abusives, à la fois avec amour et mépris, sur lequel dans un second regard il crut distinguer une sorte d'animal épique, un royaume sous-marin qui semblait commencer avec des petits organismes puis évoluer petit à petit pour devenir un monde anarchique et violent dans lequel les humains, réduits à de petites cellules serpentines, semblaient se battre dans une orgie sacrée. Il vit tout cela d'un coup et ne sut que faire. Il crut avoir déjà vu l'image, mais il ne savait pas où. Il réussit à localiser l'image de trois ordinateurs allumés sur lesquels étaient exhibés une demi-douzaine de visages. Il réussit à reconnaître qu'il s'agissait d'enfants, de jeunes adolescents, de sujets qui lui firent penser aux mots qu'il venait de prononcer et qui, désormais, l'obligeaient à parler. « Alors, tu as des nouvelles de la fille ? », entendit-il le bègue répéter en faisant des efforts, tout en éteignant l'un après l'autre les ordinateurs et avec eux les visages. Instinctivement, il se palpa en quête de son pistolet, mais il comprit qu'il ne l'avait pas sur lui. Il fallait se remettre à parler. Il regarda alors le garçon et raconta une histoire longue et maigre, un mensonge qui s'étendait sur des décennies et culminait dans une station thermale suédoise où les hommes passaient des heures à attendre que le soleil se lève. Il raconta l'histoire, inspira profondément, et attendit que le garçon se remît à parler.

Peut-être dans une tentative de démasquer les mensonges du sergent, comprenant que se jouait là une farce sous la forme de probables récits et de fictions, ou peut-être seulement dans une tentative de proposer une dernière histoire destinée à faire fuir le visiteur, le garçon raconta alors une histoire plus étrange encore. Précise et acérée. L'histoire d'un royaume circulaire, rempli de temples tournés vers le sud dans lequel les enfants régnaient en souverains. Il raconta l'histoire d'un ton calme, comme s'il s'agissait d'un documentaire, et Burgos ne put que penser que ce garçon venait de là-bas, de ce royaume d'infants illuminés, ce royaume magnifique au milieu duquel se trouvait un enfant voyant. Il raconta cette histoire sans s'arrêter, dans un rythme parfait qui incluait les interruptions dues à son bégaiement, et alors, quand il décela dans les yeux du sergent les premiers signes de la peur, il termina l'histoire et se mit à rire. Un long rire, saccadé comme sa propre voix, qui fit que le sergent se sentit bête et se trouva obligé d'admettre que ses mensonges étaient aussi invraisemblables que risibles. Sans y réfléchir à deux fois, Burgos s'arrêta et sortit – troublé et humilié – de cet appartement halluciné qui, à présent, lui semblait un faux repaire de farceurs. Il descendit les nombreux étages de la tour, l'un après l'autre, assailli par une angoisse aiguë dont il n'avait pas fait l'expérience depuis des années, convaincu que le bègue et la vieille lui avaient joué un tour de mauvais goût. Quand il finit par arriver au rez-de-chaussée, il ressentit un léger soulagement en ayant la confirmation que là, étendu sur un canapé de cuir, le vieux à la moustache émoustillée regardait des courses de chevaux. Exalté, il se dit que la constance était quelque chose de beau.

Cette nuit-là non plus, il ne put dormir. Il passa une nuit blanche à penser à l'histoire qu'il avait entendue, tourmenté par les rires du bègue, visualisant l'image impossible d'une cité sylvestre bourrée d'enfants. Dans sa carrière de policier, il avait vu des crimes atroces, des homicides liés au narcotrafic, participé à des dizaines d'opérations qui l'avaient rapproché du monde de l'horreur et de la violence. Cette nuit-là, cependant, il sentit que le monde qui commençait à l'entourer hébergeait une horreur différente, intangible et irrationnelle, une horreur ressemblant un peu à cette tour qui grandissait avec l'implacable volonté des dépossédés. Il prit deux cachets et essaya de trouver le sommeil. Sans succès. Ils le plongèrent dans un étrange demi-sommeil dans lequel émergeaient brièvement des images douloureuses : la demi-douzaine de visages d'enfants qu'il avait vus sur les écrans dans l'après-midi, le visage tatoué du gamin lui-même, la voix fausse et précise avec laquelle le bègue lui avait raconté cette farce comme s'il s'agissait d'une histoire vraie. Il se souvint de tout et, enveloppé comme il l'était dans un grand brouillard de drogue, il pensa que l'histoire n'était peut-être pas tout à fait fausse et que le garçon essayait d'enterrer ses propres peurs. Il aurait aimé ne pas avoir pris de cachets. N'être jamais entré dans la tour ni avoir connu la vieille, mais il se dit que tout finirait par passer, qu'il serait bientôt cinq heures et que la chaleur du petit matin lui ferait exsuder ses peurs. Las de flotter dans l'indécis nuage de l'insomnie, il se convainquit que le mieux serait d'allumer la télévision. Il ne tomba que sur des émissions religieuses. Pasteurs évangéliques, baptistes, pentecôtistes, tous absorbés dans de très longs sermons, tous en ordre de bataille contre l'ennui et le désespoir. Devant eux, des dizaines de paroissiens extasiés regardaient. Visages pleins de désir et d'espoir, capables de réconcilier des gestes vides et des illuminations tardives. Il se demanda pourquoi le petit matin réussissait si bien aux pasteurs et à leurs sermons. Il ne trouva comme réponse que le visage las d'un enfant en pleine messe, rond et foncé comme une figue mûre, qui lui fit penser aux enfants qu'il avait vus ébauchés sur des écrans digitaux dans l'après-midi. Il se souvint brièvement de la façon dont Virginia McCallister avait subtilement construit une anecdote semblable deux semaines plus tôt. Il se souvint comment, expliquant son étrange art, elle avait eu recours à l'image curieuse d'une montagne sacrée bourrée d'enfants regroupés autour d'un petit voyant. Il se demanda si tout cela menait à une résolution ou à un autre rire infâme. Fatigué, incapable de trouver une solution à l'énigme, il changea compulsivement de chaîne, zappant d'image en image, jusqu'à ce que, quelques heures plus tard, les premiers rayons du soleil dessinant un petit cadre sur le mur, il comprît que tout cela était une perte de temps. Il ne dormirait pas de la nuit. Sentant les premiers tentacules de la paralysie et de l'immobilité, il se dit que c'était le moment de passer à l'action. Il se prépara le même café noir que les vingt dernières années, prit un bain comme il le faisait toujours et sortit marcher. Au bout d'une heure, il rentra à la maison. Il revêtit son uniforme de policier et, sans rien dire à personne ni même se signaler, il se dirigea vers la tour.

Peut-être à cause de l'heure, elle lui sembla ce matin-là un monde mort: plus tranquille que d'habitude, plus las, plus un village fantôme qu'autre chose. Voyant que le téléviseur de l'entrée était éteint, il regretta les courses de chevaux et se dit que la constance commençait à s'étioler. La vue des deux petites vieilles sur leurs fauteuils à bascule lui rendit espoir. Certaines choses ne changeaient pas. Elles le virent passer et se contentèrent de le saluer en lui envoyant un baiser, comme s'il faisait déjà partie de leur monde crépusculaire. Ne rencontrant pas de motocyclistes pour l'aider à monter, il se dit qu'il ne lui restait plus qu'à le faire à pied. Malgré sa fatigue après la longue nuit d'insomnie, il n'était pas prêt à faire machine arrière. Une demi-heure plus tard, après avoir assisté à des scènes douloureuses et mémorables, il arriva au vingt-septième étage. Il aperçut la porte bleue du bègue et s'apprêtait à frapper quand il fut subitement assailli par une crainte qu'il n'avait pas ressentie depuis des années, depuis ses premières années de cadet pour être précis. Il se palpa en quête de son pistolet et fut rassuré de constater que cette fois-ci, il était bel et bien à sa place. Alors il frappa. Une, deux, trois fois, jusqu'à ce que l'absence de réponse lui fît prononcer quelques mots. Seul le silence devint plus palpable. Ce n'est qu'alors qu'il remarqua que la porte était ouverte. Il entra lentement, comme s'il s'attendait à une embuscade. Sa crainte s'accrut quand il trouva l'espace vide. Pendant les douze heures précédentes, quelqu'un s'était chargé de tout chambouler: le lit, les aquarelles, les haut-parleurs, les vêtements que, la veille, il avait vu éparpillés dans la chambre. Il crut devenir fou. Trop de travail, peu de sommeil. Peut-être, pensa-t-il terrifié, n'était-il encore jamais venu à cet endroit, peut-être souffrait-il de somnambulisme comme son père. Le *mural*, imposant sur les murs sombres, terrible telle une insomnie éternelle, lui confirma le contraire. C'était sans aucun doute la même pièce.

Remarquant que le bègue avait disparu sans laisser de traces, Burgos en profita pour observer minutieusement ce *mural* qui s'étendait sur les murs de la pièce désormais vide. L'absence de meubles le mettait encore plus en valeur. Quelque chose dans la façon dont celui-ci recouvrait les quatre murs lui fit penser qu'il racontait une histoire. Une histoire close et oppressante dont il ignorait la thématique mais dont la force le saisissait et le forçait à le regarder plus attentivement. Des milliers de figurines peuplaient le *mural*. Des figurines qui, au départ, lui avaient paru être des têtards, des cellules marines difformes et qui, à présent, vues par un deuxième regard plus serein, devenaient plus reconnaissables : des centaines de figurines humaines réparties sur les trois premières parois, sur lesquelles le sergent crut voir une orgie divine. Silhouettes enveloppées dans un tumulte insensé qui lui rappela les ouragans de son enfance. C'est un véritable nid de termites, pensa-t-il. Il trouva la précision des détails surprenante : la façon dont les corps s'entremêlaient sans perdre pour autant leur forme ou leur posture, chacun figé dans une position différente. Quelques images retinrent son attention : une oreille énorme de laquelle un petit diable sombre tirait par les oreilles un petit homme nu, le dessin d'un naufrage sur lequel des hommes et des animaux semblaient patiner tranquillement, un grand œuf crevé dans lequel un groupe d'hommes animalisés jouaient aux cartes. Dans la partie supérieure de ce mur, Burgos découvrit, dessiné, un ciel apocalyptique englouti dans des ténèbres catastrophiques : volcans, feux et guerres qui lui rappelèrent les tatouages inscrits sur la peau du bègue. Il ne s'arrêta pas non plus sur ce souvenir. Il passa à la deuxième paroi du *mural*, ornée d'une peinture également bigarrée mais plus claire, une sorte de version lucide de la précédente, sur laquelle apparaissaient les mêmes figurines humaines, mais cette fois dotées d'une étrange apesanteur. Sans savoir pourquoi, il fut gêné par cette discordance, la façon dont on passait de l'obscurité et du catastrophisme le plus total à une sorte de délire en apesanteur. Il posa son regard sur le seul homme noir qui se cachait dans la multitude de figurines humaines ponctuant la scène. Un homme immense, élégant, entouré de femmes blanches, pâles, qui le regardaient comme un prodige. Il se dit que le peintre aurait peut-être aimé être cet homme, le seul spécimen singulier dans un paysage bigarré et multiple, bourré de copies comme le pire des rêves. Incapable de supporter ce conte de fées, le sergent passa au troisième mur, sur lequel le peintre avait réussi une étrange soustraction : deux silhouettes humaines apparaissaient à peine, un homme et une femme, à côté d'une autre qui semblaient clairement représenter le sacré. Il crut comprendre alors qu'y était racontée la triple histoire de l'ascension divine, mais sans comprendre pour autant ce qui y restait tracé. Il pensa au garçon avec qui il avait parlé la veille, à son bégaiement et à son visage tatoué, et se dit que ce n'était pas une histoire mais ce qui en restait, le reflet brisé de ce qui aurait pu être un monde.

Il s'apprêtait à sortir quand il aperçut ce qui au premier regard semblait être une lettre. Quelqu'un, probablement le garçon en partant, l'avait laissée sur le seul meuble resté dans la pièce : un petit bureau en bois placé dans le coin le plus éloigné du *mural*. Quelque chose en lui se dit que c'était ce qu'il attendait vraiment : une lettre qui lui fît sentir que tout allait bien, qu'il n'était pas coupable de l'arrestation de l'artiste. Il ne trouva ni lettre ni explication. Uniquement une dizaine de feuilles volantes sur lesquelles quelqu'un avait écrit à la main ce qui semblait être un conte. Un conte bizarre comme le sont les obsessions, un conte qui s'engouffrait avec la force de cent fourmis de feu dans une logique simple jusqu'à la voir réduite à sa plus pure absurdité. Jusqu'à la voir transformée en un cauchemar qui finissait par bâtir le plus net, organisé et redoutable des enfers. Burgos, qui ne lisait jamais, qui, depuis sa plus tendre enfance, avait toujours pensé que les livres étaient faits pour les demoiselles et les pédés, lut alors sans s'arrêter ni bâiller cette histoire qui n'en semblait pas une mais quelque chose de plus.

Le conte s'intitulait « Brève relation de la construction aveugle », et narrait les vicissitudes d'un village dont l'ambition architecturale menait ses habitants aux frontières de la folie. La construction, pensa-t-il en lisant, de l'enfer si redouté. Burgos se contenta de lire cette étrange histoire jusqu'à un paragraphe qui lui parut d'une extrême beauté. Un paragraphe que lui, qui n'avait pas lu un livre depuis dix ans, relut trois fois, en essayant de comprendre ce qui se cachait derrière ces lignes :

> Bien qu'il y ait déjà longtemps que j'ai quitté le village, les cauchemars sont revenus me hanter. Des choses simples et contradictoires, mes cauchemars. Parfois je rêve d'un désert, un long et silencieux désert qui étend ses bras de sable en recouvrant tout. D'autres fois, je rêve d'une étendue verte et indéterminée, une prairie sans nom où naît sous mes yeux la rose la plus rouge que j'aie jamais vue. Puis, aussi rouge et vive, en naît une autre, puis encore une autre, jusqu'à ce que tout le terrain se retrouve garni de roses qui recouvrent toute la verdeur, comme si le terrain lui-même devenait une immense rose cramoisie. Quand je me réveille, je crie à fleur de peau, je ne m'explique pas pourquoi un rêve qui pourrait même être décrit comme beau, suscite en moi une telle horreur.

Il ne trouva aucune réponse justifiant sa fascination, mais quelque chose en lui se dit que la véritable beauté était quelque chose de ce genre : une fleur poussant dans un désert immense jusqu'à devenir un cauchemar. Il relut alors le texte et, sans savoir expliquer exactement de quelle histoire il s'agissait, il sentit que c'était une histoire de violence : alarmante et impossible comme la force obstinée des fourmis. Une histoire inutile et utopique, pensa-t-il. Sur le coin inférieur droit de la page, avec la même écriture ovale, quelqu'un avait écrit les renseignements bibliographiques suivants : Bruno Soreno, *Bréviaire*, 2002. Burgos répéta le nom comme se répètent les choses étranges, avec une certaine inquiétude et confusion. *Soreno* : le nom propre n'était pas très répandu dans l'île. *Bruno* : le prénom faisait penser à un chien *gringo*, un duc autrichien, mais pas à un nom de Porto Rico. Sous le nom, un tout petit dessin semblait représenter une muraille très longue, qui rappela à Burgos les fables sur la muraille de Chine que, dans son enfance, son père lui racontait. Il se dit que tout était ainsi : que la vie était un projet que les hommes élaboraient pour passer le temps, pour cacher le fait que leurs travaux sont inutiles, magnifiques mais inutiles comme les belles plumes d'un faisan. Sans y réfléchir à deux fois, il prit un briquet et mit le feu aux papiers. Une légère joie s'empara de lui au moment où il vit cette étrange histoire réduite en cendres. Puis sans faire beaucoup de bruit, il referma la porte derrière lui, descendit à pied les vingt-sept étages et, sortant finalement dans la rue, il se dit que jamais il ne reviendrait là. Cette tour était un repaire de bêtes incompréhensibles.

3

Dès que les médias surent de qui il s'agissait, ils ne tardèrent pas à se précipiter sur l'affaire. Au-delà de la carrière glamour de l'accusée, ce qui semblait les intéresser était la conjonction entre ce passé et son illustre lignage politique. Quand ils apprirent qu'elle descendait du vieux général Sherman, chaque média envoya son reporter couvrir l'événement. Il suffit aux autorités de confirmer que la plupart des « informations intruses » – comme elles commencèrent à les appeler – abordent la politique des États-Unis pour que les aspects morbides de l'histoire émergent. « Trahison » fut le mot le plus prononcé par la presse ces jours-là. Que pile à ce moment, après deux semaines de chute libre, les commentateurs déclarent sur un ton sinistre l'effondrement des marchés, ne fut pas non plus d'une grande aide. Qu'une célèbre actrice et *top model*, héritière de la folie de Sherman, fût accusée d'influer non seulement sur les marchés mais aussi sur l'histoire américaine elle-même, était inédite. Au bout de quelques semaines, Virginia McCallister devint le centre de l'attention d'un pays incapable de la situer sur l'échiquier qui commençait tout juste à s'effondrer.

Pendant tout ce temps, l'accusée refusa de reconnaître son identité : elle affirma jusqu'au bout être Viviana Luxembourg, même quand les empreintes digitales démontrèrent irrévocablement qu'elle n'était autre que la Virginia McCallister disparue. Son attitude ne répondait à aucune logique : plus que nier les charges qui pesaient sur elle, elle semblait s'obstiner à se défendre ; plus que refuser de clamer son innocence, elle semblait s'obstiner à démontrer qu'il n'y avait en réalité aucun crime. Que l'accusée fût détenue dans un centre correctionnel portoricain ne fit que renforcer l'intérêt médiatique. L'histoire devenait étrange, exotique, caribéenne. Les habitants des États-Unis demandaient qu'elle fût jugée dans l'un des États officiels. Virginie, New York, New Jersey : n'importe quel État dans lequel elle avait résidé avant sa subite disparition. Mais les autorités de l'île refusaient son transfert, prétendant qu'au-delà des charges étatiques, l'accusée avait commis une infraction locale au moment d'envahir la tour. Comme les autres *okupas*, sa résidence était illégale et elle devait être jugée localement. La décision exigea un délai de trois semaines mais quand elle tomba, elle fut foudroyante : le procès aurait lieu dans l'île, et serait ouvert au public et à la presse. Deux jours plus tard, après une longue discussion entre le procureur de la République et la défense, une dernière clause fut ajoutée pour apaiser les médias : le procès serait diffusé à la télévision. Après quarante ans d'anonymat et de disparition, ladite blonde magique, Virginia McCallister, retournait sur scène, habillée en coupable et s'exprimant en espagnol.

Quiconque dirait que Virginia McCallister avait programmé un retour parfait : elle avait disparu au pic de sa célébrité et revenait drapée dans un nuage d'exotisme et d'ambiguïté qui renforçait son aura de femme incomprise. Quiconque dirait qu'elle avait tout organisé pour s'accorder un show final, un ultime coup de théâtre avant le dernier adieu. Elle refusait toutefois de s'exprimer en anglais. Elle parlait peu et, quand elle le faisait, sa voix émettait un espagnol parfait à l'accent neutre impossible à localiser. Son dernier show, si c'était ce dont il s'agissait, aurait lieu dans une langue artificielle. Elle parlait peu et écrivait beaucoup, des lettres qu'elle envoyait à des professeurs, des artistes et des écrivains. Des lettres pleines de théories politiques à demi rédigées, riches en constructions théoriques sur les cas qu'elle avait répertoriés pendant des décennies. Des lettres qui examinaient une théorie de la relation entre l'art et la loi, toutes rédigées à la main sur des pages qu'elle découpait dans des cahiers de la marque Profile qu'elle demandait à son avocat de lui commander sur Internet. Quiconque dirait qu'elle s'était rendue à la justice, à la recherche de la solitude nécessaire à la pensée et la réflexion. C'était du moins ce que semblaient indiquer les lettres qu'elle envoyait compulsivement à une légion de collaborateurs qui, du jour au lendemain, se voyaient entraînés méthodiquement dans une folie. Lettre après lettre, Viviana Luxembourg préparait sa véritable défense. Elle organisait des pensées, ébauchait des théories, cherchait d'éventuels témoins. Elle préparait sa guerre privée.

4

Quand Gregory Agins, professeur d'esthétique à la retraite de l'université de Californie à Santa Cruz, reçut la première lettre, il pensa qu'il s'agissait d'une plaisanterie cruelle de l'un de ses anciens étudiants. La lettre commençait par une citation d'un article publié par Agins lui-même des décennies plus tôt sur l'affaire Brancusi contre le gouvernement américain, un article dans lequel Agins abordait l'affaire en expliquant comment en 1926 le sculpteur roumain Constantin Brancusi avait fait envoyer de Paris sa pièce *Bird in Space* pour une exposition consacrée à son œuvre qui devait avoir lieu à la galerie Brummer de New York. À mi-chemin, la douane new-yorkaise avait confisqué la pièce sous prétexte que, n'ayant pas l'apparence d'un oiseau contrairement à ce que son titre suggérait, celle-ci ne pouvait être qualifiée d'art et, par conséquent, entrait dans la section des marchandises, sur lesquels il y avait un impôt d'importation de quarante pour cent. Brancusi, furieux, incapable de comprendre comment sa pièce avait pu se retrouver dans la section des ustensiles de cuisine, décida de mener l'affaire devant les tribunaux. L'article d'Agins partait de là, puis il explorait le personnage du critique d'art comme témoin de la défense : il analysait comment, tout au long du procès, des critiques de grande renommée avaient été convoqués par la défense pour tenter de démontrer que l'oiseau de Brancusi était sans aucun doute une œuvre d'art. Exploraient le sujet et se déplaçaient dans ce tribunal new-yorkais Edward Steichen, qui deviendrait le directeur de la section de photographie du MoMA, Jacob Epstein, sculpteur britannique de grand renom, et même William Henry Fox, directeur du Musée de Brooklyn. Mais il ne faisait aucun doute que, pour Agins, le critique clé de la défense avait été Frank Crowninsheild, qui quand on lui avait demandé en quoi ce que le jury avait en face de lui ressemblait à un oiseau s'était permis de répondre : « Cette œuvre porte en elle la suggestion du vol, de la grâce, de l'aspiration, de la vigueur, jointe à la sensation de vitesse, de pouvoir, de puissance et de beauté propres à l'oiseau. Mais son nom, c'est-à-dire le titre de ce travail, ne veut pas dire grand-chose. » Selon Agins, avec cette déclaration désinvolte, Crowninsheild s'était débarrassé de milliers d'années d'histoire de l'art et avait établi une nouvelle relation entre l'art et la loi. Quand il écrivit son article, Gregory Agins ne pensa pas un seul instant que son analyse l'amènerait précisément à être assis un jour à la place du témoin. Il ne sut pas non plus que penser l'après-midi où il reçut la lettre avec les théories de l'accusée, théories qui lui semblaient d'un certain point de vue extravagantes, mais dont il se sentait étrangement responsable : même s'il avait pensé des années que son travail n'était que pure masturbation intellectuelle, une accusée lui donnait la possibilité de les mettre en pratique. Il ne tarda pas à répondre par un court « je confirme », qui scella leur alliance.

Le deuxième à recevoir une lettre fut le chercheur vénézuélien Marcelo Collado. Il se leva un jour de sa retraite prématurée devant une lettre qui commençait ainsi : « Je vous écris parce que personne ne connaît comme vous le profil judiciaire de Macedonio Fernández, procureur à Posadas. » Collado, un jeune homme d'à peine vingt-six ans, grand amateur de cannabis, venait de terminer une thèse sur la phase judiciaire de l'écrivain argentin Macedonio Fernández intitulée *Macedonio Fernández : la légalité de l'art (1891-1920)*, une thèse qui explorait les différents arguments et accusations énoncés par l'écrivain pendant ses fonctions de juge de paix dans la province de Misiones. Une thèse courageuse qui se terminait par un dialogue fictif entre Fernández et un autre écrivain avec qui il avait partagé son séjour judiciaire dans la province de Misiones : Horacio Quiroga, juge de paix, lui aussi. La thèse avait donné à Collado son doctorat, mais pas grand-chose de plus. Depuis, il passait d'un travail à l'autre, enseignait dans un grand nombre d'universités en même temps ; il éprouvait – comme beaucoup de gens de sa génération – la sensation inopportune de vivre dans un monde précaire qui semblait tous les jours au bord de l'effondrement. Contrairement à Agins, il ne trouva pas étrange de recevoir la lettre. Encore téméraire, il pensait que les connaissances universitaires étaient indiscutablement liées au goût du jour. C'est ainsi du moins que les choses devraient se passer. Il fut tout de même étonné que l'accusée mentionne son dialogue fictif entre Quiroga et Fernández. Et davantage encore qu'elle le corrige en disant : « Dans votre note finale, conversation entre les deux écrivains, il faudrait signaler qu'ils s'étaient, bien sûr, rencontrés, mais qu'à cette occasion, le dialogue avait porté sur José Enrique Rodó, écrivain qu'ils avaient mis en pièces en quelques minutes. » Abasourdi, il posa la lettre à côté de lui et ne la reprit que cinq joints plus tard, baignant dans une légèreté différente. L'affaire lui parut alors terrifiante mais grandiose, une sorte d'épopée postmoderne à laquelle il avait été invité sans le vouloir. Il s'assit devant l'ordinateur et rédigea une très longue lettre, extrêmement longue, de presque vingt pages, dans laquelle les coïncidences se multipliaient jusqu'à dessiner un réseau paranoïaque pour se clore sur un noble, innocent et halluciné : « Vous pouvez compter sur moi. »

La troisième lettre surprit le riche Costaricain Guillermo Porras, bière à la main, assis dans les écuries de son grand-père où ils allaient passer tous les dimanches après-midi en famille. C'était sa mère qui, d'un air confus et inquiet, l'apportait : « Regarde, toi, ce qu'a voulu te dire cette *gringa* bizarre qui t'écrit… » Porras, licencié en art de l'école de design de Rhode Island, jeta un œil au nom qui signait la lettre d'un air toujours aussi perplexe. Il ne se souvenait pas d'avoir connu une quelconque Viviana Luxembourg. Il y avait très longtemps qu'il ne recevait plus de lettres de l'étranger.

Peu importe. Entre les hennissements des chevaux, il mit à peine dix minutes pour lire la lettre. Dès qu'il eut fini, il ne s'arrêta pas là. Il la relut une fois de plus comme s'il cherchait à comprendre comment elle était arrivée là. Plus que tout, il fut surpris d'apprendre que quelqu'un avait eu vent de son travail universitaire. Jusqu'alors, il jurait que même sa mentor n'avait pas lu cette monographie sur John Reid, un personnage fictif qu'il avait trouvé en lisant un livre de l'anthropologue Michael Taussig. Selon ce qui s'y disait en passant, l'artiste australien John Reid, après avoir vendu pour une petite fortune la ferme familiale, avait imaginé un projet singulier. Sans doute pris d'un ennui mortel, il avait imaginé un immense collage sur les disparus latino-américains, un collage qui aurait été un *mural* de plus si le matériau avec lequel Reid avait pensé le façonner avait été autre. Immergé dans sa mégalomanie tardive, l'Australien avait décidé que son entrée dans le monde de l'art serait grandiose : il façonnerait le collage avec des coupures de billets. Des mois plus tard, quand le service des fraudes de la police fédérale australienne arriva chez lui, Reid ne put que rétorquer que cette énorme mutilation monétaire était son chef-d'œuvre. La monographie de Porras, imaginée comme une œuvre d'art en soi, consistait à construire, autour du collage de John Reid, un grand catalogue de l'histoire de l'art de la mutilation monétaire. Comme épigraphe, il reprenait précisément l'Acte de Crimes contre la Monnaie signé par la cour australienne en 1981. Puis, autour, il faisait défiler une centaine d'alchimistes et de vagabonds, de faussaires et d'artistes, auteurs de divers attentats contre l'argent. Dans le monde de l'art moderne, arguait le Costaricain, le véritable artiste est celui qui construit la tradition historique selon laquelle une folie devient lisible comme art. Fort de cette conviction, il mena à bien le projet qui lui vaudrait un simple diplôme. Il ne pensa jamais que, trois ans plus tard, il aurait également droit à la lettre élogieuse d'une accusée traduite en justice, une certaine Viviana Luxembourg qui se risquait à dire de son projet qu'il était « l'une des plus intéressantes interventions au sein de l'art conceptuel des dernières décennies ». La lettre mentionnait l'œuvre d'un certain Sergio Rojas, philosophe chilien dont Porras n'avait jamais entendu parler, pour ensuite finir par élucider une théorie de ce que l'accusée, emboîtant le pas à Rojas, appelait l'épuisement de l'histoire de l'art. Lisant la lettre, le jeune homme essaya de cacher, derrière sa pudeur d'homme timide, l'orgueil qu'il éprouvait en recevant de tels éloges. Sans y parvenir. Une énergie joyeuse l'envahit et le fit se lever sur-le-champ, prendre les rênes et chevaucher vers l'intérieur de l'hacienda. Des heures plus tard, quand après avoir consumé sa joie il se rassit pour relire la lettre, le projet lui parut vraiment génial : cette accusée prétendait mettre en scène les mécanismes par le biais desquels l'art moderne entrait ou n'entrait pas dans la sphère publique. L'idée que son petit mémoire de licence joue un rôle dans cet événement médiatique lui fit se dire qu'il n'avait pas abandonné une carrière scientifique pour tout miser sur l'art en vain. Cependant, il ne répondit pas à la lettre immédiatement.

Dans la semaine, il poursuivit ses projets. Il fit un voyage sur la côte, à Puerto Viejo où il était guide touristique, coucha avec une Israélienne aux tresses blondes, trompa l'ennui en photographiant des natures mortes. Il essaya de ne pas penser à la lettre qui l'avait tant enthousiasmé. Le vendredi, jour de son retour, il la reprit de nouveau et essaya de se montrer objectif. Il s'agissait, tout compte fait, d'un procès criminel. Il essaya de se convaincre que se mêler de tout cela était une mauvaise idée, mais l'enthousiasme juvénile de voir sa carrière artistique repartir de zéro finit par l'emporter. Ce même matin, trempé de sueur et fatigué, il le passa à l'hôtel à écrire une lettre qui commençait ainsi : « Chère Virginia : vous avez tout à fait raison. L'art moderne n'est rien d'autre que l'histoire de l'art. L'œuvre moderne n'est que la construction du cadre à l'intérieur duquel un objet devient compréhensible pour le public en tant qu'art. Je ne connais pas Sergio Rojas, mais d'ores et déjà, j'apprécie son travail qui me paraît génial... » Une lettre qui se poursuivait avec une grande précision intellectuelle, impudique et ambitieuse, pour enfin se clore par un humble : « À votre disposition pour quoi que ce soit... » Cet après-midi-là, il essaya d'oublier la partie qui se jouait. Après un épisode sexuel avec la fille israélienne, il remarcha sur la plage puis, à midi, il retourna à San José. Cinq heures plus tard, il put confirmer qu'à la capitale, il pleuvait encore.

La quatrième lettre fut peut-être la première qu'avait envoyée l'accusée. Quand Sofia Baggio la reçut, elle avait déjà fait trois tours complets dans tout le District Fédéral. L'Italienne ne fut pas surprise par le retard : si elle avait appris quelque chose pendant ses cinq mois passés dans le pays, c'était que les retards postaux étaient la seule constante au Mexique. Envoyer une lettre, c'était oser défier les labyrinthes du temps. Voyant le timbre-poste, elle pensa que son amie portoricaine Luisa Burgos lui écrivait, qui était tout juste de retour dans l'île. Elle comprit très vite qu'elle se trompait. Elle était signée par une certaine Viviana Luxembourg dont le nom lui évoqua un très court instant une styliste décédée quelques années auparavant. La lettre, cependant, voulait en venir à autre chose. Après avoir exposé sa situation juridique et établi les fondements de sa défense, Luxembourg félicitait Baggio pour la thèse qu'elle avait menée à bien à l'université de Birkbeck au Royaume-Uni. D'après ce que résumait la lettre, la monographie, intitulée *Francis Alÿs : vers une poétique de la rumeur*, évoquait les ramifications conceptuelles du travail de l'artiste mexicano-belge Francis Alÿs, en s'intéressant plus particulièrement à la façon dont ses travaux effectuaient des interventions fictionnelles dans la réalité. Baggio trouva l'éloge si excessif, si étrange qu'elle en vint à se demander si ce n'était pas Alÿs en personne qui lui jouait un mauvais tour. Il lui suffit d'une recherche sur Google pour avoir la confirmation qu'au moins l'accusée existait. L'image de cette femme, âgée mais élégante, transformée en prisonnière, l'étonna. Il lui fut difficile de rapprocher cette image de la voix qu'elle rencontrait dans la lettre, cette voix sévère et scolastique qui disait des choses comme : « Quelqu'un comme vous, capable de percevoir les résonances conceptuelles du travail de Jacoby, d'Escari et de Costa dans le travail du Belge Francis Alÿs, sera capable de comprendre la tradition à l'intérieur de laquelle s'inscrit mon projet, un projet auquel je dois maintenant mon incarcération, au point d'avoir à endurer un terrible procès... » Puis la lettre discutait de nouveau certaines des œuvres principales du Belge comme *Le Collectionneur, La Rumeur* ou *Doppelgänger*; œuvres qui, selon l'accusée, « faisaient circuler de fausses fictions à l'intérieur du circuit des fictions officielles ». Baggio termina de lire la lettre d'un trait et immédiatement, sans y réfléchir à deux fois, rédigea une lettre de réponse qui disait :

> Chère Viviana,
>
> Un grand merci pour l'intérêt que vous portez à mon travail et ses ramifications, mais, à la suite d'un petit incident professionnel survenu l'année dernière, j'ai décidé d'abandonner (prématurément) ma carrière universitaire et de me consacrer à un petit hôtel que j'ai fait construire dans les environs du District Fédéral avec mon époux. J'espère que vous comprendrez et que votre procès se déroulera le mieux possible.
>
> Bien à vous,
>
> Sofia Baggio

Elle referma aussitôt l'enveloppe, marcha jusqu'au bureau de poste et l'envoya, sûre qu'elle ferait dix tours dans le DF avant de retourner dans les Caraïbes. Elle passa l'après-midi étendue sur le matelas à la maison, à regarder des dessins animés, contemplant l'ennui comme l'on contemple une mouche, essayant de se convaincre que c'était mieux ainsi, qu'il valait mieux rester à la lisière des vieux vices. Elle pensa à la carrière qu'elle avait laissée dans son sillage, aux heures consacrées à ce projet universitaire, aux heures, désormais, à la traîne, sans conséquences ni résultats. Elle se dit que le mieux était de ne penser ni à l'accusée ni au crime. Ne pas se mêler des affaires des autres, même quand elles nous réclament. À trois heures de l'après-midi, lasse de chercher sans succès quelque émission de télévision à regarder, elle se servit un verre de vin. Une heure plus tard, quand son mari revint du travail, il la trouva en train de ronfler devant le poste allumé.

Ce qui est étrange, pensa l'avocat ces jours-là, c'est que les noms que réunissait l'accusée pour sa défense ne semblaient être ni les noms de critiques reconnus ni même de professeurs établis, mais une sorte de bataillon d'êtres las, une grande avant-garde perdue et invisible. Ce qui est étrange, pensa l'avocat en voyant enfin les lettres, c'est que sa cliente eût eu à chercher ces noms à l'avance, d'une façon prémonitoire, dans l'attente de l'horrible jour où la police entrerait dans la tour. Ce qui est étrange, se dit-il en son for intérieur, c'est d'appeler aux armes quand on sait qu'on ne dispose que d'une armée de borgnes. L'idée de partir en guerre avec une armée dont la valeur était mise en doute l'amusa. Envoyer se battre un contingent que tous les autres colonels auraient écarté. Il ne lui resta qu'un doute : il se demanda si lui aussi appartenait à cette étrange avant-garde que, depuis l'invisibilité de la tour, l'artiste avait préparée pour une guerre à venir.

La cinquième à recevoir une lettre fut l'artiste péruvienne María José Pinillos que les prétentions de la médisance avaient menée au bord de la catastrophe. Elle était ivre si souvent à cette époque qu'il lui fallut quasiment deux semaines avant de s'apercevoir qu'elle avait reçu une lettre. Au bout de deux semaines, en rentrant chez elle, elle se heurta à une petite pile de lettres et, en prenant la première d'une main, elle comprit, dans la stupeur alcoolique, que son sujet était précisément celui qui commençait déjà à la lasser : l'art et la destruction. Au début des années 1990, Pinillos avait fait irruption dans le circuit de l'art local avec un texte bref intitulé *Thèse sur l'iconoclastie dans l'art*, une sorte de manifeste qui plaidait en faveur du caractère iconoclaste, destructeur et violent de tout art. Les corollaires de ce texte apparemment théorique ne s'étaient pas fait attendre. Deux semaines après le lancement du manifeste, alors que tout le monde commençait à dire qu'il ne s'agissait que d'une simple posture théorique, l'artiste s'était chargée de brûler de douze manières différentes une douzaine de drapeaux guatémaltèques. Avaient suivi d'autres actes iconoclastes : autodafés, exhumations de cadavres, découpages de registres d'état civil. Cependant, l'infamie ou la fame – en fonction de comment l'on se perçoit –, n'était arrivée qu'à la fin de la décennie quand, aux côtés d'un groupe de collaborateurs, elle avait organisé la crémation, simultanée et au beau milieu d'une église, d'une douzaine de saints. L'incident la conduisit en prison quelques semaines, mais pas beaucoup plus. La renommée internationale engendrée par l'attentat finirait par la sauver : ce que des centaines d'artistes reconnus plaidèrent pour sa libération fut suffisant pour que le gouvernement décide de la libérer au bout de quinze jours. Passer par une prison guatémaltèque à la fin des années 1990 n'était cependant pas chose facile. Quand elle sortit, elle n'était plus la même. Elle était loin la passion intellectuelle qui, jadis, l'avait distinguée, cet enthousiasme théorique qui, en plus d'une occasion, avait fini par la mener aux limites de l'art et de la folie. La prison avait fait son travail.

Une décennie plus tard, la dernière icône que l'artiste semblait disposée à briser était son propre corps. Elle s'était jetée à corps perdu dans l'alcool avec la force furieuse de qui le considère comme une poétique. On la voyait dans les rues de la cité universitaire, habillée en clown ou en fiancée, la bouteille à la main, bégayant des poèmes qui frisaient l'absurde. Elle y passait ses après-midi, entourée d'ordinaire de chiens errants qu'elle recueillait dans la rue. Puis, la nuit tombée, après avoir rassemblé suffisamment d'argent pour alimenter son vice, elle disparaissait dans les bars. Dire qu'elle avait fait partie des grandes artistes nationales pouvait passer parfois pour une plaisanterie de mauvais goût. Une plaisanterie dont Pinillos elle-même aurait ri. Une plaisanterie qui finirait par fuser le jour où la pauvre fille ouvrit, par un pur hasard, une enveloppe de la poste et se retrouva impliquée dans un procès dont les lignes directrices lui semblaient toutefois étrangement belles. Pour lutter contre la gueule de bois, elle déboucha une autre bouteille de rhum et s'assit pour lire. Quelques minutes plus tard, elle regarda autour d'elle et se dit : « Bon, peut-être qu'avec cela, je vais finir par sortir de cette porcherie crasseuse. » Alors pour la première fois en presque une décennie, elle sortit les vieux papiers, les manifestes que cette Virginia McCallister citait avec tant d'érudition, et ne put cacher derrière la fureur engendrée par sa gueule de bois, un certain orgueil. Il lui fallut trois semaines pour répondre, précisément parce qu'il lui fallut trois semaines pour sortir du labyrinthe éthylique dans lequel elle avait passé les dix dernières années, mais quand elle le fit, la réponse arriva avec la précision intellectuelle qui l'avait toujours caractérisée. Elle cita Bataille, Nietzsche, Cioran, tous les philosophes furieux dont elle se souvint et clôtura la lettre par une citation de Hegel qui lui avait toujours semblé inoubliable :

> Ce n'est pas cette vie qui recule d'horreur devant la mort et se préserve pure de la destruction, mais la vie qui porte la mort, et se maintient dans la mort même, qui est la vie de l'esprit. L'esprit conquiert sa vérité seulement à condition de se retrouver soi-même dans l'absolu déchirement. (...) L'esprit est cette puissance seulement en sachant regarder le négatif en face, et en sachant séjourner près de lui.

Un petit sourire, coquin et enfantin, se dessina sur son visage et disparut dès qu'elle eut fini d'écrire la citation. Un sourire de jouissance et de plaisir qui la renvoya au bon temps, quand elle pouvait passer une journée entière à lire sous le soleil un livre incompréhensible. Sous la signature, elle ajouta une dernière note : « Assurez-vous que le billet ne soit qu'un aller simple : Ciudad de Guatemala – San Juan. » Elle envoya aussitôt la lettre, appela ses amis et leur raconta ce qui s'était passé. Personne ne la crut, mais elle n'en avait pas non plus grand-chose à faire. Elle s'habilla en clown, sortit faire une promenade et, se retrouvant face à une petite fille très jeune qui la regardait étrangement, elle récita le plus beau poème qu'elle connût : un poème parlant d'une grenouille et d'une flaque, d'une grenouille qui passait ses nuits dans une flaque noire et décidait, un jour, d'y rester pour y découvrir les plaisirs de la nuit. Elle sut qu'elle était dans la bonne direction quand elle entendit la petite fille rire.

Pour chaque lettre qu'elle envoyait, l'accusée remettait un rapport à l'avocat avec le nom de l'éventuel collaborateur, une copie de la lettre envoyée, et une longue explication théorique sur sa pertinence à l'intérieur du procès. Chaque semaine, quand il avait la possibilité de lui rendre visite, l'avocat récupérait le rapport et, après avoir discuté des détails de l'affaire, se dirigeait vers la bibliothèque de la faculté de droit de l'université, où il passait de longues heures à essayer de déchiffrer les digressions théoriques de sa cliente. La première semaine, il pensa qu'il s'agissait de pure folie, la deuxième d'une énorme farce et la troisième d'une simple obsession. La quatrième, il comprit que le projet qu'il avait entre les mains obéissait à une étrange logique dont la finalité toutefois lui échappait. Ce fut pendant cette quatrième semaine que, révisant le rapport de la Guatémaltèque María José Pinillos, il tomba sur un mot qui, perdu parmi des milliers d'autres, l'aiderait à comprendre les modèles selon lesquels semblait évoluer l'accusée. Écrite dans les marges du rapport, à la lisière d'un paragraphe sur l'iconoclastie dans l'art médiéval, il trouva une phrase isolée: «Cette prison est mon Ustica privée...» Dès son plus jeune âge, il avait été incapable d'ignorer ces mots qu'il ne connaissait pas. Cette nuit-là, il ne fit pas exception. «Ustica» : le mot inconnu et étrange l'arrêta et l'obligea à ouvrir un onglet dans Google. Il lui suffit d'une simple recherche pour tomber sur un article Wikipédia dans lequel on expliquait en anglais qu'Ustica était une petite île italienne de la mer Tyrrhénienne. Sentant que l'information ne rassasiait pas sa curiosité, il chercha davantage. C'est ainsi qu'il tomba sur une donnée intéressante: une petite subdivision dans laquelle on décrivait très brièvement la façon dont l'île avait servi de prison pendant les années du gouvernement fasciste de Benito Mussolini. Des milliers de prisonniers politiques y avaient fini leur vie. Deux d'entre eux semblaient mériter, selon Wikipédia, une mention particulière: Amadeo Bordiga et Antonio Gramsci. Croyant reconnaître le nom, il décida de s'intéresser d'abord à Bordiga. Ne trouvant pas grand-chose le reliant à McCallister, il décida d'explorer l'autre lien hypertexte, celui renvoyant à Gramsci. La photo du personnage, avec ses lunettes rondes et ses cheveux un peu ébouriffés, lui rappela un vieux professeur qu'il avait eu au lycée. Plus bas, il trouva une autre note qui, intitulée *Cahiers de prison*, expliquait que, pendant ses années d'incarcération, malgré ses problèmes de santé, Gramsci avait réussi à écrire trente-deux cahiers dont dans les 2 848 pages s'ébauchait l'une des théories politiques les plus remarquables depuis Marx. Affligé par les problèmes de santé qui le poursuivaient depuis son enfance, il était mort le 27 avril 1937, à peine six jours après sa libération. Après son décès, sa belle-sœur avait réussi à soustraire les cahiers à la police et, après les avoir numérotés de façon aléatoire, elle les avait remis au banquier Raffaele Mattioli, mécène secret de Gramsci, qui, après un long voyage en train jusqu'à Moscou, avait fini par confier les écrits au leader du Parti communiste italien, Palmiro Togliatti. Onze ans plus tard, entre 1948 et 1951, les cahiers seraient publiés par une petite maison d'édition de Turin, Einaudi, en six tomes. Plus par manie que pour autre chose, pensant peut-être les acheter ensuite, l'avocat se contenta de noter les titres de publication :

* *Le matérialisme historique et la philosophie de Benedetto Croce* (1948)
* *Les intellectuels et l'organisation de la culture* (1949)
* *Le Risorgimento* (1949)
* *Notes sur Machiavel, sur la politique et sur l'État moderne* (1949)
* *Littérature et vie nationale* (1950)
* *Passé et présent* (1951)

Il ressentit un étrange soulagement en comprenant que, enfin, il commençait à pénétrer dans le labyrinthe que l'accusée s'obstinait à élaborer. Il ressentit également une sorte de vertige inversé en s'apercevant que les modèles selon lesquels semblait opérer sa cliente étaient ceux qui avaient été tracés par un échec glorieux. Ce soir-là, il ne relut ni sur l'iconoclastie ni sur l'artiste guatémaltèque. Il passa des heures à chercher davantage d'informations sur cet étrange intellectuel italien, l'imaginant immergé dans la solitude de cette prison insulaire, ébauchant depuis son enfermement les théories qui, des années plus tard, décriraient les dynamiques sociales dont il avait été écarté. Il est étrange, pensa-t-il, qu'un homme parvienne à imaginer depuis sa prison les lois de ce qui se passe à l'extérieur. Quand la bibliothécaire éteignit les lumières, elle le trouva au milieu d'une phrase, lisant une lettre que, de la prison, Gramsci avait envoyée à son fils. Il se demanda alors ce qu'était devenue la fille de l'accusée, cette fillette de dix ans qui, un jour, avait pris un vol pour les tropiques et n'en était jamais revenue. La bibliothécaire se chargea d'interrompre sa pensée: « Esquilín, c'est l'heure. » Fatigué, il se contenta d'acquiescer. Ce n'est qu'à ce moment-là qu'il réalisa qu'on était vendredi.

Il s'appelait Luis Gerardo Esquilín mais ses camarades de classe l'avaient très tôt baptisé Esquilín, tout court, ce qui lui plaisait. Quand on lui demandait ce qui l'avait poussé à faire du droit, il répondait un peu en plaisantant, un peu sérieusement: l'éclat de mon nom. La réponse cachait cependant une faille: Luis Gerardo Esquilín ne savait pas pourquoi il avait fait du droit ou, du moins, craignait de ne pas le savoir. Comme beaucoup, il était entré à la faculté de droit un peu à reculons, poussé par les plaintes de ses parents. Il avait la sensation que passé un certain âge, il fallait descendre du nuage idéaliste et s'en remettre au monde réel. Faire des études de droit était juste le corollaire de l'une de ces réalités: une façon de dire qu'on acceptait d'entrer dans l'âge adulte, qu'on avait la prétention d'être un citoyen modèle. Tel était un peu le but de ses trois années d'études: oublier son passé d'humaniste, oublier ce qu'il avait pu être et devenir, à force d'étudier, un adulte exemplaire. Il y était parvenu. Les cheveux longs avaient été remplacés par une coupe nette, les vêtements hippies par des costumes de marque anglaise, la diction joueuse et caribéenne avait cédé le pas à une élocution correcte un peu truquée. Pour se sentir bien dans sa peau, avoir la sensation qu'il ne s'agissait pas d'une trahison envers son passé mais d'un simple changement, il avait fini par s'acheter des lunettes noires à monture en plastique qui, d'après ce que lui-même expliquait, conféraient une touche postmoderne à son look. Le droit pour lui, c'était donc le chemin vers la respectabilité et l'âge adulte. Il n'avait jamais envisagé que la troisième affaire qui lui serait assignée le forcerait à pénétrer de nouveau sur un terrain d'ambiguïtés et de confusions. Il s'était imaginé l'exercice de la loi comme quelque chose de manichéen mais un seul cas avait suffi pour lui prouver que la rumeur de l'art était capable de mettre en pièces les certitudes respectables de la loi.

Au bout d'un mois, ses amis comprirent qu'ils étaient en train de le perdre. Il passait toutes ses nuits à la bibliothèque, à lire les affaires que sa cliente lui soumettait, cherchant des antécédents, fouillant dans des livres monumentaux d'histoire de l'art à la recherche des détails que l'accusée avait oublié d'expliquer. Plus d'une fois, pendant ces premiers mois, il craignit que les fictions de Luxembourg ne se mettent à inonder sa vie comme elles avaient inondé pendant des années les médias. À de tels moments, il essayait de retourner aux choses fondamentales : se convaincre que, tout compte fait, cette femme n'était pas Viviana Luxembourg mais Virginia McCallister. En pleine nuit, il s'asseyait pour regarder les vieilles photos de la *top model* des années 1950, les films où apparaissait McCallister aux côtés des jeunes premiers de l'époque, les photos où elle posait au milieu de la famille à présent disparue. Une photo en particulier retenait son attention : diffusée par la presse après sa supposée disparition, elle les représentait tous les trois devant un énorme arbre de Noël. La fillette devait avoir près de dix ans et les parents près de quarante bien qu'ils paraissent plus jeunes, plus beaux, plus parfaits. Cette photo, terriblement banale, familiale et quotidienne lui procurait une sensation étrange. Elle le forçait à penser que derrière tout ce projet se cachait une autre histoire, une histoire qui semblait lui être dissimulée. Très souvent, au cours des entretiens avec l'accusée, il avait essayé de faire émerger cette autre histoire, non plus celle de Viviana Luxembourg mais de Virginia McCallister, héritière du vieux William Sherman, épouse du photographe israélien Yoav Toledano, mère de la petite Carolyn Toledano. Il avait très souvent essayé de savoir où avaient échoué le mari et la fille, de connaître les circonstances de leur disparition. L'accusée se contentait de se taire. Sans montrer la moindre émotion, elle se contentait de dire que tout appartenait à la vie de Virginia McCallister et non à la sienne. Changer de vie, disait-elle, est un droit. Sans essayer de s'opposer à elle, Esquilín voulait la convaincre que tout serait crucial au moment du procès, qu'elle serait accusée de comploter contre la justice, mais rien n'y changeait, l'accusée s'obstinait dans son monologue et lui, il recommençait, se raccrochait de nouveau aux possibilités que celui-ci ouvrait. Cependant, la nuit où il trouva l'étrange phrase – « Cette prison est mon Ustica privée... » –, il pensa que cette femme, comme Gramsci avant elle, passait sûrement ses nuits à songer à la fillette qu'elle avait laissée dans son sillage. Ce soir-là, incapable de trouver le sommeil, il décida de sortir marcher dans les rues de Santurce. Il ne sut que penser en se rendant compte que son obsession n'avait pas grand-chose à voir avec ce qui s'y passait. Les obsessions sont toujours privées, pensa-t-il, en s'enfonçant dans la nuit.

La sixième et dernière lettre était adressée au couple d'artistes formé par la Chilienne Constanza Saavedra et le Britannique Arthur Chamberlain, qui résidaient à Londres, ville dans laquelle des décennies plus tôt ils avaient été les protagonistes de l'un des procès artistiques les plus commentés. D'après ce qu'avait compris Esquilín en lisant le dossier, le couple avait été accusé d'avoir reproduit – avec une remarquable perfection visuelle – des billets de livres sterling. Un jour, au début de la décennie, tandis qu'il prenait son petit déjeuner composé d'un *donut* et d'un café dans un *diner* new-yorkais, Chamberlain, distrait, avait commencé à dessiner un dollar. Découvrant le niveau de perfection avec lequel l'Anglais imitait le billet, la serveuse avait engagé la conversation avec lui, tentant de le persuader de lui vendre le dessin. Chamberlain décida qu'il serait alors bienvenu de payer le petit déjeuner avec cette fausse monnaie. En recevant le dessin, la serveuse – remarquant que le petit déjeuner ne coûtait en réalité que quatre-vingt-dix centimes – lui demanda de lui faire le plaisir de reprendre les dix centimes de monnaie qu'elle lui tendait. De retour à Londres, Arthur raconta l'anecdote en riant à Constanza qui trouva l'événement fascinant :

une solution conceptuelle non seulement aux problèmes du réalisme qui l'intéressaient tant à cette époque, qu'une solution aux problèmes financiers qui les affligeaient. Il s'y formait un nouveau lien entre art et monnaie, art et marché. À partir de ce jour, ce fut elle qui, conjointement avec la prodigieuse main de son partenaire, établit le rythme des petites performances : ils arrivaient dans un bar, parlaient un peu, puis, jouant à celui qui s'ennuie, Arthur se mettait à dessiner des billets de livres sterling sur une petite serviette ou un bout de papier quelconque. Dès que le serveur remarquait son habileté, la Chilienne intervenait pour négocier. Depuis la vie était plus facile. L'art s'était transformé en un échange réciproque qui faisait fi de la terrible logique mercantile.

Il n'y avait toutefois pas que les serveurs qui observaient, admiratifs, l'adresse de Chamberlain. Dans le monde de l'art aussi commencèrent à courir des rumeurs et, au bout de deux ans, une prestigieuse galerie parisienne les contacta pour un show privé. Ce fut un succès et, avec celui-ci, vint la visibilité : articles dans les principaux journaux, mentions dans les magazines d'art et même un reportage télévisé. Comme il fallait s'y attendre, la nouvelle ne tarda pas à arriver à la Banque de Londres. Deux mois plus tard, pendant le vernissage londonien de leur exposition, deux membres costauds de Scotland Yard interrompirent la fête, accusant le couple d'enfreindre la loi britannique sur la falsification et la reproduction de la monnaie. Trois mois plus tard, Old Bailey, l'une des cours les plus célèbres de Londres, se transformait en galerie d'art pour entendre la défense des accusés. Face à un jury probablement stupéfait, des dizaines de commissaires d'expositions et de critiques tentèrent de convaincre l'audience qu'il s'agissait sans doute là d'art. Les noms de Duchamp et des dadaïstes, des théories sur les *ready-made* et l'art conceptuel, le pop art et les mille et une théories de la représentation, défilèrent dans cette salle. Au bout de six mois, le couple fut déclaré innocent par un jury qui en avait déjà assez qu'un homme à perruque lui dicte ce qu'il devait penser.

Paradoxalement, la lettre surprit le couple en pleine crise financière. Il y avait des mois qu'Arthur était affligé d'étranges douleurs dont le diagnostic semblait cependant impossible à établir. Ils passaient d'un examen médical à l'autre et voyaient leurs petites économies fondre derrière une maladie indéchiffrable. La lettre arriva comme un joyeux souvenir de ces jours où ils avaient réussi à gagner la bataille contre la Banque de Londres. La première à se prononcer fut comme toujours Constanza. Ses mots étaient définitifs : « Tu as vu, avec ça, c'est sûr qu'on entre dans l'histoire de l'art. » Arthur, plus réaliste et plus humble, perclus de douleurs, se contenta d'affirmer : « Si tu le dis, je te crois, mais assure-toi que la vieille ne soit pas une comédienne. » Cette nuit-là, déjà un peu éméché, il rit de lui-même en disant : « Comme si nous n'étions pas nous non plus de vieux comédiens. » Sa dérision n'était pas loin de la réalité. Il y avait des années que le couple n'avait plus la couverture médiatique qu'il avait acquise avec son procès. De fait, il y avait plus de trois ans qu'ils n'avaient pas présenté quelque chose de décent. La lettre arrivait donc comme une sorte de miracle tardif quand personne ne l'attendait et que la seule chose qui pointait à l'horizon était la retraite et la mort. Un verre plus tard, l'Anglais clôtura la discussion en parlant comme toujours du climat : « De petites vacances aux Caraïbes ne nous feraient pas de mal, surtout avec ce putain de climat qu'est celui de Londres. » Constanza ne l'écouta même pas, préoccupée comme elle l'était à penser à la place que ce procès leur donnerait indiscutablement dans l'histoire de l'art. Ce soir-là, ils rirent de nouveau comme ils ne l'avaient fait depuis longtemps : à gorge déployée.

Deux jours plus tard, Luis Gerardo Esquilín trouva, jetés sur son lit, les documents et les carnets liés au procès. Il aurait craint le pire s'il n'avait pas vu, à ce même instant, sortir de la salle de bains sa petite amie, une belle mulâtresse aux boucles rougeâtres. Perturbée par l'étrange distance avec laquelle son petit ami l'avait traitée pendant les derniers mois, la fille avait décidé de fouiller dans ses affaires. Comme une fiancée jalouse, elle avait passé l'après-midi à chercher dans des papiers la raison de son éloignement. Ce qu'elle trouva ne fit qu'accroître son inquiétude. On ne dirait pas un procès, se dit-elle, mais un débat entre pédants. Ce soir-là, en le voyant, elle conclut son observation par une simple phrase : « Le pire, Luisito, c'est que toi, tu y crois, tu crois le gros mensonge de cette vieille prétentieuse. » Esquilín ne sut que rétorquer, peut-être parce qu'il n'avait pas été lui-même capable d'élucider si tout était ou non une grosse farce. Il se contenta d'ébaucher des arguments juridiques que lui-même ne comprenait pas bien. Il ne parvint qu'à ennuyer sa petite amie encore davantage.

Une heure plus tard, alors qu'ils étaient dans les bras l'un de l'autre, la jeune fille lui expliqua que pour elle, toute cette histoire d'art moderne était de la pure connerie. Deux semaines plus tôt, ajouta-t-elle, un ami l'avait invitée à une soirée dans une galerie de Santurce. Plus pour rencontrer du monde qu'autre chose, elle avait décidé d'y aller sans savoir à quoi s'attendre. Ce qu'elle avait vu lui avait paru la chose la plus incompréhensible et la plus stupide qui soit : une douzaine de chiens marchaient dans une galerie vide. C'était la pièce. Ce qui est bizarre, en vint-elle à dire, c'est que les gens tiennent pour acquise la valeur de tout cela. « Les gens mangent de la merde », en vint-elle à dire, furieuse. Puis elle ajouta : « Mais toi, Luisito, tu ne peux pas manger de la merde parce que le tribunal est le tribunal et que le droit n'est pas une galerie. Tu t'en rendras compte bien vite. » Esquilín laissa tomber le commentaire comme une bombe à retardement. Il se contenta de baisers brefs, de conversations tendres, de la routine sentimentale. Ce soir-là, pour la première fois en deux mois, ils firent l'amour, après quoi la jeune fille s'écroula endormie. Lui, cependant, ne réussit pas à dormir, pensant à la façon dont il se retrouvait dans les mots de sa petite amie, à ce qui en eux devenait manifeste. Pendant très longtemps, il avait pensé comme elle que l'art moderne était une très mauvaise plaisanterie, un jeu pour initiés prétentieux. Désormais il ne voyait plus les choses aussi clairement. Il craignit que l'abîme qui commençait à le séparer de son entourage ne devînt aussi manifeste qu'il l'était dans le cas de l'accusée. Il craignit de se lever un jour, convaincu par des idéaux sibyllins et ésotériques. Il craignit enfin de faire un jour parti de cette avant-garde d'étranges obsessionnels que sa cliente semblait s'obstiner à recruter l'un après l'autre. Il craignit surtout de devenir un homme honnête mais incompréhensible, enfermé dans la prison d'un langage privé que personne ne comprendrait. C'est alors que l'image de cet intellectuel aux lunettes rondes qu'il avait lu une semaine plus tôt fit irruption. Il vit cet homme nommé Gramsci perdu dans une prison italienne, écrivant dans des cahiers des théories qui ne seraient lues que bien plus tard, pris par une série d'obsessions qui, malgré tout, finiraient par le ramener à ce monstre social dont il avait été expulsé. Il vit cet homme et se dit que les langages privés ont toujours quelque chose de jouissif, une façon d'imposer leurs mondes obsédants. La vraie folie, pensa-t-il, était qu'il y eût deux fous partageant la même obsession. En pleine nuit, l'idée lui parut extravagante mais juste. Quinze minutes plus tard, il ronflait profondément.

5

C'est au cours de ces jours-ci que je reçus une nouvelle insolite. Après des jours et des jours d'efforts et de soucis, Tancredo avait obtenu que le journal pour lequel il travaillait l'envoie comme correspondant au procès. La nouvelle m'étonna mais, le connaissant, tout était à sa portée. J'avais moi-même à un moment pensé y aller, retourner dans mon île et m'enfoncer dans les détours de cette histoire qui commençait à se déployer comme se déploient les labyrinthes, guidés par des forces serpentines et obscures. La pudeur, la timidité ou la simple indifférence m'avaient dicté le contraire. Ainsi, apprenant que Tancredo y serait présent, il ne me restait plus qu'à me réjouir que mon ami vînt à ma rescousse. Tandis que je dînais à Manhattan avec une jeune Italienne dont je venais de faire la connaissance, je pouvais être sûr que mon ami serait là-bas, au beau milieu du procès, me représentant d'une manière ou d'une autre. Aussi quand, la veille de son départ, nous nous retrouvâmes dans le bar habituel pour boire quelques bières et qu'il me demanda ce que je pensais de tout cela, je me contentai de mentionner les étranges sculptures que le vieux Toledano taillait dans un village vide et la seule chose qui sortit de ma bouche fut une phrase totalement nihiliste : « Chacun fait ce qu'il veut. » Comme corrigeant ce qui venait d'être dit, j'ajoutai : « Chacun fait ce qu'il peut. » Tancredo se mit alors à parler de la tour, du sergent Burgos qu'il pensait rencontrer d'ici peu, des diverses théories qu'il commençait à élaborer. Mais je ne l'écoutais pas beaucoup. Je sentais en revanche grandir en moi l'image de Giovanna assise dans son salon, me parlant d'animaux qui, en pleine forêt tropicale, jouaient à se camoufler.

Deux jours plus tard, le premier message arriva. Tancredo y ébauchait une théorie sur le baroque tropical. Il disait que l'art et la culture caribéens pouvaient s'expliquer très facilement si on prenait en compte un facteur déterminant : la chaleur. Les Tropiques étaient par définition entropiques : la chaleur menait au mouvement, à l'excès, à la sueur, à la malice baroque. Puis il se mettait à parler du rôle des moustiques dans cette cosmogonie tropicale : les moustiques, invisibles mais endiablés, étaient la véritable muse caribéenne. Là où les Grecs avaient imaginé l'ange, où Lorca avait vu la présence du *duende*, Tancredo situait l'inquiétude invisible provoquée par le moustique. Il suffit de voir, pointait Tancredo dans son mail, un homme livrer bataille à un moustique : ses gestes, désordonnés et excessifs, lui donnent l'air d'un homme en transe. Je ris en lisant tout cela, imaginant le pauvre gros perdu dans les ruelles coloniales, suant à grosses gouttes, habillé comme un vrai touriste, avec son chapeau à aile et sa *guayabera* blanche bien repassée. Je ne pus cependant que donner raison à ses théories extravagantes : la chaleur tropicale, à bien y penser, était le moteur de mes joyeux tropiques.

Trois jours plus tard, écrit sur un ton plus solennel et moins enjoué, le deuxième message m'arriva. Tancredo y racontait sa rencontre avec le sergent Burgos. Il décrivait un homme terriblement fatigué, détruit par l'idée, obsédante et récurrente, que son témoignage avait contribué à l'incarcération d'une femme digne. Puis le message racontait l'histoire de la tour, du vingt-septième étage et du bègue. D'après ce que racontait Tancredo, la disparition subite du garçon avait très vite obsédé Burgos. Craignant qu'il se venge, il ne dormait pas de la nuit, mangeait peu, parlait moins. Il était devenu une ombre de l'homme courageux qu'il avait été. Quand il dormait, un rêve récurrent le tourmentait : dans un tourbillon d'images, il voyait le *mural* sombre et messianique qu'il avait contemplé dans cette pièce et croyait entendre les voix étouffées des enfants qu'il avait vus sur les écrans des ordinateurs du bègue. Il se levait en nage, le cœur battant à cent à l'heure, certain que le bègue le suivait à la trace. Lors de nuits comme celles-là, il n'avait plus aucun doute : ce garçon était le véritable coupable des malheurs qui l'affligeaient. Convaincu que la seule manière d'expurger ce démon était de l'affronter, il passait ses journées à déambuler dans la tour, espérant qu'un jour, son ennemi daignerait l'affronter. Puis, comme il ne se passait rien, il allait dans un bar et au rythme de vieux boléros de jukebox, il s'en remettait au rhum. Il gaspillait ainsi ses heures, essayant d'échapper aux cauchemars qui le guettaient. Moi, je lisais tout cela et ne pouvais m'empêcher de penser que Tancredo n'appartenait pas à ce monde. Mais une autre réflexion ne tardait pas à émerger : l'accusée et le bègue non plus ne lui appartenaient pas. S'il y avait là une histoire, c'était une histoire déplacée et embarrassante, d'êtres désorientés.

Peu à peu, pendant les mois qui suivirent, les messages de Tancredo commencèrent à s'accumuler à leur propre rythme, produisant une histoire parallèle à celle que je voyais aux informations. Si grâce à elles apparaissait l'image du procureur, un homme arrogant aux cheveux argentés et au faux sourire, dans son message, Tancredo se chargeait de décrire minutieusement les habitudes des cinquante-six familles qui cohabitaient dans la tour. Si les journalistes se chargeaient de disséquer la dernière fausse information montée de toutes pièces par l'accusée, Tancredo décrivait les rituels des héroïnomanes qui vivaient dans les étages supérieurs de la tour. Ce monde crépusculaire obéissant toutefois aux lois du quotidien le plus élémentaire en était arrivé à l'obséder. Là-bas, les gens dormaient, mangeaient, lisaient, partageaient comme partout. Sans que je parvienne à imaginer comment, Tancredo avait réussi à se faire accepter par ces gens, au point de l'inclure dans leurs vies privées. Il avait même réussi à ce qu'ils lui confient leurs ragots. D'après ce qu'il me racontait dans le troisième et le quatrième message, il s'était lié d'amitié avec un coiffeur nommé Gaspar, un vieux coquet qui portait des chemises à fleurs et dont le salon de coiffure était l'un des lieux de rencontre de la tour. Et cela pour une raison très simple : il y avait un téléviseur dans son salon. Aussi, tous les jours, à deux heures de l'après-midi, un tas de vieux à la retraite et quelques jeunes garçons s'entassaient dans le petit espace pour regarder les courses de chevaux. Avec la grâce du meilleur escroc, Gaspar disait détenir des informations confidentielles que lui transmettait l'un de ses contacts de l'hippodrome. Tous les matins, à midi, il passait le même coup de fil et sur ces entrefaites, il essayait de vendre l'information aux autres vieux. Deux heures plus tard, voyant leurs chevaux à la traîne, ils récriminaient le coiffeur et sortaient brutalement, disposés à continuer leur vie, jurant ne jamais recommencer à croire aux mensonges du vieux. Cependant, deux jours plus tard, ils répétaient la routine du désenchantement.

Tancredo comprit qu'il trouverait dans peu d'endroits autant d'informations sur l'accusée que dans ce salon de coiffure. Entre deux verres, il réussit à se lier d'amitié avec quelques jockeys à la retraite et joua de ces liens comme s'il s'agissait d'un ticket pour entrer dans le groupe paresseux qui se réunissait ponctuellement, tous les deux jours, au salon de coiffure. Au début, ils le traitaient comme un simple *gringo* ayant des informations. Ils l'acceptaient, pour ainsi dire, uniquement en raison des renseignements qu'il rapportait directement de l'hippodrome. Gaspar, en particulier, le regardait d'un air soupçonneux et avec une certaine méfiance, sachant que le gros *gringo* pouvait du jour au lendemain lui ôter la moitié de son commerce. S'il l'acceptait, c'était avant tout par simple curiosité. Il était intrigué par son histoire, son intérêt pour la tour, son petit chapeau à aile. Puis, sans s'en rendre compte, il commença à éprouver une certaine tendresse pour lui. Il se mit à l'appeler l'Ancêtre, à lui offrir du café, et il le présentait à ses amis. Il lui donna, pour ainsi dire, une place dans le monde singulier de la tour. C'est ainsi que Tancredo fut au courant des ragots qui circulaient sur l'accusée : muet, il se contentait d'écouter les rumeurs sur sa supposée amourette avec le bègue, sur son arrivée inattendue dans la tour au début de la décennie, sur les lettres qu'elle envoyait de temps à autre à l'étranger. Rien d'hors du commun :

des histoires ordinaires dont lui avait déjà fait part le sergent lors de leurs conversations. Un après-midi, cependant, il entendit quelque chose qui retint son attention : l'un des vieux mentionna l'étrange manie de la *gringa* – comme ils l'appelaient – qu'elle avait d'aller tous les après-midi travailler dans un petit café. Pendant quasiment dix ans, ajouta le vieux, ils avaient vu l'accusée descendre les marches, le carnet à la main, se dirigeant vers le petit café La Esperanza. Quand Tancredo demanda ce qu'elle y faisait, personne ne sut lui répondre. « Les mêmes folies que celles qu'elle faisait là-haut », répondit Gaspar.

Cet après-midi-là, Tancredo refusa trois fois le café que lui offrait le vieux et prit congé de Gaspar plus tôt que d'habitude. Il descendit à pied les trois étages qui séparaient le salon de la rue et s'apprêtait à sortir quand il aperçut Burgos, arborant une tête de désespéré et d'insomniaque, déambuler au premier étage. Il hésita à le saluer, puis décida qu'il en aurait le temps plus tard. Le matin, pensa-t-il, appartient toujours aux insomniaques. Il salua le monsieur de l'entrée et, traversant la rue, demanda dans de petites pompes funèbres où se trouvait le café La Esperanza. Une dame âgée, aux cheveux blancs, se chargea de le guider, non sans l'avoir mis en garde auparavant : « Si j'étais vous, avec cette dégaine de *gringo*, je n'entrerais pas là-bas. C'est dangereux. » Tancredo eut un sourire complaisant. Il sortit, traversa deux rues pleines de décombres et, dix minutes plus tard, vit apparaître au bout d'une rue pleine de chiens errants un petit établissement dont l'écriteau disait : L Esp ranza. Il comprit qu'il était arrivé au lieu indiqué. Surveillant l'entrée, un vieux Noir, maigre comme une girafe, lui sourit avec la moitié d'œil qui lui restait. Tancredo serra les dents et entra.

La Esperanza était un petit coupe-gorge. Tancredo le comprit immédiatement, dès qu'il vit les deux jeunes gens le siffler du coin de la rue. L'un avait la tête couverte d'un bandana de couleur foncée et l'autre, assis sur une petite chaise en bois, semblait n'avoir que faire que de son ceinturon sortît, complètement visible, la crosse d'un revolver argenté. Ils ne devaient pas avoir plus de seize ans. Il comprit immédiatement la mise en garde de la femme des pompes funèbres, mais il ne se laissa pas intimider pour autant. Pendant son séjour à La Nouvelle-Orléans, au milieu des années 1990, il s'était rendu dans des bars semblables, et s'était même frotté à des situations bien pires. Il saurait comment se comporter. Aussi, dès qu'il réentendit le sifflement, il leva les bras en signe de paix et expliqua ce qu'il imaginait inquiéter les deux garçons : il n'était pas policier, juste un reporter idiot qui travaillait pour un tout petit journal. Les garçons lâchèrent une ou deux courtes plaisanteries, lui montrèrent le pistolet qu'il avait déjà vu – plus dans l'idée d'importuner qu'autre chose – et, quand ils virent que le type semblait n'avoir pas l'air de broncher, ils lui demandèrent son nom : « Je m'appelle Tancredo, mais ceux de la tour m'appellent l'Ancêtre », se contenta-t-il de répondre. L'Ancêtre ? Comme celui-là ? s'enquit le garçon au bandana avec une certaine grâce. Tancredo regarda en direction de l'endroit que pointait le garçon et vit une demi-douzaine de photographies sur lesquelles apparaissait un homme gros, albinos, aux lunettes noires qui lui donnaient un faux air d'aveugle. Il comprit alors que l'origine de son surnom remontait à un musicien local, pâle et gros comme lui, probablement en nage lui aussi. « Un *salsero* », dirent les garçons d'une seule et même voix, et lui, il ne lui resta rien d'autre à faire qu'à se mettre à rire. À sa surprise, les garçons trouvèrent aussi la scène amusante. Déjà plus détendus, ils lui demandèrent s'il voulait acheter quelque chose. Tancredo leur expliqua l'affaire : il leur parla de son amitié avec Gaspar et ceux de la tour, de son travail de journaliste dans un journal *gringo*, de la rumeur qu'il avait entendue disant que l'accusée passait ses après-midi dans ce petit café. « Donc ce qui t'intéresse, c'est l'histoire de la folle ? Qu'est-ce qu'on s'en fout... » répondit le garçon au pistolet. Puis il lança un cri en l'air, un son qui parut indéchiffrable à Tancredo mais qui devait être un nom car, quelques secondes plus tard, un costaud portant un tablier et un bonnet blanc ouvrit la porte de ce qui semblait être la cuisine. « Ce *gringo* veut parler de la folle... » Sans faire de manières, un peu dérangé par l'interruption, l'homme demanda si quelqu'un voulait du café. Trois minutes plus tard, assis en face de Tancredo avec deux cafés noisette, il commença par souligner la coïncidence : Viviana Luxembourg aussi aimait les cafés noisette. Elle en avait commandé, presque sans discontinuer, tous les après-midi pendant les huit dernières années, jusqu'au jour de son arrestation.

Cet après-midi-là, ils parlèrent de beaucoup de choses tandis que, dans leur dos, Tancredo pouvait voir les clients entrer, payer et sortir avec de petits paquets. Ils parlèrent de tant de choses que Tancredo, enthousiaste, ne voyait pas clairement ce qui exactement lui avait donné la sensation d'être au bord de la révélation. Plus tard, se remémorant la conversation, il ne parvint à recomposer qu'une routine fastidieuse : selon l'homme, la *gringa* était arrivée un après-midi au petit café, et n'avait cessé d'y retourner. Tous les après-midi, c'était la même chose : elle commandait un café noisette et s'adonnait à la lecture. Puis, le premier café fini, elle demandait le jeu de dominos et passait une bonne demi-heure à jouer, configurant de petites tours et des figures, des compositions qui, tout compte fait, ne menaient à rien. Puis, avec un deuxième café devant elle, elle s'asseyait pour écrire des notes sur les sempiternels mêmes cahiers, incompréhensiblement rédigés avec une écriture microscopique et fragile qui semblait une langue privée. Puis, à quatre heures, elle s'asseyait pour lire. « Allez savoir quels livres elle lisait. Nous, nous n'y accordions pas d'importance. Elle ne gênait pas, nous ne gênions pas. Nous la prenions pour une folle », avait dit le cuisinier. Puis, plus par curiosité que pour autre chose, Tancredo avait demandé si l'accusée avait déjà acheté de la drogue. La question n'eut pas l'air de plaire à l'homme, mais il répondit quand même : « Jamais, mais parfois, à cause de ce qu'elle racontait, on aurait dit qu'elle en avait pris. » Puis il avait raconté une histoire que la *gringa* avait dite sous forme de blague mais qu'il n'avait pas trouvée drôle du tout, bien que toutefois elle soit restée gravée dans son esprit comme une énigme incompréhensible. La blague, telle qu'elle avait été racontée à Tancredo, mettait en scène un écrivain de romans policiers classiques qui s'employait à attaquer les romanciers expérimentaux, mais laissait comme legs posthume une pièce indéchiffrable qui rendait les critiques fous, une pièce que tous essayaient de lire selon les registres classiques, mais qui finissait par les avoir à chaque fois. Une œuvre expérimentale, comprit Tancredo, qui prenait la vie entière comme prétexte pour faire une simple plaisanterie posthume. L'idée, abominable mais géniale, que la vie pouvait être un prétexte pour plaisanter fut peut-être ce qui lui fit sentir cet après-midi-là, qu'il s'approchait du moment de la révélation.

Tu peux m'expliquer où veut en venir la plaisanterie? s'enquit l'homme, après la lui avoir racontée. Tancredo, peut-être par solidarité ou simplement par condescendance, lui dit que pour lui non plus elle n'avait aucun sens, qu'il s'agissait à coup sûr d'une simple folie. Puis il posa une dernière question au cuisinier, à présent flanqué des deux garçons: un jour, pendant ces années, avaient-ils demandé à l'accusée pourquoi elle avait décidé de s'installer à Porto Rico? Ces derniers mois, la presse avait énormément spéculé: depuis l'hypothèse la plus évidente sur le climat local jusqu'à des théories conspiratrices qui voyaient le pays comme le centre d'opérations d'un réseau criminel plus vaste. L'homme lui répondit qu'en fait, il n'en avait aucune idée. Les rares fois où ils avaient parlé de l'île, celle-ci semblait lui importer très peu. Ce qui est sûr et certain, ajouta-t-il, c'était qu'elle parlait un espagnol parfait, un espagnol très neutre, comme si elle venait de nulle part ou essayait de masquer son origine. Puis il parut se souvenir d'un détail. Il dit que la première année, après son arrivée à la tour, la *gringa* avait l'air obsédée par un événement en particulier: la mort, survenue le 22 mars 1978, du funambule Karl Wallenda. L'insigne patriarche de la famille de trapézistes la plus célèbre du monde avait fait une chute mortelle dans l'après-midi, victime d'un grand coup de vent inattendu alors qu'il marchait sur une corde raide entre deux immeubles à El Condado, la zone touristique la plus connue de l'île. La *gringa*, ajouta l'homme tout en ayant l'air de faire un effort de mémoire, n'avait ces jours-là fait que parler de l'événement : elle voulait en connaître les détails spécifiques, la réaction du public local et même entendre la voix du journaliste qui avait rapporté les faits. Elle passait dans l'après-midi de longs moments à ébaucher des dessins identiques, des croquis du moment où les pieds commençaient à lui faire défaut, des esquisses de son manque de stabilité initial. L'anecdote sembla familière à Tancredo, il connaissait l'histoire de la chute de Wallenda, mais il ignorait qu'elle avait eu lieu précisément dans cette île. Écoutant l'histoire, il pensa une courte seconde que Gaspar et les vieux du salon de coiffure avaient peut-être raison : peut-être les caprices de l'accusée procédaient-ils réellement de l'inépuisable source de sa folie. La phrase de l'un des garçons mit fin à ses doutes. « Dis, mon gars, nous n'avons pas gardé un des dessins par ici ? » Tancredo vit l'homme se lever de sa chaise, entrer de nouveau dans ce qui semblait être la cuisine, puis, après quelques minutes pendant lesquelles on n'entendit que le bruit de tiroirs, il réapparut avec un dessin à la main. Ce que Tancredo vit alors, la série de dessins que le vieux posa devant lui, lui procura une sensation étrange. Il sentit dans son estomac un élancement aigu et inattendu, comme si tout n'était que la plaisanterie cruelle d'un enfant. Il vit des dizaines d'ébauches en miniature. Il contempla les premiers pas, sûrs et légers, ces pas qui, ensuite, donnaient lieu aux premières hésitations, puis à une silhouette courbée et plus loin encore – dans une séquence réellement douloureuse – à la chute libre du funambule. Il vit alors qu'à l'intérieur de cette étrange séquence de caricatures, le processus n'était pas linéaire mais cyclique et que, dans les derniers encadrés, le petit pantin qui représentait Wallenda s'arrêtait de nouveau sur la corde raide et recommençait son éternel supplice. Une image lui vint à l'esprit : il se souvint des petits livres qui le fascinaient quand il était enfant, dont les pages froissées par un coup de doigts laissent place à une petite scène animée : un pantin qui lançait un ballon de basket, un Mickey Mouse qui sautait sur un tremplin, l'agression frustrée d'un rhinocéros. Il se souvint même d'un petit livre qui ébauchait la scène d'un baiser. Ses souvenirs d'enfance ne lui procurèrent aucune joie ni aucune nostalgie, ils ne firent que souligner l'étrange cruauté du dessin de l'accusée. « Vieille mais folle », répéta l'un des garçons, et lui, se contenta d'acquiescer d'un petit geste. Cinq minutes plus tard, il était sorti du café et de retour dans le petit hôtel où il avait décidé de loger pendant ces semaines.

L'hôtel s'appelait le Balcon de la Mer mais de vues sur mer, il n'en offrait aucune. Localisé à Río Piedras, le quartier universitaire, il était en fait plus urbain qu'autre chose. Il était entouré d'un étrange mélange de bohème étudiante et d'ambiance locale que Tancredo, dans sa troisième lettre, se risqua à appeler « un essaim délicieux ». Ce soir-là, incapable de trouver le sommeil, il erra de bar en bar jusqu'à ce qu'il entende, parmi les discussions des garçons, une phrase qui lui parut macabre mais précise, correspondant à ce qu'il venait de voir l'après-midi même : « L'enfer est un sarcasme dans lequel personne ne comprend rien. » La phrase, terriblement subtile, l'apaisa. Un monde dans lequel il existait encore des phrases pour les malaises était un monde viable. Il s'endormit sur-le-champ, au son des rythmes du jukebox qui résonnaient encore sur sa fatigue éthylique, convaincu qu'il comprenait l'accusée.

Dans la septième lettre, Tancredo me parlait de l'image qui l'avait hantée cette nuit-là. À mi-chemin entre le sommeil et l'ébriété, flottant dans l'atmosphère comme un rêve à moitié ébauché, une date s'imposait. Ce n'était pas une date précise, mais dans ce marécage où le conscient et l'inconscient se débattaient, c'était clairement celle qui marquait la chute de Wallenda. « Bien que je ne m'en souvienne plus, écrivait Tancredo, ce devait être le 22 mars 1978, parce que depuis, je ne peux penser à cette date sans éprouver une sensation étrange de proximité et de rejet. » Puis il décrivait la façon dont cette nuit-là, son esprit – toujours hyperactif et parfois absurde – en était venu à associer la date avec le moment de la disparition de la famille Toledano. Incapable de considérer ce qu'il sentait comme une évidence claire, je me contentai de penser aux étranges maquettes que le vieux Toledano construisait dans un village lointain, bataillant en mon for intérieur entre l'idée de raconter ou de ne pas raconter à Tancredo l'histoire que je venais d'entendre, convaincu que, pour la première fois, les folies de mon ami arriveraient à bon port. La volonté de silence l'emportait toujours. Je me contentais de sortir les archives de Giovanna, de flairer dans ses notes comme un détective à la retraite, de me rappeler le geste bref avec lequel elle fumait, de jouer avec cet éléphant de jade qui, d'une manière ou d'une autre, me rapprochait d'elle. À la nuit tombée, la sentence arrivait en hâte jusqu'à moi : même les farces ont des conséquences.

6

Dix jours avant le début du procès, alors qu'il parcourait l'un des carnets, Luis Gerardo Esquilín tomba sur une page volante, froissée parmi les autres, dont l'encre était presque illisible. Qu'elle fût écrite d'une autre couleur et sur un autre papier le surprit. Il reconnut, bien sûr, l'écriture minuscule et hautaine de l'accusée. Sans beaucoup y réfléchir, plus par méthode que pour autre chose, il se contenta de recopier sur son ordinateur la ribambelle de noms et de notes qui y apparaissait :

> Baudelaire, Flaubert, Wilde, Joyce, Pound, Brecht, Burroughs, Nabokov, Brodsky, Onetti, Pasolini, Bernhard. Dans chaque cas, la littérature devant le juge. Là aussi, dans la littérature, il y a conflit entre le métier et la loi. Se souvenir toujours du jeune Kafka qui, à vingt-sept ans, écrit dans son journal : « Nous sommes des hors-la-loi, personne ne le sait et pourtant chacun nous traite de la sorte. » Se souvenir toujours de Kafka, le grand célibataire des paraboles impossibles.

Sous la note, il reconnut une série de dessins. Plus d'une fois, il était tombé sur eux dans les écrits, sous forme de *doodles* improvisés, mais il ne savait pas encore exactement ce qu'ils cherchaient à représenter. Il émettait, il est vrai, quelques hypothèses : il pensait qu'il pouvait peut-être s'agir d'un promeneur discret, un détective privé ou un gymnaste russe. Quand un après-midi, il le montra à sa petite amie, sa réponse fut immédiate : pour elle, il s'agissait d'un petit homme qui dansait sur la pointe de ses pieds. Cette fois, cependant, Esquilín trouva sous la série de dessins une date : 22 mars 1978. La date retint son attention, peut-être parce qu'elle lui rappela que l'anniversaire de son petit frère aurait précisément lieu le lendemain : le 23 mars. Il ne s'arrêta pas là. Il ouvrit son ordinateur et chercha les événements les plus importants ayant eu lieu à cette date. Il ne trouva pas grand-chose : la date de naissance d'un marathonien reconnu, la fin d'une guerre asiatique, quelques événements auxquels avait participé le président des États-Unis de l'époque, Jimmy Carter. Il allait s'estimer vaincu quand il tomba sur une information qui lui parut plus pertinente : la mort de Karl Wallenda, survenue dans l'île précisément le mercredi 22 mars 1978. Il passa l'heure suivante à recueillir des renseignements sur la famille Wallenda, la mort du patriarche et l'opiniâtre mais vaguement poétique décision de sa famille de continuer à tout risquer sur la corde raide. Il se souvint d'avoir déjà entendu l'histoire, de la bouche de sa mère, mais l'anecdote lui parut tout de même singulière. Il trouva étrange que quelqu'un comme Wallenda, aussi expérimenté qu'il disait l'être, un homme qui était allé jusqu'à traverser sur une corde raide les chutes du Niagara, ait péri en allant d'un immeuble à un autre tout proche. Il se dit que s'il s'était agi d'un roman policier, il aurait commencé ainsi : tramant une conspiration transatlantique autour de la mort de Wallenda. Puis, il se dit qu'il faudrait tisser les fils de cette histoire, la voir traverser les quatre décennies suivantes jusqu'à son apogée : lui, l'avocat Esquilín, se chargerait de résoudre le crime secret. Il se dit que si, un jour, il lui venait l'idée d'écrire cette histoire, il en avait déjà le titre précis : *La Conspiration Wallenda*. L'idée, délirante et absurde, que tout cela donnait la matière d'un roman policier finit par le faire bruyamment éclater de rire.

Ces idées ne venaient pas à Esquilín de nulle part. Elles prenaient pour fondement une rumeur qui, ces jours-là, commençait à se répandre dans les médias : l'idée que l'accusée était simplement le visage d'un réseau beaucoup plus large. Virginia McCallister, répétait la presse à scandale, était juste la pointe de l'iceberg d'un groupe d'activistes bien plus vaste, la face visible d'un réseau anonyme qui commençait à peine à se montrer. Ce n'était pas, comme avait pensé Esquilín au départ, une idée farfelue : juste à cette époque, les réseaux anonymes de hackers, les activistes invisibles, les collectifs cybernétiques, devenaient plus communs. Même la presse américaine la plus conservatrice en arriva à parler de tout un bataillon de traîtres dirigés par l'ancienne *top model*. Quand il finit par aborder le sujet avec l'accusée, Esquilín n'eut comme réponse qu'un grand éclat de rire suivi d'une sentence ironique : « Les pauvres, on voit qu'ils ne comprennent rien. Tout art est déjà en soi un acte collectif. » Se sentant de nouveau défait, humilié par sa faible compréhension théorique, il passa les jours suivants à préparer une réponse. Trois jours plus tard, quand il découvrit les *doodles* de Wallenda dans le carnet de l'accusée, il fut tenté d'offrir à la presse l'idée de cette conspiration. Il rit en pensant que s'il le faisait, il répéterait le geste de l'accusée : il amènerait les reporters jusqu'à cette frontière où la réalité et la fiction se confondent.

Trois autres jours plus tard, Esquilín se rendit à la tour pour la première fois. L'image de ce microcosme social où même le mal semblait occuper une bonne place le surprit. Il traversa en costume-cravate les corridors bourrés d'enfants crasseux et joyeux, jusqu'à arriver au vieil appartement où s'était logée l'accusée. Plusieurs fois il avait essayé de découvrir pourquoi elle avait décidé de se loger précisément à cet endroit, dans cet inframonde où pas même la police n'osait entrer. Il ne trouva de réponse ni dans les cahiers de l'accusée ni dans ses conversations avec cette femme qui disait être Viviana Luxembourg. Il n'en trouva aucune non plus cet après-midi-là au moment d'entrer dans cet appartement à présent totalement vide. Une fois à l'intérieur, il constata que ce monde était beaucoup plus normal qu'il ne l'avait imaginé : enfants normaux, appartements typiques, vieux qui passaient le temps comme ils l'auraient fait ailleurs. Un monde parfaitement normal qui obéissait toutefois à une logique privée. Alors, la chemise trempée de sueur, il ressentit un étrange calme en se promenant dans l'espace qu'avait occupé l'accusée pendant une décennie entière. L'espace depuis lequel elle avait tramé sa stratégie. Il lui sembla plus vaste que ce qu'il avait imaginé, plus éclairé, aéré et accueillant. Épuisé, vaincu par la sueur, il défit sa cravate et s'approcha de la fenêtre. Ce qu'il vit alors, le paysage urbain de toits et de rues, ce labyrinthe de béton qui s'ouvrait devant lui, lui fit comprendre que son lien avec l'affaire ressemblait un peu à un paysage ouvert : l'un de ces paysages vastes et colorés dans lesquels quelqu'un jure avoir caché une statue, mais devant lesquels nous pouvons passer des heures, perdus, sans tomber sur le plus petit indice de cette figure secrète. Le truc de l'accusée, pensa-t-il, avait été de se placer à ce point exact depuis lequel les contours du crime devenaient quelque chose de vaste et d'omniprésent comme la ville elle-même. Se placer au point précis à partir duquel l'image du crime se confondait peu à peu avec le paysage même de la loi, avec son cœur le plus charmant.

Esquilín retourna à son appartement sans poser de questions ni interroger de témoins, incapable d'admettre que quelque chose commençait à le ronger : la sensation de se trouver devant une étrange image dont le sens lui échappait à la même vitesse que celle avec laquelle il avait la prétention de la saisir. Il passa cet après-midi-là allongé sur son lit, baignant dans la plus profonde oisiveté, fixant le plafond avec le regard espiègle des enfants, cherchant de petits motifs dans la masse d'irrégularités que le béton tissait. Il se souvint alors du jeu auquel il jouait enfant : la façon dont tous les soirs, incapable de céder à la fatigue, il jouait à ébaucher de petites cartes au milieu du plafond. Il trouvait des îles, des archipels blancs perdus dans de grands océans, de petits continents ressemblant un peu à l'Australie, des mondes qui, toutefois, lui donnaient la sensation d'être hébergé par un réseau de sens secrets. Cet après-midi-là, il eut l'impression que sa confusion venait d'une erreur de perspective : pendant plus de trois mois, il avait cherché l'image secrète dans la psychologie de sa cliente alors qu'elle était ailleurs. Il se souvint de la phrase, furieuse et confuse, que l'accusée lui avait lâchée le jour où il avait eu la prétention de l'impliquer dans un réseau : « Les pauvres, on voit qu'ils ne comprennent rien. Tout art est déjà en soi un acte collectif. » Vaincu par la chaleur et l'humidité, il s'endormit profondément avant de comprendre où tout cela le menait. Il se réveilla cinq heures plus tard, son chien courant anxieusement dans l'appartement vide, incapable de distinguer si c'était le jour ou la nuit, si c'était encore aujourd'hui ou déjà demain.

7

Ce même après-midi, pendant qu'Esquilín dormait, Tancredo s'approcha de la tour à la recherche du sergent Burgos. Il pensait lui poser quelques questions liées à sa rencontre avec Miguel Rivera. Il voulait corroborer l'hypothèse qui lui était venue à l'esprit en plein sommeil : l'idée que Miguel Rivera était, tout compte fait, le véritable cerveau de l'intégralité de ce projet fou. Il fut étonné de ne pas le trouver en train d'errer comme il en avait l'habitude dans les premiers étages. Il ne le trouva pas non plus dans les étages supérieurs. Au salon de coiffure, Gaspar confirma ses craintes : on l'avait aperçu ivre, déambulant dans les étages supérieurs, perdu parmi des héroïnomanes. Puis il avait disparu. Préoccupé par cet ami qu'il connaissait à peine, il se dirigea vers le commissariat et, interrogeant au sujet de Burgos, il reçut une réponse inattendue : après s'être comporté de façon bizarre pendant un mois, le sergent avait démissionné. Il s'apprêtait à sortir quand une secrétaire, incapable de se taire, l'interpella d'un sifflement. Puis elle lui raconta avec une discrétion qui parut à Tancredo étrange, ce qu'elle seule disait savoir. Selon elle, deux jours après avoir démissionné, Burgos avait pris un avion pour New York. Tancredo essaya de lui demander si elle savait ce qu'il était parti chercher là-bas, s'il y avait de la famille ou des amis. La femme se contenta de répondre que tout le monde dans l'île avait quelqu'un là-bas. Puis elle prit congé et retourna dans son bureau. Cet après-midi-là, Tancredo ne put que penser à autre chose qu'à la disparition de Burgos. Il imagina d'abord la disparition du bègue, puis celle de Burgos. L'image ne tarda pas à lui parvenir clairement: cette disparition en cachait probablement une série d'autres plus importantes encore, une grande chaîne de disparitions soudaines derrière laquelle se trouvait sans doute la véritable histoire du crime. Assis dans un café proche, il imagina un grand exode s'acheminant vers le nord, une grande chaîne de somnambules qui se lançait sur le chemin opposé à celui que mentionnait l'accusée dans ses cahiers. Un grand pèlerinage au sein duquel la mer des Caraïbes cherchait à se perdre dans un nord diffus. Il voulut se soulager du poids de l'image en dessinant une sottise. Dix minutes plus tard, quand la serveuse vint récupérer la tasse vide, elle trouva, ébauchée sur la serviette, un dessin aux détails impressionnants dans lequel elle crut distinguer une grande marche de pingouins vers la mer. Pensant que le dessin plairait sans doute à son plus jeune fils, elle garda la serviette.

Ce même soir, des heures plus tard, je recevais un message de Tancredo. Un message qui commençait par raconter les derniers événements, la disparition de Burgos et la médiatisation grandissante du procès mais qui, ensuite, prenait un ton étrange, étrange pour Tancredo du moins. J'avais toujours pensé que la théorie et l'ironie lui servaient de parfaits boucliers face à l'hostilité d'un monde cannibale. J'avais toujours pensé que, tout compte fait, le système lui convenait plutôt bien. Le ton sombre et hagard de son dernier message me donnait la sensation du contraire: la réalité semblait finir par se glisser dans ses théories. Tancredo me racontait qu'il passait ses nuits à penser à Burgos, à Giovanna, à moi, à toute cette secte d'êtres fatigués qui, selon lui, étaient tombés sous l'emprise de la folie de Virginia McCallister. Il parlait d'une grande conspiration dont l'origine n'était pas précisément un esprit humain mais autre chose: une figure cosmique qui croissait sans s'arrêter. Lisant tout cela, je me souvins de mes premiers mois aux côtés de Giovanna et compris que mon ami commençait à s'égarer. Trop de rhum, trop de chaleur, trop de théories. Je me souvins alors de cette scène que je m'étais remémorée des années auparavant : les après-midi où mon père m'emmenait au vivarium, ces après-midi où, figé devant une vitre, j'essayais de donner vie en claquant des doigts à un animal qui semblait inexistant, avant de comprendre qu'il était le paysage dans lequel je le cherchais. Cet animal, pensai-je, dévorait le paysage avec la même force qu'avec laquelle Virginia McCallister semblait dévorer toute histoire qui essayait de la neutraliser. Je pensai à Giovanna, au vieux Toledano, à Tancredo, aux heures que j'avais perdues en m'efforçant de trouver le patron derrière le projet de Giovanna et me dis que Tancredo avait raison : ce qui prenait de l'ampleur sous nos yeux n'était pas clair, on ne savait pas quelle histoire commençait à se montrer ni laquelle semblait toujours dissimulée, où était le patron lisible derrière cette énorme toile d'araignée qu'une vieille *top model* tissait depuis une prison caribéenne. Farce ou tragédie ? Je fus soudain parcouru d'un frisson en pensant que, pour certaines histoires, les vieilles catégories ne suffisent pas.

8

Pendant les jours qui précédèrent le début du procès, la spéculation médiatique se déchaîna. Les théories conspiratrices de la presse à scandale s'accrurent, avec leurs réseaux invisibles et leurs groupes anonymes. Deux auteurs prestigieux, l'un chilien et l'autre californien, s'intéressèrent au double visage de la *top model* devenue artiste, et le bruit commença à courir qu'une productrice de cinéma américaine préparait un film sur sa vie énigmatique. Au même moment, pensant sans doute que tout était une mise en scène de l'éternelle divergence entre art et vie, art et société, un ensemble d'artistes norvégiens regroupés sous le nom de Konsept lança une campagne sur les réseaux sociaux pour défendre cette artiste qui, selon eux, reprenait le vitalisme d'avant-garde de l'inégalable Marcel Duchamp.

Tous voulaient un morceau de son histoire.

Ne manquèrent pas non plus les spéculations sur son état mental : on évoqua la bipolarité, un trouble de la personnalité multiple, l'Alzheimer et la démence. Un journal du sud de la Floride en vint même à parler d'une maladie moins connue : une maladie très étrange appelée démence non continue dans laquelle le patient, bien que pleinement conscient de son état, est incapable de comprendre sa vie comme un présent continu. Pour Luis Gerardo Esquilín, le problème identitaire de l'accusée était devenu une obsession. Il était étonné par la conviction avec laquelle celle-ci refusait de parler de son passé, de sa famille, de ce voyage fatidique qu'ils avaient entrepris en 1977. Très souvent, pendant les longues conversations qu'il avait avec elle, il avait essayé de la convaincre qu'elle n'échapperait à la prison que si elle lui expliquait ce qui s'était passé. Elle n'échapperait à la solitude absolue que si elle lui expliquait comment Virginia McCallister avait fini par devenir Viviana Luxembourg. L'accusée refusait de répondre, et Esquilín était de nouveau convaincu que sa stratégie n'était pas la bonne : peu pouvaient importer la solitude et la prison à une femme qui semblait s'obstiner à se consacrer à la pensée et à l'art. Pendant ces longs après-midi, face à cette femme qui refusait d'être elle-même, Esquilín pensait aux notes qu'il avait trouvées dans ses carnets, à l'île méditerranéenne d'Ustica, à cette solitude depuis laquelle Antonio Gramsci avait ébauché ses théories politiques. Il finissait alors par se convaincre qu'il n'y avait pas d'issue. Lui, acteur inconnu de second rôle, il ne lui restait qu'à accepter avec dignité et orgueil.

Parfois, pendant les chauds après-midi de l'été tropical, perdu dans des papiers, Esquilín sentait l'ennui le cerner de tous les côtés. Il croyait pénétrer peu à peu dans le monde conjuré grâce à cette phrase qu'il avait trouvée écrite dans les marges d'un carnet de l'accusée et dont l'obscure résonance poétique l'avait fasciné depuis le début : « Ainsi, comme le sommeil est le point culminant de la relaxation corporelle, l'ennui l'est de la relaxation spirituelle. L'ennui est l'oiseau de rêve qui incube l'œuf de l'expérience. Il suffit du murmure des feuilles du bois pour le faire fuir. » Écrite ainsi, sans signature ni source, sans grande relation avec les phrases qui l'entouraient, la sentence lui avait paru au départ un peu arbitraire. Cependant, quelque chose l'avait forcé à la recopier dans son petit carnet de notes. Une légère intuition lui avait indiqué que cette phrase apparemment absurde cachait des vérités. Il ne s'était pas trompé : au bout de plusieurs mois, imitant peut-être le processus d'incubation qu'elle suggérait, la phrase avait fini par se transformer en une sorte de talisman qui accompagnait l'avocat partout. Il suffisait d'attendre, de se livrer à l'ennui comme celui qui se soumet à la solitude. Un jour, l'œuf de l'expérience éclorait et la vérité de l'affaire serait révélée exacte, légère, sans poids, comme l'un de ces rêves dont nous nous réveillons joyeux, pleins d'oubli. Un jour, il s'endormirait et, au réveil, cette affaire ne serait plus qu'un lointain cauchemar à moitié oublié, une rumeur de ce qui aurait pu être sa grande gloire. Tous les jours, à six heures du matin, le réveil sonnait et Luis Gerardo Esquilín affrontait de nouveau l'irréfutable évidence que la nuit n'oublie qu'à peine les péchés véniels. Il n'avait plus qu'à se laver les dents, prendre les carnets et aller de l'avant.

Obsessionnel, enclin à l'ennui, insomniaque, Tancredo croyait au contraire se sentir perdu parmi une multitude de talismans et de pistes. Il passait ses après-midi à rassembler tout ce qui était publié sur l'accusée : les coupures locales comme les étrangères, les courts spots télévisés, les rumeurs et même les spéculations. Rien n'était omis dans ces grandes archives. Tancredo examinait tout, organisait tout, théorisait tout : les photos qui rendaient compte de l'ascension de la jeune *top model* au début des années 1950, ses premières apparitions cinématographiques, les brèves mentions sur sa progressive radicalisation politique, sa carrière entière jusqu'aux dernières photos qui la montraient en combinaison couleur crème carcérale, vieillie mais toujours belle et élégante. Il passait des heures à visionner des films en noir et blanc, dans lesquels jouait l'accusée, pensant combien le monde et les gens avaient changé, convaincu que derrière ces films, entre les gestes et les rires, se cachait la solution de l'étrange énigme qui les occuperait des années plus tard. Il ne trouvait rien d'autre que l'image même de la célébrité et du glamour se regardant dans le miroir : les flirts caractéristiques du cinéma de l'époque, les dialogues faciles et les cadrages précis. Tout était à sa place, tout semblait en harmonie avec la mode de l'époque. Dans ces moments, il lui était impossible de penser que cette femme en fût arrivée un jour à vivre dans la tour, parmi des centaines de cahiers dont elle prenait soin avec une éthique monastique.

Toutefois il ne s'estimait pas vaincu. Sans connaître l'histoire que moi je connaissais, il essayait d'assembler les pièces, les politiques et les personnelles, comme s'il s'agissait d'un énorme puzzle qui ne finissait que par lui renvoyer l'image de sa propre confusion. Pendant ce temps, il remettait des colonnes creuses au journal qui l'employait, plus par engagement que pour autre chose, des notes qui se contentaient de recueillir le sentiment général du public local face à l'affaire : le sentiment qu'en avaient les vieux qui fréquentaient le salon de coiffure de Gaspar, quelques conversations qu'il avait eues avec Burgos avant son inexplicable fugue, de petites anecdotes que lui racontaient des étudiants dans les bars proches de son hôtel. Chaque article se terminait cependant – tout à fait le style de Tancredo – par une théorie extravagante, des spéculations qu'il réussissait à glisser entre des faits triviaux : théories sur la nature de l'art, son éternelle bataille avec la loi et la beauté, théories ivres sur le rôle de l'île dans une grande conspiration continentale. Spéculations théoriques qui semblaient écrites dans une langue privée qu'il était le seul à comprendre. Il publiait ces notes et le lendemain, à onze heures du matin, après un petit tour dans les librairies du secteur, il se dirigeait vers l'arrêt et prenait le bus qui, une heure plus tard, finissait par le déposer à trois pâtés de maisons de la tour. Une fois arrivé, il faisait trois tours au rez-de-chaussée, cherchant les traces du sergent Burgos disparu et celles de l'énigmatique bègue, Miguel Rivera, tout en sachant qu'il finirait dans le salon de coiffure de Gaspar, savourant l'ennui avec une dizaine de vieux retraités. Des heures plus tard, quand il était lassé de leurs conversations, il prenait congé timidement et traversait de nouveau à pied les cinq pâtés de maisons de décombres et de chiens qui séparaient la tour du petit café La Esperanza. Arrivé là, sous le patronage des locaux, il répétait avec une absolue fidélité le rituel dont il avait entendu dire qu'il traçait la routine de l'accusée : il commandait un café noisette et s'adonnait à la lecture. De cette lecture de livres disparates – livres d'histoire, de littérature et de théories de l'art, mais aussi livres de mécanique quantique, de topologie et même bandes dessinées –, il tirait des citations qu'il incluait dans les messages qu'il m'envoyait dans l'après-midi. Puis, une fois les effets de la caféine dissipés, il demandait le jeu de dominos et passait l'heure suivante à jouer, à créer des figures, de petites tours et des labyrinthes, des représentations du *quincunx* et d'autres formes marines qu'il recopiait d'un vieux catalogue d'histoire naturelle qu'il m'avait volé avant de partir pour l'île. Se jurant à lui-même qu'il accomplirait le rituel exactement comme il l'avait entendu, il jouait jusqu'au triomphe de l'ennui. Alors, enfin prêt pour la pensée et la réflexion, il commandait un autre café noisette et s'installait pour écrire : notes minimales, pensées isolées, le type d'aphorismes extravagants produits par un esprit agile qui ne craint pas l'absurde. Il essayait d'imiter cette écriture minuscule avec laquelle, disait-on, écrivait l'accusée. Il essayait de trouver, à travers l'imitation vulgaire des choses du quotidien, cet instant précis où deux âmes communient. Il cherchait, pour ainsi dire, à devenir Viviana Luxembourg. À comprendre ses raisons, ses actes, ses tics et ses manies. L'idée n'était pas de lui : il l'avait lue dans un livre d'art qui évoquait un Uruguayen, un artiste peu banal de la non-créativité qui avait passé les derniers vingt ans de sa vie à perfectionner ses reproductions d'un tableau de Van Gogh, dans une tentative de comprendre exactement ce qu'avait éprouvé le Néerlandais au moment de peindre ces fleurs. Chaque après-midi, incapable de comprendre l'accusée, Tancredo se remémorait le projet voué à l'échec de l'Uruguayen. Un élancement froid et profond lui clouait alors la poitrine, l'obligeant à partir.

Plus je recevais de messages de Tancredo, plus grandissait en moi la conviction que les rôles s'inversaient, que désormais c'était lui qui s'approchait dangereusement de ce *gringo* dont il m'avait tant parlé des années auparavant. C'était lui qui pénétrait progressivement dans la folie de ce William Howard, le *gringo* ivre dont Tancredo disait avoir fait la connaissance aux Caraïbes, celui qui passait les nuits dehors, convaincu que les îles se collectionnaient comme les timbres-poste ou les pièces de monnaie. Peu à peu, comme je le craignais, les rôles se confondaient et Tancredo entrait dans un monde sans frontières où les limites de l'humour menaçaient de se fondre avec celles de la terreur. Farce ou tragédie ? La question se répétait avec l'insistance du pire cauchemar tandis que le début du procès approchait à grands pas. Moi, je pensais à Giovanna et songeais qu'il fallait s'armer de patience : un jour, la blague éclorait et montrerait son visage moqueur.

Ces jours-là, alors qu'il étudiait les carnets pour préparer l'audience, Esquilín trouva dans les marges d'une discussion ennuyeuse à propos de l'affaire *Constantin Brancusi vs. The United States* une citation qui retint son attention. Elle disait : « Ne faire absolument rien est la chose la plus difficile du monde, la plus difficile et la plus intellectuelle. » Cette fois, la citation était bel et bien signée par un certain Oscar Wilde, nom dont il se souvint vaguement de ses cours d'anglais au lycée, mais dont il ignorait complètement la trajectoire. À l'époque, il lisait peu et travaillait encore moins, il y avait donc de fortes chances qu'il n'eût même jamais lu le livre en question. Un second souvenir résiduel refit surgir le nom à la surface : il se souvint de l'avoir vu dans les listes de procès littéraires que l'accusée avait mentionnés dans une page précédente. Il passa la demi-heure suivante à tâtonner dans les dizaines de documents ouverts sur l'écran de son ordinateur. Il retrouva finalement la citation dans un document qu'il avait intitulé « Pensées isolées ». Le nom était là, perdu parmi tant d'autres qui lui étaient, eux aussi, vaguement familiers mais dont, à sa grande honte, il n'avait jamais lu les œuvres : « Baudelaire, Flaubert, Wilde, Joyce, Pound, Brecht, Burroughs, Nabokov, Brodsky, Onetti, Pasolini, Bernhard. Dans chaque cas, la littérature devant le juge. » Relisant la phrase de Wilde, Esquilín se dit que c'était peut-être ce que cherchait l'accusée : une dernière demeure où s'installer pour ne rien faire, un monastère privé depuis lequel sculpter l'ennui jusqu'à le transformer en intellect. Il pensa à Wilde, à Gramsci, et la seule image qui lui vint à l'esprit fut une anecdote qu'il avait entendue des années auparavant à la télévision : celle d'un moine bouddhiste qui avait passé les derniers quinze ans de sa vie à méditer dans l'attente de cet instant final où son esprit s'exprimerait dans un geste parfait. Un geste minimal, une sorte de brassée de nageur dans laquelle se concentrait toute une vie. Peut-être, se dit Esquilín, Viviana Luxembourg avait-elle pensé sa vie comme un pur effort débouchant sur un geste final, un procès qui la rachèterait aux yeux du public, mais aussi à ses propres yeux. Ne rien faire et ensuite tout faire. Ou mieux encore, pensa Esquilín, tout faire, tout donner, pour ensuite déboucher sur un merveilleux néant. Arriver à la fin de sa vie dans une merveilleuse oasis d'ennui où s'asseoir pour prononcer un dernier mot. Une irréfutable vérité mit fin à ses spéculations : la date du début du procès approchait et il n'avait même pas de certitude quant à son nom. Il fallait travailler.

9

Le procès devait commencer le 15 juillet. Trois jours avant, les journalistes étrangers, imaginant peut-être qu'il serait long et qu'il était bon de se faire des amis, décidèrent de se rassembler pour échanger en buvant des verres. Peut-être cherchaient-ils simplement à partager des informations. Au moment de choisir le lieu de la rencontre, quelqu'un expliqua que parmi eux, personne ne connaissait mieux l'île que Tancredo. Il ne se déroba pas : il choisit un bar de la bohème étudiante, un bar en plein air situé dans un coin de la cité universitaire où, au rythme de la musique et du rhum, se réunissait l'intelligentsia locale. Les autres journalistes, habitués aux quartiers touristiques, trouvèrent la suggestion risquée et exotique, une bonne dose d'aventure avant les jours ardus de travail qui les attendaient.

Ce soir-là, ils découvrirent une réalité très différente de celle dont ils avaient jusque-là fait l'expérience dans leurs hôtels. Il n'y avait là pas grand-chose de la splendeur criarde des halls d'hôtel bourrés de femmes à talons hauts et d'orchestres de *salsa* pour touristes. Pour la première fois, ils voyaient s'ouvrir devant eux un panorama différent ; une authenticité qui avait peu à voir avec les tenues folkloriques des serveuses qui les servaient dans les restaurants typiques de la vieille ville coloniale ni avec la foule de restaurants qui disaient avoir inventé la *piña colada.* Là, l'authenticité prenait un autre sens. C'était autre chose : une rumeur atmosphérique, une entropie différente de tout autre chaos. C'était, comme disait Tancredo, un essaim délicieux sur lequel s'entassait une multiplicité de voix, de bruits et de rires qui, cependant, finissait par tisser un grand filigrane plein de vie. Dans un coin du bar, entouré de canettes de bière vides, un groupe de locaux dansait au rythme d'un vieux jukebox. Des chansons d'Ismael Rivera, d'Héctor Lavoe, des rythmes *salseros* que très peu de reporters connaissaient mais qui tout de même produisaient en eux une étrange piqûre et une courte joie. En extase, ils regardaient les danseuses tourner. Commentaient tout, décrivaient tout.

Observant la scène, Tancredo se dit qu'indépendamment de la couleur de leurs peaux, de leurs tenues trop fleuries et de leurs accents à nuls autres pareils, c'était le regard qui terminait par révéler leur irréfutable étrangeté : le tourisme était avant tout une façon de regarder. La description, pensa-t-il, était le pire piège tendu par les tableaux de mœurs. S'ils voulaient pénétrer dans ce monde dont il sentait déjà faire partie, il fallait faire tomber la barrière anthropologique. Il disparut par une petite porte qui séparait deux *murales* et quand ils le revirent, il apportait avec lui une généreuse tournée de *cubalibres*. Puis vinrent une deuxième et une troisième. À la quatrième, les langues se délièrent et les blagues commencèrent à fuser. C'est ainsi qu'il apprit les rumeurs qui circulaient parmi les journalistes. Des rumeurs sur une supposée histoire d'amour entre l'accusée et un jeune homme du cru, les véritables raisons de son voyage en Amérique latine au milieu des années 1960, sa supposée affiliation à certains groupes péruviens de la gauche radicale. Entre deux gorgées fusaient aussi les plaisanteries sur Esquilín, ses lunettes à monture en plastique et son allure de jeune taureau inoffensif. Ce n'était pas que son aspect qui semblait attirer les moqueries des journalistes. Couraient également des rumeurs sur les témoins que la défense préparait : une journaliste italienne prétendait savoir que la défense appellerait à témoigner Yoko Ono en personne que, selon elle, l'accusée avait connue au cours d'un voyage spirituel en Amazonie orientale. Ce serait, d'après les commentaires, davantage un cirque de célébrités qu'autre chose. Un défilé de clowns orchestré par une vieille folle. À chaque *cubalibre*, les rires et les spéculations se multipliaient. Un reporter français en vint même à prétendre que certaines sources lui disaient que Yoav Toledano vivait encore. Les autres reporters nièrent cette possibilité : selon eux, Toledano et la petite étaient morts depuis déjà très longtemps, au cours de ce fatidique voyage sur lequel on savait si peu.

Tancredo les laissait parler, écoutant de la moitié d'une oreille leurs spéculations éthyliques, et le reste de son attention captée par les dizaines de jeunes filles qui entraient dans le bar, puis en sortaient. Ce soir-là cependant, ce n'était pas la beauté qui avait retenu son intérêt mais la silhouette d'un ivrogne très maigre qu'il avait vu rôder dans les bars du quartier. Toujours jovial, toujours ivre, il semblait être éternellement prêt à engager la conversation avec les plus jeunes. Jusque-là, peut-être trompé par sa maigreur, peut-être par le sac à dos qu'il avait toujours l'air de porter, Tancredo avait pensé qu'il s'agissait simplement d'un étudiant excentrique. Ce soir-là, quand il passa devant la table des journalistes, l'homme leur sourit et Tancredo comprit que ce n'était pas un jeune garçon mais un homme déjà âgé. Ses cheveux blancs, son absence de dents, son sourire ridé révélaient les traces d'une vie passionnée. Il le vit disparaître à l'intérieur et se dit qu'un jour il parlerait avec cet homme mystérieux. L'occasion ne se fit pas attendre. Quand il revint au bar commander un nouveau verre, il le trouva accoudé au comptoir, légèrement ivre, essayant d'expliquer au serveur la trame de son nouveau roman. *So the guy is a writer*, se dit Tancredo. *You got to be kidding me*. Avant de décider s'il était surpris ou non, il sentit un coup d'épaule accompagné de quelques mots : « Mon pote, je t'ai vu tout à l'heure. Tu as la tête de quelqu'un qui veut entendre parler de mon roman. » Tancredo n'eut même pas le temps de répondre. L'homme se mit à raconter, avec une impressionnante précision dans les détails, le projet qui l'occupait depuis des années. Convaincu que son discours serait plus intéressant que la conversation de ses collègues, il commanda un verre pour l'homme qui, après avoir trinqué pour les mulâtresses, poursuivit sa diatribe. Au loin, ses collègues passaient des ragots aux verres dans une séquence qui les mènerait vite sur la piste de danse.

L'écrivain se faisait appeler Juan Denis et, selon lui, le roman, tel que nous l'avions imaginé depuis Cervantes, était un artefact anachronique. Personne n'avait que faire des aventures d'un vieux sénile. Il but d'un trait son verre, en commanda un autre et ajouta : personne ne se souciait plus des expériences d'un homme. D'*aucun* homme. Ou femme, taureau ou travesti, ce que tu voudras. Selon ce qu'il se mit à expliquer, le roman était sur le point d'entrer dans une nouvelle ère : inhumaine comme il aimait l'appeler, dans laquelle l'expérience humaine importait peu. « Imagine-toi, souligna-t-il, que l'être humain n'existe que depuis deux cent mille ans alors que l'univers existe depuis plus de quatorze milliards d'années. Et le roman réduit encore plus son ambition en racontant depuis la perspective d'une vie. Trente, quarante ans, parfois même un seul jour : le roman a réduit son échelle au point de disparaître. » L'idée de Denis était de mettre le roman au diapason des astres : composer des romans faits de plusieurs strates, des romans que le lecteur puisse lire comme on lit le passage du temps sur la surface des pierres. « Frère, tu es déjà allé jusqu'au Grand Canyon ? » demanda-t-il. Tancredo se contenta d'acquiescer d'un geste vague. « Donc tu sais de quoi je parle : l'idée est de faire un roman aussi dément que ce panorama monumental. Un roman vide, plein de poussière et d'air, un roman géologique racontant en un instant absolu le monumental passage du temps. Un roman-archive, voilà ! » cracha-t-il finalement joyeusement sans apparemment se demander si son interlocuteur comprenait ce qu'il disait.

Tancredo sentit que la scène était marquée par une étrange complicité. Être saoul, pensa-t-il, c'était précisément ceci : sentir que l'énergie parcourt le monde comme s'il s'agissait d'une grande étreinte. Il aimait la théorie, la façon dont, en claquant simplement des doigts, il rejetait des siècles de tradition et d'empirisme, pariant en revanche sur une épopée majeure, froide mais étrangement émotive. Il était sur le point de faire un commentaire quand Denis, un nouveau verre à la main, la voix tremblante et bégayant de plus en plus, l'interrompit de nouveau, Il voulait lui parler de son nouveau projet. Un « putain » de projet, répéta-t-il deux fois avec sa façon si particulière de glisser des grossièretés dans tant de jargon conceptuel. À ses dires, il y avait des années qu'il planifiait un roman sur l'histoire du feu : un roman dont le feu serait le véritable protagoniste, un roman commençant par l'équation chimique de la combustion pour ensuite se répandre sur tous les continents et dans toutes les époques, un roman traversant l'histoire comme s'il s'agissait d'un pâturage en feu. Il avait été pendant des années enthousiasmé par l'idée mais incapable de la mettre à exécution. Il lui manquait la forme. « La forme » : il répéta le mot trois fois, en exhibant chaque fois sa dentition jaunâtre, sentant le rhum, puis il finit par expliquer comment à peu près deux semaines plus tôt, après une semaine d'ivresse continue, il avait trouvé la solution. Discutant avec un professeur à la retraite du département de physique, il avait appris que, dans différentes parties du monde, se déclenchaient souvent des incendies souterrains face à la voracité desquels les humains ne pouvaient pas faire grand-chose. Certains brûlaient depuis plus de mille ans. Denis répétait tout avec une émotion unique, une joie frôlant l'euphorie et, face à laquelle, beaucoup diraient qu'il s'agissait des délires typiques d'un alcoolique. Écoutant ses théories, Tancredo comprenait que toute autre personne se montrerait moins patiente. Il l'avait vu de ses propres yeux : la façon dont, soir après soir, les étudiants finissaient par s'ennuyer ou s'effrayer des folies de cet homme génial. Il savait aussi que, tout compte fait, ce que cherchait réellement ce joyeux ivrogne était un mécène qui continue à payer ses verres. Peu importe : les théories valaient toujours plus que les verres, et cette poudre épique lui avait fait penser au petit village dans lequel se cachait Yoav Toledano. Un étrange frisson, froid comme le pire *déjà-vu,* lui parcourut immédiatement le dos. La simple idée que cet homme connût les détails de l'affaire, y compris ce secret que seuls Tancredo, Giovanna et moi disions connaître, l'effraya terriblement. Il essaya d'engager la conversation, de demander à l'écrivain s'il savait quelque chose de ce petit village de Toledano, mais quand il finit par élever la voix, il reçut une réponse catégorique : « Bon, assez de théories, à la recherche de petits culs, les filles ici sont jolies, n'est-ce pas ? Qu'est-ce que tu en dis, *gringo* ? » Denis lui donna une tape qui avait quelque chose d'une étreinte et, une nouvelle bière à la main, il disparut parmi les dizaines d'étudiants qui emplissaient à présent l'endroit. Tancredo ne savait que faire. Il se sentait peu à peu envahi d'une étrange paranoïa, l'obligeant à trouver des connexions partout, tissant des ponts entre des signes que personne d'autre ne prétendait voir. Il commanda un nouveau *cubalibre*, et se dit que ceci, tout compte fait, était la véritable joie de la pensée : l'implosion de l'univers dans une théorie aussi extravagante que belle.

Quand il retourna à la table où il avait laissé ses collègues, il ne trouva personne. Il les localisa quelques minutes plus tard, dansant allègrement près du jukebox. Parmi eux, suscitant rires et joie, Juan Denis contorsionnait son corps mince comme s'il s'agissait d'une marionnette. Plus loin, dans un coin un peu éloigné du groupe, le Français dansait avec une belle jeune fille du cru. Il chercha du regard la journaliste judéo-new-yorkaise qui lui plaisait mais il eut la triste surprise de la découvrir en train d'embrasser un reporter local. L'amour n'était pas son truc. Il avait suffi d'une demi-heure pour transformer une discussion civilisée en une joyeuse bacchanale alcoolique. Encore intrigué par ce qu'il avait entendu, par cette histoire géologique et chimique, il pensa se rapprocher de nouveau de Denis. Il lui suffit de le regarder pour comprendre qu'il restait peu de l'écrivain et beaucoup de l'ivrogne. Il but alors une dernière bière, écouta quelques gamins déclamer de la poésie au rythme de tambours et retourna à pied à son hôtel.

Une fois arrivé, il s'assit devant son ordinateur et chercha sur Internet des informations sur Juan Denis. Il ne trouva pas grand-chose, ce qui lui fit penser que l'ivrogne, en quête de quelques verres, avait tout inventé. Aucun écrivain portoricain ne signait sous ce nom. Cependant l'idée lui plut : la littérature la plus innovatrice, la plus avant-gardiste, était celle qu'un auteur inconnu imaginait comme une simple alternative au manque d'alcool. Peut-être, se dit-il, les idées n'étaient-elles pas de Denis. Peut-être les avait-il empruntées à quelque autre écrivain trouvé sur Internet, pour ensuite les resservir comme un sermon de son cru dans la communauté de la bohème étudiante. Il ne trouva cependant aucune mention du roman sur les incendies souterrains ni sur les romans géologiques. Juste une allusion au concept de longue durée tel qu'il apparaît dans les écrits de l'historien français Fernand Braudel. Dans sa dérive sur Internet, Tancredo termina par une entrée qui parlait d'une étrange avant-garde plaidant pour la non-créativité et le plagiat. Il lut des choses à propos d'un homme qui soutenait la disparition du génie comme figure archétypique de l'écrivain et cherchait à la remplacer par une figure plus moderne : celle du programmateur. Selon lui, le monde, depuis l'invention d'Internet, s'était empli de textes. Le geste artistique contemporain n'était donc pas d'écrire davantage de textes mais d'apprendre à composer avec la monumentale quantité de ceux qui existaient déjà. L'article mentionnait une série de textes écrits selon ces nouvelles propositions : une réplique dactylographiée de *On the Road*, le roman classique de Kerouac, une avocate qui avait présenté ses rapports légaux comme des poèmes, un écrivain qui passait ses journées à la British Library à recopier les premiers vers de chacune des traductions anglaises de la *Divine Comédie* de Dante, une version imprimée – sous la forme d'un livre de neuf cents pages – d'une reproduction d'un exemplaire du *New York Times*. Un poète avait même réussi à transcrire les rapports médico-légaux de certains morts illustres tels que John F. Kennedy et Marilyn Monroe. L'avant-gardisme cependant n'était pas sans risques. D'après la fin de l'article, parmi ces écrivains, plus d'un avait fini par avoir des problèmes avec la justice. Très récemment, un écrivain espagnol avait été traîné en justice par la veuve d'un auteur reconnu pour avoir essayé de réécrire en parodie comique l'un des livres les moins connus de son mari.

Tancredo trouva tout cela fascinant. Il y avait, se dit-il, des moyens d'arriver à comprendre l'accusée. Des façons de se rapprocher d'elle, de saisir ce qui était en jeu dans ce procès. Puis il décida d'oublier l'affaire. Il aurait suffisamment de quoi dire. Il repensa à Juan Denis, ce magnifique alcoolique aux romans impossibles. Il se demanda si, un jour, il aurait où dormir, si quelque ami fidèle l'aiderait à retourner à la maison. Il s'endormit quelques minutes plus tard. Le lendemain, alors que tout le monde au tribunal se préparait pour l'ouverture du procès, Tancredo se leva tôt, longea quelques pâtés de maisons jusqu'à la librairie qu'il avait l'habitude de fréquenter et demanda au libraire s'il connaissait un auteur local qui s'appelait Juan Denis. Celui-ci, troublé, se contenta de dire qu'il ne le connaissait pas.

10

La veille du début du procès, Luis Gerardo Esquilín ne put fermer l'œil. Plus qu'à cause de l'anxiété, il était gêné par une idée récurrente. Il craignait, dans son zèle à satisfaire les désirs de l'accusée au pied de la lettre, dans son effort pour la défendre selon ses présupposés théoriques, d'avoir oublié l'autre histoire : celle que traçait – au-delà du profil d'une artiste – celui d'une personne en chair et en os. Il souffrait d'avoir oublié si longtemps les photos familières et les spécificités de ce voyage dont l'accusée disait ne pas se souvenir. Plus d'une fois, dans le récit qu'elle avait proposé au juge d'instruction, elle avait réussi à faire l'impasse sur ce fragment de sa vie, parfois en invoquant l'amnésie et d'autres, simplement en refusant d'admettre l'avoir vécu. Avec le procès qui allait commencer, Esquilín sentait qu'il était devenu la marionnette de sa cliente, le premier pion que l'accusée sacrifierait sur la scène d'un théâtre qui durerait des années.

Un courrier électronique reçu ce même après-midi avait fini par nourrir ses craintes. Il était signé par rien de plus ni de moins qu'Alexis Burgos, nom qu'il reconnut comme celui de l'un des policiers dont la déposition avait abouti à l'arrestation de celle qui serait ensuite sa cliente. Il ne se souvenait que vaguement des détails, mais il savait que c'était Burgos qui avait entrevu la couverture du livre de la rétrospective photographique de McCallister et qui, troublé par la discordance entre les deux noms, avait commencé à tenter d'élucider l'énigme. Dans ses premières semaines en tant qu'avocat de la défense, il avait essayé plus d'une fois de le joindre pour évoquer les détails de ce rendez-vous initial. Il n'y était jamais parvenu : Burgos était ailleurs, Burgos était malade, Burgos n'était plus là. C'est peut-être la raison pour laquelle il ne fut pas étonné de lire que le sergent était dans le nord, qu'il lui écrivait de New York où il avait décidé de s'installer pour combattre l'insomnie et la dépression. Esquilín trouva la logique étrange : il y avait, selon lui, peu de lieux moins reposants que cette énorme métropole. Il ne s'arrêta cependant pas sur ce point. Les lignes qu'il lut ensuite semblaient avoir été précisément écrites pour venir confirmer l'anxiété qui le rongeait depuis les premières heures de la matinée.

La première impression qu'eut Esquilín en lisant ce message fut de s'être introduit sans le vouloir dans un tourbillon cyclonique dont un homme profondément troublé et las occupait le centre. Il regretta alors le bon vieux temps, quand il suffisait de trouver le destinataire au dos de l'enveloppe pour avoir une vague idée du lieu où était son interlocuteur. Les courriers électroniques, pensa-t-il, dissipent la voix de l'expéditeur dans des zones ambiguës. Il eut alors l'étrange sensation que la voix qui s'adressait à lui était celle de la ville, de ce labyrinthique New York dans lequel le sergent avait disparu en essayant de cacher ses chagrins. Une voix froide et lasse qui confondait les dates et lui parlait tout à coup de beaucoup de choses qu'il ignorait : d'un garçon bègue nommé Miguel Rivera, d'un *mural* immense sur lequel l'histoire humaine était ébauchée comme un énorme cauchemar divin, d'un écran plein de jeunes visages que Burgos disait avoir entrevus rapidement. Dans le message, Burgos refusait d'émettre des jugements. Il se contentait d'énumérer grâce à de simples virgules une série d'événements qui semblaient étrangement liés. Après avoir mentionné les visages, il commentait brièvement la montagne d'enfants illuminés dont avait parlé l'accusée au cours de cette première rencontre, la façon dont, à cette occasion, elle s'était obstinée à souligner que tout cela constituait une épopée sur la fin des temps. Enfin, le message mentionnait l'étrange texte que Burgos disait avoir trouvé dans la chambre vide du bègue : ce conte dont la fin semblait s'étendre à jamais, par le biais de laborieux tours de rhétorique qui ne menaient qu'à d'autres fausses fins, à une chaîne infinie de détours impossibles qui rappela à Esquilín les fameuses machines de Rube Goldberg qui le fascinaient tant quand il était enfant. Le souvenir de ces machines abyssales lui fit penser que peut-être l'ensemble de l'énigme était quelque chose de très simple, comme disaient les vieux de la tour : une chaîne d'êtres las essayant de donner du sens aux théories d'une vieille femme diabolique. Burgos clôturait en admettant que les jours derniers, il avait bu plus que d'habitude et que le message avait été écrit dans la plus profonde des fatigues. Regardant l'écriture amaigrie avec laquelle le sergent signait, Esquilín prit conscience que le procès commencerait le lendemain, et qu'il n'était même pas en mesure de dire qui était vraiment sa cliente.

Ce soir-là, incapable de trouver le sommeil, convaincu d'avoir oublié quelque chose de fondamental, il sortit du lit sur la pointe des pieds, essayant de ne pas réveiller sa petite amie, s'assit à son bureau et passa la demi-heure suivante à naviguer sur Internet à la recherche des derniers articles à propos de l'affaire. Il vit les photos de l'accusée, les classiques photos avant-après, puis les photos antagoniques de l'actrice et de l'accusée, de Virginia McCallister et de Viviana Luxembourg. Il éprouva un sentiment étrange en voyant son nom mentionné dans plus d'un article, mais il essaya de ne pas y penser en se disant qu'il n'avait pas de temps à perdre : il devait travailler. Il chercha les notes qu'il avait préparées pour ses plaidoiries et, après une première lecture, il se dit qu'il avait fait son travail en bonne et due forme : il avait poussé la logique de sa cliente jusqu'à ses derniers retranchements. Il retourna se coucher en se disant que le spectacle était prêt, mais le souvenir de la lettre de Burgos revint le troubler. Il était clair qu'il connaissait comme personne, presque à la perfection, la série de carnets à laquelle l'accusée l'avait mené. Il pouvait citer, les connaissant presque par cœur, les affaires et les notes qui peuplaient les cent soixante-quatorze carnets composant *L'Art en procès.* Des soixante-treize cahiers restants, il comprit alors qu'il savait très peu.

Désespéré, il chercha les photocopies qu'il avait faites des cahiers. Il ne tarda pas à trouver le carnet inaugural qui ouvrait ce deuxième projet. Il lut sur la couverture, écrit en majuscules, le titre : *LE GRAND SUD.* Titre poétique, titre inattendu, bon titre, se dit-il. Il se plongea alors dans ces cahiers qu'il avait déjà compulsés à diverses reprises mais desquels il se sentait étrangement loin. La première fois qu'il les avait examinés, il avait pensé qu'il s'agissait d'un projet antérieur, appartenant à la phase ésotérique de l'accusée. Des cahiers à archiver, avait-il pensé. Cependant, à l'heure où allait commencer le procès, ils prenaient une autre importance. Parmi les multiples citations à retenir, il en trouva une qui semblait ébaucher une très brève communauté de disparus, une histoire qui lui fit songer à la voix voilée avec laquelle, depuis un nord flou, le sergent Burgos lui parlait d'un texte infini et inutile disparaissant à l'intérieur de lui-même :

> B. Traven, Hart Crane, Ambrose Bierce, Arthur Cravan : disparaître dans le terrible Sud. Transformer la disparition en l'œuvre elle-même. Antonin Artaud, Malcolm Lowry, William Burroughs, Jack Kerouac : disparaître dans les enfers et revenir comme Dante pour raconter l'histoire. La seule véritable œuvre est la disparition elle-même.

Esquilín, qui connaissait comme personne les stratégies rhétoriques de sa cliente, reconnut immédiatement la structure de l'argument. Il se dit que la liste de noms se répétait de nouveau. Comme si derrière toute série arbitraire se cachait une théorie du cosmos. Il songea à retourner se coucher mais la curiosité comme toujours finit par l'emporter. Il chercha sur Internet des faits significatifs à propos de la vie de B. Traven, premier nom de la liste. La première chose qui le surprit fut la photo de son profil Wikipédia, un double montage où apparaissait l'écrivain à la fois de profil et de face dans une pose et avec un visage qui lui évoquèrent un *mugshot* plus que n'importe quoi d'autre. Une moustache primesautière et une certaine moue sérieuse, accompagnées d'un béret à carreaux, lui firent penser que l'homme qui apparaissait photographié là se moquait de l'appareil. Cet homme avait une tête de chien, l'un de ces braves chiens loyaux qui, au bout du compte, finissent par se moquer de nous. Tout, songea-t-il, ressemblait à une plaisanterie, le cadre dans lequel s'inscrivaient ces films comiques post-modernes que, de temps à autre, il aimait regarder avec sa petite amie. Il ne fut pas déçu par l'histoire qu'il lut alors. C'était une histoire complexe, picaresque, transatlantique de disparitions et d'anonymats, qui lui parut étrangement semblable à celle de sa cliente. Un jeu de masques carnavalesque qui lui fit penser que l'histoire était une grande mascarade par une secte d'artistes fous.

Tout cela ressemblait à une conspiration ourdie par un génie s'obstinant à jouer un tour à l'histoire. De 1925 à 1960 étaient parus pratiquement vingt livres signés par un certain B. Traven, énigmatique auteur qui disait vivre au Mexique mais dont on savait peu de choses. Livres d'aventures mêlées à des idées anarchistes, livres sur le Mexique profond des indigènes et de l'exploitation capitaliste, livres étranges publiés directement en Allemagne avec des critiques favorables. Livres écrits par un auteur qui avait construit sa vie comme un énorme labyrinthe d'identités entrelacées.

Dans l'austère paix de sa petite maison des environs d'Acapulco, B. Traven réussit pendant des années à rester anonyme jusqu'à ce que sa propre célébrité finît par attirer l'attention de la presse et du public. Un après-midi, lisant l'un de ces livres, un journaliste et écrivain nommé Erich Mühsam crut distinguer dans le style de Traven les tours prosaïques de Ret Marut, vieux collègue des années où il était le leader anarchiste de l'éphémère République soviétique de Bavière en laquelle, du 7 avril au 3 mai 1919, les socialistes allemands avaient placé leurs plus grands espoirs. Il s'agissait indubitablement du style de son ami, cet ami, murmurait-on, qui avait passé les années précédant la Révolution à jouer sur les plus lointains tréteaux de petites villes allemandes. Cet acteur au nom étrange avait commencé sur les tréteaux de la lointaine Idar, pour ensuite passer par ceux d'Ansbach, Sulh, Dantzig et finir par atterrir à Berlin. L'étrange était que, selon Mühsam, Ret Marut eût été arrêté et exécuté après la chute de la République soviétique de Bavière, le premier mai 1919.

Une explication plausible surgirait des années plus tard, quand Will Wyatt et Robert Robinson, deux documentaristes de la BBC intéressés par l'énigme Traven et souhaitant en trouver la clé, s'attelèrent à la tâche de consulter les registres du département d'État des États-Unis et du ministère des Affaires étrangères de Grande-Bretagne. Ils y découvrirent quelque chose d'extrêmement intéressant : après s'être échappé et avoir évité l'exécution, Marut était parvenu jusqu'au Canada pour ensuite être déporté en Grande-Bretagne où il fut incarcéré le 30 novembre 1923 à la prison de Brixton comme sans-papiers. Interrogé par la police britannique, Marut avoua être Hermann Otto Albert Maximilian Feige, né dans la ville de Swiebodzin, le 23 février 1882. Selon les archives nationales, après son bref service militaire, Otto Feige avait disparu sans laisser de traces. Les documentaristes réussirent à reconstituer son parcours : ils confirmèrent que, pendant l'été 1906, un certain Otto Feige avait rempli brièvement la fonction de chef du syndicat des forgerons de Gelsenkirchen. Poussé par sa veine artistique, il prendrait le chemin de Berlin à l'automne 1907, cette fois sous le nom de Ret Marut.

En pleine nuit, complètement absorbé par l'histoire racontée, Esquilín pensa que tout cela – l'anarchisme, les multiples identités, les déplacements trompeurs – correspondait parfaitement au profil de Viviana Luxembourg. Toute piste semblait cacher une histoire, tout comme les noms. En lisant que Marut était l'anagramme de « *traum* », le mot allemand pour « rêve », comme l'anagramme de « *turma* » (le mot roumain pour « troupeau », le mot « accident » en finlandais et le mot « horde » en latin), il pensa que peut-être Luxembourg cachait quelque chose de plus, quelque tour linguistique qui la rapprocherait du mot norvégien pour « troupe » ou du mot danois pour « plaie ». Quand il essaya de chercher davantage, il fut frappé par une évidence irréfutable : si un pays porte votre nom, celui-ci disparaît derrière l'histoire du pays. Il ne trouva pas grand-chose. Il se contenta alors d'étudier l'autre donnée qui avait retenu son attention : le fait que la plupart des romans de B. Traven, en particulier ceux du fameux Cycle de l'acajou, exploraient les conditions inhumaines d'exploitation des indigènes dans l'État de Chiapas, forcés de travailler, dans des conditions hostiles, l'acajou dans des camps de concentration appelés *monterías*. Esquilín trouva l'information intéressante. Il reconnaissait le nom de Chiapas, qui lui évoqua le zapatisme, et plus particulièrement le visage masqué de ce grand cow-boy anonyme qui, dans son enfance, lui avait fait penser que le Mexique était une version latino-américaine du grand Ouest : le sous-commandant Marcos. Il se souvint que, dans son enfance, l'image masquée du sous-commandant avait été la bouée de sauvetage du superhéros : un homme masqué, sans nom, qui, depuis la forêt, planifiait un nouveau monde. Il se souvint qu'un soir, alors qu'il devait avoir neuf ou dix ans, devant une table bourrée d'invités, il avait surpris tout le monde en arguant que lorsqu'il serait grand, il serait comme ce Robin des Bois masqué qui vivait dans le Chiapas. Il se souvint que, ce soir-là, les convives avaient ri et qu'ensuite, au moment d'aller se coucher, sa mère était entrée dans sa chambre et lui avait dit qu'il n'était pas Robin des Bois et que le Chiapas n'était pas un endroit pour les enfants décents comme lui. Il se remémora tout cela et soudain, il revit clairement l'image : il imagina Viviana Luxembourg perdue entre les arbres de la forêt du Chiapas, discutant avec le sous-commandant à propos de l'art, la révolution, la politique et l'anonymat. Il comprit alors que derrière les listes de sa cliente, il y avait une tentative désespérée de se construire une histoire. Derrière ces listes et ces séries se trouvait la volonté d'une femme s'obstinant à se faire une place dans une grande histoire anonyme.

L'histoire de Traven ne se terminait toutefois pas dans une prison de Brixton. L'histoire de son arrivée au Mexique, sa subreptice transformation en B. Traven et sa consolidation comme l'un des romanciers les plus acclamés et traduits du moment requéraient encore une explication. Comme toujours, ceux qui ne la cherchaient pas la trouvèrent. Après le succès commercial du livre de Traven, *The Treasure of the Sierra Madre*, publié par Knopf en anglais en 1935, les studios de production Warner Bros décidèrent de tourner une adaptation du roman et considérèrent que le metteur en scène le plus indiqué pour cela était John Huston. Planifiant le tournage, Huston commença par écrire à Traven, avec qui il prit rendez-vous à l'hôtel Bamer de la ville de Mexico. Comme il fallait s'y attendre, Traven ne vint jamais. Il envoya à sa place un traducteur qui s'appelait Hal Croves, muni d'un acte notarial qui l'autorisait à représenter l'écrivain. Ce même Hal Croves assisterait des mois plus tard à une réunion à Acapulco et serait présent pendant tout le tournage du film, imposant son avis à diverses reprises, ce qui amena beaucoup de collaborateurs de Huston à penser que cet homme sec et taciturne était en réalité B. Traven en personne. Les trois Oscar que le film remporta en 1948 suffirent pour que la rumeur sur l'étrange anonymat de l'écrivain devînt un sujet de conversation national. La productrice, prenant conscience du potentiel commercial de l'aura qui commençait à entourer le personnage, en vint même à faire courir le bruit qu'il y aurait une récompense de cinq mille dollars pour qui rencontrerait le vrai B. Traven.

C'est alors qu'advient la seconde partie de l'histoire. Un journaliste mexicain du nom de Luis Spota, suivant les pistes fournies par la Banque de Mexico, tomba sur une ancienne *posada* des environs d'Acapulco où vivait un homme se faisant appeler Traven Torsvan. Les voisins l'appelaient « le *gringo* » et disaient que l'homme était né à Chicago. Ils ne se trompaient pas. Selon ses papiers, Torsvan était né le 5 mars 1890 à Chicago, avait franchi la frontière pour se rendre à Ciudad Juárez en 1914 et avait obtenu sa carte d'identité mexicaine en 1930. Spota comprit que c'était un gros mensonge. Après avoir suborné le facteur, il confirma ses soupçons : tous les mois, Torsvan recevait des chèques rédigés au nom de B. Traven.

Sûr d'avoir assez d'éléments pour l'incriminer, il se présenta un jour à la *posada* et exposa ses découvertes à cet homme qui disait être Traven Torsvan face à face. L'homme nia avec emphase être Hal Croves ou B. Traven. Trois jours plus tard, le 7 août 1947, dans l'hebdomadaire *Mañana*, Spota publiait sa grande découverte. Deux jours plus tard, Torsvan disparaissait.

« On l'appelait *el gringo.* » Comme ma *gringa*, pensa Esquilín en se servant une nouvelle tasse de café. Il essaya alors de se représenter cette *posada* des environs d'Acapulco où cet homme qui avait été tant d'autres – cet homme qui avait d'abord été Otto Feige, puis Ret Marut pour ensuite disparaître sous les noms d'Hal Croves, B. Traven et Traven Torsvan – avait finalement décidé d'être lui-même. Il l'imagina agréable mais pleine de mouches, chaleureuse et bien conçue pour l'ennui. Il l'imagina un peu semblable à la tour dans laquelle sa cliente s'était cachée sans se cacher pendant presque dix ans. Lieux pour disparaître sous de fausses identités, se dit-il. Il reprit un peu de café et relut la citation qui avait ouvert la voie à l'histoire de Traven :

> B. Traven, Hart Crane, Ambrose Bierce, Arthur Craven : disparaître dans le terrible Sud. Transformer la disparition en l'œuvre elle-même. Antonin Artaud, Malcolm Lowry, William Burroughs, Jack Kerouac : disparaître dans les enfers et revenir, comme Dante, pour raconter l'histoire. La seule véritable œuvre est la disparition elle-même.

Convaincu que sa cliente s'inscrivait elle-même dans cette longue tradition de l'anonymat et de l'invisibilité, Esquilín prit un stylo-bille et s'apprêtait à inscrire le nom de Viviana Luxembourg à côté de celui de Traven quand un doute l'assaillit : à quel lieu appartenait-il, celui des disparus ou celui de ceux qui étaient revenus pour raconter la disparition ? Il eut alors la sensation que l'accusée avait tout planifié dans une tentative de sauter d'une liste à l'autre. Planifier la disparition puis le retour. Il rit en pensant que tout avait un air de pure religion. De mort et de résurrection d'une Marilyn Monroe messianique.

Comme toutes, l'histoire de B. Traven se terminait par une mort. Le 26 mars 1969, dans la ville de Mexico mourait Hal Croves. Lors d'une conférence de presse improvisée, son épouse d'alors, Rosa Elena Luján, confirma sa mort et révéla que son véritable nom était Traven Torsvan Croves. D'après elle, il était né le 3 mai 1890, fils d'un père norvégien répondant au nom de Burtoon Torsvan et d'une mère anglo-saxonne nommée Dorothy Croves. Deux jours plus tard, selon ce que demandait son testament, ses cendres furent dispersées par un avion qui survolait la forêt du Chiapas.

En terminant de lire l'histoire et d'assembler les morceaux, Esquilín sentit que le tout formait un puzzle absurde : un puzzle dont toutes les pièces s'emboîtaient mais où finissait par se dessiner un paysage fantaisiste, à mi-chemin entre la campagne et la plage. Avec l'aide de sa femme, pensa l'avocat, Traven venait de jouer un tour aux experts et à l'État mexicain. Il terminait ses jours aussi multiples qu'avant, naissant aussi bien à Swiebodzin qu'à Chicago, entouré d'une dizaine de noms et de personnalités diverses. Traven, se dit Esquilín, avait été tant pour finalement parvenir à n'être aucun. Une citation de l'écrivain lui avait spécialement plu. Elle disait : « *The creative person should have no other biography than his works.* » Il copia sur un petit bout de papier une traduction de la citation : « L'artiste est celui qui n'exhibe pas d'autre biographie que ses œuvres. » Bonne citation, songea-t-il. L'artiste, comme être anonyme, multiple. L'artiste, comme celui qui renonce à être un et devient multiple. Il pensa alors au procès qu'il affronterait le lendemain. Ce qui s'y jouait avait aussi beaucoup à voir avec une plaisanterie posthume.

En regardant l'heure sur l'ordinateur, il constata qu'il était presque quatre heures. Cinq heures le séparaient du début du procès. Dehors, deux jeunes hommes ivres disaient en criant de joie que les dimanches étaient les nouveaux vendredis. Esquilín ne put que se dire que tout cela était précisément ce qu'un procès était supposé être : une mise en scène du désaccord entre la loi et le monde. Ou du moins une mise en scène du désaccord entre les pièces qui composent le monde.

11

Sur le visage de la femme que les policiers introduisirent dans la salle, il n'y avait aucune trace de son séjour en prison. Vêtue d'un tailleur noir, d'une chemise blanche et d'une cravate foncée, élégamment intacte malgré les années, elle paraissait totalement impassible face à la situation. Loin de l'image de la fragile princesse qui avait séduit les téléspectateurs américains un demi-siècle plus tôt. Loin de l'image de la jolie petite fille, fragile, craquante. Une aura de maturité lointaine semblait l'entourer, comme si pendant des années, en bonne actrice qu'elle avait été, elle avait planifié dans les moindres détails cette longue marche qui lui offrait à présent un dernier rôle. Accompagnée par les gendarmes, elle marcha jusqu'à son banc et s'assit sans, à aucun moment, tourner les yeux vers le public ni non plus faire un geste qui aurait trahi du repentir ou un trac quelconque. Elle ne parut même pas remarquer la présence des caméras de télévision ni les flashs photographiques qui rendaient compte de chacun de ses pas. Une fois arrivée, assise à côté de son avocat, elle fixa le juge des yeux, comme s'il s'agissait d'un dialogue entre elle et la loi. Dans son dos, une vague de petites rumeurs grossissait de gauche à droite, suivant la logique géométrique selon laquelle la salle avait été disposée: le public était assis à sa gauche tandis qu'à sa droite, les journalistes l'observaient avec le regard vague de celui qui parcourt un sphinx des yeux. « La beauté de l'art face au regard impitoyable de la loi » :

ainsi serait, quelques heures plus tard, titré l'événement dans l'un des principaux journaux.

Assis cinq rangs derrière l'accusée, entre un journaliste français et un New-Yorkais qui avait la gueule de bois, Tancredo eut la sensation que ce qui se passait là était exactement le contraire : au bout du compte, la loi se voyait obligée de se poser face au regard inclément de l'art. Il pensa alors aux yeux de l'accusée tels qu'il les avait vus pendant sa courte marche jusqu'au camp de la défense : il n'y avait vu aucune folie, sinon au contraire une terrible lucidité qui contraindrait plus d'un de ses collègues à affirmer ensuite que cette femme semblait ensorcelée. À sa gauche, noyé dans la foule du public, il reconnut la silhouette de Gaspar. À ses côtés, quelques résidents de la tour paraissaient heureux d'assister à ce spectacle télévisé. Il crut voir alors, perdu dans l'assistance, le visage de Burgos. Un second regard lui suffit pour comprendre que la ressemblance n'était pure illusion. Burgos, ou ce qui restait de lui, était plus loin que ce que n'importe quel homme pouvait imaginer. En face d'eux, l'accusée attendait paisiblement les premiers mots du juge. Le sphinx, pensa Tancredo, attend toujours que l'autre parle en premier.

À côté d'elle, également vêtu de noir, d'une chemise blanche et d'une cravate foncée, Luis Gerardo Esquilín semblait la tendre copie enfantine de l'accusée. En le voyant, Tancredo se dit qu'il n'avait jamais vu un avocat aussi jeune, aussi démuni, aussi petit garçon. Il semblait inquiet et nerveux : il remuait fréquemment les mains et sur son visage semblait se refléter une fatigue éternelle. À sa droite, la silhouette massive et grise du procureur montrait exactement le contraire : la pose arrogante que prend la loi au fil des années, les boucles grises et décadentes de la médiocrité, les gestes lents et complaisants de ceux qui en sont arrivés à confondre vérité et pouvoir. En face d'eux, le juge, un mulâtre aux cheveux blancs et au large sourire, semblait s'ennuyer en écoutant la lecture des vingt pages du rapport du procureur, une véritable indigestion incompréhensible du jargon légal derrière lequel, de temps à autre, le public croyait pouvoir déchiffrer certains des arguments déjà connus : les transgressions de l'accusée et ses fausses informations, leurs effets sur la bourse des valeurs, et quelques autres éléments de sa vie que les journalistes ignoraient. Écoutant tout cela, Tancredo se dit que la loi n'était qu'un jargon privé que les lettrés avaient inventé pour se moquer du reste des civils. Une langue incompréhensible et vide derrière laquelle se cachait une terrible vérité : la loi est, tout compte fait, complètement arbitraire. Regardant le visage las du juge, Tancredo pensa qu'après avoir participé au jeu pendant des années, cet homme avait manifestement décidé de s'en retirer. À sa droite, enveloppé d'une aura d'attention feinte, le jury semblait tout droit sorti d'un authentique procès télévisé : un certain malaise et une certaine nervosité semblaient forcer les jurés à exagérer leurs gestes, à prendre l'étrange pose d'acteurs de seconds rôles. Contemplant cette scène, Tancredo se demanda si toute cette mise en scène ne donnerait pas du grain à moudre à l'accusée, habituée comme elle l'était aux vrais acteurs et aux vrais théâtres.

Trois heures plus tard, après avoir plaidé non coupable de chacun des douze crimes qui lui étaient attribués, Virginia McCallister sortait de la salle entourée de cette même aura de distance mesurée qui avait accompagné son entrée. À côté d'elle, le jeune avocat avait l'air heureux d'avoir survécu à cette première séance. Au-dessus d'eux, survolant une énorme série de flashs photographiques, une rumeur semblait se répandre dans le public : le procès serait bref et simple. Derrière le jargon juridique, l'ennui du juge et la fatigue d'Esquilín, paraissait palpiter une irréfutable vérité : l'accusée s'acharnait à creuser sa propre tombe. Elle refusait de trouver un accord avec le ministère public, refusait de plaider la folie, de dialoguer. Une véritable folie, dit en riant à moitié un journaliste français. Tancredo pensa toutefois que tout cela était magnifique : un dialogue entre deux idiots qui refusaient de parler la même langue. Un dialogue de sourds qui était en soi la métaphore parfaite d'un monde dans lequel plus personne ne se comprenait. L'accusée, pensa-t-il, voulait mettre en évidence non seulement son innocence mais aussi son caractère indéchiffrable. Ses lois étaient autres, ses traditions aussi. Ce procès serait sa dernière œuvre : une mise en scène du monde en tant qu'orchestre de perroquets sourds.

12

Les semaines suivantes passèrent comme un tourbillon, enveloppées dans un nuage de dépêches de dernière minute qui s'obstinaient à proposer de nouveaux éléments là où ne semblait exister que l'ennui d'un procès morose et absurde. Le ministère public se concentrait sur deux points : démontrer que l'accusée était en pleine possession de ses facultés mentales au moment de commettre ses actes, et prouver le caractère illégal de ces derniers par le biais d'une présentation exhaustive de trois exemples précis. Concernant le premier objectif, l'unique objection à laquelle ils étaient paradoxalement confrontés était la ténacité avec laquelle la même accusée arguait devant les psychiatres de sa bonne santé mentale. Une personne qui, se trouvant dans une telle situation, ne remet pas en question une seule seconde son état mental, doit être folle, pensèrent plus d'un des psychiatres qui la virent. Le reste du rapport venait confirmer ce que certains soupçonnaient déjà : Virginia McCallister souffrait de troubles mentaux qui l'obligeaient à se dissocier de son identité passée, la forçant en revanche à en adopter une nouvelle, sous laquelle elle disait avoir mené à terme les actes pour lesquels elle était jugée. D'après trois psychiatres, l'accusée considérait son changement d'identité comme une décision : elle avait *décidé* d'être Viviana Luxembourg. Selon ce qu'elle avait déjà raconté au juge d'instruction et raconterait de nouveau devant le tribunal, elle se souvenait parfaitement de son enfance américaine, de ses premières années en Caroline du Nord, des années de son ascension médiatique comme *top model*, puis comme actrice. Lui revenaient même les premières années aux côtés de Yoav, les premiers voyages à Cuba, certains épisodes de l'époque. Une date marquait la rupture : sa mémoire s'arrêtait au 15 avril 1967. Le reste, la longue période allant du 15 avril 1967 au 15 avril 1987, appartenait à un oubli absolu dont elle disait ne pouvoir rien sauver. Elle disait s'être levée un jour sans le moindre souvenir des vingt ans passés, convaincue qu'un nouveau projet de vie se cachait derrière un nouveau nom : Viviana Luxembourg.

Puis l'histoire refaisait surface. Sous son nouveau nom, Viviana Luxembourg, elle se rappelait avoir passé presque dix ans à voyager en sac à dos en Amérique latine. Deux ans à Buenos Aires et dans les provinces, où elle faisait partie d'une troupe de cirque expérimental qui partait des prémisses du théâtre de l'opprimé d'Augusto Boal. C'était là qu'elle disait avoir entendu parler pour la première fois du travail de Jacoby, de Costa, d'Escari et de leurs anti-happenings. Puis elle se souvenait d'un long séjour à Montevideo, ville dont elle se rappelait surtout les chats de la voisine, les couchers de soleil métalliques et les tristes sanglots des hommes farouches. Suivait un séjour solitaire dans le désert d'Atacama. Un temps splendide pendant lequel elle disait avoir lu un seul livre étrange de presque mille pages qui racontait le processus par lequel les Indiens tehuelches chassaient des nandous en Patagonie. Un livre extrêmement étrange, avait-elle ajouté sans que personne le lui demande, dans lequel le sens du désert devenait quelque chose de net et précis comme le plus terrible des mirages. Elle se souvenait aussi de la distance ironique des lamas, de la pose aristocratique des flamants sur un lac et du ciel constellé d'un *salar* dans lequel elle disait avoir terminé de lire ce livre magnifique. Puis elle évoquait un voyage vers le nord. Les années passées dans des camionnettes pleines d'hommes aux voix rustiques et violentes, les longues conversations sur des sujets qu'ensuite elle oublierait, les rêves en plein air. Les années de lecture pendant lesquelles elle traverse des terres boliviennes, péruviennes, équatoriennes avec toujours un livre à la main. D'après ce qu'elle raconterait, c'est pendant ces années qu'elle commence à imaginer son projet artistique. Des années d'euphorie théorique et de lectures intenses, pleines de projets et d'ébauches qu'ensuite elle effaçait, convaincue que tout artiste doit avoir une seule obsession et un seul projet. Des années pendant lesquelles elle reformulait constamment l'idée même de l'art jusqu'à l'enterrer derrière une terrible intuition. Elle se souvenait avec précision de l'après-midi métallique où, assise en face d'une forteresse coloniale à Carthagène des Indes, elle avait compris que l'art n'était que l'histoire de l'art. Cet après-midi d'été, au milieu d'une humidité insupportable, l'idée lui était venue clairement : l'art n'était que sa propre histoire, celle qui menait au moment présent et demandait à hauts cris l'irruption du nouveau. Cette illumination serait suivie d'années de travail intense, d'années de notes et de lectures, qui se termineraient l'après-midi où, flottant sur les eaux venteuses du lac d'Atitlán, l'image du volcan Panajachel finit par lui offrir la pièce qui lui manquait : tout art implique un procès. L'art était l'histoire du procès de l'art, se dit-elle alors. Deux jours plus tard, en entendant parler de la tour abandonnée aux informations, elle sut que ce serait là qu'elle mènerait à bien son projet. Le lendemain, une toute petite valise à la main, elle partit pour Porto Rico avec la joyeuse conviction que ses années d'errance arrivaient enfin à leur terme. Il fallait s'installer et travailler.

Vital, sauvage, épique, le picaresque récit de vie de l'accusée était capable d'éveiller l'enthousiasme du plus las des lecteurs. La presse – se focalisant toujours sur l'évidence – ne tarda pas à exploiter cet épisode, avant tout pour essayer de donner un peu de couleur à un procès qui, dès le départ, avait des airs de monologue entre experts. L'accusée s'obstinait à parler dans un jargon artistique et le procureur s'obstinait à citer d'ennuyeux documents juridiques. Il y avait à peine trois semaines que le procès avait commencé, les témoins n'avaient toujours pas été appelés, le public dans la salle semblait déjà avoir été décimé et les points d'audience plongeaient. Que restait-il donc ? L'histoire de ce voyage et l'abîme ouvert entre deux dates : le 15 avril 1967 et le 15 avril 1987. Pour susciter l'intérêt du public et faire grimper l'audience, la presse tirait toutes les conclusions possibles de ce voyage qui, sur bien des points, rappelait le mythique voyage du Che Guevara en terres du sud.

Pour Esquilín, il y avait dans ce voyage beaucoup de choses qui ne collaient pas. Il lui semblait impossible que, pendant tant de temps, l'accusée fût passée inaperçue. Il trouvait étrange qu'elle fût arrivée dans l'île sans un passeport qui l'aurait identifiée comme étant Virginia McCallister. Il lui semblait improbable que, pendant toutes ces années, personne n'eût réussi à questionner le plus évident : la date de la rupture. Que s'était-il passé ce 15 avril 1967 ? Il avait suffi à Esquilín d'une lecture du dossier de l'accusée pour tomber sur l'évidence : c'était précisément ce jour-là, le 15 avril 1967, qu'était née dans un petit hôpital new-yorkais Carolyn Toledano, fille de l'accusée. Il trouvait bizarre que ni la date ni l'événement n'eussent eu l'air de retenir l'attention de la presse et du parquet. Il imagina que la stratégie était sans doute autre et que peut-être, avec les années, il apprendrait que la loi n'a pas grand-chose à voir avec la vie privée. Il ne put cependant faire fi de son intuition que quelque chose se cachait derrière cet extraordinaire récit de vie. Depuis le soir où il avait reçu le mail de Burgos, une idée en était venue à l'obséder : l'intuition que, cachée entre les pages du deuxième cahier, écrit en langage crypté, il y avait une deuxième histoire secrète dont l'accusée essayait d'enterrer le poids et la douleur sous le scénario d'un procès absurde. Tous les soirs, au fur et à mesure qu'avançait le procès, il consacrait plusieurs heures à ces cahiers que l'accusée en personne dédaignait comme des gribouillages dépourvus de sens. Il cherchait la clé secrète, analysait des dates, comparait des trajectoires. On ne disparaît pas sans raison, se redisait-il, pendant qu'affleurait dans son esprit l'image de B. Traven et de son anarchique pèlerinage vers l'anonymat. On ne disparaît pas sans raison, se répétait-il, tandis que la date – 15 avril 1967 – clignotait sur son ordinateur comme l'origine d'une autre histoire qu'il valait peut-être mieux oublier.

Ce fut pendant l'une de ces nuits que, alors qu'il feuilletait l'un des cahiers du *Grand Sud*, il tomba sur une note qui retint son attention. À la troisième page du cahier numéro quarante, sous le titre souligné « Colonies », il tomba sur une liste de lieux dont il ignorait les noms : Topolobampo, Colônia Cecília, Canudos, Nouvelle Australie, Nouvelle Allemagne. Il pensa au départ que ces noms caricaturaux avaient dû être inventés par l'accusée. Après y avoir jeté un second coup d'œil, il pensa qu'il s'agissait peut-être d'une liste de petits villages que l'accusée avait dû visiter pendant son long pèlerinage en Amérique latine. De petits villages dans lesquels elle avait peut-être aimé quelque brave ivrogne ou quelque poète local. Ce qu'il trouva dans les pages suivantes démentit de telles théories. Tracées sur le papier avec la diligence et la discipline du meilleur copiste, organisées comme des entrées encyclopédiques, de petites descriptions historiques, géographiques et politiques des colonies ornaient la page. Il comprit alors que ces villages ne dataient pas d'aujourd'hui, pas même des années 1960, mais étaient de petites colonies anarchistes qu'une bande de fous avait fondées il y avait presque deux siècles pendant la fièvre du socialisme utopique. En haut et en bas de la page, un petit *doodle* à cinq pointes semblait avoir été dessiné dans un instant de distraction.

> Topolobampo (1886-1894). Première colonie mexicaine fondée par les socialistes utopiques nord-américains sous la houlette d'Albert Kimsey Owen, le célèbre ingénieur civil qui, entre autres, tenterait de mener à bien la construction du chemin de fer Chihuahua-Pacifique, à l'image du projet avorté appelé The Great Southern selon lequel Owen avait imaginé une voie ferrée inter-océanique qui, partant de Northfolk, en Virginie, traverserait tous les États du Sud pour ensuite pénétrer dans la sierra Tarahuamara de Chihuahua jusqu'à la baie de Topolobampo. Topolobampo est, aujourd'hui, après avoir échoué comme colonie utopique, un port du golfe de Californie situé dans la municipalité d'Ahome, dans l'État de Sinaloa, au Mexique. Dans sa vieille gare de chemins de fer, on peut aujourd'hui observer une plaque d'acier retraçant la route d'origine : Ojinaga-Topolobampo.

Colônia Cecília (1890-1893). Colonie expérimentale fondée en 1890 selon des principes anarchistes. Située dans la municipalité de Palmeira, dans l'État de Paraná, sous la houlette du journaliste et agronome italien Giovanni Rossi. Rossi, encouragé par le musicien brésilien Carlos Gomes, fut incité à discuter avec don Pedro II de la possibilité de fonder une communauté reposant sur des idéaux anarchistes. Après qu'il en eut reçu la promesse du monarque lui-même s'instaure la République et Rossi ne peut rien faire d'autre qu'acheter les terres qui lui avaient été promises. Un an plus tard, la colonie comptait presque deux cent cinquante personnes adeptes de l'amour libre. La pauvreté et l'incapacité à organiser le travail obligeraient toutefois de nombreux colons à partir vers de nouvelles terres. Deux ans plus tard, en 1892, il ne restait que vingt colons.

Canudos (1893-1897). Colonie à caractère politico-religieux fondée en 1893 dans l'État brésilien de Bahia, sous le mandat messianique du prédicateur Antônio Vicente Mendes Maciel, qui serait plus tard mieux connu sous le nom d'Antônio Conselheiro. Sous son commandement idéologique, un groupe de parias sociaux divers – parmi lesquels des esclaves libres, des indigènes, des *cangaçeiros* et des agriculteurs sans terres – réussit à fonder une communauté de près de trente mille habitants qui fut même capable de déclarer la guerre à la République du Brésil tout juste établie. Son caractère indépendant et communiste, ajouté à la filiation monarchique de certains de ses habitants, obligea la République à déclarer la guerre à Antônio Conselheiro et à ses adeptes. Les trois premières invasions de l'armée nationale furent vaillamment repoussées par les villageois avant que ces derniers soient défaits lors d'une quatrième invasion qui impliqua la destruction et l'incendie du campement. Aujourd'hui, la région est toujours inondée, résultat de la construction du barrage de Cocorobó par lequel l'État prétendait apporter de l'eau dans une région dévastée par les sécheresses. À marée basse, émergent au-dessus des eaux, les ruines de la vieille cathédrale.

Nouvelle Australie (1893-1894). Colonie paraguayenne fondée selon les principes du socialisme utopique, sous la houlette de William Lane, figure prédominante du mouvement ouvrier australien. D'après Lane, la colonie était régie par certains idéaux fondamentaux: le mélange d'idéaux communistes, d'une division en fonction des races et d'une politique d'abstinence d'alcool qui conduirait la colonie au bord de la dissolution. Elle finirait par s'effondrer quand, après les conflits provoqués par l'arrivée de deux cents nouveaux colons en 1894, cinquante-huit d'entre eux décidèrent de s'échapper dans l'intention de former une nouvelle colonie, la Colonia Cosme, à soixante-deux kilomètres au sud de la Nouvelle Australie. William Lane mourrait plus de vingt après, transformé paradoxalement en grand défenseur de l'ultra-droite, écrivant sous divers pseudonymes des articles journalistiques conservateurs.

Lisant chacune des entrées, Esquilín crut voir un village fantôme traversé à pas lents par des dizaines d'hommes blancs chantant des chansons tristes. Il pensa à William Lane converti à la fin de ses jours en un homme de droite récalcitrant. Il se dit qu'un homme ayant autant d'éclat que Giovanni Rossi n'appartenait pas à la forêt brésilienne. Il pensa aux ruines immergées de Canudos et subitement l'image de la vieille église se détachant des eaux lui parut une parfaite illustration de cette grande catastrophe qu'avait été l'histoire moderne. Cette vieille, songea-t-il, aime les temples en ruine. Il se souvint alors de l'étrange acoustique des églises de son enfance, de la voix devenue écho des prédicateurs et de la sensation de lassitude qui se logeait en lui chaque fois que le curé commençait son homélie. La sonnerie du téléphone vint le distraire, mais il se dit qu'il n'était pas non plus nécessaire de répondre: il fallait continuer à travailler. Il relut le passage que sa cliente avait souligné au stylo-bille bleu: la partie sur The Great Southern, cette grande voie ferrée qu'Owen avait imaginée dans un délire de modernité, ce train qui traversait tous les États du sud pour ensuite pénétrer en terres mexicaines. Il imprima une carte du continent américain et, plus par distraction que pour autre chose, il essaya de tracer la route imaginaire de ce train dans les terres du sud. D'est à l'ouest, comme s'il s'agissait d'une bataille contre le soleil, comme si le train se cherchait peu à peu dans les ténèbres. Il pensa à ces nouvelles colonies, il pensa au Far West et à tous les jeunes pionniers qui, un jour, sortaient de chez eux en sachant qu'ils ne reviendraient jamais. De nouveau, la sonnerie aiguë du téléphone vint le distraire, mais il se promit de ne répondre qu'au troisième appel. Il continua alors à lire, convaincu que derrière tout cela, derrière ces faits insignifiants et arbitraires, quelqu'un avait caché un secret vital qu'il venait d'exhumer.

Une demi-heure plus tard, juste au moment où il commençait à comprendre qu'il n'y avait pas d'autre histoire que celle que paraissait projeter sa propre névrose, il se découvrit en train de dessiner dans les marges de son carnet de notes un motif à cinq points qu'il reconnut pour l'avoir vu ébauché sur la plupart des carnets de l'accusée. On dirait un domino numéro cinq, se dit-il, mais un regard le fit redéfinir son impression. On dirait la silhouette pointillée d'un papillon, corrigea-t-il. Il essaya de trouver dans les carnets la répétition de ce motif qu'à présent il commençait à tracer distraitement, mais le téléphone sonna de nouveau. Cette fois, il répondit. À l'autre bout de la ligne, la voix provocatrice d'un barman lui disait que María José Pinillos était rentrée ivre morte, poussant des cris, agressive, dans son bar. Quelques minutes plus tard, alors qu'un gamin était allé aux toilettes, il l'avait trouvée étendue dans son propre vomi. Quand on lui avait demandé qui elle connaissait dans l'île, elle s'était contentée de donner un petit bout de papier avec le nom de l'avocat et son numéro de téléphone. Luis Gerardo Esquilín confirma qu'il la connaissait, mit une chemise et sortit. Une demi-heure plus tard, arrivant au bar, il tomba sur la lamentable image d'une femme ivre morte qui s'acharnait à proclamer la destruction de l'histoire et la fin des temps.

13

Au moment d'entrer dans le bar 413 et de commander le premier verre de rhum, María José Pinillos n'avait pas bu d'alcool depuis deux mois et était arrivée dans l'île depuis trois jours. À côté d'elle, dans le même avion en provenance de Miami, voyageaient deux autres témoins : Marcelo Collado et Guillermo Porras. Aucun ne pouvait savoir que les autres participaient, eux aussi, à ce jeu de lettres et de théories que l'accusée avait tissé pendant les six derniers mois. À leur arrivée, ils firent tous les trois la queue pour prendre un taxi mais sans parvenir à se parler. Pinillos, la première dans la file, se contenta de demander au chauffeur de taxi de la déposer à l'adresse que l'avocat lui avait donnée : 205, rue Luna. Elle ne fut surprise ni par les pavés ni par les touristes ni par les maisons aux couleurs pastel qui ornaient les rues coloniales du vieux San Juan. La vieille ville, coloniale et touristique, lui rappela les années où elle avait vécu, jeune, à Antigua Guatemala. Juste à cet endroit, en face de la belle église de San Francisco, elle avait brûlé une douzaine de statuettes sacrées, ce qui avait fini par la mener en prison. En finir avec la beauté, s'était-elle dit, n'est pas chose facile. Trois minutes plus tard, déjà dans sa chambre, elle ouvrit sa valise, sortit le seul livre qu'elle avait pris avec elle – un vieil exemplaire d'un recueil de poèmes de César Vallejo –, et poursuivit l'exécution du rituel qu'elle s'était imposé pour son sevrage : elle lut deux pages du livre, nota – sans vraiment y réfléchir – les idées qui lui venaient, sortit un crayon et le cloua vigoureusement dans sa jambe gauche.

Puis, elle réécrivit sur son carnet de notes la folie théorique qui la poussait à cette extravagance : « Tout alcoolisme est un désir d'autodestruction. Se clouer la pointe d'un crayon dans la cuisse est un remède homéopathique à ce désir qui finira par m'annihiler. » Ce même soir, après avoir nettoyé la toute petite tache de sang que la piqûre lui avait faite, elle sortit marcher dans les rues pavées. Elle vit des jeunes gens saouls et des *gringos* perdus, des rues obscures et des locaux pleins de musique, des ruelles étroites avec de petits bars qui, deux mois plus tôt, l'auraient tentée jusqu'à la perdition. Elle continua à marcher, jusqu'à parvenir à chasser la tentation. Au bout d'un moment, fatiguée, elle s'assit sur une place. Elle fouilla alors dans son sac de cuir, en sortit le livre de Vallejo et se mit à lire un poème dont le titre « Épître aux passants » lui parut approprié à la situation :

Je renoue avec ma journée de lapin,
ma nuit d'éléphant au repos.

Et je me dis en moi-même :
là est mon immensité brute, torrentielle,
là est mon poids si léger qu'il me cherche au sol pour me faire
oiseau ;
là est mon bras
qui, lui, refuse d'être une aile,
là sont mes saintes écritures,
là mes testicules en émoi.

D'une île lugubre je naîtrai à la lumière continentale,
tandis que le capitole s'élèvera sur ma défaite intime
et que l'assemblée en armes fermera mon défilé.

Elle relut le poème trois fois jusqu'à sentir les contours d'une image claire : elle crut voir dans une rue italienne un petit homme à grosse moustache étreindre un cheval qui venait d'être puni. Elle retourna alors aux vers : « Là est mon immensité brute, torrentielle, là est mon poids si léger… » Elle se remémora les marcheurs de Giacometti, l'élégante fragilité des chevaux, les contours des feux qui l'attiraient tant. Craignant d'être prise pour une folle, elle regarda de nouveau autour d'elle. Pas grand-monde : une famille traversant la place, deux gamins patinant dans les alentours, un totem énorme qui lui parut excessif. « D'une île lugubre je naîtrai à la lumière continentale », relut-elle, tout en entrevoyant à quel point le monde pouvait paraître bizarre une fois sobre, l'ivresse encore au coin de la rue. À quel point les îles pouvaient en arriver à être étranges, toujours cachées à l'intérieur d'elles-mêmes. Ce n'est qu'alors qu'elle pensa – pour la première fois depuis son arrivée – à l'accusée. Elle se souvint de l'image de cette femme dont la lettre avait signifié pour elle un court salut et se dit que tout faisait sens. Les deux, sans le savoir, essayaient de revendiquer un passé plein de cendres. Les deux se débattaient avec un héritage maudit. Quand elle regarda autour d'elle, tant les gamins aux patinettes que la famille avaient disparu. Elle songea à boire un coup, mais Vallejo vint à sa rescousse de nouveau.

Deux jours plus tard, quand Esquilín réussit enfin à se frayer un passage dans la foule de jeunes punks qui emplissaient le 413, il la retrouva en pleine diatribe contre les dieux. « Ce grand salaud de Vallejo m'a fait défaut », balbutia-t-elle aussitôt qu'elle le vit entrer. Ignorant de quel Vallejo elle parlait exactement, Esquilín pensa qu'il devait s'agir d'un ancien amant, quelque chagrin ancien et douloureux. Quelque amant abusif, se dit-il en voyant la dizaine de points rouges sanguinolents qui semblaient ponctuer la cuisse gauche de la femme saoule. Il ne sut que répondre. Tandis qu'elle poursuivait sa diatribe, il se contenta de lui tendre un verre d'eau, de nettoyer son vomi, de s'excuser auprès du barman. Quand elle fut propre, il lui caressa les cheveux et lui dit : « Du calme, on va rentrer à la maison. » Ce n'est qu'alors, en la soulevant, qu'il réussit à distinguer sous sa silhouette le recueil de poèmes et qu'il comprit que Vallejo n'était pas un ancien amant mais un simple poète. Il demanda au barman de mettre le livre dans le sac de l'artiste et marcha jusqu'à la voiture. Une demi-heure plus tard, après un rapide bain improvisé, María José Pinillos s'endormait profondément sur son canapé. Ce n'est qu'alors que Luis Gerardo Esquilín, sentant le rhum et le vomi, laissa la curiosité s'emparer de lui. Il ouvrit le sac de l'artiste, en sortit le recueil de poèmes et s'apprêtait à lire quand une dizaine de feuilles volantes tombèrent de l'ouvrage qui venait d'être ouvert. Paralysé par sa pudeur, lâche mais indiscret, le jeune avocat ferma la porte de sa chambre et s'installa pour lire.

Au départ, il pensa qu'il ne s'agissait que d'un ensemble de photographies de paysages montagneux. Des encadrés photographiques qui montraient des espaces verts mais vides, remplis d'herbes et de diverses autres plantes. Ponctuant chaque photographie, une série de noms lui évoqua des villages indigènes : Pexlá, Cocop, Ilom, Vicalamá, Cajixay, Amajchel, Jakbentab, Xix, Chemal, Xexocom. Plus bas, arrivant à la fin, il tomba sur un titre et un nom : *Terre brûlée*, Óscar Farfán. Il remarqua alors que, au dos de la dernière page, recopiée au crayon, une citation écrite dans une langue incompréhensible fermait le document :

> Tuyab'e 1982 kat uluq'a Chaxi'chalanaje' tukukoome' anikitza katchanaj tuvidestacamentoe' tu xemak, Perla tetz tx'avul. Katulitz'esachanaj uq'aku kab'ale' tulkatq'ab'i vatulchanaj katojveto' jaq'tze'. Kat tze'kajayil, kuchikoje' katiz'ok chanaj, katiyatz'chanaj talaku txokob'e, askat itz'esajchanaj q'oksam. Kat atinchanaj tukukoome'oxval okajval ch'ich', katchit itxakchanaj kajayil uq'aq'etze. Unb'ie' Kul tetzik akunb'ale' ukab'ale vekat tze'i. (Nicolás Cobo Raymundo).

Il n'essaya pas de traduire. Retourna aux photographies, à une certaine absence qui, en elles, se faisait patente. Observa la façon dont les broussailles poussaient sur cette absence avec la même lenteur pesante que les herbes dans les cimetières abandonnés. Il se souvint alors d'avoir lu quelque chose à propos des terres brûlées dans les cahiers du *Grand Sud* mais pas exactement quoi. Il se contenta donc de la classique recherche Google. Ce qu'il trouva éclaira brièvement le document. Il lut :

> La politique de la terre brûlée ou de la terre arasée est une tactique militaire consistant à détruire absolument tout ce qui pourrait être utile à l'ennemi lorsqu'une force avance à travers un territoire ou s'en retire. L'origine historique de l'expression terre brûlée provient certainement d'une pratique datant des guerres et des conflits de l'antiquité qui consistait à brûler les champs de céréales. Toutefois, elle ne se contente pas dans l'absolu de récoltes ou de vivres, mais inclut tout type de refuge, de transport d'approvisionnement de l'ennemi.

Plus bas, il tomba sur une série de circonstances historiques dans lesquelles on supposait que la tactique avait été utilisée. Deux mentions retinrent concrètement son attention. La première associait la tactique de la terre arasée aux stratégies militaires du général William Sherman et à sa fameuse Marche vers la mer. Il reconnut le nom du général comme celui de ce célèbre ancêtre de sa cliente. La seconde mention, plus brève mais tout aussi puissante, expliquait parfaitement le lien entre les deux : on mentionnait que la tactique de la terre arasée avait été impitoyablement utilisée par les forces militaires pendant la guerre civile guatémaltèque. Sans tirer de conclusions de l'étrange lien qu'il venait d'entrevoir, Esquilín se contenta de feuilleter de nouveau les photographies. Photographies vides, photographies de broussailles montagneuses, photographies où l'histoire finissait de se transformer en un grand mausolée qui serait dévoré par la nature et l'oubli. Il ne chercha pas davantage. II ouvrit la porte, remit les livres et les papiers dans le sac où il les avait pris, éteignit les lumières et se coucha.

Le lendemain, en se réveillant, il trouva l'artiste en train de lire près de la fenêtre Il se contenta alors de lui poser une question simple derrière laquelle se cachait cependant une inquiétude : pourquoi vous ? Pourquoi croyez-vous qu'elle vous ait choisi, parmi tous les iconoclastes, précisément vous ? María José Pinillos se contenta de boire une gorgée de café avant de répondre sans la moindre pitié : Parce que dans l'histoire de ma famille, il y a aussi des feux.

Ce même après-midi, après s'être présenté devant la cour, Esquilín reposa la même question à tous les autres témoins. Pourquoi croyez-vous que, parmi tous, elle vous a choisi, vous ? Marcelo Collado, qui avait la gueule de bois après avoir fait la fête toute la nuit, empestant l'alcool et la marijuana, ne sut que répondre. Il pensa que cet homme savait quelque chose que lui ne savait pas, une raison secrète qui avait poussé l'accusée à lui écrire à lui et seulement à lui. Quand il comprit que l'avocat ne dévoilerait aucun secret, il se contenta de répondre : « Qu'en saurais-je, moi ! Peut-être parce que personne d'autre n'a écrit sur la légalité de l'art chez Macedonio Fernández. Qu'en sais-je, moi ! Peut-être parce qu'un jour elle s'est levée, a vu mon visage sur quelque portail académique et a pensé que seul un type avec un visage comme le mien la suivrait dans son jeu absurde. » Le silence d'Esquilín ne fit qu'accroître ses peurs. Pris dans une paranoïa sans fondement, convaincu que cet avocat savait quelque chose que lui ne savait pas, Collado se lança dans une diatribe contre la loi et le système, les gouvernants et le capital. Une diatribe à laquelle il mit fin qu'au moment où Esquilín le rassura en lui disant : « Du calme, Collado, la vérité, c'est que je crois que la vieille est plus folle qu'une chèvre. » Ce n'est qu'alors que le Vénézuélien finit par soupirer. « Encore mieux, répliqua-t-il, ce dont le monde a besoin, c'est de davantage de fous comme Macedonio. » Il se servit un jus de poire, monta le volume de la radio et se reperdit dans sa lecture.

Guillermo Porras, en revanche, timide et peu sûr de lui, pensa que la question cherchait à en savoir plus sur ses qualifications. Plus d'une fois, pendant les mois où il avait correspondu avec l'accusée, il en était arrivé à se demander la même chose : pourquoi, parmi tous, avait-elle décidé de le choisir précisément lui de qui on attendait si peu ? Pourquoi cette étrange flatterie adressée à quelqu'un qui, comme lui, avait juré de se retirer du monde de l'art avant même d'y être entré ? Incapable de répondre, il essaya timidement de faire valoir ses qualifications. Il mentionna ses études à l'École de Design de Rhode Island, les cours sur l'histoire de l'art conceptuel auxquels il avait assisté, les noms de ses plus éminents professeurs. Il ne trouva pas dans les yeux de l'avocat la confirmation de ce qu'il cherchait. Il demanda la permission de fumer une cigarette et ce n'est qu'alors, les volutes de fumée survolant sa fragile silhouette, qu'il se permit finalement de parler de sa thèse sur la mutilation monétaire et l'histoire de l'art, sur cet artiste imaginaire nommé John Reid et son énorme *mural* composé de petites coupures détériorées de dollars américains. Il s'apprêtait à lui donner ses notes et son curriculum quand Esquilín l'interrompit : « Tout ce que vous me dites, je le sais déjà. Je veux savoir si vous pensez qu'il y a une raison personnelle pour laquelle ma cliente a fait appel à vous et non pas quelqu'un d'autre… » Porras arrêta de fumer, soupira une seconde et resta songeur. Dès le départ, il avait affronté le procès avec le regard d'un professionnel, comme quelque chose d'objectif et de froid, comme l'étaient les lettres de l'accusée. L'idée que derrière tout cela pût se cacher une histoire intime lui parut lointaine et audacieuse. « La vérité, mon gars, c'est que je n'avais pas eu l'idée de l'appréhender sous cet angle », répéta-t-il en prenant une nouvelle bouffée de cigarette. Esquilín lui montra la partie des archives où il était indiqué que la dernière information qu'on avait sur l'accusée avant sa dénonciation était le billet qui la situait le 23 novembre 1977 quittant l'aéroport John F. Kennedy en direction de San José, Costa Rica. Surpris, Guillermo Porras se contenta d'affirmer que jamais dans leur correspondance, Viviana Luxembourg n'avait mentionné un tel voyage en terres costaricaines.

Puis ils s'installèrent tous les trois afin d'élaborer leur stratégie pour répondre aux questions du parquet, préparer les arguments de la défense. Affiner les détails et les réponses. Au milieu de la réunion, Esquilín nota l'absence d'Arthur Chamberlain qui, selon ce qu'il avait compris, devait être logé dans le même appartement que Collado et Porras. Collado se rappela alors la lettre qu'ils avaient trouvée à leur arrivée dans l'appartement. Une lettre adressée à l'avocat, signée par une certaine Constanza Saavedra. Esquilín, reconnaissant le nom de l'épouse de Chamberlain, s'empressa de l'ouvrir. Ce qu'il y lut suscita en lui une tristesse singulière. Saavedra racontait comment, après diverses analyses médicales, on avait diagnostiqué à Chamberlain un problème neuromusculaire. Toutefois le diagnostic était arrivé trop tard. Après avoir prononcé un discours lors d'un gala en l'honneur d'un collectif de jeunes artistes, Chamberlain avait été victime d'une forte convulsion qui l'avait laissé paralysé de la tête aux pieds. Il y avait de cela deux mois. Depuis Chamberlain suivait une physiothérapie qui commençait à montrer des résultats. Il pouvait bouger un peu les mains, faire quelques pas. Il pouvait enfin rêver de peindre à nouveau un jour avec la redoutable exactitude avec laquelle il avait l'habitude de le faire. Saavedra clôturait la lettre en exprimant leur tristesse de ne pas participer à ce grand procès et en leur souhaitant le meilleur pour tout ce qui approchait. Puis, ébauché sur une feuille volante, elle ajoutait un dessin de Chamberlain. Peiné, Esquilín regarda la page et se dit que c'était vrai : le niveau de détails dans ce dessin était réellement impressionnant. On aurait dit un vrai dollar.

À près de sept heures du soir, ils terminèrent d'affiner les derniers détails : les références, la séquence des questions, les faits et les éventuelles réponses aux questions du parquet. Porras, se plaignant parce que la bière locale était trop légère, en sortit trois froides et ils trinquèrent ensemble au nom de la folie de Viviana Luxembourg. Puis quand Collado commença à rouler son premier joint, Esquilín s'excusa en alléguant qu'il devait retrouver le dernier témoin : Gregory Agins. Porras jura avoir lu quelque chose de lui, un article ou un livre, mais il ne se souvenait pas exactement du titre. Collado, toujours en train de rouler son joint, jura n'avoir jamais entendu parler de ce vieux professeur à la retraite. Craignant d'être vu fumant à côté d'un témoin, Esquilín rangea ses affaires et sortit juste au moment où le Vénézuélien prenait sa première bouffée. Cinq minutes plus tard, après avoir traversé deux rues bourrées de chats, il arriva à l'angle où se trouvait l'appartement dans lequel était supposé loger Gregory Agins. Il n'eut même pas à frapper à la porte. Du balcon du deuxième étage, un homme négligé, aux montures de lunettes transparentes, le saluait comme s'il y avait des années qu'il l'attendait. Quelques secondes plus tard, alors qu'il se tenait finalement en face de lui, Esquilín se dit que cet homme pourrait parfaitement être l'amant de l'accusée : il portait ses années avec cette perfection fanée que seuls entraînent avec eux le risque et la vie, avec cette parfaite combinaison d'expérience et de soin qui n'est donnée qu'à ceux qui ne craignent pas de tout perdre. Pendant une courte seconde, il crut voir en lui l'image du disparu, Yoav Toledano, mais il se dit que c'était impossible. Il tenta de se rappeler l'âge de cet homme sans pouvoir arriver à un chiffre exact. Plus de soixante ans mais moins de soixante-dix, se dit-il pendant qu'Agins dans un parfait espagnol mâtiné de tours mexicains l'invitait à entrer et, sans le lui proposer, lui servait un thé vert.

Ils passèrent les deux heures suivantes à discuter de l'affaire, énumérant des références et élaborant des théories, essayant de traverser le pont impossible qui séparait la théorie de la loi tandis qu'entre eux – serpentant et inquiet – un chat doré semblait monter la garde. Esquilín pensa tout d'abord qu'il s'agissait d'un chat de gouttière qui s'était glissé dans la pièce, mais dès qu'il le vit monter sur la table sans que cela ne provoque la moindre inquiétude chez Agins, il comprit que ce chat venait tout droit de Californie. L'étonna encore plus le nom que Gregory Agins semblait lui avoir attribué : Wittgenstein. La réponse qu'il reçut quand il s'enquit de son origine n'éveilla pas non plus de doutes : il s'appelait Wittgenstein comme le philosophe. Tout chat, ajouta le vieux, ressemble beaucoup à un philosophe sceptique et muet, un penseur farouche et distant. Esquilín se contenta d'acquiescer tout en pensant en son for intérieur qu'il préférait les chiens, ces animaux idiots, loyaux et paresseux. Un doute inattendu l'assaillit soudain. Dans sa relation à l'accusée, était-il un chien ou un chat ?

Deux heures plus tard, vaincu par l'intensité intellectuelle du vieux, il comprit que son esprit était à bout. Ils avaient discuté des procès historiques sur le sujet. De Michel-Ange affrontant le Concile de Trente, contraint d'avouer que les nus présents dans sa représentation du Jugement dernier n'étaient pas dignes de la chapelle Sixtine. Ils parlèrent de l'Inquisition et de l'art religieux, de Paolo Véronèse face aux inquisiteurs vénitiens, tentant d'expliquer pourquoi dans sa représentation de la Cène, Jésus-Christ apparaît entouré d'une série de personnages étranges : deux Turcs à turban, un homme qui saigne du nez, et un nain avec un perroquet. Ils parlèrent de Goya et de ses peintures noires, de Whistler contre Ruskin, de titres et d'abstractions, de querelles de critiques et d'artistes. Entre deux tasses de thé vert, entourés par la démarche serpentine du chat, ils parlèrent aussi du fameux article de Brancusi contre les États-Unis qui avait fini par consacrer la carrière intellectuelle d'Agins. Puis ils passèrent à la destruction en 1955 de *Portrait of Winston Spencer Churchill* par Clementine, l'épouse de ce dernier. Au moment d'imaginer la destruction de ce portrait historique, Esquilín ne put s'empêcher de penser à María José Pinillos. Que la témoin était-elle en train de faire ? Lire quelque poète ou marcher ivre dans les rues de Santurce ? Que signifie réellement être un iconoclaste sinon être prêt à s'immoler soi-même ? La hâte intellectuelle d'Agins ne lui laissa aucune place pour la spéculation. Quand il retrouva ses esprits, le Californien était déjà passé à une nouvelle affaire. Une affaire très récente dont Esquilín avait entendu parler dans la presse : celle de la photographe de mode Andrea Blanch contre l'artiste Jeff Koons. La photographe accusait ce dernier de s'être approprié illégalement ses photographies dans la composition de son collage *Niagara*. C'est alors que, pour la première fois de la soirée, Agins mit à l'épreuve Esquilín en lui demandant ce qu'il pensait de la décision du juge. L'avocat chercha une façon d'esquiver le sujet sans exposer pour autant ses limites. Il ne trouva qu'une seule issue : interrompre la discussion en posant au vieux la question qu'il avait posée des heures auparavant à Pinillos, Collado et Porras : pourquoi croyez-vous que, parmi tous, Viviana Luxembourg vous a choisi précisément vous ? Gregory Agins s'étira sur sa chaise, songeur, avant de se contenter de la réponse qu'il avait entendue tant de la bouche de Collado que de celle de Porras : un timide, qu'en sais-je ? Alors qu'il commençait à penser que sa question était sans doute stupide, Agins eut l'air de réfléchir de nouveau. Puis il ajouta à sa timide réponse initiale une histoire entière.

Ce qu'Esquilín entendit alors le renvoya aux pages qu'il avait lues une semaine plus tôt. Il avait entendu parler de l'intérêt que l'accusée avait manifesté pour les aventures politiques de Gregory Agins dans les années 1970 – en particulier de sa participation à la fondation de la communauté socialiste Les Muchis dans les environs du désert d'Arizona –, et l'image de la longue liste de communautés anarchistes qu'il avait parcourue une semaine plus tôt réussit finalement à l'arracher à sa léthargie mentale. *Les Muchis* : Esquilín crut avoir entendu ce nom, mais il ne sut pas où. Probablement, se dit-il, dans les cahiers de l'accusée. « Peut-être étions-nous liés par un engagement politique, un certain intérêt pour les sociétés, les histoires alternatives », expliqua Agins avec la légèreté spéculative de qui sait que ses mots ébauchent à peine des suggestions. Puis il raconta une longue histoire : celle de cette communauté à la lisière du désert, une histoire que le jeune avocat trouva sublime, héroïque et grandiose, même quand derrière son épopée juvénile était raconté l'échec d'un projet qui n'avait jamais été que le plagiat d'une utopie naïve.

L'histoire commençait dans le campus montagneux de l'université de Californie, à Santa Cruz, au printemps 1972, et se terminait dans les environs du désert d'Arizona à l'été 1975. Elle commençait par une rousse qui, par un soir comme un autre, entre quelques joints de marijuana, se proposait d'interrompre l'ennuyeuse conversation de ses amis en suggérant un voyage spontané au Mexique. Mais pas un voyage dans n'importe quel Mexique, dans celui de Jack Kerouac, de Niel Cassidy, le Mexique des beatniks et de l'incomparable héroïnomane William Burroughs. En somme, le Mexique de ce petit groupe de poètes *gringos* que leurs amis lisaient pendant leur temps libre et dont elle – même sans les avoir lus – connaissait toutes les histoires. Elle se terminait trois ans plus tard, quand l'avant-dernier des membres du groupe, plongé dans le peyotl jusqu'au cou, demandait au jeune Gregory Agins de l'attacher à un cheval pour ainsi mieux exécuter le rituel que, selon lui, avait commencé un autre poète maudit dans les plaines d'un autre désert et sous le regard d'autres Indiens.

Entre la suggestion innocente de cette jeune rousse et la folle proposition de l'avant-dernier courageux s'agglutinait une impressionnante série d'événements et d'expériences qui firent se dire à Esquilín qu'il n'avait pas suffisamment vécu. Il n'était jamais sorti de l'île. Pas même pour rendre visite à la famille de son père en République dominicaine. Il n'était pas non plus allé dans ce Mexique furieux dont parlait Agins en riant. Un Mexique dans lequel un ivrogne nommé Burroughs assassinait son épouse dans un jeu de pistolets uniquement pour ensuite affirmer que, sans ce geste, il ne serait jamais devenu écrivain. Un Mexique où ce fou d'Antonin Artaud se droguait pour ensuite disparaître parmi les Indiens et le peyotl. Un Mexique où Gregory Agins et ses amis retourneraient vingt ans plus tard pour voir ce qu'il restait de toute cette histoire épique, simplement pour se retrouver dans un coin perdu où sur lequel pendait un petit écriteau : Monterrey, 122. Un Mexique où cette même fille rousse et courageuse, lisant sur les colonies socialistes d'Albert Owen, s'était proposée de fonder la sienne, pleine de sexe et d'alcool. Une colonie anarchiste, non plus dans les environs de Sinaloa, comme le voulait Owen, mais dans le désert lui-même, en hommage à ce Français dément dont ses amis parlaient tant.

L'idée de cette rousse magnifique qui s'appelait Alexandra Walesi était simple mais pas moins géniale pour autant : toute avant-garde était, selon elle, la copie stratégique d'une avant-garde antérieure, oubliée et délabrée. Il n'y avait aucune originalité si ce n'est le plaisir de la répétition. Eux, conscients de cette condition paradoxale, seraient la première avant-garde à se vanter de ses plagiats. Ainsi, selon les récits d'Agins, ils partirent fonder cette colonie utopique qui mêlait les idéaux de toutes leurs anciennes idoles : ceux d'Alberto K. Owen et d'Antonin Artaud, ceux des beatniks et de Hermann Hesse, la pilule contraceptive et le Che Guevara. Ce même soir, tandis qu'ils marchaient sur la place Garibaldi, ils imaginèrent cette communauté anarchiste et se promirent de ne pas retourner à Santa Cruz avant un bon bout de temps. Il leur manquait un nom. Gregory Agins, qui avait passé l'après-midi à lire sur les projets utopiques d'Owen, suggéra une variation comique du nom de la fameuse colonie du Sinaloa. Si Owen avait baptisé cette vieille colonie Los Mochis, ils appelleraient la leur Los Muchis.

Les semaines suivantes, entre alcool et hallucinogènes, ils s'attelèrent à finir les maquettes de cette colonie impossible. Un soir, tandis qu'ils marchaient drogués dans l'hôtel Casino de la Selva, entre des *murales* de Meza et de Siqueiros, ils comprirent que si cette colonie avait besoin de quelque chose, c'était d'une forme précise, d'une géométrie qui dirait aux astres qu'ils étaient là pour rester. Agins proposa la fameuse courbe rose Huit-pétalée découverte par Luigi Guido Grandi en 1725. Élargissant l'idée d'Agins, la rousse imagina une ville tracée selon le motif de la Graine de Vie qui, d'après elle, symbolisait les sept jours de la création. Ils s'apprêtaient à accepter cette dernière proposition quand une fille blonde, à la voix timide et à la silhouette fragile, expliqua qu'elle se souvenait d'avoir entendu quelque part qu'une société secrète de hippies de Hollywood avait prétendu avoir fondé une communauté dans la jungle latino-américaine en suivant la forme d'un motif à cinq points. D'après elle, le motif s'appelait *quincunx* et ressemblait un peu à un domino numéro cinq.

La description de cet étrange motif fit immédiatement penser à Esquilín au petit *doodle* à cinq pointes que précisément, ces jours-là, il avait commencé à tracer sur ses carnets dans ses moments de distraction. Bien élevé, il attendit que le vieux eût fini son récit et seulement à ce moment-là, avec l'image droguée et un peu pathétique du dernier membre de la colonie à l'esprit, il demanda à Agins s'il pouvait dessiner la carte des Muchis. Il eut aussitôt la confirmation qu'elle avait la même forme que ses *doodles*, prit ses affaires, s'excusa et sortit.

Dès qu'il arriva chez lui, il chercha ses carnets et put vérifier ce qu'il savait déjà : ébauché dans les marges des pages, comme s'il s'agissait de griffonnages, il trouva le symbole à cinq points qu'une demi-heure plus tôt, Gregory Agins lui avait montré. Il se souvint de l'avoir emprunté aux carnets de l'accusée, mais il ne sut pas exactement par lequel des soixante-treize cahiers du *Grand Sud* il devait commencer. Il se contenta en revanche de chercher des informations sur ce symbole au nom étrange. Il trouva sur Internet beaucoup d'entrées sur ledit *quincunx*, dont le nom en espagnol lui parut plus bizarre encore : *quincunce*. Des pages dans lesquelles l'astrologie se mêlait aux mathématiques jusqu'à se retrouver réduite à une poignée d'anecdotes intéressantes. C'est là qu'il lut pour la première fois que ce motif à cinq points tirait son nom d'une monnaie romaine. Dans ces mêmes pages, il lut l'histoire d'un écrivain anglais nommé Thomas Browne qui, en plein XVIIe siècle, avait proposé une théorie de la nature où tout culminait dans le patron que traçaient les cinq points du *quincunx*. Intrigué par l'élégance synthétique de l'idée, Esquilín voulut savoir qui était ce Thomas Browne. Il ne parvint qu'à tomber sur le regard mélancolique et triste d'un homme irrémédiablement jeune, détenteur d'une paire d'yeux énormes qui lui firent se demander quel visage il affichait pour sa part, jour après jour, devant le jury. Il essaya de se distraire en pensant à la vie joyeuse du vieil Agins, aux terres brûlées de Pinillos, au pèlerinage latino-américain de l'accusée. Tout cela, se dit-il à voix basse, était bien en vie. Lui, en revanche, toujours prisonnier du prestige, n'avait jamais eu assez de courage pour tout laisser derrière lui et se lancer à l'aventure.

Ou, peut-être que si, pensa-t-il tout en voyant défiler sur l'écran, une dizaine de petits motifs à cinq points. Peut-être ce procès était-il précisément le moment de jouer le tout pour le tout. Quitter la profession, briser les codes, plaider pour un autre type de justice. L'image de la tour surgit dans son esprit. Il pensa aux mondes qui se cachaient dans le monde. Ces mondes alternatifs que le jeune Agins et ses amis avaient tenté de reproduire sans grand succès. Cette page sur laquelle l'accusée avait énuméré, comme s'il s'agissait d'une encyclopédie, une liste de colonies utopiques. Il compara dans ses notes le numéro du cahier et la page en question puis, après les avoir trouvés, il se réjouit de reconnaître, au début et à la fin de la page, le *quincunx* lui-même. Il envisagea brièvement la possibilité que tout fût une grande escroquerie, une vaste plaisanterie que l'accusée et ses témoins fussent en train de lui jouer à lui et à la justice, mais l'idée lui parut excessive. Il chercha alors les éléments que sa cliente lui avait confiés suite à sa conversation avec Agins. Il ne trouva aucune mention de sa discussion sur les colonies anarchistes et encore moins de référence à ce motif à cinq points. Las, perturbé par l'excès de connexions, il se mit à jouer avec son chien quelques minutes tout en examinant les mille possibilités qui s'ouvraient devant lui. Il se rappela de nouveau l'image du mystérieux B. Traven et, associée à elle, la phrase qu'il avait lue dans les carnets de sa cliente : « La seule véritable œuvre est la disparition… » Il pensa à Burgos et à son unique message, rempli d'énigmes fragiles, et se dit que dans l'histoire qu'il vivait, tout conspirait contre elle. Peu importe. Il se sentit inarrêtable et puissant au moment de s'asseoir à sa table de travail et d'ébaucher comme on ébauche un code secret, le motif à cinq points. Puis il s'endormit paisiblement en pensant à un fait curieux que le vieux Gregory Adams lui avait confié quelques heures plus tôt : un Indien Tarahumara pouvait courir deux jours de suite sans boire une seule gorgée d'eau.

14

Ces jours-là, je reçus un message de Tancredo. Un mail dans lequel il me parlait d'un homme qu'il avait rencontré en marchant sur la plage. Un homme qui arpentait la station balnéaire avec un petit détecteur de métaux, convaincu que l'appareil l'aiderait à trouver le bijou inattendu qui finirait par l'extraire de la pauvreté : une Rolex étincelante, une émeraude perdue, une alliance que quelqu'un avait décidé, un beau jour, de laisser dans son sillage. Il ne tombait toutefois que sur des ordures : de vieilles canettes, quelque tire-bouchon, des pièces de monnaie et autres bagatelles. Tancredo voyait dans cette image une métaphore parfaite de l'histoire du procès : une histoire pleine de décombres, de ruines et d'ordures sous laquelle tous disaient soupçonner un argument secret. Puis le message continuait à dériver et Tancredo reparlait de William Howard, des grands maîtres de la patience, de la nature des îles, des tableaux de Hopper, de ce qu'il se passe là où il semble ne rien se passer. Puis il reparlait de Burgos, du Bègue, de l'étrange lucidité de l'accusée et des mains tremblantes d'Esquilín. Pendant ce temps, je me repassais les scènes du procès. Je voyais le visage de l'accusée et je ne pouvais que voir la tête de Giovanna. Je voyais ses cheveux blancs et je ne pouvais que me souvenir de l'étrange couleur des cheveux de Giovanna : la façon dont, dans ses cheveux, on pressentait déjà le néant et l'anonymat. S'il y a là une histoire, s'il y a là un roman, me redisais-je, c'est celui que commence à ébaucher la fausse couleur des cheveux de Giovanna. S'il y a là une histoire, me disais-je, c'est celle qui se cache derrière cette fausse demande d'anonymat. Puis je relisais le message de Tancredo, jouais avec l'éléphant de jade, me souvenais des histoires que me racontait la styliste et finissais par me dire que toutes les histoires sont des histoires de ruines.

15

Deux jours plus tard, le souvenir encore dissimulé par les secrets apparents de l'accusée, Luis Gerardo Esquilín vit le parquet exposer le premier des trois exemples qu'il se proposait de mettre en évidence comme principales preuves contre Virginia McCallister. Il s'agissait d'une information que, selon eux, l'accusée avait réussi à infiltrer stratégiquement dans un petit journal sévillan, dans l'intention de la répandre peu à peu dans les médias de masse. Selon eux, la stratégie semblait toujours la même : trouver quelque petit journal de province, de préférence ouvert aux collaborations extérieures, où infiltrer la fausse information et observer comment de là elle se répandait avec la force d'une rumeur sourde.

D'après le parquet, dans ce premier cas, survenu au début des années 1990, Virginia McCallister – sous le nom Maribel Martínez – avait réussi à infiltrer une information qui associait un nouveau médicament qui venait tout juste de sortir à un produit pharmaceutique qui avait été utilisé au cours de la détention et pour torturer des centaines de prisonniers pendant la guerre du Vietnam. Elle citait une très longue série d'universitaires reconnus pour ensuite disparaître derrière une affirmation choc : ce médicament s'inscrivait dans une histoire de torture. La stratégie de l'accusée, selon les explications du parquet, était d'éviter que son information ne devînt trop visible. La placer dans un réseau de vérités plausibles qui la fasse circuler sans trop attirer l'attention. Puis quand l'information gagnait du terrain, l'accusée se chargeait toujours sous pseudonyme d'envoyer une courte note au journal initial dans laquelle elle s'excusait d'avoir diffusé une série de petites erreurs qui invalidaient l'article. Le journal se contentait de publier la note et de s'excuser sans remarquer qu'il était déjà trop tard et que l'information se répandait déjà en toute indépendance. McCallister atteignait ainsi son objectif: causer de la confusion dans les marchés, perturber la transparence informative si nécessaire à son fonctionnement.

Pendant la demi-heure suivante, le public présent, à l'instar des téléspectateurs, put voir – dans une longue séquence d'images et de graphiques – le périple absurde de cette fausse information dans la presse internationale. Ils virent comment l'information publiée initialement par le petit journal sévillan avait été reprise, non sans l'exagération typique de la presse hispanique, deux jours plus tard par un magazine people de Madrid pour ensuite atterrir à Barcelone, Valence, Olot et Bilbao. Du secteur basque, l'information rebondissait finalement jusqu'en Amérique et était publiée, neuf jours après sa parution initiale, dans un petit journal mexicain. Elle y explosait: en moins de trois jours, vingt médias, y compris trois journaux à diffusion massive, enregistraient l'information, également reprise à ces dates au Costa Rica, en Uruguay, en Colombie. Ce n'est qu'alors, l'information circulant déjà largement, qu'apparaissait une courte note dans le journal sévillan, expliquant qu'il y avait eu confusion de sources et de noms; et qu'effectivement, le médicament n'avait rien à voir avec ces tortures militaires. La note était signée, cette fois-là, par un certain Jaime Melendi qui assurait que son employée Maribel Martínez avait été renvoyée à la suite d'une telle bévue. Selon ce qu'expliquait le parquet, le geste était totalement prémédité. Avec la publication de cette note, l'accusée libérait finalement l'information des lois de la véracité et évitait ainsi que des enquêtes subséquentes découvrent la farce qui se cachait derrière. Ce que l'accusée avait très bien compris était qu'à cette époque, l'« effet vérité » avait déjà commencé à fonctionner. Peu importe si elle était vraie ou fausse, l'information avait gagné une force interne qui obligeait les lecteurs à voir l'industrie pharmaceutique d'un autre œil. Libérée finalement du critère de vérité, l'information franchissait alors les frontières vers le nord et était reprise de manière irresponsable par une série de journaux nord-américains qui ne paraissaient guère se soucier qu'à Séville le journal initial lui-même publie une seconde note pour s'excuser de son erreur. Une fois infiltrée dans la presse des États-Unis, l'information semblait devenir omniprésente. Elle apparaissait dans des publications croates, roumaines, des revues asiatiques et même dans une petite brochure informative produite par une association médicale du Mozambique. Le mal était fait.

Confronté à l'évidence, Tancredo repensa au vieux de la station balnéaire, à son détecteur de métaux et à sa recherche hallucinée. Il songea aux pièces délabrées qu'il avait l'habitude de trouver, la ferraille que la mer ramenait de côtes lointaines, et se dit que, très vite, l'histoire serait ainsi : une grande décharge d'ordures informatiques, une énorme poubelle d'informations inutiles. Deux jours plus tard, dans le salon de coiffure de Gaspar, il essaya de résumer le paradoxe en disant : un jour, il y aura plus de ferraille informative que de monde, plus d'ordures que d'éboueurs. Gaspar se contenta de rire et de lui dire que le procès le rendrait fou. Puis il se leva, sortit un balai du placard et le tendit à Tancredo en disant : si les ordures t'importent tant, eh bien balaie !

Dans la semaine, nous vîmes tous comment les témoins étaient appelés l'un après l'autre à la barre et comment de là, chacun inscrivait ces exemples dans des histoires plus vastes qu'ils tentaient de rendre lisibles comme des œuvres d'art. Nous vîmes tous le Costaricain Guillermo Porras, tremblant et timide, invoquer face aux jurés les travaux du Belge Francis Alÿs dans une tentative de revendiquer ce qu'il appelait la poétique sociologique de la rumeur. Nous le vîmes tous invoquer l'œuvre *The Rumour* qu'Alÿs avait menée à bien en 1997, dans laquelle l'artiste avait réussi à donner un caractère concret, avec l'aide de trois collaborateurs locaux, à la fausse histoire d'un homme qui, un jour, était sorti de son hôtel pour aller faire un tour et n'était jamais revenu. Aidé par trois membres de la communauté de Tlayacapan, Alÿs avait réussi à disséminer l'histoire de telle manière que l'imagination locale s'était chargée de faire le reste : imaginer une physionomie, un âge, un profil à ce personnage fictif. Trois jours plus tard, de plausibles explications sur sa mystérieuse disparition circulant partout, la police en était même arrivée à produire l'ébauche d'un portrait-robot de l'individu. Comme l'expliquait fort bien Porras, il s'agissait d'explorer les moyens de circulation par le biais desquels se construisaient les vérités publiques.

Nous écoutâmes tous cette histoire et ne pûmes que penser au jeu auquel nous jouions enfants : ce jeu appelé le téléphone sans fil dans lequel nous nous mettions en cercle et l'un racontait à l'oreille un secret à l'autre, celui-ci au suivant et ainsi de suite jusqu'à en arriver au dernier dont la responsabilité consistait à proclamer à voix haute le secret tel qu'il l'avait entendu. Nous nous souvînmes de ce jeu d'enfants et comprîmes alors que la logique de tout cela était quelque chose que nous connaissions très bien, une logique que nous avions découverte enfants quand, entendant l'énormité distordue prononcée par le dernier enfant de la chaîne, nous éclations tous de rire. Le souvenir de ce jeu encore présent à l'esprit, nous vîmes tous le jeune avocat montrer, ouvert, l'un des deux cent quarante-sept cahiers qu'avait, disait-on, recopiés l'accusée, et lire un court passage dans lequel elle citait Alÿs en personne : « *In the beginning, there is a situation where many people cross paths. If somebody were to say something to someone, and that someone were to repeat it to someone else, and that someone were to repeat it to someone else… then, at the end of the day, something is being talked about, but the source will have been lost forever.* » Pendant la lecture de la citation, plus d'un rire se fit entendre dans le public qui reconnaissait dans cette définition préliminaire une ébauche parfaite du jeu du téléphone décomposé. Si c'est de l'art, pensèrent alors beaucoup, alors ce jeu d'enfants en est aussi. L'absurdité du procès fut alors esquissée : cette femme était accusée d'essayer de répéter, à l'âge de soixante-quatorze ans, une subtile plaisanterie d'enfance. Je crois que ce fut à cet instant que, pour la première fois, beaucoup commencèrent à voir l'accusée avec un regard compatissant.

Elle, cependant, ne semblait chercher aucune compassion. Impeccablement vêtue de noir, elle se contentait d'observer les interrogatoires avec une sérénité absolue et le visage de la meilleure actrice. Elle s'acharnait à ne laisser transparaître aucune émotion. Seulement de temps en temps, pendant l'interrogatoire de l'un de ses témoins, on la voyait prendre des notes sur un petit carnet. Nous comprîmes alors tous que, pour elle, l'étude était un processus continu et que sa véritable œuvre n'avait pas été achevée le jour de son arrestation, mais se poursuivait dans ce très long prologue auquel nous participions tous ingénument. Quant à moi, je la regardais de nouveau et pensais qu'il suffirait d'un coup de fil de ma part pour mettre fin une bonne fois pour toutes à ce théâtre absurde, mais quelque chose me disait que ce serait trahir la mémoire de Giovanna. J'éteignais la télévision, me mettais à lire un roman quelconque et cherchais le sommeil, certain que, le lendemain matin, un courrier de Tancredo imaginerait d'éventuels dénouements.

Cette même semaine, tous dans le public virent le procureur poser la même question à chaque témoin de la défense. La question, rhétorique à l'extrême, commençait par proposer un fait historique. Le 23 octobre 2002, un groupe de terroristes tchétchènes prit en otage le théâtre Dubrovka, séquestrant les plus de huit cent cinquante spectateurs qui avaient empli la salle ce soir-là pour assister à la représentation de la comédie musicale *Nord-Ost*. En échange de leur libération, les terroristes demandaient le retrait des Russes de la Tchétchénie et l'arrêt des combats. Trois jours plus tard, le 26 octobre, quand les forces militaires russes pénétrèrent dans ce théâtre qu'elles avaient elles-mêmes infesté de gaz toxiques, elles trouvèrent cent trente-huit cadavres : trente-neuf de terroristes et le reste de civils. Nous écoutâmes tous le parquet détailler cette terrible scène sans que personne ne sache, pas même le juge, pourquoi cette affaire était ramenée sur le tapis, jusqu'à ce que le procureur se mette à évoquer un court et peu connu roman russe datant de presque un siècle plus tôt, fin 1905, par un bolchevique qui s'appelait Boris Stolypine. Le roman en question, intitulé *Le Théâtre*, écrit par Stolypine après l'échec de la révolution russe de 1905, dépeignait un tableau fictif de toute évidence identique à celui que le peuple russe vivrait un siècle plus tard : un soir, au milieu d'une représentation d'*Othello* interprétée par la compagnie dirigée par Konstantin Stanislavski, des centaines de soldats bolcheviques prenaient le théâtre. D'après ce que lut le procureur, le roman était bourré de réflexions sur un événement qui, pour Stolypine, était une évidente allégorie d'un « réveil au réel » ou d'un « réveil historique » qui devait être imaginé et allégorisé sous les lumières du marxisme historique et de la théorie de la fin des temps.

« Qui, finit par ébaucher le procureur, nous assure que les horribles événements du 23 octobre 2002 ne furent pas inspirés par la lecture de cet étrange roman par un terroriste tchétchène ? Et, admettant que c'eût été le cas, cette tragédie – comme semblerait le suggérer l'argument douteux de la défense – deviendrait par conséquent une mise en scène artistique en regard de ses antécédents ? » Aussitôt que le procureur eut terminé d'ébaucher cette hypothétique et épineuse question, la salle entière se tut en attendant que le témoin de la défense répondît à la question empoisonnée. Nous vîmes alors tous Marcelo Collado essayer désespérément de trouver d'éventuelles issues. Nous le vîmes tous hésiter, indécis, avant de citer trois philosophes français sur le thème de l'intention. Selon Collado, même dans le cas où l'un des terroristes aurait lu cet étrange livre, ce qui était improbable car il n'avait pas été réédité depuis 1915, l'attentat ne pouvait être considéré comme artistique, dans la mesure où lui manquait ce que le Vénézuélien, suivant l'un de ses philosophes, appela l'« intention artistique » : le désir de voir une chose comme de l'art. « Qui, se mit alors à alléguer le procureur, nous assure que la supposée intention artistique de l'accusée est réelle et non un masque derrière lequel cacher ses intentions criminelles ? » Incapable de trouver une nouvelle issue,

Collado respira nerveusement et balbutia de nouveau quelques théories incompréhensibles qui ne firent que révéler, devant le jury, sa propre confusion.

Dans le courant de l'après-midi, nous vîmes Guillermo Porras et Gregory Agins achopper plusieurs fois sur la même question. Porras, suant à grosses gouttes, chercha à établir des distinctions douteuses entre les deux cas, alléguant que celui proposé par le procureur outrepassait la limite absolue de l'art : la violence contre autrui. Quelques minutes plus tard, après avoir écouté la chrétienne et noble réponse du Costaricain, le jury put voir Agins essayer de reprendre l'intuition de Collado en suggérant que les plus de deux cents carnets que l'accusée avait écrits tout au long du projet étaient un témoignage irréfutable que, dans son cas, le projet avait été pensé dès le départ comme une œuvre d'art. Il clôturait donc son plaidoyer en affirmant que dans l'art conceptuel, catégorie sous laquelle, disait-il, entrait le projet de l'accusée, le document était l'évidence fondamentale pour démontrer une intention artistique. Il citait, en guise d'exemples, les manifestes de Costa, Escari et Jacoby ainsi que les écrits d'Hélio Oiticica, de Sol LeWitt, de Mel Bochner, d'Adrian Piper, d'Yvonne Rainer, de Michael Baldwin, de Lee Lozano, de Kynaston McShine, de Cildo Meireles, de Sigmund Bode, de Lucy Lippard, de Rolf Wedewer, de Victor Burgin, de Robert Smithson. Il mentionna tous ces noms et la vérité fut que la liste, longue et pédante, nous troubla encore plus que nous ne l'étions déjà. Puis, de sa voix rauque et sonore, il dit avoir feuilleté les photocopies des cahiers et affirma être persuadé que le travail qui y était mené à terme appartenait à la tradition conceptuelle qu'il venait d'évoquer. Il affirma enfin être ainsi convaincu que dans le cas tchétchène, il n'y avait pas une telle conception artistique du projet. L'art, finit-il par déclarer, est une affaire d'histoire et de documentation.

Ce même après-midi, voyant que María José Pinillos n'arrivait pas à temps pour témoigner, désespéré et inquiet, Luis Gerardo Esquilín décida qu'il n'avait pas d'autre choix que d'avancer la présentation de l'une de ses armes secrètes. Pendant l'heure suivante, nous vîmes deux employés du tribunal installer une longue table pliante face au public et y poser une vingtaine de boîtes numérotées. Puis, ces mêmes employés, solennels et silencieux, commencèrent à sortir de ces boîtes des dizaines et des dizaines de carnets que nous reconnûmes comme les fameux cahiers de l'accusée. « Deux cent quarante-sept cahiers », vociféra Esquilín dès que le dernier fut posé sur la table. Deux cent quarante-sept raisons, répéta-t-il, de croire que sa cliente – exactement comme l'avait suggéré Gregory Agins – avait pensé la logique artistique de ce projet de bout en bout. Sur-le-champ, avec une conviction qui ne paraissait s'emparer de lui qu'à cet instant précis, il invita le jury à feuilleter les cahiers tout en se rasseyant discrètement à côté de l'accusée.

La scène à laquelle le public assista alors était teintée d'un certain charme anachronique : les sept membres du jury marchant parcimonieusement autour de la table, inspectant avec des gants blancs ces cahiers que l'accusée s'était chargée d'accumuler pendant deux décennies, peut-être pressentant déjà qu'un jour ce moment arriverait et que la scène nous impressionnerait tous. Peut-être, pressentant déjà l'inévitable arrivée de l'ère digitale, la récemment baptisée Viviana Luxembourg avait compris que les archives manuscrites deviendraient bientôt une scène dramatique en soi, capable de renfermer une expérience et une autorité qui disparaissaient peu à peu. Ce qui est certain c'est que, voyant les cahiers s'entasser sur la table, nous fûmes surtout tous impressionnés par l'accumulation de matériau. Les cahiers auraient très bien pu être vides. Ce qui importait était qu'ils soient là, occupent un espace, aient une présence.

Confronté à cette scène, Tancredo se souvint de l'intuition qu'il avait eue quelques jours plus tôt : le monde se remplissait de ferraille informative et, un jour, il n'y aurait plus de place pour tant de rebuts. L'avenir était un monde ordure, un monde information, pensa-t-il, tout en écoutant l'avocat reprendre la parole et demander sous une forme rhétorique si l'un des présents trouvait plausible que tant d'années de travail théorique fussent gaspillées en vain par l'accusée. Tant d'années passées à penser aux cadres à partir desquels comprendre son projet ne pouvaient que correspondre à une imagination artistique, souligna-t-il de nouveau, et en aucun cas à la vulgarité d'une imagination criminelle. Il termina d'énoncer sa sentence et se rapprocha sans la moindre timidité de la table, prit d'une main un cahier, feuilleta ses pages jusqu'à en trouver une qui semblait avoir été signalée à l'avance et s'apprêta à lire à voix haute un passage. Un passage dans lequel l'accusée suggérait que tout art menait au procès, que tout art était en fin de compte la mise en scène du désaccord entre la loi du présent et celle de l'avenir, entre le langage juridique et le langage artistique. Puis Esquilín se mit à parler de conceptualismes et de théories, de la manière dont tout le projet de sa cliente menait au procès auquel nous assistions. Tancredo trouva la citation arbitraire et gratuite. Il eut cependant l'étrange impression que l'accusée commençait enfin à habiter la parole et la logique de ce jeune homme nerveux. Il songea alors à Burgos, à Miguel Rivera, aux petits dessins de Karl Wallenda que l'accusée gribouillait sur les serviettes du petit café La Esperanza. L'intention de cette femme, pensa-t-il, était la suivante : que tous deviennent ses petites marionnettes, arrivent à la fin de l'histoire en n'écoutant que les échos de sa propre voix.

Ce même après-midi, en sortant du tribunal, l'avocat rencontra María José Pinillos devant chez elle. Ivre et en pleurs, la Guatémaltèque s'excusa de ne pas être arrivée à temps. Puis elle laissa clairement entendre que les réponses de chaque témoin à l'exemple proposé par le procureur avaient été une erreur : le véritable courage aurait consisté à aller plus loin encore et admettre que cette attaque terroriste était aussi de l'art. L'éthique était sans importance. Luis Gerardo Esquilín se contenta de la regarder avec un mélange de compassion et de dédain, comme l'on regarde ce monstre alcoolique que nous craignons tous de devenir un jour.

16

Troublée par les longues nuits de travail de son petit ami, craignant que ce processus finît par les éloigner l'un de l'autre, la petite amie d'Esquilín passait ses matinées de liberté à fouiner dans les papiers que l'avocat laissait traîner derrière lui. C'est ainsi qu'elle découvrit son intérêt pour cet étrange motif à cinq points, pour les colonies anarchistes dont lui avait parlé le vieil Agins, pour les réflexions que semblait dissimuler l'accusée dans les carnets consacrés au *Grand Sud.* Elle lut des histoires dans lesquelles il y avait des noms curieux qui parfois la faisaient rire et d'autres fois peur, elle lut des théories impossibles et des projets fous, toujours dans l'idée qu'il s'agissait simplement des ébauches d'une folle, jusqu'à ce qu'un après-midi, elle trouve – en marge de la première page venue – ce qui semblait être une ébauche en miniature d'une carte. Étonnée par la précision des détails, elle chercha dans les tiroirs de son bureau une vieille loupe que lui avait offerte sa grand-mère et quand elle l'eut enfin trouvée, elle fut surprise de se rendre compte que la miniature esquissait les plans d'une petite ville organisée selon la géométrie de l'hermétique *quincunx.* Inscrits autour de la carte comme un nuage d'idées, une vingtaine de noms entouraient cette miniature architecturale. Elle sentit qu'elle avait à faire là à quelque chose d'important, mais sans réussir à déchiffrer exactement comment s'emboîtait cette nouvelle pièce dans le puzzle qu'essayait de reconstituer son petit ami distant. Troublée, elle se contenta de signaler la page avec un post-it jaune, dans l'espoir que Luis Gerardo Esquilín tomberait dessus quelques jours plus tard.

Elle n'eut pas à attendre longtemps. Le soir-même, après avoir laissé María José Pinillos avec Porras et Collado, Esquilín rentra chez lui et, consultant brièvement ses documents de travail, il fut surpris de trouver, parmi les photocopies d'un cahier qu'il n'avait pas relu depuis un moment, un post-it de sa petite amie Mariana. Il ouvrit le cahier à la page indiquée et, habitué comme il l'était aux listes de noms et aux *doodles* de l'accusée, il ne remarqua pas tout de suite son importance, jusqu'à ce que, deux minutes plus tard, il jette de nouveau par curiosité un coup d'œil à la page et comprenne que ce petit dessin n'était pas un *doodle* quelconque mais une carte en miniature ébauchée avec une enviable précision. Il comprit alors pourquoi Mariana avait laissé sur la table de travail la vieille loupe de sa grand-mère. Il y avait des années, pensa-t-il, qu'elle n'en avait pas utilisé une seule. Il la prit d'une main et, la plaçant au-dessus du dessin, il trouva la parfaite ébauche, à l'échelle, d'une ville composée géométriquement de motifs de petits *quincunx*. Effrayé, il ferma le carnet, mit le café qui restait dans le réfrigérateur et décida que le mieux était de se reposer un peu. Dans la chambre, sa petite amie était endormie à côté du chien.

Il se leva six heures plus tard, à l'aube, convaincu d'avoir entendu un coup de feu. Il n'y avait que la silhouette anxieuse de son chien grattant le bord du lit. Incapable de retrouver le sommeil, il s'habilla, réchauffa le café de la veille, mit sa laisse au chien et l'emmena faire une promenade. Une demi-heure plus tard, le chien calmé, il rentra à l'appartement, se servit une nouvelle tasse de café et ce n'est qu'alors, ragaillardi par la caféine, qu'il reprit la loupe pour examiner attentivement la carte.

Il en était là, la nuit n'avait rien changé.

Il étudia la même structure fractale de *quincunx*, l'architecture de ce qui semblait être de petits temples, l'élégance d'une ville qui lui rappela immédiatement la colonie expérimentale dont venait de lui parler, juste quelques jours auparavant, le vieux Gregory Agins. Il posa la loupe à côté de lui et s'apprêtait à téléphoner à Agins quand, dans la nuée de noms qui entouraient la carte, il reconnut celui de Maribel Martínez, le théorique pseudonyme sous lequel l'accusée avait signé sa première fausse information. L'un après l'autre, il répertoria alors les noms qui apparaissaient sur cette page. Il crut reconnaître vaguement certains d'entre eux, crut les avoir déjà vus ailleurs mais sans savoir exactement où. Puis il appela Agins pour lui faire part de sa dernière découverte, certain que le vieux aurait davantage de pistes, mais il fut surpris d'apprendre que, pendant toute leur correspondance, l'accusée semblait n'avoir jamais mentionné le motif du *quincunx*. Il raccrocha sans donner d'explications et se dirigea vers les archives de la police où était conservé le registre des pièces à conviction. Une fois sur place, immergé dans un sous-sol moisi et froid bourré de boîtes, il fouilla dans le registre jusqu'à ce qu'il eût la confirmation de ce qu'il pressentait depuis des heures. Chaque nom inscrit sur la petite carte correspondait à l'une des identités fictives dont l'accusée avait eu recours pour répandre ses fausses rumeurs.

Cet après-midi-là, tout se déroula comme prévu. Le parquet présenta comme un fait établi une deuxième fausse information, cette fois liée à une compagnie de pétrole américaine basée au Moyen-Orient et à ses liens avec certains groupes d'extrême droite en Océanie. Signée par un certain Jeremy James, l'information avait d'abord paru dans un journal guatémaltèque et de là, commençait son périple dans les terres du Sud avant de faire un bond aux États-Unis. Une fois installée dans les médias américains, elle était reprise par les médias internationaux. La même logique, la même cartographie, le même crime. Luis Gerardo Esquilín se contenta de s'asseoir à côté de sa cliente, muet et sans montrer le moindre soupçon. Tous le virent appeler ses témoins, les questionner, procéder avec l'élégance de qui semble avoir un plan. Personne ne pouvait imaginer qu'à l'intérieur, il était rongé par une image fixe : celle qui représentait la colonie en miniature et, à côté, la liste de noms dans laquelle se trouvait sans doute celui de Jeremy James. Personne ne put rien déceler, pas même le plus léger trouble, peut-être précisément parce que lui-même ne savait pas clairement ce qu'il ressentait.

À la fin de la séance, Luis Gerardo Esquilín demanda à s'entretenir avec sa cliente en tête à tête. Il trouva Viviana Luxembourg aussi calme que d'habitude, satisfaite du déroulement du procès, des dépositions des témoins, des plaidoiries de l'avocat. Ils discutèrent des dernières stratégies, des résolutions plausibles, des possibilités qui lui restaient au vu des timides tentatives du parquet. Il eut de nouveau la sensation que l'accusée n'accordait presque aucune importance à l'issue du procès, aux années qu'elle pourrait passer en prison, à l'idée d'une mort lente derrière les barreaux. Autre chose semblait se jouer, un objectif vague et opaque qui lui était caché. Inquiet et en nage, il ouvrit sa sacoche, fouilla dans ses papiers jusqu'à ce qu'il trouve ce qu'il cherchait et le posa sur la table. Là résidait la véritable preuve : la photocopie de la petite carte à côté de la liste de noms. Immédiatement, sur un autre papier, il ébaucha un petit *quincunx* et demanda :

« Que signifie ce motif ? »

Il crut au départ déceler un certain tremblement dans les yeux de l'accusée mais sa voix, terriblement tempérée et sereine, l'arrêta :

« Rien. »

Aucune hésitation, aucun tremblement, aucun doute. Esquilín pensa lui raconter toute l'histoire, lui parler des terres brûlées de Pinillos et des colonies anarchistes d'Agins, de toute cette histoire souterraine que l'accusée semblait cacher, mais la tentative lui parut stupide. Cette vieille, se dit-il, furieux, pouvait croupir en prison. Il rangea le papier, balbutia en anglais quelque réprimande incompréhensible et sortit de la salle sans dire au revoir.

17

Depuis son arrivée dans l'île, María José Pinillos ne se lassait pas de répéter que la seule raison pour laquelle elle avait accepté de témoigner dans ce procès absurde était l'espoir de voir un jour l'infâme tour où s'était logée, pendant presque une décennie, l'accusée. Voyant que la fin du procès semblait approcher à pas de géant, la Guatémaltèque avait multiplié ses plaintes, en y ajoutant une promesse impossible: si on l'emmenait dans la tour, elle promettait de ne plus reboire une goutte d'alcool. Accablé de travail, fatigué d'entendre les plaintes immatures de Pinillos, Esquilín avait réussi à repousser, pendant des semaines, l'étrange demande. Mais l'après-midi où il affronta de nouveau l'accusée, après être rentré chez lui, il jeta ses documents de travail par terre, tout en criant à sa petite amie que le procès lui tapait sur les nerfs. Un curieux élan lui fit alors décrocher son téléphone, composer le numéro du portable que Porras avait acheté à Pinillos et lui promettre que, le lendemain, il l'emmènerait enfin à la tour. Vingt heures plus tard, quand il passa la prendre, il la trouva assise sur une place pleine de pigeons, lisant Vallejo et fumant une cigarette électronique. La voyant ainsi, se dit-il, quiconque penserait qu'il s'agissait d'une âme en paix.

La première impression qu'eut Pinillos face à la tour fut qu'il s'agissait de l'allégorie parfaite d'une modernité incomplète. C'était sans aucun doute un bâtiment moderne, le genre de logements que n'importe quel citoyen dans son Guatemala natal désirerait pour lui-même. Un luxe cependant en demi-teinte. Elle aima l'atmosphère de précaire modernité dans laquelle baignait la tour, la rumeur musicale de ses corridors délabrés, la sensation labyrinthique d'être dans un monde régi par ses propres lois. Ils s'apprêtaient à entamer leur ascension jusqu'au vieil appartement de l'accusée quand un coup de sifflet vint les distraire. Il s'agissait d'un homme à la moustache primesautière qu'Esquilín ne tarda pas à saluer avec effusion et qui les invita à boire un café dans son petit bureau. Là, entourés par le bruit de fond des courses de chevaux, Pinillos, s'ennuyant un peu et fatiguée, vit Esquilín et l'homme parler du procès, de l'accusée et de la tour. D'après cet homme, elle avait toutes les chances de gagner. Comment pouvait-on faire un procès à quelqu'un pour une telle sottise ? Comment quelqu'un pouvait-il considérer un jeu aussi simple que celui du téléphone arabe comme un crime ? Pinillos, sans beaucoup s'intéresser à la conversation, vit Esquilín essayer d'en changer, arguant que le sort était jeté et que tout allait très vite se terminer. Cependant l'homme revint à la charge, mentionnant cette fois l'étrange routine de l'accusée : son hermétisme total, ses après-midi au café La Esperanza, les dessins qu'elle avait l'habitude d'ébaucher sur les premières serviettes venues. Puis, quand le sujet finit par l'ennuyer, il s'approcha de la radio, monta le volume et prit congé par une phrase qui laissa l'avocat perplexe : « Ton assistant, le *gringo*, traîne dans les parages. »

Esquilín en resta stupéfait. Il ne savait pas de qui il s'agissait. Qu'il sache, il n'avait aucun assistant. Sur ces entrefaites, tout en observant Pinillos se perdre dans les corridors de la tour, il demanda aux gens du cru, s'ils avaient vu un *gringo*. Il n'eut pas tout de suite de réponse, puis un vieux portant une chemise à fleurs lui dit que le *gringo* était sorti une demi-heure plus tôt, se dirigeant vers le petit café La Esperanza. L'avocat demanda alors où se trouvait ce lieu et, sans trop se soucier de savoir où était Pinillos, il suivit ce chemin en quête de l'imposteur. Dix minutes plus tard, dégoûté par la quantité de chiens galeux qu'il rencontra sur son chemin, il vit finalement apparaître l'enseigne du petit café et, plus effrayé qu'autre chose, fit un pas en avant. Face à deux garçons qui le regardaient d'un air provocateur, il repéra un gros aux cheveux blonds qui semblait jouer aux dominos. Ce devait être lui. « *Gringo* », se contenta-t-il de dire tout en voyant les deux garçons, inquiets, se lever de leur siège, prêts à en découdre. Un geste bref du gros le sauva manifestement, un geste qui parut à l'avocat typiquement latin.

Acculé par cet avocat qui avait l'air d'avoir mûri de dix ans en deux mois, Tancredo lui expliqua tout : son travail de journaliste et ses tentatives de reproduire l'étrange routine de l'accusée. Incrédule, certain que Tancredo faisait partie de cette conspiration qui, jusqu'alors, semblait se tramer dans son dos, Esquilín demanda à voir les petits dessins que, selon le vieux à moustache, l'accusée ébauchait sur les serviettes de l'établissement. Aucun des deux ne put se retenir de rire en voyant les vieilles serviettes sur lesquelles, tous les après-midi, l'accusée avait dessiné la même petite histoire de Wallenda marchant sur la corde raide.

L'épopée dégonflée, ils s'assirent pour parler. Tancredo expliqua à l'avocat que, depuis déjà un certain temps, il répétait tous les jours la routine de l'accusée pour essayer un jour de la comprendre. Selon lui, ce n'est qu'au bout de trois mois d'imitation qu'il avait réussi à confirmer ce qu'il savait déjà : que la vie n'était pas une chose qui pouvait se copier. Puis ils parlèrent de la tour, du vieux Gaspar et du salon de coiffure, des étages supérieurs et du sergent Burgos. Tancredo s'étonna d'entendre qu'Esquilín avait reçu un message de son ancien ami dans lequel, d'après ce que raconta le jeune avocat, le policier mentionnait un bègue nommé Miguel Rivera ainsi qu'un *mural* orageux et une étrange montagne où les enfants régnaient en souverains. Esquilín, lassé de garder des secrets, confia à sa récente connaissance les détails de ses dernières découvertes : les colonies anarchistes en forme de *quincunx*, l'intérêt de l'accusée pour les terres brûlées, l'ébauche de cette carte en miniature qu'il venait de découvrir dans les marges de la première page venue. Comme s'il s'agissait d'un *déjà-vu*, Tancredo se souvint alors d'une conversation qu'il avait eue avec Burgos deux semaines avant sa disparition, dans laquelle ce dernier lui avait parlé d'une image qui n'arrêtait pas de le poursuivre. Il s'agissait précisément d'une curieuse coïncidence qui reliait les récits de l'accusée et ceux du bègue. Selon Burgos, l'après-midi où ils avaient rencontré l'accusée, elle avait cité, en guise d'exemple, une fausse information qui incluait une étrange montagne pleine d'enfants illuminés, la même que, deux jours plus tard, Miguel Rivera mentionnerait en cherchant à se moquer de lui. L'étrange coïncidence le poursuivrait beaucoup plus tard, chaque fois qu'il se souviendrait de la série de jeunes visages qu'il avait vus sur les ordinateurs du bègue le jour de sa visite inattendue. Tancredo disait avoir essayé de suivre cette piste, mais il jurait ne pas être arrivé très loin. Puis, lassés de spéculations, ils parlèrent de la tour et des héroïnomanes, du procès et du procureur. Tancredo commanda deux bières et ils passèrent l'heure suivante à se distraire avec une simple partie de dominos, à la fin de laquelle ils jurèrent tous les deux de suivre cette piste jusqu'à ce qu'ils tapent dans le mille.

18

« S'il y a quelque chose de clair dans cette histoire, m'écrirait Tancredo une semaine plus tard, c'est que le sens arrive toujours trop tôt ou trop tard, jamais à temps. » Deux jours après avoir rencontré l'avocat dans le petit café La Esperanza, ce même Tancredo put voir le parquet présenter comme dernière preuve une troisième fausse information. Il ne tarda pas à la reconnaître comme celle que l'accusée, dans une tentative de faire de son art un exemple, avait mentionné à Burgos ce premier après-midi. Il reconnut la mention d'une colonie anarchiste en terres latino-américaines, la supposée participation de celui qui, par la suite, serait un cadre supérieur d'une entreprise nord-américaine, la mention que fit le procureur de l'étrange rôle que les enfants jouaient dans cette colonie. Il en arriva même à soupçonner très brièvement Esquilín d'avoir lui-même transmis l'information au parquet en guise de vengeance secrète, mais ce qu'il entendit ensuite lui fit penser qu'il s'agissait d'un dernier tour de l'accusée. Selon ce que raconta le parquet, cette troisième information avait été publiée, comme de coutume, dans un petit journal costaricain avant l'arrestation de l'accusée. De là, elle avait entamé son typique périple dans les médias.

Selon ce que révéla le procureur, l'information avait été signée par une certaine Marie Sherman, nom qui serait passé inaperçu s'il n'avait été, comme le prouvaient les archives d'État, un clair alias de Virginia Marie McCallister Sherman, nom complet de l'accusée. Loin de s'en tenir là, le procureur se mit à expliquer comment, de la même manière que l'accusée avait inscrit un effet de réel en laissant des traces de son ancien nom sur l'information, celle-ci, en tant que telle, n'était pas tout à fait fausse. Elle était même – en un certain sens – vraie. Les traces d'une telle colonie anarchiste existaient, la participation de ce futur chef d'entreprise était connue, des bruits couraient même sur l'étrange rôle qu'y jouaient des enfants. Incapables de traiter tant d'informations, nous vîmes tous le parquet appeler l'accusée à témoigner. Nous la vîmes monter sur l'estrade aussi élégante que d'habitude, répondre aux questions l'une après l'autre avec la même aura distanciée de toujours, jusqu'à ce que, sans y croire, nous fussions témoins de la façon dont, progressivement, le procureur réussissait à remuer les couches d'indifférence et de froideur qui, jusqu'alors, l'avaient entourée. Peu à peu, le vernis s'écaillait et le visage palpitant et nerveux de cette mère que nous avions tous vue sur les photos de famille, le visage humain de cette femme qui avait cherché, pendant presque trente ans, l'anonymat finissait par apparaître. Comprenant que la scène débordait d'émotion, le procureur exposa sa dernière preuve. Deux hommes vêtus de noir entrèrent, portant une pancarte qu'ils placèrent devant l'accusée et le jury. Au départ, située dos à nous, personne – ni dans le public présent ni parmi les téléspectateurs – ne put voir de quoi il s'agissait. Nous vîmes seulement le procureur se contenter de demander à l'accusée si elle reconnaissait l'image et comment elle, finalement dépourvue de ses théories, commençait à trembler nerveusement quelques secondes avant d'éclater en sanglots. Je crois qu'aucun de ceux qui étaient présents ne pourra oublier ces larmes. Personne n'oubliera la voix brisée et larmoyante avec laquelle l'accusée confirma reconnaître l'image et la froideur obstinée avec laquelle le procureur, pressentant son triomphe, se contenta d'attraper la pancarte d'une main et de la montrer au jury et au public en même temps.

C'est alors que nous découvrîmes tous l'image.

Une carte postale familiale comme une autre, une photo qui n'aurait pas paru particulièrement extraordinaire, s'il n'y avait pas eu entre la petite fille et la mère un petit indigène sur le visage duquel Tancredo put reconnaître, tatoué, le motif d'un *quincunx*. Une photographie qui, selon ce que finit par affirmer le procureur, avait été prise aux premiers mois de l'année 1978 par Yoav Toledano, mari disparu de l'accusée, pendant leur séjour dans l'infâme colonie anarchiste. Puis, l'accusée ayant retrouvé ses moyens, le procureur poursuivit en vain son interrogatoire. Désormais, personne ne parviendrait à oublier la terrible superposition de ses pleurs sur cette image qui finalement l'obligeait à affronter le passé auquel elle avait si ardûment tenté d'échapper.

Tous, pensais-je ce soir-là, en revoyant le gros plan de la photographie à la télévision, se souviendraient de l'image comme de ce qu'elle fut pour eux : une ébauche douloureuse mais abstraite d'une famille poussée dans ses derniers retranchements par une passion. Moi, en revanche, j'étais condamné à me la remémorer comme une histoire privée, un passé qui me menait directement à ce visage reconnaissable que je voyais à présent sans cesse apparaître sur la photo. Giovanna. Je revoyais la photographie et l'imaginais dans son salon, racontant des histoires d'insectes et de forêts, l'histoire de cette traversée tropicale qui finirait par la remplir de silences opaques. Je me souvenais alors des photos que j'avais vues dans l'atelier du vieux Toledano et me redemandais où était la fin de cette histoire. Ce même après-midi, je reçus un nouveau message de Tancredo, un message qui tenait en une seule ligne : « Farce ou tragédie ? »

19

Trois jours plus tard, au moment de commencer son réquisitoire, le procureur reprit ce qui s'était passé dans l'après-midi, alléguant qu'il s'agissait, tout compte fait, d'une femme pleinement consciente de ses actes, qui avait trouvé dans l'art, le prétexte parfait pour fuir ses responsabilités. Selon lui, sachant qu'on l'attraperait bientôt, Virginia McCallister avait préparé ces carnets comme ultime échappatoire, espérant recevoir de la part du jury de la compassion qu'elle ne méritait pas. Les larmes avaient prouvé que, derrière tant de mensonges, se cachait une histoire réelle dont l'accusée refusait d'accepter les conséquences. L'art, comme la vie, ajouta-t-il, a des répercussions. Les réglementer était le rôle de la loi. On pouvait répandre un mensonge, mais on ne pouvait pas passer une vie dedans, finit-il par dire. Il s'en remettait au jury si ce dernier voulait imaginer pour ses enfants un lieu où l'art était plus important que la famille. Puis, arrogant et complaisant comme toujours, il conclut son réquisitoire, s'assit et céda sa place à la plaidoirie de la défense.

Convaincu que son travail était terminé, Luis Gerardo Esquilín se contenta de résumer certains des arguments qu'il avait ébauchés au cours du procès. Puis, d'une voix qui révélait un homme en définitive mûr, cynique et incrédule, il cita cette phrase de B. Traven qui lui avait tant plu : « *The creative person should have no other biography than his works.* » Puis il répéta la phrase dans sa singulière traduction castillane : « L'artiste est celui qui n'exhibe pas d'autre biographie que ses œuvres. » Il ne dit pas grand-chose de plus. Si quelqu'un devait parler, finit-il par affirmer au moment de lui donner la parole, ce devait être l'accusée.

Sur le visage de la femme qui monta sur l'estrade cet après-midi-là, il n'y avait aucune trace de la tornade émotionnelle qui l'avait secouée publiquement face à cette photo de famille. Elle avait recouvré son courage et nous la vîmes tous prendre la parole avec la même élégance que d'habitude, avec une force qui nous fit penser que, peut-être, la séance précédente n'avait été qu'un simple cauchemar. Pour preuve : sa diction castillane neutre et précise, la voix modulée harmonieusement, son discours pensé jusqu'au bout. Si nous n'avions pas vu à peine trois jours plus tôt l'image dévastatrice de son effondrement moral, personne n'aurait imaginé que cette femme aux yeux clairs et aux cheveux blonds détenait un secret. Mais le mal était fait : nous l'avions vue pleurer et le souvenir de son choc nous aidait à pressentir les failles, profondes et tremblantes, d'un discours qui, manifestement, semblait aussi parfait et infaillible que les vieilles cathédrales médiévales.

Elle commença son discours en parlant du désaccord temporel entre l'art et la loi. Comment se faisait-il que le discours artistique pût être plus avancé que le discours juridique ? Comment pouvions-nous accepter que ce qui dans le monde de l'art était perçu comme absolument acceptable fût vu par la loi comme un geste criminel ? Comment penser ce désaccord entre les discours auxquels se conformait le monde ? Puis nous l'écoutâmes parler des vitesses du monde, de la lenteur du monde de la justice pour rejoindre l'art, de la division du monde en milliers de langues privées. Selon elle, la société actuelle courait le risque de répéter de façon catastrophique l'ancien mythe de Babel, la dissémination de la langue divine en milliers de langues privées, spécialisées et incompréhensibles. L'art était le nom d'un possible retour à la langue unitaire et à une vraie communauté politique.

Elle dit tout cela sous le regard stupéfait du public, du jury et du juge, puis elle se mit à lire une liste de presque quatre cents noms.

Une liste qui incluait la plupart des artistes qui, à un moment ou à un autre, avaient eu maille à partir avec la justice. Elle lut cette liste d'une voix extrêmement monotone, comme essayant de souligner qu'il n'y avait pas d'échappatoire à cette histoire dont elle ravivait à présent le souvenir sous forme d'hommage. Puis, sans ajouter grand-chose de plus, sans demander ni compassion ni la moindre compréhension, aussi indéchiffrable et élégante que d'habitude, Virginia McCallister se dirigea vers le banc de la défense et s'assit à côté de son avocat. Luis Gerardo Esquilín écouta tout cela, mais ne put que penser à l'image de la famille qu'il avait vue à peine deux jours plus tôt.

20

Dans cette histoire, pensa Tancredo au moment d'entrer dans la tour, il reste trop de fils isolés, trop de récits orphelins : le périple de Burgos dans le nord, la disparition énigmatique du bègue, l'arbitraire série de *doodles* sur Wallenda, le récit incomplet des découvertes d'Esquilín. Puis il se corrigea : tout récit était nécessairement incomplet, toute histoire dissimulait au bout du compte un secret. Puis il cessa de penser. Il était venu jusque-là pour dire au revoir et c'est ce qu'il fit. Il ne changea cependant pas sa routine. Il passa les premières heures de l'après-midi dans le salon de coiffure de Gaspar jusqu'à ce que, l'heure de son départ arrivée, il annonce qu'il ne reviendrait plus. Une fois cette mission accomplie, il marcha jusqu'au petit café La Esperanza et, une fois sur place, il répéta la sempiternelle routine : il commanda un café noisette et s'adonna à la lecture. Il passa une demi-heure à lire un livre sur les algues marines, puis, lorsque la fatigue commença à se faire sentir, il demanda le jeu de dominos. Il joua pendant une demi-heure et ce n'est qu'alors, quand il vit qu'il ne se passait rien de nouveau, qu'aucune révélation ne pointait, qu'il parla de son départ aux deux garçons. Dix minutes plus tard, s'emparant d'une photographie du vieux *salsero* à qui on disait qu'il ressemblait, il regarda pour la dernière fois la tour et songea à y pénétrer, mais une image inattendue l'arrêta. Il reconnut sur les marches qui menaient à l'entrée le visage de María José Pinillos. Elle était déguisée en clown et semblait abattue par l'alcool. Il s'approcha d'elle, lui donna dix dollars et repensa à cet homme qui, à l'aide d'un détecteur de métaux, passait ses journées dans la station balnéaire à chercher des bijoux perdus.

Ce même après-midi, Esquilín découvrit dans un cahier de l'accusée un paragraphe qui lui parut approprié à la situation. Là, parmi des réflexions eschatologiques sur la fin des temps, l'accusée mentionnait une anecdote que l'avocat trouva étrangement éclairante, même si l'absence de conclusion était précisément ce qui l'intéressait chez elle. Il s'agissait de la mention d'un événement survenu en 1646, quand un Juif nommé Sabbataï Tsevi, né dans la ville de Smyrne, se proclama le Messie et prophétisa que la fin des temps aurait lieu deux ans plus tard, en 1648. L'année passa et la fin n'arriva pas. Ce qui était étrange dans cette histoire, pensa Esquilín, c'était qu'au lieu d'être écarté comme simple imposteur, ce fut précisément son échec qui assura sa célébrité. Depuis, on le voyait sur les places publiques, couvert d'honneurs, se proclamant le Messie. Incapable cependant de prophétiser le véritable dénouement. Un homme, pensa l'avocat, vivant après la fin des temps.

Comment conclure alors? Peut-être, se dit Tancredo, le mieux était-il de se contenter du plaisir du fait objectif et bref: le 17 septembre, après quatre heures de délibération, Virginia McCallister, également connue sous le nom de Viviana Luxembourg, fut condamnée à vingt ans de prison, dans l'attente qu'il y eût de nouvelles charges contre elle. L'accusée ne versa pas une larme en entendant le verdict.

LETTRE À MAÎTRE GERARDO ESQUILÍN
(Viviana Luxembourg – Virginia McCallister, 24 janvier 2012)

Aujourd'hui, de ma petite fenêtre, j'ai vu une bande d'oiseaux diviser le bleu pur du ciel et dans leur insaisissable silhouette j'ai cru voir une image de ma propre liberté. Il y en avait tant, tous identiques dans leur noir de jais anonyme, et moi, j'ai cru un instant voir dans leurs jeux aériens l'ébauche d'une possible fugue. Je me suis alors souvenue de ces années passées devant les appareils photos, devant l'objectif photographique, ces après-midi où tous me regardaient et l'un d'eux était cette image que tous, sauf un, pouvaient voir. J'ai éprouvé de nouveau pendant ce bref instant cette étrange sensation d'être une pure image. Je ne peux pas le nier. Je dois admettre que j'aimais, parfois, cette liberté d'être une simple image, une surface sans essence. Mais, dans les brèches du silence qui s'ouvraient entre ces moments de tournage, je comprenais qu'eux – les hommes, les caméras, l'écran – tous croyaient me posséder. Ils croyaient m'emprisonner dans leurs rectangles. Une tristesse s'emparait alors de moi. Mais aujourd'hui, j'ai vu la bande d'oiseaux rompre l'ennui de l'après-midi bleu et j'ai ri en pensant qu'ils ne savaient pas que jamais je ne me sentais aussi libre que dans ces moments où, même si ce n'était que pour un bref instant, j'arrivais à me transformer en image pure, en simple masque, en un être capable de muter constamment, changeant de personnalités comme ceux qui changent de noms. Alors, écoutant le bruit des oiseaux déjà loin, écoutant ces gazouillis qui, désormais, m'arrivaient d'ailleurs, d'un lieu hors de mon champ de vision et, par conséquent, appartenant au désir et à la fantaisie, je me mis à penser à Yoav. Je me souvins des photos que, dans mon adolescence, Yoav – lui, qui, d'une certaine façon, avait été le seul à réellement *me voir*, le seul à me voir au-delà du cadre des photos imprimées dans les magazines –, et je ne pus que me souvenir de la photo qu'il avait prise de moi cet après-midi-là en pleine forêt. Je le revis presser le bouton du déclencheur et je reconnus ce que j'avais éprouvé cet après-midi-là : la triste sensation qu'il y avait aussi dans son regard quelque chose de la prison et du châtiment. Je l'ai imaginé des mois plus tard, révélant ces photos dans lesquelles je me verrais finalement comme tous m'avaient vue jusque-là, dans le rectangle du cadre photographique. Et je me dis que c'était sans importance, qu'il fallait être courageux. Il fallait retourner à cette intuition originelle que j'avais eue jeune, quand face aux appareils qui tentaient de m'emprisonner j'avais compris que toute photographie n'était qu'une simple copie, copie d'une copie, et que moi, comme cette image, j'étais libre de me dupliquer sans aucun sentiment de culpabilité. Libre de me reproduire comme se reproduisent les têtards dans les puits d'eau, tous identiques et cependant tous différents. Libre d'être à la fois cette femme dont Yoav photographiait le visage et d'être toutefois déjà éternellement autre, la femme que j'avais toujours voulu être, celle qui, à présent, renouait avec son ambition et comprenait que, même si tout le monde trouvait cela insensé, ma responsabilité était de poursuivre jusqu'au bout, peu importe les conséquences de cette intuition qui m'avait menée jusqu'à cette forêt. J'ai pensé à tout cela jusqu'à ce que le bruit des oiseaux se perde dans le silence de l'après-midi et qu'il ne me reste rien d'autre à faire que m'asseoir et vous écrire cette lettre.

QUATRIÈME PARTIE

La Marche vers le Sud (1977)

« Il n'y a pas de dieu et nous sommes ses prophètes. »

Cormac McCarthy

1

Parfois, dans le calme peuplé du paysage, la seule chose qu'on parvient à entendre est le flash de l'appareil photo. Pendant ce bref instant, il n'existe que lui, l'appareil, et le cadre qui sera photographié pour un avenir qu'il ignore encore mais sur lequel il a tout misé. Pendant ce bref instant, il n'existe que lui et sa croyance. Lui et son avenir. Puis, subtilement, il est interrompu par cette courte sonate qui le replace en pleine forêt : le bruit de fond des tropiques en ébullition, la cacophonie d'oiseaux, les allées et venues des poules en liberté, le ronflement d'un indigène fatigué, le hoquet éthylique de quelque Anglais ivre. Plus loin encore, dans un lieu terriblement singulier et douloureux, les sanglots de sa fille dont il ne réentend que, maintenant, les plaintes.

Ce n'est qu'alors qu'il éloigne son œil de l'appareil et la regarde.

Elle a à peine dix ans, le regard lourd des insomniaques et une pâleur atroce qui lui fait penser à ces latitudes nordiques qu'il n'a jamais visitées. Aux côtés de la fillette, une femme incontestablement belle console, avec cette main gauche dont il ne connaît que trop bien les contours, les sanglots de la fillette. De l'autre main, son épouse s'obstine à ébaucher des notes sur un petit carnet de cuir rougeâtre. Ce même carnet sur lequel elle a écrit il y a dix jours : « Jour 1, début du voyage. » Dix jours ont passé depuis cette rencontre inaugurale et le voyage commence déjà à devenir long, lourd et routinier. Dix jours depuis qu'un autobus rouillé les a laissés à la lisière de ce que, maintenant, ils osent appeler forêt mais qui, parfois, a l'air d'une énorme décharge laissée à l'abandon par un dieu absent.

Le grognement d'un cochon qui, maintenant, fouille de nouveau dans les ordures le distrait encore une fois. Ce n'est qu'alors qu'il revoit le panorama dans son ensemble : le couple de Britanniques alcoolisés qui, dans un coin, finit par vider la bouteille de rhum ambré, l'atmosphère de léthargie et de sieste dans laquelle la nature reprend sa tyrannie quotidienne, l'Allemand drogué qui vient de rejouer son monologue théâtral pour un groupe d'indigènes qui, entre deux rires, semble jouir du spectacle. Sporadiquement placé dans cette brève comédie, le reste des pèlerins ponctue la scène, se reposant sous de petits toits de zinc, sur lesquels les dernières gouttes de pluie tambourinent en faisant un bruit monotone. Plus loin, un homme au regard las et d'une force hors du commun reprend sa prière indéchiffrable. Dix jours ont passé depuis que ce même homme, à la voix âpre et à l'accent indistinct, leur a promis que dans un mois, ils pourraient rencontrer le petit voyant.

2

Ils l'appellent l'apôtre. Il a les bras tatoués de symboles de guerre et à son cou pendent plus d'une douzaine de chapelets en plastique. Sa voix est rauque mais introvertie. Son discours a quelque chose d'un monologue halluciné, de cette prière privée et infinie avec laquelle il se charge de remplir les heures creuses. Il suffit de le voir pour savoir qu'il n'est pas d'ici. *Gringo* maudit, l'appellent les gens du cru dans son dos, tandis que lui refuse de leur adresser la parole. Malgré tout, où qu'il aille, cinq d'entre eux l'accompagnent. On dit qu'il est venu en quête de drogues et qu'il est resté parce qu'il a pris conscience que le voyage du retour lui était devenu impossible. Le bruit court qu'il vient d'une famille fortunée et que, jeune, il était promis à une carrière de comédien. Le bruit court que l'illumination lui est venue il y a des décennies en pleine forêt, en face de cet arbre immense vers lequel il dit les guider. Ils l'appellent l'apôtre parce que, parfois, en l'observant, les pèlerins ont l'impression qu'il n'est qu'un guide touristique, un Virgile drogué en pèlerinage absurde. Cependant, il suffit de le regarder de nouveau ou d'à peine l'écouter, immergé comme il l'est dans son éternelle prière, pour savoir qu'au moins lui croit tout ce qu'il leur a promis. Autour de lui trois cochons pestilentiels déambulent dans la fange tandis que, plus loin, les natifs jouent aux cartes pour tromper l'ennui. Tous ont des chemises de marques *gringas* et le regard ironique des mécréants. Ils l'appellent l'apôtre parce qu'il promet des choses. Il y a dix jours, il leur a promis, par exemple, que dans un mois, ils atteindraient un immense archipel en pleine forêt et que de là, aux pieds d'un énorme arbre tombé à terre, le voyant se chargerait de leur indiquer la route à suivre. Dans son regard, à mi-chemin entre la croyance et la folie, une époque entière joue son va-tout.

Dix jours ont passé depuis qu'ils ont entrepris le trajet à pied. Cinq depuis que la petite fille a commencé à être malade. Dès lors, la forêt n'a fait que contredire leurs expectatives. Là où ils s'attendaient à trouver les natifs nus, ils n'ont rencontré que des hommes portant des tee-shirts de groupes de rock. Là où ils s'attendaient à trouver l'exubérance de la nature, ils ont vu des dépotoirs d'ordures. Là où ils s'attendaient à trouver l'absence du pouvoir, ils ont vu l'omniprésence de l'État. Où qu'ils aillent, ils rencontrent des policiers, de solennels douaniers qui, pour tuer l'ennui, s'obstinent à examiner leurs papiers. Loin d'être le jardin rêvé, la forêt s'obstine à montrer son visage le plus moderne : son visage délabré de ville frontalière.

Pourtant, ils le savent bien : la nature est là, latente comme un scorpion endormi. Ils la pressentent la nuit, dans le noir total qui les entoure. Ils l'entendent avant de la voir : dans le bruit des bêtes nocturnes, le va-et-vient des oiseaux, le croassement de ces grenouilles qui ressemblent à des oiseaux de nuit. Ils la sentent avant de la voir : les insupportables piqûres des moustiques qui ponctuent leur peau d'éruptions rosées, le vrombissement des insectes toujours prêts à livrer bataille à la moustiquaire. Lui, toutefois, ils l'ont fait venir spécialement pour la rendre visible : ils lui ont demandé, en tant que photographe, de documenter le voyage. Voilà sa place : à mi-chemin entre la participation et la contemplation, à mi-chemin entre la croyance et l'ironie. À peine cinq ans plus tôt, il gagnait sa vie en prenant en photo les *top models* les plus convoitées de Broadway. Aujourd'hui, il poursuit un homme qui leur a promis quelque chose d'impossible. Il y a deux ans, il gagnait sa vie en photographiant les personnalités les plus en vogue du showbiz, aujourd'hui il suit les pas du rêve invisible d'un homme drogué.

3

L'après-midi, quand la chaleur semble l'emporter, ils dorment. La troisième nuit, la mère rêve. Elle se rêve dans une maison, abritée et tranquille. Dehors, une rumeur de feuilles. Les gouttes de pluie tambourinent sur le toit. Elle rêve que, dehors, la tempête grossit jusqu'à devenir omniprésente. Ce n'est qu'alors qu'elle a peur. Dans le rêve, la famille est une rumeur lointaine qui lui fait penser qu'il faut sortir, que l'histoire est quelque chose qui se trouve là-bas, dehors, dans cette cour qu'elle imagine déjà non comme une forêt tropicale mais un bois sombre, plein d'ours et de hiboux. À l'intérieur, dans un coin, un homme qui a quelque chose de l'apôtre tue le temps en découpant de petits articles de presse qu'il va fixer ensuite sur un panneau de liège. Un bruit de pleurs lui fait réaliser que sa fille est là, dehors, en pleine tempête. Ce n'est qu'alors qu'elle trouve le courage de sortir. Dans le rêve l'image est nette : elle laisse dans son sillage le confort de la maison et s'aventure vers cette porte qui marque la frontière entre l'intérieur et l'extérieur. Mais il n'y a pas d'extérieur. Elle rêve que dehors il n'y a pas de nature, que la nature n'est qu'un vide énorme, un vertige dans lequel l'histoire perd la raison. Et dans le rêve, tout est placide et terrible à la fois.

Elle se lève en pleurant.

À côté d'elle, la petite fille malade dort tandis qu'au loin l'époux lui redemande ce qui lui arrive. Elle se contente de répondre objectivement, avec les seuls mots qui lui semblent convenir : « J'ai rêvé que la nature n'existait pas. »

4

Le jour, ils traversent des villages perdus en pleine forêt, où les hommes se contentent de les regarder passer, dans une indifférence totale, comme s'ils exprimaient ainsi leur mépris. Ils traversent des villages entiers dans lesquels ils ne rencontrent que des ruines de cette paix que tous ont cru trouver. Le troisième jour, ils comprennent que dans ces villes oubliées, l'ennui règne en maître. La paix y repose dans l'image d'une mère qui passe laborieusement son temps à épouiller les chevelures d'une dizaine d'enfants somnolents. Ils traversent ces scènes d'ennui, marchant du pas caractéristique de ceux qui cherchent encore quelque chose. Les natifs les reconnaissent et, d'un regard moqueur, les laissent passer. Ils traversent le jour ainsi, de village en village, jusqu'à ce que, le soir arrivé, ils tombent finalement sur un village où les ivrognes sont plus joyeux et l'ennui décroît dès qu'arrive le soir. Dans ces villages, on les laisse passer avec des yeux avaricieux, car on sait ce qu'apportent à la fin de la journée ces hommes étranges : de l'argent. Alors commence le remue-ménage, quelque policier qui se réveille de sa stupeur éthylique, traverse la scène et leur demande leurs titres de voyage. L'apôtre, en revanche, il ne l'approche pas. Même dans ces villages, l'apôtre semble irradier une aura qui le rend intouchable. Tous présentent leurs papiers, puis lui, intouchable et immémorial, traverse la scène Comme s'il s'agissait du chef des natifs en personne. Il traverse la scène et disparaît vers le bas du village, tandis que le reste des pèlerins retournent à leurs occupations les plus vulgaires, l'alcool ou les drogues, le yoga ou la prière, le sommeil ou le sexe.

Ils passent leur journée ainsi, jusqu'à ce que, le soir arrivé, l'apôtre émerge de sa pénitence et qu'on le voie finalement hausser sa voix en prière. D'ordinaire, il est accompagné d'une femme indigène, beaucoup plus jeune que lui, qui se charge d'alimenter les arabesques du feu. Tous se réunissent autour du feu nocturne, attendant que l'apôtre prononce ses premiers mots. Parfois ils peuvent y passer des heures. De longues minutes pendant lesquelles l'homme refuse de dire un seul mot et où l'on entend à peine les allées et venues des mites sur le feu. Mais eux sont là, unis par une croyance opaque, rassemblés autour du feu par une passion qu'ils ignorent. Ils forment un étrange groupe. Européens drogués, Nord-Américains au crâne rasé, femmes d'Europe centrale aux longues tresses qui sourient joyeusement en voyant passer les natifs, jeunes filles dont les visages portent les traces d'une illusion lasse. Tee-shirts effilochés, quelques visages peinturlurés, chapelets en plastique et bougies de saints. Une grande secte d'hommes fatigués, de hippies crédules qui, à la tombée de la nuit, se rassemblent dans un pays insomniaque pour imaginer un monde différent. Et là, parmi les porcs pestilentiels et les détritus du Tiers-Monde, il y a eux : une famille ordinaire perdue dans une forêt immense qui parfois ne ressemble même pas à une forêt, attendant les prières d'un homme sur les bras duquel est tatouée une histoire inachevée de cataclysmes et de feux, d'un arbre gigantesque au milieu d'un faux paysage. Eux, cependant, croient. Et cette croyance les incite à attendre un peu plus.

Ils sont là, une famille de carte postale, de luxe, de magazine. Ils ont réussi à se débarrasser de la célébrité, pour pénétrer dans le labyrinthe des croyances païennes. Ils ont réussi à se débarrasser de la célébrité, à se fondre dans l'anonymat que confère la forêt, mais pas à se dépouiller de cette autre cape beaucoup plus primitive qu'est la beauté. Aussi est-ce pour cela que, rassemblés autour du feu, les pèlerins attendent les paroles de l'apôtre, comme qui se tait pour écouter l'oracle, ils brillent comme des astres dans une constellation opaque. Une belle famille, une famille modèle, enveloppée dans un monde crépusculaire.

Peut-être est-ce pour cette raison que, quand il commence à parler, l'apôtre les observe. Il lâche un mot bref qu'il laisse en suspens dans l'air puis repose son regard sur cette petite fille aux cheveux châtains et aux yeux noirs qui, maintenant, se remet à tousser en se penchant, avec une timidité qui lui vient de loin, sur l'épaule de sa mère. La petite fille a la fragile élégance de la mère et la conviction muette du père. Regardant cette petite fille qui cherche à se cacher derrière sa mère, la regardant comme si ses paroles lui étaient adressées, l'apôtre commence son sermon. Le torse nu tourné vers les flammes, le feu éclairant son impressionnante poitrine tatouée, il parle d'un dernier orage en pleine forêt, d'un dernier tourbillon qui réduira tout à un point. Il parle de fins et cite, avec une fluidité étrangère à son silence habituel, les Saintes Écritures. Il finit par détourner son regard de la petite fille et, les yeux rivés sur le feu, parle d'îles et de confins, de mondes souterrains et de catastrophes millénaires. Puis il retourne à sa prière, tandis qu'autour de lui les pèlerins l'écoutent patiemment, immergés comme ils le sont dans une croyance qui semble tout dévorer sur son passage. Il parle dans sa prière d'un grand arbre tombé et d'un petit voyant, son visage acquiert une expressivité inhabituelle, une joie terrible qui a quelque chose de la folie. Puis la femme indigène qui a passé l'après-midi à côté de lui apporte un petit flacon dont l'apôtre boit quelques gouttes. Au bout de quelques minutes, ses yeux deviennent flottants et son regard se perd au-delà du feu. Ce n'est qu'alors que commence son rire, un éclat de rire énorme qui résonne dans la nuit. Les pèlerins le voyant rire rient alors eux aussi. Ils rient comme le font rarement les hommes, sans raison ni but, tandis que la nuit grandit, tremblante, froide, lointaine, autour de cette fillette de dix ans qui, maintenant, se remet à tousser comme qui interrompt une fête.

5

Son père, pendant ce temps, se contente de regarder le feu. Tandis que l'apôtre reprend son monologue, le père observe les furieuses volutes surgissant du foyer et se remémore sa propre enfance. Il se revoit dans l'arrière-cour de sa maison, entre deux oliviers, une loupe à la main. Il se souvient des après-midi où, accroupi dans cette cour, il tuait le temps en concentrant l'énergie solaire sur la surface d'un vieux journal. Au début, il n'y avait que la lumière, un cercle qui se réduisait jusqu'à donner l'impression d'être un simple point sur lequel commençaient à sauter, joyeuses et brèves, les premières flammes. Puis le papier se froissait et, très vite, il ne restait plus rien : uniquement des cendres et la satisfaction pyromane d'un enfant espiègle.

Tandis que l'apôtre parle de feux finaux, le père se contente de se rappeler le lointain après-midi où il joua à allumer un feu de joie avec ses amis et finit par incendier accidentellement la cuisine de sa mère. Il se souvient de tout ainsi, dans son aspect le plus simple et élémentaire, jusqu'à ce que, soudain, l'envahisse l'étrange intuition qui l'a mené jusqu'ici : dans le feu, se trouve l'origine même de la photographie. Il sort son appareil et prend une photo. Il pense à la lumière et au flash, mais aussi à cette étrange équivalence qui nous mène d'une simple équation au phénomène qui a lieu à présent devant lui et il se dit que le monde est plein de traductions impossibles, de fausses langues et de malentendus. Il se souvient alors de l'après-midi d'été où il a juré, il y a déjà des années, d'aller un jour jusqu'à ce coin final appelé Terre de Feu. Il se souvient de cet après-midi non sans une certaine nostalgie. Il se souvient comment cet après-midi-là, tout lui semblait possible, lointain, épique. Ils sont loin son avenir ouvert, les crépuscules de Haïfa, la voix âpre de sa mère. Plus loin encore l'irrépressible volonté de cet enfant qui, de son coin de province, imaginait le monde comme un horizon ouvert à sa soif d'aventure. Plus de vingt ans ont passé depuis qu'il s'était promis d'arriver au bout du monde et il n'y est pas encore parvenu. Regardant l'apôtre, écoutant son sermon halluciné, il pressent qu'il n'y parviendra pas non plus maintenant. Cet homme aura beau parler de fins et de feux, de terres toujours tournées vers le sud, ils n'atteindront pas le véritable sud que dans son adolescence il avait imaginé et désiré. Il est entouré, maintenant il le pressent, d'une horde de fous à la recherche de cette fausse et impossible langue universelle. Il est entouré d'une tribu d'obsessionnels qui se jetteraient au feu pour les théories de cet homme qui reprend maintenant, avec conviction et fureur, la parole. Il regarde le feu, sa femme et pense que s'il est là, c'est pour elle : elle qui croit parce que dans son lignage, il y a le feu.

S'il est ici, c'est pour elle, cette lointaine héritière du vieux Sherman, qui cherche à expier une faute en répétant un voyage.

6

À mi-voyage, une pèlerine croit la reconnaître. Elle la regarde un moment et, après une pause, lui demande :

« Tu n'es pas cette actrice ? »

Alors elle, assumant le premier des multiples masques qui l'accompagneront les décennies suivantes, se contente de froncer les sourcils et de répéter :

« Je ne sais pas de qui tu parles. »

Et la pèlerine consent, non pas tant parce qu'elle croit à sa réponse que parce qu'elle comprend qu'ils sont tous ici pour oublier, pour laisser de côté les passés indésirables et commencer une vie nouvelle. Au fil des années, la scène se répétera et, chaque fois, la réponse sera la même.

7

Il est clair que leur voyage n'est pas unique et encore moins inaugural. Partout ils ont l'impression de trouver des restes de voyages antérieurs. Dans chaque nouveau village, ils entrevoient que leur pèlerinage n'est pas unique. Avant eux, il y en a eu d'autres. Des hommes ingrats qui laissèrent tout derrière eux pour s'aventurer à l'intérieur de la forêt. Des individus las qui se levèrent un jour légers, et décidèrent de tout laisser derrière eux pour suivre les pas d'une histoire à laquelle ils ne croyaient peut-être même pas.

À chaque coin, des traces : dans les chemises avec lesquelles les natifs ornent leur torse, les déchets en plastique qu'ils trouvent entre les villages, l'atmosphère de fausse expectative qui accompagne leur traversée. Traces de cette présence invisible qui leur fait penser qu'ils arrivent trop tard, que le pèlerinage aurait pu être sincère si seulement il avait eu lieu dix ans plus tôt, quand la croyance battait encore intacte sur le feu de l'histoire. Dans chaque geste ils pressentent la latence d'une répétition oubliée, d'un *déjà-vu* de la véritable histoire. Ils se rassurent en se disant que c'est simplement cela : un *déjà-vu* fruit de la fatigue, une illusion lasse qui ne souille en rien l'authenticité de leur voyage.

Par un après-midi de pluie, après cinq heures de chemin ardu, ils tombent en pleine jungle sur une petite hutte. Toit de zinc, structure en bois et paille à un pas de l'effondrement. La porte ouverte laisse l'intérieur à découvert. Là, parmi de très vieux journaux, un homme blanc, précairement vieilli, est étendu en haillons, lisant un livre que la mère reconnaît. En pleine jungle, ils rencontrent un homme très vieux qui, le crayon à la main, lit les œuvres complètes de Heinrich von Kleist dans leur version allemande. Le crayon est tout petit, le livre aussi, ce qui fait que cet homme paraît énorme, un guerrier wisigoth perdu en pleine forêt. Autour de lui, quelques bouteilles d'alcool vides. Et de là, le vieux les voit passer et sans interrompre sa lecture, comme s'il les attendait depuis des siècles, il se contente de leur faire savoir d'un geste sobre qu'ils peuvent passer.

Quelque chose dans la scène, peut-être la lenteur mélancolique avec laquelle il s'arrête devant cette hutte, peut-être la façon dont il semble sortir de sa prière perpétuelle, leur fait penser que l'apôtre reconnaît cet homme. Le salut, cependant, n'arrive pas. Juste une certaine cordialité, la manière dont l'apôtre semble déléguer son autorité, même brièvement, à ce vieux à longue barbe. Quiconque dirait que le véritable objectif du voyage pourrait bien être d'arriver jusqu'ici. Jusqu'à la maison de ce vieil homme qui, maintenant, se met à parler très lentement et de manière confuse, comme s'il y avait des années qu'il n'avait été en contact avec aucun autre être humain. Il parle un allemand parfaitement correct, comme s'il hallucinait en plein hiver bavarois.

Ils le laissent parler, débiter la langue. Personne ne croit que ses paroles ont un sens, personne n'a confiance en son pouvoir narratif. Toutefois, tous l'observent dans son monologue halluciné, pensant en leur for intérieur qu'ils pourraient finir de façon semblable : de vieux décrépits perdus en pleine forêt. Ils le laissent parler, non plus seulement par pitié mais en raison d'une peur beaucoup plus profonde et patente : la peur que, tout compte fait, ce soit eux, maintenant, dans le présent. Ils l'écoutent attentivement comme s'ils l'écoutaient en rêve et croient trouver une intuition courageuse : peut-être qu'à la fin de l'histoire il ne reste qu'un vieux décrépit racontant une fable que personne ne comprend, longue et maigre comme un vieux cheval. C'est pourquoi ils le laissent parler. Pour savoir comment se termine cette histoire à laquelle ils ont pris part sans comprendre.

Quelques heures plus tard, grâce au seul Allemand du groupe, ils apprendront que dans tant de paroles balbutiées était racontée une histoire. Florian, un jeune acteur qui passe ses journées à jouer de vieilles tragédies pour le plaisir des natifs, reconstituera pour eux l'histoire exactement comme l'a racontée le vieux. Ils écouteront ainsi l'histoire d'un duc français du XVIIe siècle qui, un jour, se lève avec une idée folle : gaspiller toute sa fortune dans un projet transatlantique. Gaspiller sa vie dans un geste grandiose mais simple : celui qui consiste à construire une splendide demeure en pleine forêt uniquement pour ensuite s'asseoir et observer depuis une humble hutte sa lente destruction.

Et c'est ce qu'il fait : accompagné par quelques-uns des meilleurs architectes de la cour, il consacre ses plus beaux jours à élaborer le plan parfait de ce monument magnifique construit pour devenir une future ruine. Tandis qu'autour de lui, l'argent flue dans des bateaux chargés d'or et d'esclaves, tandis qu'autour de lui le continent tremble, craignant de nouvelles guerres, l'image de ce palais délabré enfoncé dans la plus exotique des forêts tropicales offre au duc satisfaction et joie. Son enthousiasme est tel qu'il comprend vite qu'il ne s'agit pas d'un simple projet : l'image de cette construction impossible devient pour lui, au fil des années, une allégorie de toute architecture possible. Toute architecture, en vient à penser le duc, devient au bout d'un certain temps l'image d'un avenir qui n'a pas existé, ruiné par un présent qui s'efforce d'imaginer de nouveaux avenirs. L'idée, magnifique et absurde, le consume. Il passera ses journées à penser à ses variations, tandis que l'idéal du projet se consume au même rythme fébrile que sa propre fortune. Il mourra pauvre, terriblement seul, assailli par les innombrables maquettes d'un projet impossible qu'il ne mènera jamais à terme.

Ils écoutent l'histoire du duc et leur revient l'image du vieux qu'ils viennent de voir. Les pages de journaux anachroniques, le visage fané, la solitude de son éternelle lecture. Écoutant l'histoire, ils pensent, dans un silence d'oiseaux lâches, que tout ceci est quelque chose de ce genre : un pèlerinage vide qui se consume peu à peu sur sa propre absurdité. Une marche longue, lente, vers un énorme vide, guidée par un autre fou perdu qui ne comprend pas que son temps est déjà révolu.

8

L'après-midi, quand la fièvre baisse et qu'elle redevient elle-même, la petite fille dérange sa mère.

« Maman, maman », lui dit-elle tandis que sa mère écrit. « Si je ferme les yeux, je suis invisible. »

Elle referme alors les yeux, tentant de vérifier si ses théories sont vraies.

« Tu me vois ? »

Elle dit ces mots et d'autres choses, mais peu importe. En silence, la mère continue à écrire, diligente et obsessionnelle, dans ses cahiers.

9

Quand elle a un moment de répit, la mère s'assied pour lire. Tandis que son époux apprend à jouer aux échecs à quelque natif qui s'ennuie, tandis que sa fille tousse, malade, dans son giron, la mère sort un livre et poursuit l'ébauche de cette tradition qui l'a menée jusqu'à ce coin du monde : la tradition anarchiste. Elle arrivera, se dit-elle, jusqu'au bout du monde, chargée des livres de cette illusion qui refuse de céder, bien que tout autour d'elle lui montre le contraire.

Dans son cahier, elle a esquissé trois histoires : celle des Lazaristes du sud de la Toscane, celle des anarchistes andalous et celle des paysans siciliens. Au-dessous, elle a aussi commencé l'histoire de leurs précurseurs : les taborites et les anabaptistes. Puis, avec cette écriture qui n'appartient qu'à elle, fragile mais hautaine, elle a fini par rédiger cette hypothèse qui l'a menée jusqu'ici, la conjecture que l'apôtre répète à maintes reprises, comme si en la répétant, il en faisait une vérité :

> La fin appartient au sud. Il n'y a pas de doute : c'est là que se trouvent David Lazzaretti, le messie du mont Amiata, les ouvriers agricoles andalous, Piana dei Greci. Bien que les *gringos* nous les refusent, il n'y en a pas d'autre : l'espérance est dans le sud. Cependant les garçons se trompaient en cherchant le Sud en Europe. Aguirre le savait bien, mon vieux parent, ce fou de Sherman le savait, le véritable Sud est en Amérique.

Plus bas encore, elle a écrit une liste de dates : 1820, 1837, 1860, 1866. Dans le seul but de couronner le tout avec cette date hallucinante, la date à laquelle l'apôtre a promis d'arriver auprès du voyant : « 17 juillet 1978. » La nuit, quand elle dort, son mari relit les pages qu'elle a écrites et se demande si, au tréfonds d'elle-même, elle y croit, ou si elle tremble en secret.

10

Cinq jours plus tard, quand le chemin commence à devenir léger, long, répétitif comme un rêve, ils tombent sur une vaste gorge, un autre *gringo* perdu. Ils le trouvent là, entre un énorme rocher et le plus grand vide, drogué, au bord de la transe. Vestige perdu d'un autre pèlerinage déjà oublié. Le rôle qu'y jouaient là-bas le silence et la lecture est joué ici par un frénétique monologue dans lequel le *gringo* imagine une généalogie américaine. Dans ce tourbillon halluciné, dans cette histoire extravagante, il y a une place pour tous : passent, dans ses phrases tourmentées, Christophe Colomb et le baron Alexander von Humboldt, Hernan Cortés et Moctezuma, les Indiens de Cipango et le redoutable Aguirre. L'histoire américaine va s'arrêter là, bousculée par l'haleine alcoolique d'un *gringo* drogué et halluciné qui se prend pour un descendant de Jefferson mais aussi du premier Inca, un descendant de Washington mais aussi de La Malinche, un descendant de Jeanne d'Arc mais aussi d'Evita.

L'apôtre demande à deux pèlerins d'attacher l'homme. Une fois immobilisé, l'apôtre coupe son monologue en lui posant une question simple. Il lui demande son nom et son origine :

« Mon nom est Maximiliano Cienfuegos et mon origine, c'est la putain qui t'a mis au monde. »

Il le dit ainsi avec mépris et arrogance tout en accompagnant sa sentence d'un grand crachat qui tombe aux pieds de l'apôtre. Immobile, la volonté révulsée dans ses yeux clairs, il a quelque chose de ces énormes caïmans qu'ils ont vus au bord du fleuve, quelque chose d'un reptile las mais à l'affût. Il recommence alors sa diatribe, cette fois contre le système entier, contre le capitalisme et un nord omniprésent et terrible, contre le capital et les marchés, contre lui-même. Sans aucune pitié, l'apôtre ordonne de poursuivre le voyage. Ce qu'ils font. C'est une secte d'individus disposés à tout nier afin d'atteindre cette fin qu'ils convoitent, tandis que dans leur dos la voix du *gringo* devient de plus en plus lointaine et redoutable, trace latente de cette peur qui commence à croître avec la force d'un grand cauchemar qui les inclut tous. Craintive, la petite fille d'à peine dix ans, malade et affaiblie, tourne la tête pour voir une fois de plus cette image qu'elle n'oubliera jamais.

11

Cette même nuit, la mère rêve de nouveau. Elle rêve de l'homme qu'ils viennent de voir, mais elle le voit faible et pâle, maladif comme sa fille qui dort à côté d'elle. Elle le voit perdu dans une plaine immense, obsédé par la construction d'une machine impossible. Elle rêve qu'elle s'approche en tremblant de lui et lui parle de cet autre rêve où il leur a raconté l'histoire de l'Amérique comme s'il s'agissait d'un dépotoir de noms. Et, dans le rêve, l'homme est différent, une version pacifique et sobre de lui-même, une sorte de gaucho qui arrête son travail pour lui raconter une autre histoire : celle d'un archipel qui s'étend vers le sud. La mère rêve qu'elle regarde alors autour d'elle et ce n'est qu'à ce moment-là qu'elle comprend que la plaine n'en est pas une, mais une constellation d'îles séparées par de petits cours d'eau qui coulent tous vers un sud lumineux et chaud. Au centre, elle voit cet homme chétif, ce *gringo* perdu dans des îles qui, maintenant, mentionne de nouveau ce mot qui lui plaît et l'intrigue tant : archipel.

Elle se lève au bruit d'une gouttière qui tombe en pleine hutte. À côté d'elle, son époux dort paisiblement, étreignant cette petite fille qui paraît de plus en plus malade. « Il ne reste que quelques jours », se dit-elle. Autour d'elle, elle voit mourir les autres pèlerins et trois natifs qui leur ont servi de guides. Dehors, encadrée par la porte de cette hutte minuscule, elle distingue la silhouette insomniaque de l'apôtre qui devant le feu semble se remémorer des histoires.

Elle regarde de nouveau sa fille et répète : « Il ne reste que quelques jours, il ne faut pas s'inquiéter. » Elle voit alors surgir son rêve dans une clarté totale : elle voit une multitude d'îles sans centre ni fin, perdues dans le regard d'un homme qui ne dort pas, d'un homme qui refuse de dormir.

12

Deux jours plus tard, le père se réveille et voit sa fille lire le cahier de sa mère. Il se demande ce qu'elle va penser lorsqu'elle découvrira ses étranges notes. Que pensera-t-elle lorsqu'elle découvrira ces esquisses de sa mégalomanie millénaire, de son acharnement totalisant. Il la laisse lire, pensant que c'est peut-être mieux ainsi : que l'enfant lise et déchiffre par elle-même les théories de sa mère. Nous devons tous, dit-on, grandir avec la folie familiale, avec la folie privée de nos parents. Nous devons tous faire face, à un moment donné, à l'héritage d'une génération qui tâtonne à grand-peine dans le noir.

13

Il y a une histoire sous-jacente, dit l'apôtre. Une histoire universelle qui progresse à un rythme géologique et non humain. Il dit tout à la manière d'un sermon, mais avec une touche scientifique qui déconcerte les pèlerins autant qu'elle les réconforte. Il dit : il y a le temps de l'homme et le temps des dieux. Puis il y a le temps de la terre. Une histoire écrite au rythme des courants souterrains, sur les rochers et l'écorce des arbres. Une histoire de destructions lentes qui durent des siècles mais finissent, un jour, par remonter à la surface. Un jour, un homme se lève et voit la terre fumer : voilà où commence l'autre histoire.

Il dit tout cela et ensuite, comme si son histoire personnelle surgissait au passage, s'arrête ici. On le voit alors froncer le visage et, le regard posé ailleurs, raconter l'histoire des feux.

Dans cette histoire, il y a un enfant et un village. Un enfant qui, un jour, jouant au ballon avec son cousin, voit de grandes fumées sortir de son propre jardin. Un enfant ordinaire, aux cheveux roux et à la peau pâle, timide mais courageux, qui voit de ses propres yeux la terre dévorer son cousin. Il court jusqu'à la brèche qui vient de s'ouvrir dans le sol et y trouve son cousin, accroché à des racines, à des dizaines de mètres de profondeur. Dans l'histoire, le cousin en réchappe et l'enfant grandit, plein d'une fureur qu'il ne comprend pas très bien. Dans l'histoire, l'enfant grandit parmi les fumées qui commencent à ponctuer le village, des disques de chansons obscures et des cris poignants, avec la même fureur contenue que celle du feu qui grandit sous terre. Il voit comment les parents de sa première petite amie décident de quitter le village et de l'emmener avec eux, comment son propre cousin décide de déménager, comment le village se vide peu à peu de gens et s'emplit de fumées. De même, il voit comment son père encore au chômage refuse de quitter le village qui l'a vu grandir lui. Il grandit furieux, sans savoir d'où lui vient cette fureur, jusqu'à ce qu'un jour, il se rêve au milieu d'une forêt immense et croit entendre, dans le brouillard d'un grand incendie, la voix d'un enfant qui semble lui indiquer le chemin. Ce jour-là, il se dit qu'il ne quittera le village que le jour où il trouvera cet enfant et cette forêt.

Dans l'histoire, il y a un village qui cesse, un jour, d'en être un pour devenir autre chose : une ruine, un vide, une nostalgie. Un village qui survit comme un fantôme. Dans l'histoire, le village se couvre lentement de pâturages jusqu'à ce qu'il ne reste qu'un cimetière au milieu de la prairie, entouré de grandes fumées. Des touristes perdus et quelques journalistes qui s'approchent pour interroger les derniers nigauds qui refusent de partir. Un village qui comme un cigare se consume lentement jusqu'à ce que, un jour, ses habitants se réveillent et il ne reste que des cendres. Et dans ce village, parmi les malades, il y a un enfant et cet enfant refuse de penser que tout est une simple coïncidence. Il refuse de penser que le feu est un simple hasard. Un enfant qui, un jour, à seize ans, se tatoue une flamme sur le torse et jure, au nom du village qui n'est plus, qu'il ne partira pas de là tant qu'il n'aura pas découvert la raison secrète pour laquelle il ne pourra pas mourir à l'endroit qui l'a vu naître.

Dans l'histoire, les années passent de manière très étrange, ponctuées par une logique inhumaine, un temps géologique qui n'a pas grand-chose à faire des dates. Le temps passe, enveloppé dans une grande fumée. Un village chenille qui, un jour, se lève et se découvre léger et sans poids comme un papillon. Dans l'histoire que raconte l'apôtre, le temps s'écoule, mais c'est sans importance, car dans le dos du temps humain grandit l'ombre atroce de cet autre temps devant lequel la chronologie humaine se recroqueville jusqu'à disparaître. Tout passe jusqu'à ce qu'un jour, l'enfant apprend une nouvelle qui l'arrache à sa terrible solitude : dans d'autres villages aussi, il y a des feux, des incendies souterrains qui depuis des années, des décennies, des siècles brûlent dans un silence discret.

Son village n'est pas seul. De la célèbre Burning Montain australienne jusqu'au Brennender Berg allemand, des steppes de Xinjiang aux Smoking Hills canadiennes, la liste se présente à ses yeux comme un geste de solidarité. Il y découvre même quelque chose qui lui semble terrifiant : certains de ces incendies ont plus de mille ans d'activité. Il lit l'information et, tout à coup, l'image lui parvient clairement à l'esprit : il imagine que là, sous la prétendue solidité du sol, se cache une autre histoire, souterraine, avec des conflits et des résolutions, des passions et des tristesses, des tempos et des routines. Une histoire géologique qui lui fait penser à l'inframonde des mythes grecs, au vieil Hadès et au diligent Caron. Quelque chose, cependant, ne colle pas. Il ne s'agit pas ici d'une histoire mythique. Il s'agit de quelque chose de réel, de dur, de fugace mais de concret comme l'est le feu. Cet après-midi-là, il court vers le bas du village comme il le faisait enfant. Il court avec une anxiété inconnue tout en sentant croître sous ses pieds la puissance d'une histoire inconnue et redoutable qui, toutefois, le soulage du poids de se penser unique. Il court jusqu'à ce que, arrivant au cimetière, il voie surgir les premières grosses fumées et se dise que l'histoire ne se termine pas là.

Depuis ce jour, croît en lui la conviction qu'il existe une autre histoire, une histoire universelle souterraine, écrite à une autre échelle et dans un autre but. Une histoire dictée par des résonances à distance comme l'est l'apparition des incendies. Depuis ce jour, il alterne les lectures et la vie, la marijuana et la philosophie médiévale, la cocaïne et les traités d'histoire naturelle de la Renaissance. Dans une boutique d'un village proche, il achète un grand panneau de liège sur lequel il accroche une mappemonde. Il y localise les feux et leurs dates, convaincu comme il l'est qu'il pourra identifier une logique derrière ces apparitions sporadiques. Pendant les après-midi vides de ce village délabré, l'enfant devient un homme qui passe son temps étendu entre des livres et de la marijuana, observant comment sur le mur de sa maison se déploie une constellation inédite. C'est pendant ces jours-là qu'il décide de s'acheter trois bergers allemands énormes qui l'accompagnent partout, lui conférant un certain air d'homme des montagnes. Il laisse pousser ses cheveux, vernit ses ongles en noir, commence à fréquenter les cercles d'amis obscurs. Il devient peu à peu un type bizarre, aux théories que personne ne comprend et habité d'une terrible fureur qui le consume à petit feu. Mais même ainsi, il lit : il lit les philosophes et les mathématiciens, les scolastiques et les physiciens dans l'expectative que de cet ensemble de lectures surgisse quelque chose qui ressemble à une réponse. Le langage de cette histoire à venir, se dit-il, sera le produit halluciné d'un mélange inattendu de science et d'art, d'histoire et de philosophie.

Il lit de manière compulsive, mais il ne trouve dans les livres qu'une image inversée de sa propre volonté. Ce qui veut dire qu'il découvre un monde de fantaisies privées, tracées selon une logique causale que lui seul comprend. Ragaillardi par les tasses de café qu'il boit l'une après l'autre, il imagine que la carte qu'il dessine sur les murs de sa maison renferme une dynamique interne, une raison politique et historique. Il passe ses après-midi à ébaucher des équations, recherchant la formule qui expliquerait cette carte de catastrophes qu'il a devant lui. Protégé par une paranoïa qui l'affectera pendant des années, il imagine que tout est une conspiration. C'est pendant ces années qu'il commence à se politiser à son tour. Il est présent dans toutes les marches politiques qui ont lieu à New York, au New Jersey, à Boston, à Philadelphie. Toujours avec ses trois chiens énormes, seul ou accompagné de quelques amis aussi bizarres que lui, toujours vêtu de noir, toujours ébauchant un argumentaire politique totalement incompréhensible.

La politique devient pour lui quelque chose de différent. Ni les élections du jour ni les événements qui apparaissent dans les journaux ne semblent l'intéresser. Son histoire politique, pour ainsi dire, commence avec le Big Bang et se poursuit jusqu'au présent par le biais d'un jeu de correspondances que lui seul comprend. La politique, pour lui, est un langage privé dont il croit, un jour, cependant trouver la clé dans un livre d'histoire des États-Unis. Parmi des dizaines de données insignifiantes, un nom surgit au passage : William Tecumsey Sherman.

Avant tout autre chose, ce qui en premier le surprend, c'est le nom : Tecumseh. Il a un côté préhistorique, mythique, ancien. Il lui évoque le feu. Puis l'histoire : le père, un avocat renommé de l'Ohio, mort quand le futur général avait à peine neuf ans. La mère, sans héritage, forcée d'élever onze enfants. Le petit général qui va alors vivre avec un voisin, l'avocat Thomas Ewing, membre éminent du Parti Whig, qui deviendra le premier secrétaire d'État à l'Intérieur. Une histoire nord-américaine se mêlant à une tragédie familiale qui se répéterait bien des années plus tard quand, en pleine guerre civile, cet enfant devenu général reçoit un télégramme l'informant que son fils est irrémédiablement malade. Le petit Willy mourrait quelques jours plus tard dans un hôpital de Memphis, rongé par une fièvre typhoïde ne lui laissant aucun espoir. Le petit enfant mort au même âge que celui auquel il avait perdu son propre père. Le reste de l'histoire, se dit-il tout en lisant, baigne dans la souffrance de cette perte. La célèbre Marche vers le Sud du général Sherman, commandant des forces de l'Union, l'incendie impitoyable de la ville d'Atlanta, la « guerre totale » qui le rendit célèbre, les terribles incendies : tout, sent-il en lisant, est souillé par cette éclatante perte initiale.

Il lit l'histoire de son infâme entrée dans la ville d'Atlanta, comment, après avoir pris la ville, cet homme aux épaules tombantes et à la démarche nerveuse ordonna à ses soldats de tout brûler, les maisons et les troupeaux, les trains et les églises. Il lit même, dans une image qu'il n'oubliera jamais, comment, tandis qu'au-dessus de la ville d'Atlanta montait une grosse fumée, le général ordonna au trente-troisième bataillon du Massachusetts d'interpréter une dernière chanson. Il se remémore alors une autre image : Néron jouant de la lyre tandis que Rome brûle. Toutefois, il ne s'arrête pas là. Il refuse de s'arrêter à la fin de cette épopée macabre mais glorieuse. Il lit des choses sur sa stratégie de la terre brûlée et, soudain, croit détenir la clé de toute l'affaire, la clé de cette histoire naturelle de la destruction qu'il a tracée sur une mappemonde au milieu du salon. Il lit des choses sur la guerre totale et son épopée de la destruction, et tout à coup, il croit comprendre que l'histoire qu'il poursuit trouva en cet homme son incarnation parfaite.

Les semaines suivantes, il ne pense qu'à l'épique Marche vers la mer de Sherman. Il est séduit par l'image d'un bataillon d'hommes disposés à tout abandonner pour un idéal en lequel peut-être ils ne croyaient même pas. Pendant ces semaines, il décide finalement de donner un nom à ces trois chiens qui le suivent partout. Il les baptise en l'honneur du général. Le premier, William ; le deuxième, Sherman ; et garde pour le troisième, indiscutablement son favori, son nom d'enfance : Tecumsey, chef de la tribu Shawnee. Il trace sur la carte la trajectoire des forces de l'Union, leur passage par Atlanta, puis vers le sud jusqu'à ce qu'un jour, complètement défoncé, il croie comprendre la cartographie qu'il a devant lui : il voit les feux s'étendre dans une grande marche vers le sud. Il voit, avec une clarté qu'il ne retrouvera pas pendant bien des années, le sens de cette terrible mais glorieuse marche et se dit que tout est là : les feux, comme le général, marchent lentement mais glorieusement vers le sud.

Suivent des mois de grande concentration, des mois pendant lesquels il ne fait rien d'autre qu'emmagasiner des informations : sur le général Sherman, la guerre totale, le Sud, la technique de la terre brûlée. Il remplit des carnets entiers avec les données et les histoires qu'il trouve. Trace des histoires parallèles et imagine d'éventuelles connexions, commence même à imaginer une possible conspiration politique. Il emmagasine des noms de compagnies minières, de compagnies de pétrole, de dirigeants politiques. Rien, cependant, ne le satisfait. Rien ne lui offre l'image finale. Il croit avoir trouvé le sens de l'histoire, mais il lui manque le reste. Il lui manque le corps de cette histoire qui culmine en un homme s'obstinant à arriver glorieusement jusqu'au sud. Frustré, il s'en remet à l'alcool. Sous le regard de ses chiens, il boit bouteille sur bouteille de bourbon bon marché tout en relisant les données qu'il a devant lui. Il s'avoue vaincu, même quand parfois il essaie de se dire que son héros, lui, ne s'est jamais avoué vaincu, malgré le fait que son fils soit mort à la guerre.

Ce sont des années perdues pendant lesquelles le garçon tente d'oublier. Des années de drogues dures, d'opioïdes qui le laissent étendu sur le canapé, perdu dans un calme fragile que les chiens de temps à autre interrompent. Son père meurt, ses amis partent chercher du travail dans d'autres villages miniers. Des amis qui se marient, qui vont à l'université, qui cessent de se vernir les ongles en noir. Ce sont les premières années de l'ère hippie, de la guerre du Vietnam, des années qui prophétisent les futures manifestations étudiantes et la progressive politisation du pays du vieux Sherman. Pour lui, cependant, ce sont des années enveloppées d'un doux brouillard, dans une stupeur alcoolique qui cache un profond désarroi.

Mais, un jour, des chiens le réveillent et il découvre sur le téléviseur de la salle de séjour, l'image de ce qui semble être une grande flamme. Il comprend vite que l'image cache un secret plus macabre : ce qu'il voit, ce qu'il croit alors à peine entrevoir, c'est l'image d'un homme s'immolant en pleine rue. Ce jour-là, les informations passent l'image en boucle. Ils la répètent jusqu'à la consumer : la photo de Thich Quang Duc, moine bouddhiste vietnamien de soixante-six ans s'étant immolé vivant en pleine rue. Il se souvient alors de la grande marche de Sherman, des feux souterrains, de la grande mappemonde qui s'étend dans son dos comme un fils oublié et se dit qu'il est temps de revenir. Voyant l'image du moine en pleine rue, il se dit qu'est là le signe qu'il attendait. Il se souvient alors d'un rêve : un rêve dans lequel apparaissait une forêt en flammes et, au milieu, la voix d'un enfant l'appelant.

À partir de ce jour, il recherche sans cesse cette voix qu'il croit avoir entendue, une voix dont il croit maintenant qu'elle viendra du Sud, du Sud en ruine de Sherman. Il passe ses après-midi à la bibliothèque, plongé dans des livres d'histoire et de géographie, convaincu que là, parmi tant de choses inutiles, il trouvera caché cet enfant qu'il croit avoir entendu en rêve. L'image du moine s'immolant a réveillé en lui le désir de totalité, ce sentiment de désarroi éprouvé le jour où il a compris que son village finirait par se transformer en monceau de ruines. La plupart de ses amis, maintenant dans d'autres villages, sont appelés pendant ces années à participer à la guerre. Pas lui. Il a passé les premières années de la guerre, réfugié dans l'alcool, enveloppé dans un léger drap d'oubli qui lui a fait négliger les lettres de recrutement arrivées. Il ne prétend pas changer. Encore moins maintenant qu'il croit comprendre l'image qu'il a vue. Vietnam : il trouve le nom retentissant et étrange, correspondant au mépris qu'il ressent pour un pays qui a oublié son peuple.

C'est pendant ces années qu'il commence à écrire. Sur de petits carnets rouges de la marque Profile, il ébauche une série de notes qu'au bout d'un an, il décide d'appeler *A Brief History of Destruction*. Il s'agit d'une histoire naturelle du feu. Lui qui vit dans un village qui dans peu brûlera, qui a passé des années dans l'alcool et les drogues, comprend que la destruction est pour lui une politique. Il écrit uniquement comme il sait le faire : en découpant et en collant des anecdotes qu'il trouve dans différents livres, en citant des phrases qu'il lit, en écrivant autour de petites gloses qui lui rappellent les vieux livres d'histoire naturelle. Il classe, emmagasine, écrit de façon incendiaire jusqu'à ce qu'un jour, examinant des journaux, il tombe sur une brève dans laquelle il croit trouver la voix qu'il cherchait. Elle commence par un titre qui dit : « *Deep in the Southern Jungle. A Prophetic Kid* ». Il tombe sur cette brève et, sans y réfléchir à deux fois, sans même la lire, la découpe et la colle dans son carnet. Il ne lit pas. Il n'a pas besoin de lire l'information pour sentir que s'y cache le début d'une autre marche. Il sort se promener en pleine nuit, convaincu que l'information saura l'attendre.

Ce soir-là, il débouche une bouteille de bourbon et marche. Il marche jusqu'à n'en plus pouvoir, parcourt les contours délabrés de ce village qui n'en est plus un. Il traverse les espaces qui furent – l'église qui n'existe plus, la mairie déserte, l'ancienne école –, guidé par une volonté du destin. Il parcourt le village jusqu'à la vieille autoroute d'entrée, jusqu'à la dernière maison encore debout, mais ce n'est pas pour autant qu'il s'arrête. Il poursuit son chemin jusqu'à pénétrer, mû par une étrange légèreté, dans le village le plus proche. Il laisse les trois chiens à l'entrée du bar et, une fois à l'intérieur, voit dans un coin, trois femmes qui le regardent, ayant l'air de vouloir marchander. Il s'approche d'elles, leur demande un prix et, alors écoutant le chiffre, n'hésite pas à en choisir deux, une rousse maigre qui n'arrête pas de parler et une Italienne qui vient d'arriver et ne parle pratiquement pas l'anglais. Il boit un dernier bourbon et entre, guidé par elles, dans une chambre à la décoration classique, au milieu de laquelle il y a un lit à moitié fait. Étrangement lucide, il ne demande qu'une seule chose : pouvoir choisir la musique. Il coupe ainsi l'insupportable chanson d'Elvis que passe le jukebox et met autre chose, une musique étrange, une musique très étrange dont les filles ne savaient même pas qu'elle était dans le répertoire, une musique aux accords forts et profonds, obscure et terrifiante. Une musique qui prophétise la fureur et l'envie avec lesquelles il les pénétrera dans la nuit. La fureur avec laquelle il cherchera une finalité dans le corps de ces deux femmes qu'il ne reverra jamais mais avec lesquelles il partagera pour quelques heures une étrange apothéose. Il les pénètre avec la fureur de qui cherche dans le sexe un remède contre un souvenir asphyxiant, comme qui, se sachant près de la vérité qu'il a cherchée, refuse de la regarder en face. Elles le regardent fermer les yeux et, pendant une courte seconde, craignent d'être en train de coucher avec un homme irrémédiablement malade. Cet homme, se disent-elles, baise comme s'il n'avait rien à perdre, comme qui, confronté à la mort, décide de rire et de se livrer à un dernier plaisir, obscur et lointain.

Trois heures plus tard, l'aboiement de ses chiens le fait se lever. À côté de lui, nues et en nage, saturées de désir, les deux femmes gisent dans une étreinte à moitié achevée. Il termine son whisky, s'habille, prend les chiens et refait, cette fois en sens inverse, le trajet qui l'a déposé dans ce bar louche. Il refait ce trajet dans une lucidité extrême. Sans désirs, il se sent finalement prêt à affronter ce qui vient. Éclairés par les premières lueurs de l'aube, il revoit la vieille église, les décombres de ce qui était la mairie, sa vieille école, jusqu'à ce qu'il aperçoive au loin les contours de sa maison. Il y entre et trouve, sur la table, le carnet ouvert et la coupure de journal. Avec ce titre qui l'a fait rêver, «*Deep in the Southern Jungle. A Prophetic Kid*», et la photographie, lointaine et un peu floue, d'un enfant aux traits indigènes, les bras levés vers le ciel.

Il comprend qu'il cherche depuis trois ans au mauvais endroit. Il y a trois ans qu'il pense que la voix devrait sortir d'un petit village du Sud, sans penser que ce sud et cette forêt pourraient être loin, beaucoup plus loin que l'Alabama, immergé dans un monde dont il ne comprend pas la langue. Il ne sait pas grand-chose sur les terres qui s'étendent au sud du río Grande, de leur langue, des gens qui y vivent. Il connaît mal le pays qui héberge cette forêt où, selon ce qu'explique l'article, au milieu d'une grande déforestation, un enfant a cru entendre parmi ceux-ci une voix sacrée.

Juste un enfant, exactement comme il le comprend en regardant la photo qui accompagne la brève journalistique. Un enfant aux traits indigènes, d'à peine dix ans, qui jure avoir entendu une voix qui lui disait que le dénouement approchait et qu'il arriverait très vite, enveloppé dans une énorme flambée de feuilles mortes. Un enfant sans parents, un orphelin en pleine forêt, qui semble avoir convaincu une dizaine d'hommes que le dénouement approche sous la forme d'énormes langues de feu dévorant la forêt.

Dans l'histoire, il y a un voyage. Un très long voyage que fait un garçon qui croit comprendre enfin quelque chose. Une traversée pendant laquelle ce garçon, devenu maintenant un homme, s'efforce d'arriver jusqu'au sud, jusqu'à la Savannah de son admiré Sherman. Une odyssée qui se prolonge peu à peu, de motel en motel, de gare ferroviaire en gare ferroviaire. Une odyssée qui se développe par enjambées comme la conviction de cet homme que l'on voit traverser le sud américain jusqu'à ce qu'il arrive au Grand Canyon et s'asseye pour contempler un coucher de soleil magnifique. Un voyage pendant lequel il voit de près beaucoup de choses qu'il avait juré qu'il ne verrait jamais : il voit un Noir mourir en pleine rue, des paysages désolés, d'autres splendides, une prostituée pleurer en pleine rue, un ours énorme manger des poissons rouges qui tombent d'une cascade, un migrant mexicain s'écrouler, épuisé, à ses pieds, en demandant de l'aide, un aveugle jouer de l'accordéon, un enfant de dix ans cracher du sang, des paysages incendiés et d'autres en ruine, des hommes tomber de fatigue sous le soleil, des hommes partir à la guerre et d'autres revenir morts, un chien aboyer vers le ciel, un étrange horizon turquoise où il croit distinguer une immense file d'hommes fatigués montant vers le nord tandis que lui s'efforce obstinément de se frayer un passage vers le sud.

Dans l'histoire, il y a beaucoup d'églises et de pasteurs, beaucoup d'histoires bibliques qui alimentent ses théories. Des sermons qui lui enseignent pour la première fois la valeur de la voix, des histoires orales, des théories devenues des récits. Des sermons qui, petit à petit, vont le convaincre que son véritable rôle sera celui d'apôtre, sera de répandre la parole de cet enfant qui, dans une jungle lointaine, rêve la fin du monde. Dans les églises protestantes du Sud, immergé au cœur de communautés noires qui le regardent troublées et avec un brin de mépris, il apprend finalement à parler. Lui, qui, prisonnier d'une fureur intérieure qu'il a toujours préféré taire, lui, que beaucoup de proches ont cru muet, comprend un jour la valeur de l'homélie et s'emploie depuis à mémoriser des histoires, imaginer des paraboles, répéter à voix basse des discours qu'il imagine qu'il récitera un jour devant sa propre église qu'il perçoit comme profonde et obscure telle la forêt elle-même. Il s'entraîne, apprend, mémorise jusqu'à ce qu'un jour, se sentant enfin prêt, il emballe ses affaires et se dise qu'il est temps de partir sur les chemins. Il marche, d'abord vers l'ouest, jusqu'à ce qu'il arrive en Californie, puis vers le sud, vers cette région inconnue qui l'intimide et le séduit. Parlant à peine l'espagnol, il passe un jour la frontière et décide de ne plus se retourner.

Le reste de l'histoire se poursuit comme un rêve. Une traversée interminable qui dure des années, à travers un continent qui s'éclipse dans des terrains serpentins. Voyages en camionnettes pleines de poules, de drogues hallucinogènes, de rencontres et de détours inattendus. Des années qui passent comme un rêve, sans direction ni sens clair, immergées dans un courant qui les guide à l'aveuglette, jusqu'à le déposer un jour qu'il n'oubliera jamais devant une énorme et magnifique forêt dans laquelle, selon certains, se trouvent cet arbre et cet enfant. Le reste est histoire, dit l'apôtre, mais il y a une histoire sous-jacente.

Il y a une histoire sous-jacente, finit par ajouter l'apôtre. Bien qu'il n'ait mentionné aucun nom, tous les pèlerins croient détenir la clé de l'histoire qu'il a racontée. Tous croient deviner que, bien qu'il refuse de l'admettre, il est ce garçon qui grandit aux côtés d'une histoire qu'il ne saisit pas. Il est le produit de cette histoire et de ses excès. Ils croient alors le comprendre un peu, même quand il reprend la parole et que sa voix redevient sûre d'elle et définitive comme celle d'un pasteur, enveloppée dans ces sermons de haut vol qui commencent à leur paraître ennuyeux. Même dans ces moments, les pèlerins se remémorent l'histoire de l'enfant, cette histoire d'un village et de ses feux, et la sensation d'être devant un enfant qui tente d'échapper à une histoire qui l'enveloppe d'une fureur muette leur revient.

14

Écoutant l'histoire de l'apôtre, le père se souvient de la biographie de Nadar des années que le photographe passa à décrire les catacombes parisiennes. Remontent à la surface ces images qui, il y a des années, lui firent perdre le sommeil. Il se souvient d'une vieille photographie de Nadar lui-même dans les catacombes, assis devant une épitaphe illisible, entouré de bouteilles comme s'il s'agissait d'un ivrogne. Il se souvient de l'image d'un homme portant sur ses épaules une charrette pleine d'ossements. Un homme pâle et maigre qui, selon ce qu'il avait lu dans le même livre, n'était même pas un homme, mais une statue de cire que le photographe en personne avait conçue comme modèle, en ces temps où prendre une photo durait des heures. Il se souvient de la façon dont, ce lointain après-midi new-yorkais, l'idée que Nadar – le premier photographe à décrire Paris depuis le ciel, l'inventeur de la photographie aérienne – avait décidé de s'immerger dans les sous-sols parisiens, l'avait fait errer, indécis et perturbé, pendant des heures. Et il se dit que, s'il sort vivant de cette expédition inutile, il se mettra en quête de ce village dont parle l'homme et s'il le trouve, il ne photographiera plus que les feux des mines. Il s'assiéra pour regarder passer le temps, y chercher une véritable issue.

15

Trois jours plus tard, ils trouvent au bord d'un fleuve le tronc cadavérique d'un acajou immense. Sur son écorce, tracés avec la délicatesse d'une écriture divine, les tunnels des termites esquissent la carte d'une autre marche funèbre. Ce n'est pas l'arbre dont leur a parlé l'apôtre, ils le savent. Mais ils sont quand même fascinés par cette épopée en miniature dessinée par les termites sur l'écorce des arbres, la façon dont ils ébauchent, sur la peau de la forêt, un texte secret qu'eux seuls comprennent. L'apôtre est le premier à s'arrêter devant l'arbre, il l'embrasse puis laisse les autres pèlerins s'approcher. Alors seulement, respectueux de cet ordre cérémonial jamais énoncé, ils font un par un leur cérémonie privée. Et là, il y a l'arbre, dressé, élégant jusque dans sa propre parade funèbre, honorablement vaincu par un ennemi qui, sans qu'il le sût, lui rongeait les entrailles. Quand ils finissent par arriver à l'arbre, la petite fille s'approche, craintive, jusqu'à ce qu'elle parvienne à observer de plus près que jamais les chemins des termites. Pendant le reste du voyage, aussi malade soit-elle, elle n'oubliera pas l'image de ces tunnels minuscules dans lesquels passent de petits animaux capables d'abattre un véritable géant. Aussi malade soit-elle, les termites signifieront pour elle la possibilité d'un monde souterrain où les forces se distordent et la taille cesse d'importer.

Elle n'est cependant pas la seule à être fascinée par ce monde microscopique et souterrain. À partir de ce jour-là, son père trouvera dans la microscopie forestière le nouvel objet de son regard photographique. Dès lors il cessera de prêter attention aux paysages sublimes, aux fleuves en crue et aux énormes acajous, pour fixer son objectif sur ces petits paysages souterrains que cache le sous-sol tropical. Les cascades majestueuses et les splendides cimes volcaniques céderont le pas à un monde souterrain, à cet humble atlas que son objectif trouvera caché dans n'importe quel recoin. Ainsi, tandis que l'apôtre parle avec grandiloquence, le père et sa fille se contentent de chercher à la surface du visible les traces de cette autre réalité qui palpite – secrète, muette, terrible – sur un monde dans lequel il ne semble absolument rien se passer.

16

Ils passent par des villages vides et d'autres en ruine, jusqu'à ce qu'un jour plus tard, juste au moment où il semble qu'ils camperont à la belle étoile, ils arrivent dans un village débordant de luxe. Ils n'ont rien vu de pareil en chemin. Cinq jeeps rouges les arrêtent. Deux natifs aux bras tatoués, chargés de mitraillettes, leur demandent leurs papiers et les examinent avant d'être distraits par un sifflement lointain. De loin, un gros en nage, sans chemise, un créole bruni par le soleil, fait signe à ses hommes que ceux de l'apôtre sont les bienvenus. Au sein du groupe se fait alors entendre la rumeur d'une peur. Une rumeur qui ne grandit que dès qu'ils voient l'apôtre se diriger vers le bas du village, arriver à l'endroit où se trouve le gros et le saluer avec effusion. Ils sont arrivés jusque-là enveloppés d'une aura d'irréalité, d'éloignement, de légèreté, de rêve, mais maintenant, ils croient ouvrir les yeux. D'une hutte proche, deux hommes aux bras tatoués semblent les surveiller en silence. Plus loin, un groupe d'hommes déplace des caisses à un rythme dont ils n'ont pas encore fait l'expérience dans ces secteurs. Finalement, sentent-ils tous en eux la réalité leur tomber dessus. Ils ont marché tout un après-midi sans l'illusion d'un horizon ni d'une *posada*, uniquement pour arriver dans un village en définitive bien réel. Un village obstinément réel qui menace de leur ouvrir les yeux à mi-chemin, un village au-delà des hallucinants discours de l'apôtre. Ils regardent autour d'eux et voient tout distinctement : le va-et-vient d'hommes vêtus de tenues militaires, les camionnettes surchargées, le rire sinistre des hommes qui, de la hutte proche, semblent se moquer et comprennent, pour la première fois, que leur voyage est simplement quelque chose de secondaire. Ils pressentent que sous la rumeur de leurs pas se cache une autre réalité, moins éthérée et plus réelle, de camionnettes et de mitraillettes, d'hommes avides et cyniques.

Au bout de quelques minutes, l'apôtre revient, accompagné du gros créole. Jamais avant ils ne l'ont vu ainsi : souriant et bavard, terre à terre, amical. Presque un homme ordinaire. Dans ses rires ils croient découvrir une complicité datant de plusieurs années, une amitié qu'ils n'osent ni creuser ni interrompre. Maintenant c'est le gros qui parle. Il leur fait savoir qu'au bout du campement, ils trouveront cinq huttes spacieuses où ils pourront dormir et se laver. Il leur fait savoir qu'ils n'ont rien à craindre. Aujourd'hui ils seront les hôtes d'honneur. Il leur fait savoir qu'ils auront de la nourriture en abondance. Il leur fait savoir que ce village n'est pas comme les autres, qu'ici, il y a bien de la nourriture et de la conviction, de la nourriture et du travail. Eux l'écoutent parler en silence. Dans sa voix ils découvrent le timbre d'un pouvoir différent de celui de l'apôtre. Un pouvoir terrestre, incrédule, moqueur, qui coïncide parfaitement avec la silhouette obèse de cet homme que, maintenant, ils voient se perdre vers le bas du village, au rythme avec lequel il donne à ses hommes de nouvelles tâches, au rythme avec lequel il se charge de dissiper l'ennui villageois. Ils voient les hommes, craintifs, accepter. Et comprennent qu'eux aussi doivent accepter sans poser de questions, marcher tête baissée, comme ceux qui ne souhaitent pas de telles choses, jusqu'à ce qu'ils arrivent dans les huttes promises. Il leur a été échu de voir le visage sinistre de cette forêt dans laquelle ils croient trouver le salut. Ils ont vu le visage humain et vulgaire de ce voyage qui, maintenant, se poursuit comme le rire de l'apôtre, traînant des mensonges vers le bas du village, en épousant le rire du gros.

17

Une petite porte en bambou donne accès à la hutte : une pièce immense avec sept matelas. Sept moustiquaires enveloppant les sept lits et cinq petites fenêtres donnant sur une cour où un chien sale joue à taquiner une paire de poules qui s'agitent dans tous les sens. Une table faite de planches et un sol en bois. Une petite ampoule électrique qui pend au plafond.

Depuis qu'ils ont entamé leur pèlerinage, ils n'ont quasiment pas rencontré de villages pourvus d'électricité. C'est pourquoi là, en voyant l'ampoule électrique, ils se remémorent avec étrangeté la vie qu'ils ont laissée dans leur sillage. Cette vie terriblement normale, quotidienne et timide, pleine des dangers du monde, qui s'est interposée sur leur passage en pleine forêt sous la forme d'un village gangrené par la contrebande. Cette vie qui s'est interposée sur leur passage avec la même insistance que celle avec laquelle, d'une hutte proche, leur arrive le murmure d'une radio allumée. Un murmure de voix dans lequel ils croient parfois distinguer des stations où l'on parle des choses du monde : de climats tempérés, de résultats sportifs, des changements les plus récents survenus dans l'Église catholique. Voix terriblement banales qui les ramènent à la réalité et leur font se rappeler qu'il y a à peine quinze jours que ce bus les a laissés à la lisière de la forêt. Il y a à peine deux semaines que ce bus sentant la bouse a fini par les enterrer dans ce sommeil dont ils sortent à peine, les yeux cernés, pestilentiels. Il ne fait aucun doute qu'ils sont fatigués. Mais, au beau milieu de la fatigue, plane comme un frelon perdu la rumeur d'une irritation profonde, la sensation – que personne n'ose dire à voix haute – d'être mêlés à une conspiration ingrate, un sale trafic comme ces magouilles illégales qu'ils ont vu en entrant dans le village.

C'est alors qu'une jeune Polonaise a fait retomber la tension en racontant une histoire. Ils se sont tous tus car ils croient avec raison entendre pour la première fois la voix, légère et timide, de cette fille polonaise qui reprend maintenant la parole et raconte comment Alexander von Humboldt, lorsqu'il traversait les plaines vénézuéliennes à la recherche d'anguilles électriques, rencontra un homme singulier. Il trouva, au beau milieu de la plaine, une magnifique machine électrique composée de disques cylindriques et d'électromètres, de batteries, le tout bien agencé, une machine aussi complète, si ce n'est plus, que celles qu'il avait vues en Europe. Humboldt demanda alors à qui appartenait cette machine et quelques habitants des plaines oisifs le dirigèrent vers une cabane terriblement simple, où un gros à la moustache impressionnante buvait du café. Il s'appelait Carlos del Pozo et, à l'en croire, il avait construit cette machine à partir de ce qu'il avait lu dans deux manuels classiques, le *Traité* de Sigaud de La Fond et les *Mémoires* de Franklin. Habitant la plaine depuis toujours, il n'était jamais sorti de ce vaste territoire, il n'était jamais allé en Europe ni au nord. Cet après-midi-là, Humboldt le passa avec cet homme merveilleux dont il n'a décelé dans les manières rustres aucune trace de l'Europe dont il se souvenait, fasciné que dans ces vastes solitudes, où les noms de Volta et de Galvani semblaient inconnus, un homme ordinaire eût construit une réplique exacte de cette machine qui faisait rêver les Européens. Le lendemain, conclut la jeune Polonaise, Humboldt partit à l'aube et, avec son départ, un opaque crépuscule retomba sur la plaine du sud et cet étrange génie nommé Carlos del Pozo. La Polonaise raconta l'histoire en ces termes, laissant planer une atmosphère lourde, de rêves à moitié formés et de conjectures impossibles. De leurs matelas d'algues marines, protégés par les moustiquaires, ils ont écouté l'histoire et ont eu la sensation que ce village étrange était quelque chose de ce genre : un souvenir du vieux monde qui s'obstine à leur barrer la route alors qu'ils croyaient déjà avoir tout perdu. Une vieille machine électrique au beau milieu d'une vaste plaine silencieuse. Il vaudrait mieux, se sont-ils dit, céder à l'ennui et à la fatigue, renoncer à tant d'histoires.

C'est ainsi que la petite fille les a tous vus tomber épuisés, accablés par une fatigue qui leur vient de loin. En elle, cependant, l'histoire de la fille polonaise, cette histoire d'habitants des plaines et de machines, a éveillé une étrange angoisse. Elle s'est souvenue du visage graisseux du gros qui les avait reçus et, un court instant, s'est imaginée qu'il ne pouvait être que Carlos del Pozo lui-même. Alors, piquée par la curiosité, rassemblant l'énergie qui lui restait, elle s'est libérée de l'étreinte de sa mère, qui maintenant dort, a ignoré le ronflement de son père et, ouvrant la porte, a de nouveau ressenti le sombre murmure de ce village étrange. Elle a ressenti la rumeur d'un chuchotement laborieux, les cris vulgaires avec lesquels un contremaître impose la discipline à un groupe d'indigènes. Plus bas, entouré d'une demi-douzaine de bouteilles de bière que cinq femmes créoles se passaient entre elles, elle a vu le gros parler avec l'apôtre. Quelque chose de semblable à de la peur, un élancement de fer bleu, lui a traversé le corps en voyant la scène et sa réaction a été nette : courir vers le bas du village à la recherche d'une échappatoire. Elle a ressenti à la fois de la crainte et de la joie au moment de se perdre dans la forêt, de frayer un passage à travers les acajous et fougères, pierres fangeuses et plantes épineuses, en quête du sifflement de ce fleuve qui, maintenant, semble grossir pour devenir omniprésent. En chemin, elle a croisé des hommes et des femmes qui regardent, étonnés, sa peau pâle, entendu des voix qu'elle ne comprend pas, mais rien ne l'a arrêtée. Elle a poursuivi la rumeur de ce fleuve jusqu'à le voir apparaître au loin et ne s'est arrêtée que lorsqu'elle l'a vu devant elle. Elle a vu ses eaux furieuses et ce n'est qu'alors, pressentant qu'à cet endroit se dessine une frontière invisible, une ligne blanche comme le sommeil, qu'elle a entendu une voix dans son dos et, se retournant, est tombée sur le visage de cet homme qu'elle avait cru laisser derrière elle.

Sur le visage de l'homme qui se tient en face d'elle, il y a de la tendresse et de la compassion, une dureté rocailleuse sur laquelle croît comme une liane sylvestre une subtile gentillesse. Maintenant que, finalement, elle le voit de près, loin des rituels qui, nuit après nuit, le drapent d'une aura étrange, elle a la sensation de voir, pour la première fois, le vrai visage de cet homme étrange. Vu de près, le visage de l'apôtre acquiert une douceur villageoise, une certaine touche d'innocence et d'enfance. Vu de près, il semblerait autre : un homme plus jeune, plus simple, plus proche. Elle rencontre en revanche une voix fragile, douce et épurée, qui l'incite à rester.

« *Where are you going my dear ?* » lui a-t-il demandé.

Et dans sa voix, elle croit trouver un bref foyer. Puis, d'un geste simple, l'apôtre a pointé un ramage et lui a dit :

« *Do you see him, do you see the little animal ?* »

Elle s'est attardée à observer le ramage, ne voyant que des branches en pleine forêt, quelques feuilles enveloppées dans la rumeur du fleuve en crue. Mais il a insisté et, au bout de quelques minutes, lors d'une troisième ou quatrième tentative, la petite fille a cru distinguer, dans le ramage verdâtre, un mouvement animal. C'est alors qu'elle l'a vu : un petit animal perdu entre les branches qui joue à en imiter un autre fait de brindilles camouflé dans le ramage, un petit animal à mi-chemin entre la mort et la vie. Elle l'a vu tout à coup comme quelqu'un découvre un rêve et a immédiatement senti qu'elle est quelque chose de ce genre : un petit animal qui, en pleine forêt, joue à cache-cache, à devenir immobile, au jeu des masques. Un animal malade qui joue à tuer le temps, à lutter contre l'ennui tout en l'acceptant. Elle a ressenti tout cela sans comprendre ce qu'elle ressent, jusqu'à ce que, soudain, elle réentende la voix de l'apôtre.

« C'est une mante religieuse », lui a-t-il dit, la ramenant à cette langue qu'elle comprend à peine mais que, maintenant, elle commence à sentir proche. Et elle, elle s'est attardée à observer cet animal au nom étrange, théologique, comme quelqu'un attend qu'il se passe quelque chose là où il n'y a rien. Elle a attendu quelques minutes jusqu'à ce que, tout à coup, elle voie un petit insecte se poser sur une branche proche et la mante, en un saut surprenant, le dévorer avec gourmandise. Effrayée, elle s'est tournée craintivement, espérant rencontrer l'étreinte de l'apôtre, mais elle n'a trouvé que la présence larmoyante de sa mère inquiète lui reprochant sa fugue. Elle a alors pensé à la disparition de cet homme étrange que, désormais, elle verra avec d'autres yeux.

Cette nuit-là, elle ne dort pas. À maintes reprises l'assaille l'image qu'elle a vue dans l'après-midi : l'animal apparaissant dans le ramage, l'atroce scène de cannibalisme, la voix de l'apôtre dans son dos, la subite apparition de sa mère juste au moment où elle se croyait le plus seule. Cette nuit-là, elle ne dort pas, se repassant plusieurs fois ce qu'elle a vu, se persuadant que tout n'a été qu'une simple hallucination et que, demain, la réalité redeviendra ce qu'elle a toujours été : la toile de fond du visible. Elle passe la nuit à veiller, pensant à ce petit animal au nom bizarre et, dans son esprit, tout se mêle et se confond : la voix de l'apôtre, son visage sincère, l'étreinte de sa mère, le saut avec lequel la mante a dévoré l'insecte. Soudain la petite fille pressent que le monde n'est pas simplement le visible, que derrière lui se cachent de petits animaux qui attendent leur heure pour faire le saut, des mondes variés et invisibles. Elle est arrivée à dix ans dépourvue de peurs, libérée des fantômes et des esprits, mais une courte scène dans la forêt a suffi à ressusciter des craintes oubliées. Derrière tout, il y a autre chose, se dit-elle. Elle sent que la nuit, c'est précisément cela : la possibilité d'un monde derrière le monde. Derrière la fausse quiétude de la forêt, se cache la possibilité de cet autre monde qu'elle a, aujourd'hui, vu brièvement et dont elle commence à peine maintenant à apprendre une leçon fondamentale : il n'y a rien de plus traître que la paix.

18

Jours d'orages. Pluie incessante et coups de tonnerre. La rumeur de la prière de l'apôtre et, dans leur dos, l'image d'une indigène qui passe l'intégralité de sa journée à sculpter des statuettes de saints. Entre des quintes de toux et des hallucinations fébriles, la petite fille, perplexe, la regarde. Elle observe, non sans étonnement, la précaution avec laquelle la gamine travaille le bois en quête de l'entrée parfaite. Dans son monde à elle, cette répétition du même geste arrive à lui paraître fondamentale : tout semble reposer sur cela, sur l'insistance têtue avec laquelle la gamine se contente de répéter un simple geste. Tout semblerait reposer sur cela, exactement comme le vieux monde repose sur la conviction têtue de Sisyphe de mener à terme un projet impossible.

Le père l'a vérifié de ses propres yeux : toutes les statuettes sont exactement les mêmes. Le même saint dont le visage semble cacher quelques traits indigènes et dont sur les paumes, tendues vers le ciel, se pose un petit oiseau. Curieux, impressionné, le père a pris une statuette d'une main et a pu vérifier qu'il n'y avait presque pas de différences entre elles. Il s'est alors souvenu de l'histoire que lui avait racontée un ami mexicain : celle d'un peintre, un fou prestigieux, qui avait passé sa vie à peindre les différentes facettes d'un même volcan. Ceux qui l'ont connu à cette époque disent qu'il avait, calqués sur le visage, les malheurs d'une folie plus lucide que toute autre, une douce folie comme un déguisement que quelqu'un revêt un jour et ne retire plus jamais. Ceux qui l'ont connu à son époque tardive, quand il vivait comme un vagabond dans un hôtel abandonné de Cuernavaca, disent que sa lucidité était exacte, ponctuelle, monothématique comme l'est la lucidité des grands obsessionnels. Pendant les après-midi d'ennui, bercé par la monotonie de la pluie, le père se remémore cette histoire et se dit que la vie devrait être ainsi : la répétition obstinée d'un geste vide, l'abandon inconditionnel à un mensonge.

Jours vides comme la paix, jours d'orages qui cachent la vague sensation qu'il se passera bientôt quelque chose. Parfois, ces jours-là, l'apôtre s'éloigne de sa prière et, pendant quelques heures, paraît retourner au monde des mortels. Il s'assied comme s'il était un homme parmi les autres, pour écouter les histoires que racontent les pèlerins. Il interrompt rarement et, quand il le fait, sa voix semble une autre, plus douce et plus sincère, un peu comme une légère brise. Alors la petite fille le regarde et croit voir l'homme qu'elle a vu au bord du fleuve. Un homme normal et tendre, le même homme qui parfois, l'après-midi, s'assied pour jouer aux échecs avec son père. Le même homme qui, parfois, au beau milieu de l'orage, décide de se saouler avec le gros. Ce même homme à propos duquel, lors de ces jours d'orages, sans doute à cause de l'ennui, des rumeurs se mettent à courir : on dit que le pèlerinage n'est pour lui qu'une manière de dissimuler ses magouilles, qu'il doit au gros de l'argent, qu'on l'a vu coucher avec un Indien, qu'il n'y a pas de voyant ni d'arbre, on dit qu'il n'est qu'un drogué résigné, un péon dans une très longue chaîne qui, maintenant, inévitablement, les inclut eux.

Parfois, ils oublient même son titre. Ils se mettent, comme si eux aussi étaient des natifs, à l'appeler « *el gringo* ». Commence alors à courir parmi les pèlerins la rumeur que le *gringo* pourrait bien être un espion. Et tel que court la rumeur, la peur se répand : celle d'être mêlé aux affaires d'autrui, d'être des péons dans un monde dont la logique leur échappe. Ils sont prêts à jouer un rôle dans la fin de l'histoire, prêts à croire en un voyant aux révélations apocalyptiques, mais l'idée, quotidienne, vulgaire, réelle, d'être impliqués dans un trafic illégal les terrifie. Pour eux qui cherchent désespérément à sortir des filets de la société, qui cherchent avidement un monde nouveau, il n'y a rien de pire. Quelques-uns préféreraient en finir avant de se voir rabaissés à la vulgarité d'un narcotrafiquant ivre et gros. Peut-être est-ce pour échapper à cette rumeur dont la peur est le visage que, les après-midi de pluie et de mauvais temps, ils s'asseyent pour raconter des histoires à l'ombre attentive d'une femme qui diligemment sculpte des saints.

19

Un orage survolant l'histoire comme un grand cerf-volant. Une énorme catastrophe, se dit la mère, qui aurait donné naissance à la nature elle-même. Une nature, pense la mère, qui serait la conséquence de la catastrophe et non pas le contraire. Un immense dépotoir de petites histoires minables sur lesquelles croît la mousse d'un temps à venir. Un monde de décombres, produit par un orage survenu il y a très longtemps et, après lequel, nous arrivons le lendemain. Voilà ce qui se dit et, dans son esprit, les rêves, les histoires et les souvenirs se confondent. Elle croit alors se rappeler l'image d'une cabane en pleine forêt et voit à l'intérieur un vieil homme ridé et flétri, qui rédige une très longue encyclopédie, ignorant que, dehors, le mauvais temps approche.

Cela et autre chose, se dit la mère pour refuser d'affronter l'évidence : qu'ils sont, il n'y a pas à en douter, dans un village vulgaire, hôtes d'un homme qui gagne sa vie d'une sale manière. Cela et autre chose, se répète la mère pour refuser de voir les camions qui entrent dans le village, puis en sortent.

20

Le troisième jour, ils se lèvent dans une paix particulière. S'enchevêtrant sur les moustiquaires, les rayons de lumière sont le premier signe que l'orage appartient au passé. Il suffit de jeter un œil par la fenêtre pour voir que ce qu'il en reste est une légère gueule de bois d'orage enveloppée dans le va-et-vient des camionnettes qui inondent de nouveau le village. Le père regarde le coin habituel, cherchant la sculptrice de saints mais il ne la trouve pas. Juste quelques statuettes que la gamine semble avoir laissées dans son sillage, des saints qui sûrement ne correspondaient pas à son modèle de perfection. Il en prend une et la donne à la petite fille qui, précisément, ce matin-là, se lève davantage dans son assiette, sans fièvre et avec un enthousiasme peu commun. La petite fille, déconcertée, regarde la statuette et dit :

« Regarde, une statuette de l'apôtre. »

Furieux, incapable d'accepter la logique monstrueuse dans laquelle ils ont consenti à introduire leur fille, le père cherche la silhouette de l'apôtre animé d'un désir de vengeance. Il le cherche partout jusqu'à ce qu'il comprenne qu'il n'est simplement plus là.

Ils se lèvent le troisième jour et remarquent soudain que leur leader n'est pas là. Ils le cherchent dans le village, dans la maison du gros, dans les alentours du fleuve, mais rien. Aucune trace du *gringo*. Ils interrogent le village, mais personne ne sait rien de lui. Incapables de le trouver, ils imaginent le pire : la désertion ou la mort. Ils l'imaginent flottant en aval du fleuve, son corps comme dernier message du gros, ils l'imaginent dans le ramage du bois, mordu par une vipère, empoisonné par quelque pèlerin furieux. Ils l'imaginent mort et se disent que cela vaudrait mieux que de l'imaginer disparu, avec eux à mi-chemin, sans possibilité de sortir de ce village qui porte la guigne.

Ils le trouvent sept heures plus tard, au bas du village, absorbé par une querelle monumentale avec le gros, dont ils essaient, sans y parvenir, de déchiffrer quelque chose. Tous le savent sans le dire : il faut partir. Trois heures plus tard, une camionnette les laisse à mi-chemin, dans une petite cabane au milieu de la forêt, pleine d'araignées et d'œufs de serpent. Dans un coin, un natif ivre, endormi, semble halluciner en rêve. Eux aussi se reposeront là. Puis, au petit matin, partiront très tôt. Une semaine, a dit l'apôtre. Encore une semaine de chemin et ils atteindront le voyant. Et bien qu'ils ne disent rien, ils éprouvent une certaine anxiété, une certaine peur, en pensant que, dans sept jours, ils seront dans ce lieu dont ils ont tant entendu parler, qui leur a fait tout laisser derrière eux : les travaux, les familles, la langue, la vie. Une image toutefois les assaille : celle du gros en nage, l'image de cet autre village, réel et vulgaire, dont ils viennent de sortir. Ils ont promis de sortir de l'histoire mais elle semble leur barrer la route, dégoulinante de sueur et vulgaire. Une semaine, se disent-ils.

21

Dans l'après-midi, pour les distraire, l'acteur allemand interprète une fois de plus, pour eux, la pièce de théâtre avec laquelle il divertit souvent les natifs. Une œuvre du XVIIe siècle, dans un vieil allemand qu'aucun d'eux ne comprend mais qui les laisse pantois. Une pièce très étrange qui leur rappelle le cinéma muet et le monde des mimes, la fragilité des chevaux et le silence des moines. Un monologue dans lequel il semble n'y avoir qu'une seule voix, bègue, qui se heurte à diverses reprises à elle-même. Une pièce très ancienne mais derrière laquelle ils sentent une volonté très moderne. Et rire, c'est ce qu'ils veulent. La comédie est ce dont ils ont besoin pour se cacher de la grotesque image d'un autre rire : celui de ce gros qui, dans un village proche, boit de la bière.

22

Suivent des nuits noires, statiques et silencieuses pendant lesquelles le père distrait la petite fille en lui racontant des histoires célestes. Nuits muettes pendant lesquelles la nature palpite, impatiente comme un caïman qui va pondre ses œufs. Très longues conversations pendant lesquelles la petite fille, fatiguée et affaiblie, se contente d'écouter les allégories de son père pour qui chaque constellation détient une nouvelle histoire, un nouveau mythe, une nouvelle façon de tromper l'ennui et la maladie. Histoires qui apaisent la peur et tentent de rendre à cet environnement sa familiarité qui, maintenant, la cerne comme un long et faible cauchemar. Histoires qui luttent contre la chaleur et l'ennui, anecdotes qui gardent encore en elles un dernier espoir. Malade, la timide fillette écoute et pressent que derrière tant de mots se cache, tapie, une crainte plus profonde. Une crainte qu'elle pressent mais tait, protégée comme elle l'est par une conviction joyeuse : son père lui racontera des histoires jusqu'à ce qu'il n'y en ait plus.

Car son père ne sait pas qu'elle aime les nuits, l'obscurité et le silence. La nuit, tout est possible, les univers recroquevillés. Sons, bruits, rumeurs : à ces heures, l'univers se contente de murmurer, et elle, elle s'amuse à imaginer les mondes qui palpitent derrière cet amalgame sonore. Elle se distrait, pour ainsi dire, en cataloguant des murmures : le croassement des grenouilles, le grognement des porcs, le sifflement de la pluie, le chant des cigales, le pas las d'un tamanoir, le vrombissement d'un frelon perdu, l'incessante crue d'un fleuve proche. Plus légers encore, presque inaudibles mais tout à fait imaginables, penser que si elle faisait suffisamment attention, elle distinguerait, un jour, parmi tous les sons, celui qui désigne le pas militaire des termites, l'inquiète. Si elle tendait bien l'oreille, se dit-elle, elle parviendrait à distinguer le pas ponctuel des fourmis, la reptation létale du serpent, la danse mortelle de la tarentule. Du bord du fleuve, elle a vu, la nuit tombée, les yeux rouges et dans l'expectative de caïmans insomniaques, des yeux qui la renvoient au regard profond et las de l'apôtre.

Elle a alors un peu peur.

Elle l'a vu la nuit. Tandis que les autres dorment, il s'éloigne du groupe et, de loin, elle le voit plus vivant que jamais, enveloppé dans un murmure de prière. Elle l'a vu rester dehors par mauvais temps, découvert et seul, le torse nu et la tête basse. Statique et magique comme cet insecte qu'il lui a lui-même montré en pleine forêt. Une créature à mi-chemin entre le règne végétal et animal, la mort et la vie. « Mante religieuse », l'a-t-il appelée, et elle, cette expression, enregistrée dans cette langue qu'elle commence à peine à comprendre, lui a paru étrangement familière. Mante religieuse, a-t-il dit que s'appelait le petit animal, et elle qui frôle à peine les onze ans, l'expression lui a fait penser aux nuits en pleine forêt, quand tous se lèvent pour regarder les autres dormir.

Ils ne savent pas qu'elle sait. Ils ne savent pas qu'elle les voit tous se réveiller en plein petit matin, regarder autour et s'asseoir pour observer la scène avec des yeux inquiets. Ils ne le savent pas parce que, tel un petit animal de la forêt, elle aime sentir qu'on ne la voit pas, elle aime se sentir invisible et rester immobile au moment de surveiller. Elle les a ainsi tous vus dans leurs occupations nocturnes. Elle a vu sa mère, nuit après nuit, se lever pour ébaucher ses rêves sur ce petit carnet qu'elle a toujours sur elle, elle a vu son père se lever tous les petits matins pour la regarder dormir, l'apôtre déambuler pendant la nuit, absorbé par sa prière insomniaque. Elle les a vus eux, ainsi que les autres : l'ivrogne britannique qui épie le corps de sa mère dès qu'il la voit dormir, l'Allemand qui, toutes les nuits, tourne son corps nerveux en cherchant un sommeil qui n'arrive pas, la fille californienne qui, toutes les nuits, à trois heures, regarde autour d'elle comme quelqu'un qui cherche une famille. Elle les a tous vus, plongés dans leurs rêves et leurs craintes, éveillés dans une veille qui semble sans fin. Sans comprendre ce qu'elle a vu, son regard a buté contre un couple d'hommes entrelacés comme des lianes, enveloppés dans une rumeur de vie dont le sens lui paraît encore opaque. Elle a vu cela et, tout à coup, une étrange sensation l'a envahie, l'intuition que si elle pouvait rester tranquille, immobile comme ce petit animal qu'elle a vu, tout redeviendrait normal et elle se réveillerait, un jour, à la maison.

Pendant les longues marches qui ponctuent ses jours, ses parents ont essayé de lui expliquer la raison du voyage. Pour elle, il n'y a qu'une évidence : tous veulent en voir davantage. Tous veulent voir mieux. Tous cherchent la lucidité avec le même désespoir insomniaque que, la nuit, ils cherchent l'aube. D'une nuit à l'autre, ses parents lui ont raconté qu'au bout du chemin, il y a un petit enfant comme elle, un enfant très jeune et malade, sauf qu'il est très savant. Un enfant comme elle qui, un jour, s'est levé et a vu un monde différent, et que ce même petit enfant les attend pour leur raconter ce qu'il a vu. Ils lui ont parlé d'histoires souterraines et de feux millénaires, de choses qui lui font l'effet de pures fantaisies, de contes qui, à son âge, devraient l'intéresser mais qui, pour une raison ou une autre, la laissent indifférente. Ils lui ont raconté l'histoire en entier et, pour une raison ou une autre, est restée gravée dans son esprit l'image d'un enfant. Un enfant maigre et pâle, las de toujours voir la même chose. Un frisson lui a alors parcouru le corps et elle a ressenti une tristesse profonde pour cet enfant, pour tous les autres, mais aussi pour ses parents. Eux, tous, veulent voir. Elle, en revanche, a promis de devenir invisible.

23

Dès que le père termine un nouveau conte, elle lui demande toujours la même chose. Dès que le père dit « fin », elle s'empresse de le déranger en lui posant une question absurde :

« Et après la fin ? »

Son père la prend dans ses bras et la réchauffe. Puis il lui raconte un autre conte et tout va mieux. Mais au tréfonds de lui-même, il continue à penser à cette question que la petite lui a posée.

« Et après la fin ? »

24

Jours ardus, de longues marches et de peu de repos. Une semaine, a dit l'apôtre, et eux se contentent de le suivre. Jours pendant lesquels ils traversent des fleuves furieux, pleins d'arbres et de détritus. Chemins pleins de lianes. Forêt touffue et sombre. Après-midi pendant lesquels ils traversent de petits villages où ils commencent à voir de plus en plus de signes identifiables : natifs qui utilisent les mêmes chapelets que l'apôtre, les mêmes bougies de saints, les mêmes bijoux. Dans tous ces villages on semble les reconnaître, cependant on ne les arrête pas. L'étrange sensation d'avoir déjà été là les guette, la sensation gênante d'avoir oublié quelque chose les envahit. Mais ils se disent que c'est sans importance, qu'il y en aura à peine pour une semaine. Le père refuse de prendre des photographies, pensant comme il le fait tout le temps à cette histoire de feux que lui a racontée l'apôtre, à l'image du vieux Sherman marchant avec ses hommes vers le sud. Pendant les après-midi humides, suant à n'en plus pouvoir, le père se souvient de l'histoire qu'a racontée l'apôtre et se jure que s'il sort de ce labyrinthe, il cherchera ce petit village et y passera le reste de ses jours. Après-midi pendant lesquelles le père, avec la fillette très malade sur les épaules, lutte pour chasser l'inquiétude qui l'envahit, à voir la passion avec laquelle son épouse se consacre à ce pèlerinage absurde. Quand tout sera fini, se dit-il, il cherchera un village minier et passera ses jours à en photographier les souterrains. Le problème, toutefois, c'est que les jours passent, que les marches s'allongent et que la terre promise n'apparaît nulle part.

Ce qui commence à apparaître, spontanément répartis dans la forêt, ce sont de petits terrains délimités par du fil de fer barbelé, d'étranges semailles où poussent des plantes vertes dont les natifs mangent les fruits, qui ressemblent un peu à des citrouilles, jusqu'à s'enivrer. À mi-chemin, la vision d'un natif drogué est devenue habituelle. Ils les rencontrent en pleine forêt, parfois solitaires et mélancoliques, parfois mêlés à de grandes fêtes. Pressés, ils traversent ces petites scènes hallucinatoires comme si tout n'était qu'une pièce de théâtre, le rêve d'un drogué. Un jour, au bord d'un ruisseau, ils croisent un natif absorbé par un discours précipité, entremêlant des mots drogués dont ils ne comprennent pas la langue. C'est un homme très petit, aux pieds violets et aux yeux qui louchent, entièrement nu, qui arrête sa diatribe dès qu'il les voit et qui, dans un espagnol très pauvre, les réprimande. En crachant plus qu'en parlant, il leur dit qu'ils ne trouveront pas ce qu'ils cherchent, que ce qui s'approche est une pure farce, qu'ils ont volé la terre de son grand-père et que l'homme qui les guide est connu sur leurs terres pour ses mensonges. Ils l'écoutent parler, balbutier ses accusations et se disent en leur for intérieur que tout est le résultat de la drogue. Ils le voient entrer dans le fleuve, reprendre sa prière, et ils poursuivent leur chemin.

Le matin du troisième jour, ils voient une avionnette passer dans le ciel. Signe de proximité, pensent certains. Deux heures plus tard, ils traversent un petit village en ruine. Petites maisons sans habitants, maisons incinérées il y a peu, pillées et brûlées. Le long d'une demeure incendiée, une sorte de jardin immense avec des fleurs multicolores délicieusement disposées, de petits arbres de toute évidence étrangers, une petite fontaine. Quelqu'un, semblerait-il, a quitté la maison il y a peu. Quelqu'un a oublié un jardin en pleine jungle. La scène les étonne, toutefois elle les fait respirer. Ils ne demandent rien. S'ils ont compris quelque chose depuis le départ, c'est que dans ce voyage, il faut accepter. Ils voient l'apôtre s'arrêter devant le jardin, le regarder, se signer avant d'entrer dans la maison.

Ils l'imitent.

C'est ainsi qu'ils entrent dans cette petite demeure en pleine jungle qui leur rappelle les mondes qu'ils ont laissés dans leur sillage. Ils découvrent dans les ruines laissées par le feu beaucoup de reliquaires à côté d'une immense photo d'un vieux colonel. Ils découvrent une pièce pleine de cartes de la jungle et, à côté, intactes, des dizaines de statuettes semblables à celles qu'ils ont vues dans le village du gros. Plus loin, mise à sac, une bibliothèque rongée par les termites avec des centaines de livres, alors les pèlerins s'asseyent pour les examiner au milieu de ruines.

Parmi les livres, certains présentent un intérêt particulier : les dix-sept volumes de la *Géographie* de Strabon, les cinq volumes du *Cosmos* du baron Alexander von Humboldt, les cinq lettres que Colomb envoya au roi et à la reine après son deuxième voyage. Almanachs de voyage, catalogues d'histoire naturelle, livres qui classent le monde en belles catégories arbitraires. Livres dévorés par les termites qui semblent avoir échappé au feu. Sur la même étagère qu'une vieille encyclopédie allemande, la mère trouve une *Histoire des guerres d'indépendance* entre les pages de laquelle elle tombe sur de petites coupures de magazines de l'époque, des photographies d'actrices et d'acteurs, le squelette d'un insecte étrange. Perdues dans ses pages, elle y lit des histoires atroces, d'horribles registres de chiffres qui rendent compte de morts comme s'il s'agissait d'étoiles. Elle se distrait en lisant des histoires de l'armée réaliste, nom qui lui fait imaginer une armée adverse, une armée antiréaliste qui, comme l'avant-garde, s'emploierait à observer la destruction du réalisme. En riant, elle se dit que si elle devait participer, un jour, à quelque guerre, celui-là serait son camp : celui de l'avant-garde irréaliste, qui affronte délibérément la réalité.

Dans cette même bibliothèque, perdue entre deux rayonnages cassés, le père trouve un livre pour la fillette. Un livre écrit par une sorte d'apprenti de Jules Verne. Un livre qui parle d'un très long voyage, si long qu'on n'en dit pas le nombre de jours et que les dates ne collent pas, mais dans lequel le monde apparaît complet, ovale et navigable. Dans l'histoire racontée, il y a un capitaine et une guerre, une catastrophe et un naufrage. Il y a une fugue, puis de longues années de voyage – Londres, Séville, Tanger, New York, Calcutta, La Havane, San José –, un voyage qui ensuite se prolonge à l'intérieur des terres, vers le sud, jusqu'à culminer dans une traversée infinie. Trois cents pages qui racontent la traversée par le protagoniste, un marin belge, des intempéries sud-américaines. Des milliers et des milliers de mots pour raconter les années que le Belge passe en Patagonie, chassant des nandous avec les Indiens tehuelches. Ce sont des pages étranges, qui ennuient la petite jusqu'à l'endormir, mais donnent au père l'inquiétante sensation d'être dans un monde sans issue, des pages dans lesquelles le Belge accompagne les Indiens dans une très longue marche à travers la plaine de Patagonie, tandis que les Indiens essaient d'attraper des nandous à force de patience, les obligeant à faire une très longue marche qui les laisse épuisés puis, sur les plateaux antarctiques, les condamne à une mort à petit feu. Des pages qui décrivent un ennui très particulier : celui que suggère une chasse où la mort est perçue comme une résolution inévitable.

Cet après-midi, tandis que les pèlerins fouillent dans les ruines de l'étrange demeure, le père cherche une issue dans cet étrange livre pour enfants qui a fini par montrer son côté atroce, dont la fin se prolonge au-delà du raisonnable jusqu'à ce que le lecteur tombe lui-même, vaincu comme un nandou au beau milieu de la plaine. Il ne sait pas clairement si le dénouement du livre est une plaisanterie, une extravagance ou simplement une erreur d'impression. Peu importe. Cet après-midi, il n'a fait que penser à l'interminable marche des Tehuelches. Il continue à penser dans l'ennui des nuits à la belle étoile, aux mirages du désert, aux derniers jours du nandou et à sa mort inévitable. Il pense à l'apogée de ce trajet absurde et se dit que les fins devraient être quelque chose de ce genre : moins une coupure brusque ou une résolution absolue, pas même la proposition d'un horizon ouvert, qu'un point où l'on arrive à bout de forces.

À côté de lui, plongée dans un livre, sa femme fume.

Les fins, se dit-il, devraient être quelque chose de ce genre : une cigarette qui se consume peu à peu jusqu'à ce qu'il ne reste plus qu'un petit mégot brûlant les doigts. L'image lui vient alors clairement en tête. Il imagine la longue marche vers le sud des Tehuelches et au bout de cette longue marche, il voit émerger la terre que, pendant si longtemps, il a poursuivie : il voit émerger au fond du désert la Terre de Feu qu'il y a des années il a tracée sur une vieille carte et se dit que le plus certain, dans l'histoire qu'il lit, c'est que les Indiens n'arrivent jamais à atteindre le nandou, exactement comme Achille n'a jamais atteint la tortue et que son épouse ne finira pas vraiment de consumer sa cigarette. Il imagine que, dans le livre qu'il lit, ce sont les Indiens qui s'épuisent au fil des jours, tandis qu'accablés de fatigue, ils voient s'éloigner sur le fond métallique de la plaine la silhouette de la bande de nandous qui poursuit son chemin vers le sud.

Cet après-midi-là, il ne termine pas le livre. Il refuse de le faire, immergé comme il l'est dans l'image infinie de cette grande marche animale qui s'avance vers le sud à pas lents. Il ne veut pas savoir comment se finit cette longue plaisanterie qu'un écrivain français semble avoir faite au vieux Jules Verne.

Pendant la nuit, ils campent dans le jardin, entourés par la forêt. Pour la première fois depuis très longtemps, ils croient comprendre qu'ils en sont venus à l'idée de ce voyage en cherchant un jardin pour ensuite se retrouver parmi les ruines d'une forêt qui déjà n'existait plus. Autour d'eux, les bruits de la nuit leur rappellent qu'il reste à peine quelques jours. Ils croient entendre deux autres avionnettes traverser le ciel, ils croient entendre des sons ponctuels qui ont l'air étrangement humains, des bruits qui leur font penser qu'ils sont peut-être tombés dans un piège. Ils dorment peu. Se contentent de laisser passer les heures en sachant qu'il reste à peine quatre jours et que la forêt semble les entourer partout. Des heures qui, faute d'horloges et d'instruments pour mesurer le temps, se perdent dans l'obscurité.

Cet après-midi-là, parmi les ruines calcinées de la demeure, ils ont vu une grosse horloge. Une vieille pendule sur pieds qui semblent avoir échappé à la destruction. La voir leur a procuré une étrange sensation. Il y a vingt-sept jours qu'ils voyagent et ce n'est que, maintenant, voyant la pendule, avec ses aiguilles détraquées et son cachet anachronique, qu'ils ont pensé à la chronologie d'aiguilles des minutes qu'ils ont laissées dans leur sillage. Ils ont passé vingt-sept jours dans un temps différent, un temps lunaire, un temps qu'ils qualifieraient de naturel s'il n'y avait quelque chose en eux leur disant que la véritable aiguille des minutes se trouve en leur for intérieur, marquant le pas. Cet après-midi, ils ont vu la pendule et se sont souvenus de l'une des premières instructions de l'apôtre : laisser le temps derrière soi. Pendant qu'ils campent dans le jardin, ils se sentent entourés par un temps étrange, géologique et lourd comme cette horloge anachronique et inutilisable qui gît perdue en pleine jungle. Insomniaques, ils croient entendre sonner cinq cloches. Nerveux, ils se disent que la folie n'est pas loin.

De tous, la plus gaillarde est peut-être la mère. La mère qui, pendant ces heures, écrit sur une nouvelle page :

> Le pouvoir ne s'exprime que dans sa capacité à détruire. Il faudrait penser la destruction en soi comme une catégorie politique. Esthétique aussi. Le créateur crée en détruisant. Le politique construit un nouveau monde parmi les ruines. Il faudrait penser cette relation initiale entre l'art et la politique, cette violence initiale qui fait irruption dès que le peintre décide de tacher la toile d'un trait initial. Penser la violence de la première ligne, du premier trait, du premier vers. Une violence initiale qui ne répand pas de sang mais ouvre des espaces. Un monde nouveau sorti des flammes comme le pensèrent les Grecs, un monde nouveau sorti d'une violence pleine de miséricorde et de passion comme l'imaginèrent les dieux. Il faudrait penser cet acte de destruction comme le fondement même de toute politique possible, comme la possibilité même de faire trembler les

bases. Écrire une histoire naturelle de la destruction comme s'il s'agissait d'un traité d'esthétique.

Ce sont des notes brèves de journal que, la nuit, tandis qu'elle dort, le père passe son temps à lire, atterré et pris d'une peur qui lui glace le sang. Des notes brèves qui lui font penser qu'elles ne peuvent pas être de la femme qu'il a, un jour, aimée. Il la regarde dormir et se dit qu'elle, au moins, dort, pendant que lui se contente de compter les heures d'une insomnie qui devient de plus en plus banale.

Cette nuit, la mère rêve de nouveau. Elle se rêve en pleine guerre, bataillant avec cette armée réaliste sur laquelle elle a tant lu les heures passées. Au milieu du rêve, elle comprend cependant que tout est d'une grande confusion. Elle comprend que le théâtre des combats, ce ne sont pas les plaines étendues du sud ni les montagnes andines mais un musée au nom étrange. Elle rêve d'un grand musée, un musée vide et vaste où, dans la salle principale, est étendue une carte immense sur laquelle marche un homme qui ressemble un peu à l'apôtre. Il marche en laissant tomber quelque chose, une sorte de tableau qui rapidement se change en flammes qui parcourent sa surface en dessinant des silhouettes serpentines. Elle rêve qu'un homme trace une carte en flammes et que les spectateurs l'applaudissent. Dans le rêve, elle est là, applaudissant un homme en qui elle croit, se disant que quelque chose de ce genre devrait être l'art de l'avenir : une entreprise contre le monde et sa représentation, un cri étouffé en plein océan, que seuls entendent les algues et les poissons. Dans le rêve, le feu se propage, dévorant la carte entière puis, petit à petit, l'artiste. Elle se voit applaudir, des applaudissements frisant l'hystérie, convaincue que l'avenir sera quelque chose de ce genre.

25

Le lendemain matin, dès le lever du jour, ils partent. Ils laissent le jardin, la maison, le village inciné dans leur sillage et pénètrent de nouveau dans la forêt. La même sensation d'affût, d'être enfermés dans une prison invisible les poursuit. Ils tombent sur de petites huttes perdues dans la forêt, abandonnées peu de temps auparavant, où, sur de petits terrains délimités par du fil de fer barbelé, poussent des semis de courgettes hallucinogènes. Sur les pierres, ils tombent sur des dessins étranges de personnalités publiques et de superstars de cinéma, des icônes du cinéma et des politiciens peints en couleurs. Ils croient découvrir, peinte avec des Crayola sur un énorme rocher, un portrait de Marilyn Monroe et, à côté de lui, celui de Simón Bolívar. Cent mètres plus bas, ils tombent sur un natif drogué qui chante joyeusement.

Ils pressent le pas.

Ils franchissent une petite crevasse, puis un grand carré de fougères qui recouvre une roche rougeâtre sur laquelle ils trouvent un autre dessin : cette fois de ce qui semble être un colonel espagnol à côté d'Audrey Hepburn. Dans les heures suivantes, ils verront plusieurs de ces couples bizarres. Certains, comme le père, riront. D'autres, en accord avec l'apôtre, diront qu'il n'y a rien d'étrange à cela. D'autres, comme la mère, essaieront de trouver le sens de ces curieuses peintures. D'autres, comme la fillette, se contenteront de demander de quoi il s'agit.

Ils ne recevront aucune réponse.

À midi, fatigués, ils voient surgir une petite montagne et, près d'elle, croient reconnaître le bruit d'une foule. Craintifs, ils l'entendent s'approcher, ranimée et stridente, jusqu'à ce que, sur la colline, ils voient apparaître le masque du premier enfant.

Le soleil très haut, à midi, ils se retrouvent confrontés à une troupe de cent enfants qui descendent la montagne en courant, le visage couvert d'un masque blanc, le corps foncé et les pieds agiles. Une incursion d'enfants qui franchit une frontière improvisée en brandissant un énorme drapeau violet sur lequel est dessiné un arbre blanc et en face duquel les pèlerins reculent, effrayés. L'apôtre, cependant, ne bronche pas. Il marche dans le bataillon, sans peur, les salue, les cajole comme s'il s'agissait de ses propres enfants : un troupeau de fils sans visage. Les pèlerins se contentent de le regarder et de l'imiter. Ils continuent leur chemin tandis qu'autour d'eux, les enfants se contentent de toucher les visages, les mains, les bras des pèlerins. Eux se contentent de traverser ce nuage d'enfants improvisé au sein duquel ces derniers rient, cachés sous des masques identiques. Très souvent, la nuit, quelque rumeur nocturne leur a fait imaginer un éventuel soulèvement indigène. Toutefois jamais ils n'ont imaginé qu'il viendrait, lové dans le rire d'un troupeau d'enfants.

Immergée dans cette étrange procession, la fillette oublie un moment sa maladie. Elle est arrivée jusque-là en étant la seule petite fille du groupe et, maintenant, l'enfance semble l'entourer de tous les côtés. Plus que tout, plus que l'âge des enfants ou leur nombre, plus que l'étrange langue qu'ils parlent, ce sont les masques qui l'intéressent. Elle les tripote comme eux tripotent ses bras. Petite, elle a joué avec des masques et, à vrai dire, ceux-ci ne sont pas très différents. Ils sont en plastique, comme ceux qu'utilisent les enfants aux anniversaires, avec un grand sourire sur le visage. Et c'est elle qui, parmi tous, élève la voix logique. C'est elle qui demande : d'où viennent ces masques ? Aucun pèlerin ne peut lui répondre. Ils croient être arrivés au fond de la forêt, mais à chaque pas qu'ils font, la modernité leur joue un nouveau tour. Ils croient être arrivés jusqu'à une origine intemporelle, mais une troupe d'enfants s'attache à leur rappeler que la forêt se revêt parfois de plastique. Ils poursuivent ainsi, en montant, en gravissant cette montagne de laquelle ils ont vu descendre les enfants. Ils poursuivent ainsi jusqu'à ce que, arrivant au sommet de la montagne, le panorama se dissipe et alors ils croient voir ce qu'ils ont jusque-là cherché. Ils voient une plaine inondée entre deux montagnes, les îlots qui ponctuent la scène comme s'il s'agissait d'îles et se remémorent les paroles de l'apôtre. Ils se rappellent comment cet homme qui, à présent, marche entouré d'enfants leur a parlé d'une grande ville tracée sur un archipel.

26

Ce que voient alors, ou croient voir les pèlerins, ne souffre pas de comparaison. Juste une description précise :

Sur une immense plaine nichée entre deux plateaux, cent petites îles légères paraissent flotter. Entre elles, tissant le paysage comme s'il s'agissait de tissus, de petits canaux d'eau ébauchent sur le grand tapis vert l'image inoubliable d'un grand archipel. Chacune d'elles, à son tour, semble héberger un petit temple. Des centaines de temples ponctuant la plaine, tous identiques, tous tournés vers l'est. Une ville de temples perdue en pleine jungle qui s'étend en spirale jusqu'à arriver à une île centrale sur laquelle les pèlerins croient voir un temple immense, affublé de cinq tours et de multiples jardins.

Perdus entre ces canaux, ils voient des centaines de barques et croient découvrir à l'intérieur des centaines d'hommes qui se déplacent lentement à travers cette cité d'îles. Ils sont arrivés jusque-là en pensant être les premiers, mais l'image qu'ils voient leur fait savoir qu'ils arrivent tard. Sur le paysage, une foule de minuscules silhouettes humaines se déplace dans cette ville qui semble avoir été dessinée à l'échelle. Cette ville qui paraît plus la maquette d'un vieil empire que tout autre chose. Ils voient des enfants, beaucoup d'enfants, se promener entre les canaux de cette ville devenue théâtre. Des enfants comme ceux qui, à présent, les entourent, foncés et petits, une troupe d'enfants identiques à celle qui, maintenant, les prend par la main et s'apprête à les guider. Épuisés, ils croient être arrivés enfin au bout de la traversée.

L'apôtre se contente de leur souhaiter la bienvenue en prononçant la première prophétie du voyant. Dans deux jours, la bourgade sera l'épicentre d'un tremblement de terre.

27

Ce qui suit cette vision, le frénétique tourbillon d'événements qui suit le *pronunciamiento* de l'apôtre, ne devient visible que rétrospectivement, tel le paradoxe qui donne sens à ce voyage absurde. Pendant les quarante-huit heures qui suivent, le père voit des choses qu'il n'avait jamais imaginées. Des choses qui lui semblent sortir d'un cirque cruel, mais qui, aux yeux des autres pèlerins, prennent des proportions épiques : là où il voit la lamentable exploitation de centaines de mineurs, forcés par une poignée d'hommes blancs de travailler la terre, les autres voient une armée d'enfants illuminés. Là où les pèlerins voient l'utopie, il réussit à distinguer les actes d'un théâtre organisé pour des regards crédules. Là où les autres voient un petit voyant, il voit la triste figure d'un enfant perdu dans ses propres mensonges. Là où les autres voient la conclusion de l'histoire, il voit une grande farce qui se répand avec la force de la pire épidémie. C'est dans ce deuxième regard que la ville se présente dans sa cruelle vérité : il croit comprendre que les centaines de temples sont en réalité de petites usines pleines d'enfants en nage et fatigués, et que l'impérial archipel est tout juste la silhouette d'un monde atroce qui cache, derrière sa façade, les pires maltraitances. Ils l'ont conduit jusque-là pour qu'il livre un témoignage photographique de cette ville utopique, mais la seule chose que parvient à ressentir Yoav Toledano pendant les heures qui précèdent l'événement, c'est la joie et le désarroi de savoir que tout se terminera très vite. Il est arrivé au bout de la forêt uniquement pour s'apercevoir qu'à la fin du voyage, le voyageur rencontre un simple reflet de son propre désir.

C'est peut-être pourquoi il n'est pas étonné que, arrivés le jour et l'heure de la prophétie, il ne se passe rien. Aucun tremblement de terre, aucun feu, aucun dénouement. Il n'est pas étonné qu'il ne se passe rien, précisément parce qu'il n'espérait rien. Ou, pour le dire autrement, il espérait précisément qu'il ne se passe rien. Désarticuler la fantaisie pour ainsi pouvoir faire marche arrière, emmener la petite à l'hôpital, retourner à la vie qu'ils avaient laissée dans leur sillage une décennie plus tôt. Retourner au monde et vivre comme le plus normal des mortels : regarder la télévision, manger des frites, passer ses jours à savourer l'ennui. Ce qui, tout de même, le surprend, c'est de voir comment, malgré l'échec de sa prophétie, le soutien des pèlerins au petit voyant ne semble prendre que de l'ampleur. Il est arrivé à la fin du trajet, attendant le moment du désenchantement, juste pour comprendre que l'effondrement ne sert qu'à déchaîner la fureur du fanatisme.

Peut-être est-ce pourquoi, quand son épouse lui demande de prendre une photo de sa fille à côté du petit voyant, Toledano finit par interroger, une bonne fois pour toutes, l'odyssée dans laquelle il est embarqué. Pour la première fois, à l'instant où il entend la voix de son épouse demander la photo, il ne ressent déjà plus ni chagrin ni haine, mais un mélange de désespoir et d'impuissance qui l'oblige à jeter son appareil à terre. S'il le ramasse et prend la photo, ce n'est pas parce qu'il a changé d'avis, mais parce qu'il pense que, peut-être, dans un avenir lointain, la photo sera au moins un témoignage de ce terrible vide auquel il avait fait face à la fin du voyage. Mais, au moment de prendre la photo, il en sait davantage. Il sait qu'il n'y trouvera ni horreur ni passion mais un grossier portrait vide : le visage perdu d'un enfant d'à peine dix ans, immergé dans ce grand théâtre et, à côté, le visage pâle, troublé et malade de sa propre fille, reflet immédiat de sa propre confusion et de son désarroi. Ce n'est qu'à ce moment-là, en prenant la photo, qu'il comprend que le moment de s'en aller est arrivé.

Ce même après-midi, tandis que son épouse écoute les prophéties du voyant, il prend avec lui sa fille malade et s'échappe. Si on l'interrogeait, il ne saurait pas décrire le trajet qui l'a reconduit, à travers la forêt, au village du gros. Il ne saurait pas décrire le genre d'instinct animal qui l'a aidé à parcourir le trajet en sens inverse, jusqu'à voir au loin les grandes fumées de ce village perdu en pleine forêt. Personne, cependant, ne le lui demandera. Ce même après-midi, après avoir laissé la fillette dans le petit hôpital du village, il examine un petit atlas jusqu'à ce qu'il trouve, parmi la dizaine de villages miniers, celui que l'apôtre a mentionné. Il embrasse la petite, lui laisse un album de bandes dessinées et part, sachant que quelque chose est arrivé à son terme.

FRAGMENT # 317
(*Le Grand Sud*, Viviana Luxembourg)

J'aurais voulu écrire ces lignes en langage crypté. Dans une langue privée que seulement elle et moi, ma fille et moi, comprendrions. La vie ne se réduit-elle pas à une longue stèle d'événements sans forme qui culmine le jour où quelqu'un trace un gribouillis sur le sable et dont seules deux personnes croient détenir la clé qui s'y ébauche? Moi, j'ai vu ce que les autres n'ont pas vu, peut-être parce que je n'ai jamais voulu voir ce que j'étais supposée voir. Yoav n'a rien vu. Il suffisait de le regarder dans les yeux pour savoir qu'il ne voyait pas ce que moi, je voyais. Il suffisait de l'entendre respirer pour comprendre que tant d'années passées derrière l'objectif avaient fini par le rendre aveugle à l'injustice qui finalement y apparaissait. Voir, c'est croire, disait ma grand-mère. Mais c'est aussi savoir ce à quoi l'on veut croire. Yoav pense que je croyais tout. Il ne comprend pas, il ne veut pas comprendre que j'ai compris à quel point tout cela était une farce mais que j'ai senti quelque chose de plus: la tristesse de voir cet enfant exploité par un homme blanc qui l'avait convaincu de jouer pour nous tous cette pantomime, Dieu doit savoir en échange de quoi. Voir, c'est comprendre ce qui est en jeu. Moi, j'ai vu ce que d'autres n'ont pas vu peut-être parce que, eux, dans leur égoïsme, cherchèrent dans cette scène la réalité qu'ils voulaient y trouver. Tous, y compris lui, ont cherché à y voir la scène d'un salut qui n'existait pas et n'ont pas réussi à comprendre que derrière ce vide il y avait une histoire de déceptions et de violences. Ils ont vu l'enfant et, derrière lui, ils n'ont rien vu. Ils n'ont pas vu la très longue file d'enfants, du passé et de l'avenir – noirs, indigènes, mulâtres – qui tentaient de survivre dans un monde qui les rejetait dès le départ. Cherchant la fin du monde, ils n'ont pas su la voir quand ils l'ont eue devant eux. Moi, j'ai vu ce que d'autres n'ont pas vu. Et j'ai su que je ne pouvais pas partir, que mon histoire était là et que le temps avait fini par nous séparer, Yoav et moi, les deux jeunes gens qui, en pleine nuit, avaient brisé les attentes sociales en franchissant une frontière invisible. Chacun voit ce qu'il veut voir, disait ma grand-mère. Moi, j'ai vu les terres brûlées de mon arrière-arrière-grand-père Sherman et en elles, dans un reflet que je n'oublierai jamais, les terres que, des années plus tard, brûleraient les forces d'Efraín Ríos Montt. J'ai vu un enfant perdu dans un vorace cyclone historique qui ne le laissait pas vivre en paix, bataillant dans un théâtre cruel qui n'obéissait à aucune loi : ni celle de la farce, ni celle de la tragédie ni celle de la comédie. Moi, j'ai vu ce que les autres n'ont pas vu et su aussitôt que Yoav ne comprendrait pas, précisément parce qu'il s'agissait du gribouillis sur le sable dont seulement deux personnes comprendraient la signification. Elle et moi. Ma fille et moi. Moi, j'ai vu et, immédiatement, j'ai su que ma fille verrait aussi, même s'il fallait attendre que les années passent. Un jour, elle retournerait à cette scène et comprendrait ce que j'avais vu : cette longue série d'injustices se terminant dans une scène qui feignait la fin du monde et dans l'ombre de laquelle croissait la longue stèle du désenchantement. J'ai su qu'elle comprendrait, un jour, que derrière cet enfant se cachaient beaucoup d'autres. J'ai su qu'elle comprendrait, mais peut-être trop tard, ma fidélité à cette vision et qu'un jour, elle la considérerait comme sienne. J'ai ressenti alors une immense joie. La joie de savoir que, à partir de cet instant, quelque chose nous liait éternellement, une langue secrète, un langage privé qu'elle seule et moi parlerions désormais et duquel son père, hélas, était exclu. J'ai su qu'un jour, elle reverrait le gribouillis sur le sable mouillé de l'histoire et, le comprenant, me pardonnerait. Ce jour, me dis-je, c'est aujourd'hui. Et je répète : j'aimerais avoir écrit cette lettre dans une langue secrète, dans cette langue secrète que tracent les mers et que seuls nous comprenons, nous les parias de l'histoire, elle et moi, ma fille et moi. Toi et moi.

CINQUIÈME PARTIE

Après la fin (2014)

« L'absolument inutile, c'est ce qu'il m'intéresse de révéler. Ce qui n'a jamais mené à rien ne mène à rien. À la rigueur, à des échanges dans les couloirs du tunnel, des sauts entre de prétendues images archétypales. Mais la prétendue transcendance de tout cela est insignifiante. Juste à la fin une rébarbative petite fumée. La rébarbative petite fumée qui signale. Rien. »

Lorenzo GARCÍA VEGA

Il y a deux ans, au beau milieu d'un terrible hiver très enneigé, juste au moment où je croyais que l'histoire de cette énigmatique famille était définitivement derrière moi, quelque chose – peut-être les longues périodes de neige et d'immobilité, peut-être le sentiment d'exil qui s'emparait de moi chaque fois qu'arrivait l'hiver – me fit de nouveau penser à l'étrange histoire à laquelle j'avais pris part. Pendant cette froide saison, observant la neige accumulée devant chez moi, j'avais très souvent songé à coucher tout cela sur le papier, comme s'il s'agissait d'une histoire, comme si tout n'avait été qu'une simple fiction. Le même obstacle m'arrêtait toujours. Je me rappelais la désormais lointaine question de Tancredo – « Farce ou tragédie ? » –, et l'impossibilité de trouver un ton adéquat à partir duquel tout raconter me bloquait, me renvoyant de nouveau à l'immobilité et à l'ennui. En plus d'une occasion, j'ai pensé que cette histoire requérait un genre caméléonesque, un genre hybride situé entre la farce et la tragédie, mais l'impossibilité de traduire ma pensée dans l'écriture a fini, à diverses reprises, par me laisser prostré devant le papier, immobile et incapable d'écrire un seul mot. J'avais alors pris l'habitude de me servir une tasse de café noir que je buvais en feuilletant les vieilles chemises bourrées de notes et de photographies, celles qui contenaient les archives délabrées de cette famille dont l'histoire avait été, au départ, heureuse. Raconter, me redisais-je dans de tels cas, ce n'est rien d'autre que trouver un chemin pour rentrer à la maison. Moi, toutefois, je n'étais pas rentré chez moi depuis plus de vingt ans.

Quelques mois plus tard, à la fin du mois de mai 2014 – quand, encore incapable de trouver le ton adéquat, je passais mes après-midi à ébaucher de futiles débuts –, l'information parut dans la presse : dans un communiqué prononcé par le sous-commandant Marcos, au petit matin, depuis la communauté La Realidad dans le Chiapas, celui-ci avait annoncé la fin et la disparition du personnage nommé Marcos, remplacé par le sous-commandant Galeano. Cette nuit-là, au lieu d'ébaucher d'éventuels débuts, je me souviens de l'avoir passée à lire et relire le message d'adieu de Marcos. C'était, comme tous les siens, un message poétique, plein d'intensité et de passion, qui commençait par des mots frappants : « Ce seront mes derniers mots en public avant de cesser d'exister. » L'idée de cette disparition rhétorique m'avait fait penser à Giovanna, au vieux Toledano, à Virginia McCallister, à toute cette liste d'êtres qui semblaient s'obstiner à déterminer les limites de l'art de la disparition. J'ai pensé à eux et l'image du panneau de liège sur lequel, presque quinze ans auparavant, j'avais vu Giovanna tenter de s'approprier une réalité qui lui était, au départ, étrangère m'est venue à l'esprit. Je me suis souvenu un instant de la manière dont je l'avais regardée alors, avec un certain dédain, la condescendance de celui qui regarde quelqu'un s'immiscer dans des affaires qu'il ne comprend pas et je n'ai pu qu'éprouver certains remords. Puis j'ai continué à lire ce message qui ébauchait, à coup sûr, une poétique de l'anonymat beaucoup plus claire que celle que j'aurais pu donner moi ou n'importe lequel de mes collègues : « Nos chefs, hommes et femmes, ont alors dit : "Ils ne voient que leur petitesse, rendons quelqu'un aussi petit qu'eux, qu'ils le voient et, par son intermédiaire, nous voient." C'est ainsi qu'a commencé une complexe manœuvre de distraction, un coup de magie terrible, merveilleux et malicieux, une ruse du cœur indigène que nous sommes, la sagesse indigène défiant la modernité dans l'un de ses bastions : les moyens de communication. A commencé alors la construction du personnage appelé Marcos. » Je lus ces lignes et ne pus que penser que Giovanna avait, même si notre projet n'était pas arrivé à terme, du moins raison sur un point. Quelque chose en elle pressentait la présence de ce nœud obscur et incertain auquel nous voulons tous accéder un jour. Quelque chose en elle comprenait depuis cet étrange tour de magie qu'était Marcos et s'acharnait à le comprendre à travers sa propre loi. Je me contentai alors de recopier quelques lignes qui m'avaient paru lumineuses et dont je sentis qu'elles délimitaient ce ton narratif que, pendant si longtemps, j'avais cherché en vain : « Peut-être qu'au début, ou dans ces mots, grandit dans son cœur la sensation que quelque chose n'est pas à sa place, que quelque chose ne colle pas, comme s'il manquait une ou plusieurs pièces pour donner un sens au puzzle qu'on vous montre. Comme s'il allait de soi qu'il manque ce qui manque. » Le ton que je cherchais était précisément celui-ci : un ton pointant, non sans joie, la pièce éternellement absente. Je n'ai pu que penser à la dernière nuit que j'avais passée avec Giovanna, au puzzle que nous avions abandonné au beau milieu, à la conversation que nous n'avions jamais terminée. Le *pronunciamiento* se terminait par une sentence catégorique : « Voilà où nous en sommes, raillant la mort dans la réalité. » Si, un jour, j'arrive à écrire l'histoire de cette famille, me répétai-je alors, son histoire se résumera précisément ainsi : une longue plaisanterie pour railler la mort.

Deux semaines plus tard, le 11 juin, paraissait dans les médias de masse et la presse, une information inattendue. Très bientôt ouvrirait, dans une petite galerie d'art contemporain de Porto Rico, l'exposition posthume d'une styliste de mode récemment décédée : Giovanna Luxembourg. L'information était accompagnée d'un détail qui me parut significatif: elle avait donné des instructions précises pour que l'exposition eût lieu exactement sept ans après sa mort. Elle avait donc laissé des instructions explicites sur la localité, l'organisation des pièces et les textes qui l'accompagneraient. Elle avait, pour ainsi dire, promu sa propre exposition posthume. Dire que je me suis senti trahi serait mentir. J'éprouvai quelque chose de plus, une étrange sensation d'inquiétude, une sorte de *déjà-vu* dont je ne parvins pas à me débarrasser, jusqu'à ce que, dans la semaine, je reçoive une invitation personnelle. Il s'agissait d'une petite enveloppe au dos de laquelle n'apparaissait que la signature de Giovanna. L'invitation était élégante mais générique, s'il n'y avait eu un petit détail dans la partie inférieure : l'ébauche d'un petit *quincunx* qui me fit, un instant, sourire.

Je me souviens que cette nuit-là, je rêvai. Je rêvai que je longeais les corridors vides d'un musée immense, persuadé d'être arrivé un peu tard, tandis que, pressé, je cherchais Giovanna sans la trouver. Je rêvai que je parcourais les corridors de ce musée vide, convaincu que cette sorte de mausolée était l'exposition elle-même : le musée se regardant lui-même. Je me levai en nage, le rêve encore présent. Quelque chose en lui me rappela l'anecdote du vol de la *Mona Lisa*, de la façon dont, dans les semaines qui suivirent le larcin, des milliers de curieux s'agglutinèrent dans les salles du Louvre pour observer l'espace vide où, jusqu'à une semaine plus tôt, était accrochée la peinture que venait de voler Vincenzo Peruggia. Je me rappelai l'anecdote et pensai longuement à des musées, des vides et des mausolées, à la façon dont certaines choses ne devenaient visibles qu'en disparaissant, jusqu'à ce que le visage de Giovanna interrompe ma rêverie et m'oblige à affronter la réalité. Dans un geste final, elle semblait décidée à m'obliger à rentrer à la maison. Je passai des heures éveillé, songeant à la disparition subite de Marcos et à la grande traversée du vieux photographe, à l'image finale de Virginia McCallister devant la justice et aux derniers souvenirs que je gardais de Giovanna, jusqu'à ce qu'au petit matin, je m'endorme profondément. Cinq heures plus tard, quand je finis par me lever, je ne tardai pas à acheter un billet.

Huit jours plus tard, un avion me ramenait dans ce pays que j'avais quitté il y avait déjà plus de vingt ans. Sans sentiment épique ni sublime, j'écoutai l'avion décoller tandis qu'à ma gauche, terriblement proche, une gamine terminait de manger son hamburger Mon retour était à l'opposé du retour épique d'Ulysse. Ce qui m'appartenait, pensai-je alors, tandis que je voyais surgir les nuages, était un retour sans Pénélope et Télémaque, un vulgaire retour dans un foyer qui m'avait tout donné mais qui, au bout de vingt ans, menaçait de devenir le pire des miroirs. Je ne craignis même pas que les chiens me reconnaissent. Quatre heures plus tard, je vis surgir à travers le hublot l'image de carte postale que je commençais déjà presque à oublier : la vieille ville à l'intérieur des remparts et, autour d'elle, la mer. Encadrée par le hublot, l'image était dépourvue de nostalgie. Je reconnus les contours de la grande lagune, quelques bâtiments du gouvernement, la trajectoire elle-même de l'avion au cours de son atterrissage. Je devenais nerveux, craignant de ne pas me reconnaître dans les vieilles poses, de paraître irrémédiablement étranger, de me perdre sans demander mon reste parmi les gens. Dans tous les débuts, je pensai en voyant enfin la piste d'atterrissage, le plus difficile était sans doute ce tribut à payer pour le retour. De tous les objets de désir, me dis-je en reconnaissant le vert indiscutable des tropiques, le plus redoutable et séduisant était sans doute celui qui reflétait notre propre origine.

Puis je n'ai pas pensé à grand-chose de plus.

Je me contentai d'écouter la voix de l'hôtesse nous souhaitant la bienvenue et je me laissai porter par deux vieilles dans le bavardage desquelles je crus reconnaître le parler de ma lointaine grand-mère. Je me laissai enfin guider par les rythmes des souvenirs et de la mémoire, ceux-là mêmes qui jouent à cache-cache pendant des années et ne réapparaissent que lorsqu'on les croyait déjà oubliés.

C'est peut-être pourquoi, dans une tentative de fuite, je m'assurai que mon arrivée coïncide avec le jour de l'exposition. Ainsi, pensai-je, je passerai mes heures absorbé par des démarches urgentes pour préparer l'événement et éviterais de m'accorder le temps suffisant pour me livrer aux démons de la réflexion. Le plan, au départ, ne me fit pas perdre mes illusions. L'avion atterrit à quatre heures et, à quatre heures et demie, je pris un taxi en direction du Vieux San José, ayant à l'esprit que deux heures et demie plus tard, à sept heures, je devrais être prêt pour me rendre à l'exposition. Tandis que, par le hublot, je voyais défiler ce panorama si reconnaissable et, en même temps, si modifié par des hôtels et des autoroutes, des enseignes lumineuses et des gens, mon esprit se distrayait en passant en revue – avec la précision du meilleur secrétaire – la suite d'événements qui devraient advenir pour que je sois prêt à l'heure indiquée : une demi-heure de taxi, quinze minutes pour le *check-in*, une demi-heure pour m'installer et prendre un bain, une demi-heure de marche jusqu'à la galerie. Derrière le rideau de cette arithmétique quotidienne, la mémoire préparait toutefois son assaut. Même quand je refusais de m'y livrer, mon passé semblait s'obstiner à me tendre des pièges.

Quelques jours plus tard, je me rappellerais la réflexion d'un poète algérien pour qui la patrie était un bruit de fond, la sensation d'un lieu plus qu'une série de souvenirs. Mais ce serait plus tard. Cet après-midi-là, je me crus à l'abri du souvenir et du passé, retranché comme je l'étais dans mon arithmétique mentale, jusqu'à ce que le taxi s'engouffre dans une rue à droite et que la mer finît par apparaître. Ce n'est qu'alors, devant, face à cette mer si souvent vue et oubliée, que je sentis le choc d'un bataillon de souvenirs confus accumulés derrière une étrange joie. Je revécus en un instant les heures passées depuis mon arrivée et la patrie revint à moi avec la même force joyeuse qu'avec laquelle parfois, de manière inattendue, nous reconnaissons une mélodie déjà oubliée. Je ne pus m'empêcher de sourire, sourire que le chauffeur de taxi pris pour une ouverture afin d'engager la conversation.

« Elle est belle la mer, n'est-ce pas ? Vous êtes d'où ? Vénézuélien ? »

Deux simples phrases suffirent à m'expulser de la patrie à peine retrouvée. De simples questions capables de me renvoyer à cet anonymat touristique depuis lequel je me contentai de répondre par une affirmation sèche, craignant d'être découvert en natif méconnaissable. Puis je me tus tandis qu'en face de moi, je voyais apparaître le paysage qui m'avait accompagné pendant mon adolescence : les rues pavées et les bâtiments coloniaux, l'air d'une ville touristique qui, cependant, gardait ses secrets et ses odeurs. Dix minutes plus tard, quand le taxi finit par s'arrêter devant une petite maison transformée en hôtel, je payai sans un mot de plus. J'éprouvai une étrange anxiété en reconnaissant, juste devant l'hôtel, un vieux bar que j'avais eu l'habitude de fréquenter adolescent.

L'exposition se tenait dans un vieux bâtiment qui avait été – selon ce que me raconta le garçon qui accueillait devant son impressionnante porte en bois – la maison d'un ancien marquis esclavagiste. C'est sans doute pour cela qu'en finissant par franchir la grande porte, je ne pus m'empêcher de penser à la quantité de sacs d'or qui, il fut un temps, avait dû garnir cette lumineuse cour intérieure, à la quantité de nuits pendant lesquelles, dans le noir, deux hommes avaient dû y négocier le prix d'une vie. J'aurais continué à penser à ce genre de chose, disposé comme je l'étais à rester distrait si, me voyant entrer, une jeune fille aux yeux verts et aux cheveux noirs ne m'avait interpellé par mon nom depuis un coin bondé de gens. Je reconnus immédiatement l'une des anciennes assistantes de Giovanna, une gamine très jeune, sur le visage de laquelle, cependant, commençaient à poindre les traces du temps qui passe. « Le temps tatoué sur le visage », me dis-je en me souvenant des phrases épigrammatiques de Giovanna. Enchantée de me voir, la gamine m'expliqua que, selon ce qu'avait dicté la styliste, l'exposition était composée de quatre salles aux thèmes différents, dans lesquelles je pouvais me déplacer à loisir, sans me soucier de l'ordre. Elle essaya alors d'engager la conversation mais, cette fois, une autre voix criant son nom vint la distraire et, tandis que je la voyais retourner dans le groupe, j'en profitai pour me glisser parmi les douzaines de personnes qui emplissaient la cour principale. Indécis, je décidai de commencer par la première pièce à gauche, non sans avoir lu auparavant une courte citation qui ornait un mur de la cour intérieure en guise d'épigraphe. Une citation que je reconnus immédiatement comme l'une de toutes celles dont Giovanna et moi avions discuté au cours de nos conversations. Imprimée sur un mur d'un blanc immaculé, elle disait :

Je me rappelle qu'au début de la guerre, étant avec Picasso boulevard Raspail, nous vîmes passer les premiers canons camouflés. C'était le soir, nous avions entendu parler du camouflage, mais nous ne l'avions pas vu encore et Picasso, émerveillé, regardait, puis il s'exclama : « Oui, c'est nous qui avons fait cela, nous ! C'est du cubisme. »

Gertrude Stein.

Convaincu que le mieux était d'échapper à la foule, évitant ainsi reconnaissances et bavardages, je ne m'y arrêtai ni ne pensai beaucoup plus à la citation. Je décidai en revanche de pénétrer dans cette première pièce précédée par un titre qui franchement me plut : *Théorie de la couleur*. Je me souviens qu'en entrant, la quantité de matériaux que je vis – composée pour l'essentiel de citations et de cahiers, de notes et d'images, et même d'un vieux manteau coloré – me rappela mes propres archives, celles qui documentaient ma longue conversation avec la styliste. Encore aujourd'hui, deux ans après, chaque fois que je pense à l'énorme quantité de matériel déployé entre les murs de cette vieille maison esclavagiste, je finis par me remémorer une image en particulier : le portrait d'un enfant posant devant l'appareil dans l'un des vieux studios orientalistes de la fin du siècle. Sur son bras gauche était posé un hibou que n'importe qui aurait cru vrai si une petite note en bas de page n'avait indiqué qu'il s'agissait d'un hibou naturalisé.

Je me souviens qu'en voyant cette photo, je m'étais dit que cet enfant semblait fatigué, peut-être même anémié. La photo était une parfaite allégorie de l'insomnie, avais-je pensé, tout en me remémorant une vieille photographie de Kafka enfant que j'avais vue quelque temps auparavant. Je m'étais alors interrogé sur les parents de l'enfant, que peut-être il regardait derrière l'appareil et qui resteraient pour toujours dans ce siècle qui arrivait tout juste à son terme et dans lequel, à plus de cinq mille kilomètres de distance, dans les recoins de la vieille maison coloniale où nous étions, l'esclavage était encore une réalité. Cet enfant, avais-je pensé en observant les craquelures de l'image, était indiscutablement un enfant de ce nouveau siècle qui se laissait à peine entrevoir, bourré d'appareils photos et d'images. Ce siècle que Giovanna et moi avions vu s'éteindre peu à peu, sans laisser d'autres traces que cette étrange exposition dans laquelle j'étais à présent impliqué.

D'après ce que je lus dans les longs paragraphes qui ornaient les murs de la vieille demeure coloniale, l'enfant s'appelait Abbott Handerson Thayer, était né le 12 août 1849 à Boston et son histoire était curieusement à la fois tragique et héroïque. Il avait passé son enfance dans la campagne du New Hampshire, sur les flancs du mont Monadnock, dont les monumentaux paysages avaient suscité en lui un goût pour le naturalisme qui avait pris un caractère concret dans une série de premières incursions dans le monde de la taxidermie et de la peinture de paysage. À quinze ans, cherchant à nourrir ces passions, Abbott avait déménagé à Boston où il avait fait la connaissance d'un vieux peintre nommé Henry D. Morse, de qui il avait appris ce qu'il fallait pour être admis à dix-huit ans à l'école d'art reconnue de Brooklyn où, sous la tutelle du prestigieux Lemuel Wilmarth, il finirait par entamer sa carrière de peintre naturaliste et ferait la connaissance de Kate Bloede, sa future épouse. D'après ce que j'ai lu, ces premières années joyeuses étaient suivies de deux décennies de tristesse marquées par trois morts qui laisseraient le peintre plongé dans une mélancolie sans limites : la mort de ses deux premiers fils, William Henry et Ralph Waldo, ainsi que celle de son épouse Kate en 1891 des suites d'une infection pulmonaire.

Je me souviens que, ce soir-là, en lisant la note sur ces trois morts, je m'étais rappelé la phrase de Marcos que je venais de lire quelques jours auparavant: « Voilà où nous en sommes, raillant la mort dans la réalité », et je m'étais dit que tout ce qui avait suivi dans sa vie était peut-être une tentative d'oublier ces morts par le biais de l'élaboration d'un art de l'anonymat et du camouflage. Jointe à cette photo initiale du jeune Abbott, avec son hibou naturalisé, je tombai sur une série d'images qui me firent penser à mon travail au musée et à Giovanna, à son intérêt pour la mimesis animale et à sa capacité de percevoir la mort comme le plus terrible des camouflages. D'après ce que je lus, le 11 novembre 1896, cinq ans après la mort de sa première épouse, Abbott Thayer s'était présenté au congrès annuel de l'Association d'ornithologues américains dans l'intention de révolutionner le champ de la biologie évolutive. Il disait avoir trouvé une explication à l'amalgame de couleurs qui caractérisait le règne animal. Selon ce qu'il expliqua cet après-midi-là devant une salle pleine d'auditeurs, la nature de la couleur dans le règne animal était régie par un principe très simple: la protection de l'évolution. Chaque plume et chaque couleur correspondaient à celle que l'animal devait prendre en cas de danger, pour ainsi pouvoir se camoufler sur le fond naturel afin de tenter d'éviter d'être dévoré. La liste de personnalités étant intervenues dans le débat qui, des années plus tard, en 1909, surgirait après la publication de son premier livre intitulé *Concealing-Coloration in the Animal Kingdom*, m'a impressionné. J'y reconnus les noms du philosophe William James, du cofondateur de la théorie évolutive Alfred Russel, de Winston Churchill et de Theodore Roosevelt.

La politique, avais-je pensé en lisant les deux derniers noms, s'acharne toujours à persécuter l'art. Plus bas, aux côtés d'esquisses et de dessins de Thayer lui-même, un autre élément me parut intéressant. Initialement imaginées comme une investigation purement scientifique, les recherches de Thayer sur le mimétisme et la couleur avaient pris une nouvelle orientation après le début de la Grande Guerre, quand le peintre avait compris que ses théories pouvaient être utilisées par les militaires afin d'imaginer de nouvelles stratégies de camouflage.

Celui qui réussirait à rendre invisibles ses soldats gagnerait la guerre. À côté de cette note – qui se terminait en mentionnant une visite de Thayer à Churchill à l'orée de la guerre –, je tombai sur l'image d'un bateau britannique camouflé suivie d'une autre note qui me parut importante, un fait finalement lié à l'histoire du design qui importait tant à Giovanna. Selon la note, le 12 mars 1919, le Chelsea Arts Club avait organisé, sous le nom de Dazzle Ball, un bal lors duquel on avait demandé aux invités de porter des patrons en noir et blanc semblables à ceux qui, au même moment, commençaient à orner les bateaux camouflés de la marine britannique. En regardant ces images, je ne pus m'empêcher de penser à celle de la mante religieuse, toujours revêtue de sa tenue de combat, impérieuse et fatale, redoutablement invisible.

Les images de cette fête hallucinante étaient suivies de deux citations qui me firent penser que Giovanna m'avait caché une grande partie de ses connaissances sur le sujet. Jamais, lors de nos conversations, je ne l'avais entendue parler de Sir James George Frazer, maître de l'anthropologie moderne, et encore moins citer le paragraphe qui, à présent, était inscrit sur les murs de l'exposition sous le titre homéopathique *Le semblable produit le semblable.* Il s'agissait de la célèbre citation dans laquelle Frazer distingue deux modalités du magique, la première sous la loi de la ressemblance, dans laquelle le semblable produit le semblable, et la seconde sous la loi de la contiguïté, selon laquelle les objets qui ont été en contact continuent d'interagir même quand une certaine distance s'impose entre eux.

Notre histoire, pensai-je, avait quelque chose de cette magie à distance. Quinze ans avaient passé depuis nos rencontres nocturnes, mais chaque mot alors prononcé semblait se refléter dans ce vague présent qui inondait les corridors devenus galerie de cette vieille demeure coloniale. Je me rappelai alors la panique que provoquait le contact chez Giovanna la façon si étrange qu'elle avait de fuir les foules, immergée comme elle l'était dans une ville qui demandait avant tout le frôlement.

Puis je continuai à marcher, tandis que devant moi apparaissait toute une histoire visuelle de ce que le commissaire d'exposition s'obstinait à appeler, toujours en français, le phénomène des *camoufleurs*: l'apparition, entre les deux guerres, d'un ensemble d'artistes confectionnant de possibles camouflages à usage militaire pour l'armée nationale. La liste de *camoufleurs* avait, comme toutes, le charme des longues séries arbitraires.

Selon le curateur, elle commençait par Abbott Thayer, suivi de Lucien-Victor Guirand de Scévola, commandant de la célèbre Section de camouflage française qui, à partir de 1915, compta dans ses rangs des artistes du calibre d'André Mare, Jacques Villon, Charles Camoin, Louis Guingot et Eugène Corbin. Puis les noms – Paul Klee, Hugh Cott, Franz Marc, John Graham Kerr, Leon Underwood – se multipliaient avec l'irresponsable assurance qui caractérise toujours les séries, tandis que, s'entassant à côté d'elles, les dénominations des différentes écoles de camouflage – la Section de camouflage française, le Middle East Command Camouflage Directorate britannique, le 25th Engineers américain – laissaient

entendre que, derrière cette liste, se cachait une histoire dans laquelle le destin de l'art s'entrelaçait de nouveau avec celui de la politique. Je me souviens que, parcourant cette immense série, les chemises de Virginia McCallister me vinrent à l'esprit, et le souvenir de l'accusée me fit repenser à la fausse couleur blanche avec laquelle Giovanna teignait ses cheveux. Elle aussi avait essayé de devenir anonyme.

« Farce ou tragédie ? » me redemandai-je. Je me rappelai alors une idée que Virginia McCallister avait lâchée en plein procès : comprendre l'art moderne, c'était partager l'obsession de l'artiste. La vraie question, pensai-je, était de savoir si les obsessions pouvaient être partagées, si, un jour, j'arriverais à comprendre avec exactitude l'étrange logique qui avait obligé Giovanna à ébaucher visuellement cette étrange histoire. Deux gamines longèrent en courant le corridor et pointèrent en riant le vieux vêtement de chasse dont, d'après ce que j'avais lu, Thayer avait hérité de William James.

Farce ou tragédie ? Peut-être la différence venait-elle de qui racontait l'histoire et de combien de fois elle était racontée. Peut-être, songeai-je en voyant les deux gamines jouer à cache-cache au beau milieu de la salle, la différence entre un genre et un autre est-elle une question de point de vue.

J'éprouvai un étrange sentiment d'inquiétude en sortant de la salle. Ce n'est qu'alors que je compris que je ne savais pas clairement pourquoi j'étais venu ici ni ce que j'espérais y trouver. Peut-être était-ce juste un prétexte pour revenir. J'envisageai de retourner dans la cour intérieure, pour boire un coup et me socialiser un peu, mais la vague possibilité d'être obligé d'expliquer le rôle que j'avais eu dans cette exposition me fit reconsidérer mon geste et je décidai plutôt d'entrer dans la deuxième salle. Il s'agissait d'un salon exclusivement garni de toiles et de photographies de toiles qui me fit penser aux tentes du lointain Orient, toujours matelassées contre les températures extrêmes du désert. Comme la première salle s'intitulait *Théorie de la couleur*, celle-ci s'appelait *Théorie des filets* et explorait l'invention, au milieu de la Grande Guerre, d'une série de filets utilisés pour camoufler les troupes terrestres face au regard d'aigle qui, des avions, fournissait la lentille ennemie de la photographie aérienne. La portée métaphorique de l'idée me plut : recouvrir le territoire d'une grande couverture. Un énorme papillon posé sur le monde, ouvrant ses ailes. Je pensai à deux artistes que j'avais écouté parler ces jours-là, dont l'art consistait à recouvrir de grandes couvertures des monuments historiques.

Je pensai à Borges et à ce magnifique récit dans lequel les cartographes du royaume établissent une carte aux dimensions identiques au territoire : une carte inutile imaginée à l'échelle réelle, dont les ruines perdurent encore – selon le récit de l'Argentin – dans les déserts de l'Ouest, parmi les animaux et les mendiants.

D'après ce que je lus, l'inventeur de la méthode était Lucien-Victor Guirand de Scévola sur qui j'avais lu des choses dans la salle précédente, pastelliste reconnu et directeur de la Section de camouflage française qui, en 1918, avait réussi à mettre en place

un système d'usines dédiées à la production de tels filets qui comprenait plus de neuf mille ouvriers, répartis sur tout le territoire français. Je me souviens en particulier d'une photo présente dans l'exposition, qui montrait des dizaines de femmes perdues dans un enchevêtrement de filets ressemblant à un fond d'arbustes. La lumière semblait entrer péniblement dans cette faune privée, ce qui me fit penser au vieux bar libanais où la vieille aux cheveux rouges passait son temps à lire de vieux journaux en plein petit matin. Rien de plus difficile, me répétais-je encore une fois, que de partager une obsession. Puis je repensai à la photo initiale que j'avais vue dans la première salle, cette photo qui représentait le jeune Abbott Thayer à côté de son hibou naturalisé. Je songeai à sa fatigue et à son regard, à la façon dont les hommes redeviennent des enfants à la fin de leur vie ou peut-être ne cessaient-ils jamais d'en être. Adultes cachés à eux-mêmes, jouant à cache-cache avec leur passé, se drapant dans le travail et les responsabilités, dans une dernière tentative de devenir anonymes. Une dernière tentative d'oublier cette vieille photo qui, perdue dans les tiroirs de la vieille maison de famille, les dépeint comme ce qu'ils ont toujours été : des enfants regardant leur innocence. Celles-là et beaucoup d'autres choses, pensai-je tout en marchant dans cette salle pleine de toiles et de filets, jusqu'à ce que, sans m'en rendre compte, je me retrouve au bout de la pièce, songeant encore à la photo du jeune Thayer, convaincu que cette exposition n'avait d'autre raison d'être que de donner un faux ordre sur un projet qui, dès le départ, n'avait été rien d'autre qu'un caprice d'enfant.

La troisième salle, intitulée *Théorie de la peau*, se trouvait au premier étage du bâtiment. Ornant l'entrée, une citation de Darwin rendait justice à son titre: «La nudité de la peau de l'homme constitue une autre différence remarquable.» J'entendis l'écho de mes pas et compris que j'étais enfin seul. Peut-être avais-je laissé les autres gens dans mon sillage, ou peut-être avais-je réussi à m'arrêter suffisamment longtemps pour les laisser avancer jusqu'à la dernière salle, bénéficiant ainsi de cet espace de silence. Ce n'est qu'alors, grâce à un deuxième regard, que je compris qu'il s'agissait de la salle faite pour moi. Je vis, disposées sur ses murs, comme s'il s'agissait d'une constellation, des photographies de douzaines d'animaux dont Giovanna et moi avions parlé pendant les longues nuits de cette déjà lointaine fin de siècle, je vis les *cholas* brésiliennes, je vis la *Sepia officinalis*, je vis la *Phylliidae*, je vis le lièvre polaire et les sphinx. Je mentirais si je disais que je ne ressentis pas de la joie et de l'orgueil en voyant que toutes ces heures de travail n'avaient pas été vaines. Quelque chose de moi était resté inscrit dans cette exposition dans laquelle jusqu'à présent j'avais évolué avec une certaine étrangeté. Un détail, cependant, me surprit. Je trouvai, mêlée aux photos des animaux, une série de photographies dont – après avoir lu le texte du commissaire d'exposition – je compris qu'elles faisaient allusion à l'intérêt qu'Abbott Thayer avait manifesté jusqu'à la fin de sa carrière pour les cultures indigènes. Selon le commissaire d'exposition, Thayer avait ébauché l'idée selon laquelle, dans ces cultures, le vêtement servait d'élément mimétique, comme camouflage et protection, à l'instar de la couleur dans le règne animal. L'idée, évidemment absurde et erronée, que les peuples indigènes étaient plus près du monde naturel me surprit immédiatement sans retenir mon attention pour autant. Voir les dizaines de photographies sur le mimétisme indigène, mêlées aux études sur les pratiques de tatouage dans ces cultures, m'intéressa. Selon Thayer, la culture occidentale avait oublié l'ancien effet mimétique du tatouage et du vêtement, lui préférant au contraire, associé à l'usage du costume monochromatique, la simplicité de la peau nue. L'idée me plut et m'évoqua la pâleur de la peau de Giovanna, cette peau parfaitement assortie à ses cheveux blond-blanc.

Retourner au blanc, pensai-je, retourner à la pâleur de l'anonymat. Un bruit détourna mon attention. Un homme, petit et chauve, était entré dans la salle, brisant ma solitude si appréciée. Poursuivant ma solitude, ou peut-être l'intuition que je commençais à avoir de l'exposition, je pressai le pas, laissant derrière moi la salle, et entrai dans la suivante sans me soucier de son nom et sans lire l'information écrite sur le mur.

C'est alors que je le vis : un couloir très long et un peu sombre dans lequel je reconnus les formes de plus de deux douzaines de masques. Entre eux, dans de petits cadres légèrement éclairés, Giovanna avait intercalé une série de citations. Je ne laissai pas l'apparition de ces masques, si souvent imaginés et si souvent méprisés, me perturber. Je me contentai en revanche de marcher lentement dans ce corridor qui, à présent, avait l'air plus long que jamais, appartenant à une autre ville et un autre siècle, tout en lisant dans l'ordre ces citations dans lesquelles semblait converger un nombre incalculable d'histoires de violence : je me souviens que là, parmi des phrases isolées du général Sherman et d'autres d'anciens esclavagistes, se mêlaient celles de vieux esclaves en fuite, des phrases testimoniales d'indigènes qui avaient survécu au génocide des terres brûlées, des phrases d'enfants qui avaient vu mourir leurs parents à la guerre. Je me souvins alors de la silhouette de María José Pinillos lisant les poèmes de Vallejo, tentant d'échapper à la douleur grâce aux mots du Péruvien et quelque chose dans la conjonction entre la phrase et l'image me rendit le souvenir de cette nuit où j'avais vu Giovanna affronter ses peurs. Je revis ses doigts pâles jouer avec l'éléphant de jade et l'image de l'enveloppe médicale jetée dans le salon.

Cherchant peut-être à me débarrasser du malaise que ce souvenir produisait en moi, je décidai de continuer à marcher, de me concentrer sur les citations qui, désormais, croissaient devant moi comme les pièces de cet immense puzzle que, des années auparavant, Giovanna et moi avions abandonné à mi-chemin. Je continuai à lire, phrase après phrase, incapable de savoir où tout cela me menait, jusqu'à ce que, au bout du corridor, flanquée de masques, je reconnaisse la photographie que, il y a bien longtemps, le parquet avait présenté comme ultime preuve lors du procès de Virginia McCallister. Je reconnus le visage maladif et las de la jeune Giovanna, le regard sec et décidé de sa mère et, entre elles, inondant la scène avec une imprécision incommensurable, le visage indigène du petit voyant. Je reconnus dans ce visage effrayé le tatouage du *quincunx* et répétai la phrase dont je venais de me souvenir : « Voilà où nous en sommes, raillant la mort dans la réalité. » Un monde, me dis-je, dans lequel existaient encore des phrases pour les malaises, était quelque chose qu'on pouvait racheter. Je retournai alors à la photographie, aux trois regards qui s'y ébauchaient. Je sentis un vertige étrange, le sentiment d'avoir accédé à cette frontière invisible où les regards se confondaient derrière une douleur commune qui avait peu à voir avec les farces et les tragédies. Une douleur qui abolissait les genres et dans laquelle coexistaient le regard vide de la lectrice du bar du Bowery, les yeux las du vieux Toledano observant les va-et-vient des poules orphelines, le visage tatoué du bègue et les mots incompréhensibles de l'imaginaire William Howard, le visage las de Giovanna et la confusion du petit voyant. Je nous vis tous là, dans cette grande marche des insomniaques, et je me rappelai l'image du petit Abbott Handerson Thayer que je venais de voir un moment plus tôt. Je nous vis tous dépeints dans ce regard absent et me dis que Giovanna m'avait emmené jusque-là pour que je rencontre sur cette dernière photo un reflet de la vie de cet homme et, en elle, un miroir de ma propre lassitude. Je ne réfléchis pas plus. Je sentis que quelqu'un ouvrait dans mon dos la porte de la salle. Craignant d'être découvert avec mon secret, je quittai l'exposition en sachant qu'au plus tard le lendemain, cette photo serait analysée en détail dans la presse internationale.

Cette nuit-là, je marchai. Longeai les vieilles ruelles pavées de la ville coloniale, fort d'une légèreté inattendue, jusqu'à ce que, sur une petite place en face de la mer, je rencontre un groupe de vieillards jouant aux dominos. Je m'assis avec eux et, en pleine chaleur tropicale, je leur racontai l'histoire de la chasse aux nandous telle que me l'avait expliquée Giovanna. Comment les Indiens tehuelches chassaient des nandous en Patagonie, poursuivant l'animal à pied sur des centaines de kilomètres, jusqu'à le voir tomber d'épuisement. Je racontai cette histoire et, quand je vis que tous me regardaient éberlués, je compris que Giovanna avait accompli sa mission. Elle avait réussi à faire de moi un animal incompréhensible.

ILLUSTRATIONS

REMERCIEMENTS

La littérature aime à délirer à partir de ce qui existe. Ce roman ne fait pas exception. Il se plaît à imaginer un monde possible à partir d'une multitude de données réelles : personnes, citations, livres, théories et faits historiques. Il m'aurait été impossible d'imaginer le personnage de Virginia McCallister sans le livre *The Trials of Art* et encore moins sans l'intuition de Jacoby, Costa et Escari dont « l'art des médias » inspira l'élaboration du projet conceptuel de la protagoniste bien avant que Donald Trump ne tente de s'approprier le terme « *fake news* ». De même, je n'aurais pu imaginer mon livre sans l'aide de *Hide and Seek. Camouflage, Photography and the Media of Reconnaissance* de Hanna Rose Shell. Beaucoup de personnages réels peuplent ces pages : du général William Sherman dont la technique de la terre brûlée inspira ici une certaine réflexion historique, jusqu'à la figure du sous-commandant Marcos dont les paroles donnent de l'espoir à ce qui serait sinon un labyrinthe sans issue, la réalité ne prétendant ici – comme le sait bien le désormais sous-commandant Galeano – n'être qu'un pas vers une réflexion sur les fictions qui structurent notre réalité politique. En accord avec cette intuition, le livre se nourrit de beaucoup d'autres projets artistiques parmi lesquels je dois mentionner le projet *Terre brûlée* d'Óscar Farfán, le livre *Bréviaire* de Juan Carlos Quiñones, l'œuvre de Edward Hopper et l'œuvre de Francis Alÿs sans les fables acérées duquel ce livre n'aurait pas été possible. De la même manière, il n'aurait pas été possible sans l'aide de Gabriel Piovanetti et Jorge Méndez, dont les talents de photographes ont compensé ma totale incapacité à manier un appareil photo. Je dois aussi remercier Gabriela Nouzeilles dont l'enseignement survole ce roman sous forme d'écho. Et pour finir, mes éditeurs Silvia Sesé, Jorge Herralde et Ilan Stavans pour leurs lectures perspicaces, suggestions et commentaires ainsi que pour leur confiance en ce projet.

TABLE DES MATIÈRES

Cet ouvrage a été mis en pages
par IGS-CP à L'Isle-d'Espagnac (16)
Impression : CPI Firmin-Didot
Dépôt légal : février 2022 – N° 2522 (167231
Imprimé en France